文學研究叢書・古典詩學叢刊

南北朝詩歌韻轍研究（上）

丘彥遂　著

目次

上冊

第一章

緒論

第一節　研究動機

　　詩歌是押韻的，尤其是古代的詩歌，或句句押韻，或隔句押韻；或五言，或七言，視朝代而異，但都有一定的規則。漢語詩歌的押韻，主要是在詩句的最後一個字，也就是韻腳，這種押韻方式稱為腳韻。以中古漢語而言，只要詩句末字的「韻」相同，就算押韻。所謂韻相同，指的是：韻腹（主要元音）、韻尾一樣，就滿足押韻條件，至於聲母和韻頭（介音）則不必相同。由於古代詩歌的用韻，不同聲調往往就是不同的韻，因而「韻相同」，還包括聲調亦須相同。[1]

　　然而詩歌的押韻，從古至今，都有例外，都不全然是「韻腹、韻尾、聲調」完全一樣，揆其原因，不外乎：一、不以韻害文。詩人不會為了要押韻而犧牲、破壞詩歌的內容。二、夾雜方言因素。不同時代有不同的方言，目前仍然無法排除古代詩歌當中沒有方音成份。三、沒有嚴格規範。人為的規範總是後起的，尤其官方的規定，更是晚之又晚。四、族群的語感。由於古人並未受過嚴謹的語音訓練，因而不同的族群對於語音的相似度就有不同的認知，例如in、iŋ；an、aŋ；ən、əŋ等等，是否相似，因人而異。

　　於是乎，詩歌當中，總是會出現不同的韻卻可以一起通押的現象。把能夠押韻的字歸併在一起，就形成了一個可以押韻的「韻

1　尉遲治平（2002:41）：「《切韻》系韻書的『韻』，一般認為就是指的韻腹、韻尾和聲調都相同的字的集合。」

轍」。[2]所謂韻轍，其實也是韻的意思，只不過它是進一步把能夠押韻的字合併在一起而已，它的範圍比韻大一些，但比韻部小，[3]比起韻攝就更小了。

　　中國古代最早出現而見於文獻記載的韻書是三國魏・李登的《聲類》，惟此書已亡佚，無法一窺其內容。然而它卻影響了後世，促使晉・呂靜《韻集》面世，南北朝時期更是韻書蠭出，一時百花齊放。可惜最後被隋・陸法言的《切韻》所取代，沒有任何一本留傳下來。

　　既然南北朝時期並沒有韻書留傳下來，吾輩只能透過當代傳世的詩歌整理出該時期的韻轍，然後運用數理統計法進一步離析出「韻」（韻基），等於提供內部證據，為日後研究韻母系統作準備。或曰：透過當代詩歌研究韻轍，會不會受到方言因素的嚴重干擾？其實不必太過多慮，因為早在王力《漢語語音史》（1985:11）就曾指出：

> 我曾經把《詩經》的十五國風分別研究過，沒有發現方言的痕跡。我曾經把《楚辭》和《詩經》對比，想找出華北方音和荊楚方音的異同。我雖然發現《楚辭》用韻的一些特點，但是也難斷定那是方言的特點，還是時代的特點。我在寫〈南北朝詩人用韻考〉的時候，曾經注意到詩人們的籍貫。但是古人的籍貫是靠不住的。

這是王力的經驗。中國古代難道沒有方言嗎？當然不是。那麼為什麼

2　前輩學者或稱之為「韻部」，例如何大安（1981）。然而韻部可包含相承的上、去聲，而本文所認知的韻轍則不包含以上內容。

3　楊亦鳴、王為民（2002:245）認為，「韻和韻部沒有大小之分，韻部又稱韻。」「如果韻書中的韻區別聲調，那麼相應的韻部就區別聲調；如果韻書中的韻不區別聲調，那麼相應的韻部也就不區別聲調。」這是透過韻書發展的歷史和韻書之間的比較所得出來的結果，有一定的道理。然而術語總是有它學術上的價值，倘若著眼於一般的認知，為了符合學科的需求，「韻部」只要求韻腹、韻尾相同即可，如此則可以跟要求韻腹、韻尾、聲調全同的「韻」作一區隔。

難以發現方言的痕跡呢？揆其原因，一方面固然是編輯者可能進行過整理，使得方言特點變得不明顯；另一方面則是音質有異，但音類相同之故。正如丁邦新〈重建漢語中古音系的一些想法〉（1995:416）所說：

> 可以押韻並不代表南北方言讀音無異。例如「東紅」在甲方言讀[tuŋ huŋ]，在乙方言可能讀[taŋ aŋ]，但兩字可以押韻則無異議。

丁邦新先生幫我們解決了一個問題：大江南北的確有方音的存在，然而詩歌的創作，形諸文字之後，由於韻類相同，自然也就看不出方音的區別了。

此外，北人南移，以及南人學習北音，也是重要因素。陳寅恪〈從史實論切韻〉（1949:1）就曾指出：

> 蓋自司馬氏平吳以來，中原眾事，頗為孫吳遺民所崇尚，語音亦其一端。

南人習北音，一方面是出自政治考量，另一方面也是由於文化認同的心理。畢竟無論是南移的北人，或孫吳遺民，都是從中原遷徙過去的漢人，他們對於自身的語言與文化，總是帶有一定的情感。總之，無論出於何種原因，最終都會拉近南北方言之間的差距。

還有一點必須指出，梁・顏之推曾於《顏氏家訓・音辭篇》中說：

> 易服而與之談，南方士庶，數言可辨；隔垣而聽其語，北方朝野，終日難分。

可見北方士庶之間，口音的差異不會太大；反而是南方，只要數言，
即可分辨士庶的身份。唐・陸德明在《經典釋文・序錄》卷一中曾說：

> 方言差別，固自不同，河北江南，最為鉅異。或失在浮清，或
> 滯於沈濁。

這裡的南北方言差異這麼大，恐怕指的是北方洛語和南方吳語，而非
北方洛語和南移洛語。總之，南北朝詩歌雖然存在方言問題，但還不
至於影響整個韻轍的研究。

第二節　文獻回顧

　　西元420年至589年，中國古代第一次出現南北分治、北方異族入
侵而中原人士南遷偏安的局面。從音韻史的角度來看，這個時代還有
另外一個特點，那就是史上第一次出現韻書蠭出的時期，[4]猶如先秦
諸子的百家爭鳴。可惜的是，自從西元601年，陸法言完成了《切
韻》以後，這些韻書便陸續亡佚，唐代以後就完全看不到了。[5]

4　南北朝時期，韻書蠭出，《切韻・序》即載有六部：呂靜《韻集》、夏侯該（詠）
　《韻略》、陽休之《韻略》、周思言《音韻》、李季節《音譜》、杜臺卿《韻略》。《隋
　書・經籍志》則列了十二部：沈約《四聲》、周研《聲韻》、張諒《四聲韻林》、段
　弘《韻集》、無名氏《羣玉韻典》、陽體之《韻略》、李槩《修續音韻決疑》、李槩
　《音譜》、無名氏《纂韻鈔》、劉善經《四聲指歸》、夏侯詠《四聲韻略》、釋靜洪
　《韻英》。《南史》亦列了兩部：周顒《四聲切韻》、王斌《四聲論》。
5　根據《切韻・序》：「寧敢施行人世，直欲不出戶庭。」《切韻》一開始可能只在家
　族之間流傳，後來才刊行於世。目前最早且見於世的是敦煌出土的三種《切韻》殘
　卷：今存三葉的「切一」（即大英博物館藏S2683號殘卷，王國維認為是陸法言的原
　本）；今存四葉，有全序和長孫訥言序的「切二」（即S2055號殘卷）；今存三十四
　葉，中間有缺損的「切三」（即S2071號殘卷）。這些殘卷都是初唐的寫本。可見，
　《切韻》的刊行最早應在初唐。

　　既然南北朝時期並沒有韻書留傳下來，吾輩只能觀察當代詩歌的用韻，整理出能夠押韻的大類，也就是韻轍，然後進一步分析韻與韻之間的離合，得出韻基，為韻母系統的研究作準備。因此，本文擬從南北朝詩歌的用韻著手，全面系聯這時期的韻腳，統計與分析這時期的韻轍。惟前輩學者早已針對南北朝詩歌進行過研究，最早且具有影響力的莫過於王力的〈南北朝詩人用韻考〉（1936），該文全面且簡略地觀察南北朝詩歌的用韻，並初步得出該時代的音韻特色與韻類系統。如果說，王力的貢獻在於研究，而于海晏的付出則是蒐集。于海晏所著《漢魏六朝韻譜》（1936）全面整理出漢魏六朝詩歌的用韻，提供後人直接進行分析研究的語料，可謂勞苦功高。

　　緊接著羅常培、周祖謨的《漢魏晉南北朝韻部演變研究・第一分冊》（1958）把歷史視角擴大至漢魏晉南北朝，時間長達八百多年，空間則兼包南北。更有甚者，語料除了詩歌之外，還旁及子書、史書中的韻文。後來周祖謨另外撰寫《魏晉南北朝韻部之演變》（1996），仍然以嚴可均所輯的《全上古三代秦漢三國六朝文》和丁福保所輯的《全漢三國晉南北朝詩》兩部書中所收輯的詩文作為主要研究材料，而且同樣旁及子書、史書中押韻的部分，最後理出從三國魏晉到南北朝四百多年間韻部演變的概況，成果不容忽視。這兩本書的優點是研究全面、語料豐富；缺點則是時代稍長、語料駁雜。

　　有鑑於此，何大安撰寫《南北朝韻部演變研究》（1981）時，把時間幅度縮減為南北朝時期約160多年，從共時的角度研究詩歌韻部的演變，但又沒有忽略魏晉與南北朝之間的歷史音變。何大安先生的成果相當豐碩，該書可謂南北朝詩歌韻部研究的重要著作。胥淳《南北朝詩歌用韻研究》（2007）則採取傳統韻腳字系聯法統計押韻次數，以及每個詩人的用韻特點，成果與王力（1936）大致相同。

　　雖然南北朝詩歌的用韻已有學者從事開墾，惟後人仍然可以從兩方面針對前輩學者的研究進行補苴罅漏，一是語料的選取，前輩學者

在蒐集語料時，通常都是先從多、廣入手，以免有所失收，因而顯得比較龐雜。二是方法的突破，研究詩歌的韻腳，向來使用的統計分析以韻段次數和百分比為主，但百分比會因次數的多寡呈現比較大的浮動，因而判斷標準不好拿捏。

　　基於以上理由，本文為使研究聚焦，暫時排除其他語料，僅觀察南北朝各朝代詩歌的用韻。由於今人逯欽立所編《先秦漢魏晉南北朝詩》非常全面，且來源清楚，得到學界一致讚賞，因而本文所採用的語料，以逯氏所編《先秦漢魏晉南北朝詩》第二、三冊為主。

　　至於研究方法，則於傳統算數統計法以外，增加數理統計法，也就是使用概率原理進行分析與判斷，期待精益求精，提供判準，解決前輩學者所無法處理的問題。下文將進一步說明。

第三節　研究方法

　　1940年，陸志韋首先將統計學的相關知識帶入聲韻學領域，針對《說文》、《廣韻》之間聲類轉變的大勢進行研究。陸氏所使用的方法是統計聲類之間的幾遇相逢數，也就是概率的問題。這是一項重大的突破，因為以往的研究主要是使用次數、百分比，得出來的數據越高，表示兩者關係密切，偏低則表示關係疏遠，然而介於中間者又當如何處理？學者往往略而不談，或單憑主觀經驗判斷。陸志韋使用概率公式，統計不同聲類之間的接觸，從而判斷兩者是否有關係，明確提供了一項辨識標準，在傳統的研究與方法論上往前推進了一大步，並影響了後來的學者，例如李玉《秦漢簡牘帛書音韻研究》（1994）、丘彥遂《喻四的上古來源、聲值及其演變》（2002）等，都曾使用幾遇統計法進行聲類的研究。

　　1989年，朱曉農《北宋中原韻轍考──一項數理統計研究》在陸志韋相逢概率的基礎上，進一步深化數理統計的部分，不但處理「韻

轍」的離合問題，還處理「韻」的離合問題。[6]處理韻轍的離合，統計的是「轍離合指數」，而處理韻的離合，則是統計「韻離合指數」。[7]此外，朱曉農先生還引入概率統計中的 t 分佈假設檢驗，針對不確定的韻離合指數進行檢驗，不但提高了研究結果的可信度，同時也讓研究方法更趨完善。

　　朱曉農先生計算轍離合指數的統計法與陸志韋先生計算幾遇相逢數的統計法其實沒有本質上的差異，兩者看起來有些不同，主要還是操作上的區別。陸志韋先生統計的是聲類之間的通轉，對象是形聲字聲母和聲字之間的相逢，舉例來說，「詁」從「古」得聲，兩者都是古類，所以古類聲母就以2次計算；而「苦」從「古」得聲，「苦」是苦類，那麼苦類聲母和古類聲母各自以1次計算。統計完之後，就得到了中古51聲類在上古的態勢。朱曉農先生則是研究北宋詩歌押韻的韻轍，他先將傳統的韻腳界定為兩個統計單位：韻次（Y）與字次（Z），[8]然後由Y與Z的分布與接觸進行概率的統計。

　　兩人研究的對象不同，但用來判斷平均概率的公式卻一致。陸志韋先生稱之為幾遇相逢的倍數，朱曉農先生稱之為分轍的數學方法。陸志韋先生的公式是：

$$\frac{AB}{\frac{N(N-1)}{2}} \times \frac{N}{2} = \frac{AB}{N-1}$$

6　「韻轍」與「韻」，統言不分，析言有別。韻以下所包含的韻字理應韻基相同，韻轍則進一步歸併幾個音值相近的韻成為一個更大的類。換言之，轍是對韻的再歸類，在同一個轍中，可能包含幾個音色相近但不相同的韻。

7　所謂「離合指數」，指「兩韻實際相押比值與理論上相押概率之比。」（朱曉農，1989:228）藉由離合指數，可以幫助研究者判斷兩韻以上（含兩韻）是否可以合併。轍離合指數用以判斷兩韻以上是否能合併為一個大類，韻與韻之間的通押關係只是清儒所說的合韻；韻離合指數則用以判斷兩韻之間是否韻基相同，韻基若相同，則表示只是介音有別。

8　朱曉農（1989:227）：「韻次（記為Y）：以相鄰的兩韻腳相押一次作為1韻次。」「字次（記為Z）：一個韻腳每押一次，即說它出現1字次。」

A和B分別是兩個聲母與其他聲母（包含與自身）相生的總次數；N則是所有聲母相生的總次數。用這個公式可以得到A、B兩個聲母的平均概率。假設A、B兩母之間的相逢數大於這個平均概率2倍，就表示A、B不是偶然的接觸，而是有音理上的通轉。假如把兩者的幾遇相逢數寫作X，那麼最後的公式就是：

$$\frac{X}{\dfrac{AB}{N-1}} = \frac{X(N-1)}{AB}$$

朱曉農先生的公式則是：[9]

$$\frac{Y_{ab}}{Y} \div \left(\frac{Z_a}{Z} \times \frac{Z_b}{Z-1} + \frac{Z_b}{Z} \times \frac{Z_a}{Z-1}\right)$$

$$= \frac{Y_{ab}}{Y} \div \frac{2Z_a Z_b}{Z(Z-1)} \geq 2$$

Y是「韻次」，Z是「字次」，而a和b分別是兩個不同的韻。由於1個字次等於2個韻次，即Z=2Y，以上公式最後可以簡化為：

$$\frac{Y_{ab}}{\dfrac{Z}{2}} \times \frac{Z(Z-1)}{2Z_a Z_b} = \frac{Y_{ab}(Z-1)}{Z_a Z_b}$$

兩相對照之下，朱曉農先生和陸志韋先生的公式最後呈現一致，所謂殊途同歸，研究對象雖然不同，但方法無異，都是透過平均概率去觀察研究對象的行為，用以判斷兩者之間的親疏關係。

不一樣之處還在於，朱曉農（1989:229）先生處理完轍離合指數之後，進一步處理韻離合指數，而且提出另一個的公式：

$$I(ab) = \frac{R(ab)}{P(ab)} \times 100 \to 100$$

9　公式中的a、b，原作j、k，這裡了為比較而稍作調整。

其中， $R(ab) = \dfrac{Y_{ab}}{Y_{aa} + Y_{bb} + Y_{ab}}$ ， $P(ab) = \dfrac{2Z_a Z_b}{(Z_a + Z_b)(Z_a + Z_b - 1)}$ 。這裡的R(ab)是A、B兩韻實際相押的比例；而P(ab)則是A、B兩韻在理論上會相押的平均概率。這兩個數值之比則為I(ab)，也就是韻離合指數（取百分比的值）。當I≧100（達到100%或以上）時，表示兩韻可以合併，它們的韻基完全相同。不過，朱曉農先生接著說，I≧90時，可以認為兩韻已合併，I＜50時，還未合併。而當50≦I＜90時，就必須進行t分布假設檢驗。

朱曉農先生的數理統計法得到麥耘先生的肯定。麥耘〈隋代押韻材料的數理分析〉（1999）除了介紹朱曉農先生的研究方法，並且實際操作，用以研究隋詩的押韻。或許他的研究結果與前賢傳統的研究大同小異，但卻提供了詳實的標準和理論數據。相較之下，朱、麥二人的研究顯得更為科學。

繼朱、麥二人的研究之後，年青一輩的學者開始投入其中，例如：戴軍平《魏晉押韻材料的數理分析》（2003）、魏慧斌、李紅〈宋詞陽聲韻的數理統計分析〉（2005）、張建坤〈北魏墓志銘用韻研究〉（2007）、李書嫻、麥耘〈證『《詩經》押韻』〉（2008）、張建坤《齊梁陳隋押韻材料的數理分析》（2008）、張建坤〈北朝後期詩文用韻研究〉（2008a）、張建坤〈梁代詩文陽聲韻入聲韻用韻數理分析〉（2008b）、李書嫻〈試論韻文研究中的韻離合公式和t檢驗法〉（2009）、魏鴻鈞《周秦至隋詩歌韻類研究》（2015）、魏鴻鈞〈《楚辭》屈宋用韻的數理統計分析——兼論「上古楚方音特色」之可信度〉（2015）、魏鴻鈞〈兩漢詩人用韻的數理統計分析〉（2016）等等，都是使用數理統計法進行運算與分析的新式研究。

然而魏慧斌、李紅（2005:83）指出，朱曉農先生用以統計轍離合指數和韻離合指數的公式「略有不同」，用以統計轍離合指數的公式是：

$$\frac{Y_{ab}(Z - 1)}{Z_a Z_b}$$

用以統計韻離合指數的公式卻是：

$$I(ab) = \frac{R(ab)}{P(ab)} \times 100$$

同樣尋求離合指數，為何韻的離合指數跟轍的離合指數會是不一樣的呢？朱曉農先生並沒有交代，即便是麥耘先生在介紹朱氏方法論時，也沒有特別說明。這就引來了質疑，魏慧斌、李紅（2005:83）認為：

> 被除數僅是 a、b 兩韻的總字次和總韻次，而把同一個韻段中 a、b 韻和其他韻組成的韻次置之不理，無形中可能放大了機率，不符合排列組合的精神。兩個公式既然是從同一個原理推導而來，應該算法相同較為恰當。

因此魏慧斌、李紅（2005:83）把公式修改為：

$$I(ab) = \frac{Y_{ab}}{Y} \div \left(\frac{Z_a}{Z} \times \frac{Z_b}{Z-1} \right) \times 100$$

魏、李二人的質疑有一定的道理，但能否成立又是另一回事。本文發現，根據Z=2Y，這個公式可以進一步簡化為：

$$\frac{2Y_{ab}(Z-1)}{Z_a Z_b} \times 100$$

這樣，以上這個公式就跟前面提及的概率簡化公式一致。

至於新公式為何乘以2倍？不難理解。這是因為Y_a和Y_b原本是兩個不同的韻，現在假設兩者韻基相同，不同的地方只有介音，那麼它們其實就是同一個韻之下的洪細兩類。既然Y_a和Y_b是同一個韻，那麼它們的接觸就應以兩倍計算。例如梁武帝蕭衍的〈詠筆詩〉（逯1536）用了兩個韻：

年（先）。筵（仙）。

「先」與「仙」接觸算1次，計入先韻中；「仙」與「先」接觸也算1次，計入「仙」韻中。加起來總共2次。而梁武帝的〈詠燭詩〉（逯1536）只用一個韻：

兒（支）。差（支）。

「支1」與「支2」接觸算1次，計入支韻中；而「支2」與「支1」接觸也算1次，也計入「支」韻中。加總之後一樣是2次。這就是為什麼同一個韻要乘以2倍的原因。

　　魏、李二人的新公式表面上看起來比較合理，然而實際操作卻有一個很大的困難。當某韻的自身韻次或字次偏低時，數據就會起很大的波動，加上總韻次非常大的話，想要從理論上的概率去判斷兩個韻是否可以合併根本不可能。舉個實例，麥耘（1999:116）先生曾經統計過魚、虞二韻的韻離合指數，結果是24，表示兩者不能合併。然而如果使用魏、李二人的新公式，則得出：

$$\frac{2(26)(12988-1)}{248 \times 275} \times 100 = 990$$

不過，魏、李二人曾說：「（朱曉農）把同一個韻段中a、b韻和其他韻組成的韻次置之不理，無形中可能放大了機率，不符合排列組合的精神。」言下之意是要使用同一個韻段的接觸，但非同一個韻段則除外。倘若如此，則應用轍的總韻次而非所有韻的總韻次。以下把所有韻的總韻次換成轍的總韻次，即248（魚）+275（虞）+251（模）=774，重新計算之後得出：

$$\frac{2(26)(774-1)}{248 \times 275} \times 100 = 58$$

雖然58已不能直接認定兩韻可以合併，但比起麥耘先生的24，還是高出許多，而且已超過50，必須做t分布假設檢驗才能排除。因此本文

不取魏、李二人的新公式，但他們提出來的想法：「兩個公式既然是從同一個原理推導而來，應該算法相同較為恰當。」這一點，值得思考。例如 $R(ab) = \dfrac{Y_{ab}}{Y_{aa} + Y_{bb} + Y_{ab}}$ ，與 $P(ab) = \dfrac{2Z_a Z_b}{(Z_a + Z_b)(Z_a + Z_b - 1)}$，前者用韻次，後者用字次，公式不相等。今將前者調整為：

$$R(ab) = \frac{2Y_{ab}}{Z_{aa} + Z_{bb} + Z_{ab}}$$

雖然調整了公式，但得出來的數據卻沒有差異。

必須一提的是，麥耘（1999）在使用數理統計時，發現朱曉農先生在操作上仍有不足，主要是在進行t分布假設檢驗時，朱曉農（1989:40）曾舉例說：「把宕攝全部統計材料任意分為大致均勻的16組（多兩組少兩組沒關係，Z大就多分兩組，Z小就少分兩組。）」「任意」二字，讓人擔憂；「多兩組少兩組沒關係」，更會給人一種不夠嚴謹的感覺。或許如此，麥耘（1999:114）修正了具體操作：

> 視需要檢驗的兩韻互押韻段的多少定所分組數，每韻段為一組（韻段數如太多，譬如說超過100，就適當合併），然後把兩韻各自獨用的韻段的數據任意地、大致均勻地加上去（韻段內如有兩韻以外的韻字，則只取這兩韻獨用、互押韻次，涉及其他韻的韻次，置之可也）。盡量避免出現一組內互押韻次為0的情況，也盡量避免兩個獨用韻次都是0的情況。

麥耘先生的操作明顯比朱曉農先生合理，因此本文在這方面的操作依麥耘先生。例如麥耘先生曾舉隋詩中宵、蕭二韻為例，說明t分布假設檢驗的方法與過程：宵、蕭兩韻互押的韻段有27個，麥耘先生就把它們分為以下27組：[10]

---

10 由於版面問題，本文以直式呈現。

序號	Y宵宵	Y宵蕭	Y蕭蕭	序號	Y宵宵	Y宵蕭	Y蕭蕭
1	3	1	1	15	3	1	0
2	4	4	0	16	0	2	3
3	1	2	2	17	2	2	0
4	5	1	0	18	4	1	0
5	5	2	0	19	3	1	0
6	3	1	0	20	5	2	3
7	0	4	1	21	3	1	0
8	2	3	0	22	3	1	0
9	3	1	0	23	3	1	0
10	3	2	0	24	3	2	0
11	1	2	1	25	5	1	0
12	3	2	0	26	4	1	0
13	3	1	0	27	3	1	0
14	3	2	0	總計[11]	82	45	11

然後逐一計算每一組中，宵蕭互押韻次對宵、蕭獨用與互押韻次之和的比例：

$$xi = \frac{Y_{宵蕭 i}}{Y_{宵宵 i} + Y_{蕭蕭 i} + Y_{宵蕭 i}}$$

結果得到27個樣本：

Xi：0.2,　0.5,　0.4,　　0.1667,　0.2857,　0.25,　0.8,　　0.6,　0.25,

　　0.4,　0.5,　0.4,　　0.25,　　0.4,　　0.25,　0.4,　　0.5,　0.2,

　　0.25,　0.2,　0.1667,　0.25,　　0.25,　　0.4,　0.1667,　0.2,　0.25

根據這27個樣本，求出它們的樣本均值，由於本例的樣本數n＝27，所以樣本平均值是：

---

11 原文的總計是「83、45、11」，其中Y宵宵的統計有誤。

$$\bar{x} = \frac{1}{n}\sum_{i=1}^{n} xi = 0.3291$$

接著求出樣本的修正方差：

$$S^2 = \frac{1}{n-1}\sum_{i=1}^{n}(xi - \bar{x})^2 = 0.0235$$

然後計算統計量，由於μ_0=P（ab）=P$_{宵蕭}$＝0.3155，所以是：

$$t = \frac{\bar{x} - \mu_0}{\sqrt{\frac{S^2}{n}}} = 0.461$$

然後需要設定檢驗水平（顯著性水平）α，也就是「小概率」。通常會取0.05，即5%，而麥耘先生取0.025，[12]即2.5%。下一步則是從「t分布臨界值表」（t分布雙側分位數表）查索臨界值t$_{2α}$ (n-1)。如果|x|＜t$_{2α}$ (n-1) $_{x=1}$，就說明原假設能成立，實際比值與標準比值無顯著差異，兩韻合併，在韻離合指數表中用「T」表示；反之，則表示原假設能成立的概率僅為2.5%，應該被拒絕，也就是說應該認為兩韻不合併，用「B」表示。這裡的樣本數是：n=27，自由度是：n-1=26，查得t0.05(26)=2.056。由於計算所得|t|=0.461＜2.056，[13]所以判定宵、蕭的韻基相同。

　　按照這樣的方式操作，就能有效地為兩個有一定接觸的韻進行劃分，解決兩者到底是擁有相同的韻基，還是臨時合用的問題。本文用以研究南北朝詩歌的數理統計法，亦當如是操作。

---

12 原文誤作0.0025。

13 原文誤作|t|=-1.0698＜2.056。

第四節　研究步驟

　　傳統的研究方式是統計韻段，再由韻段的百分比進行判斷，有時候會過於主觀，且無法處理細部問題。例如使用韻段的百分比可以析分出韻轍，然而韻的分合則完全使不上力，只能以中古的韻攝進行主觀的判斷。因此韻段的統計只適合用在研究的起點，深一層的研究則必須依賴比較高階的數理統計法。

　　這裡不打算介紹統計學的專業知識，只以深入淺出的方式說明本文的操作：一個手掌有5根手指、4個指縫，而手指與手指之間的接觸是8次。把這樣的認識應用到詩歌的押韻上就很容易理解了：一首詩至少有2個韻腳才能構成押韻的條件，這裡舉兩個例子進行說明：第一首是宋詩王叔之的〈遊羅浮山詩〉（逯1129）：

　　　　　封（鍾）。峯（鍾）。重（鍾）。容（鍾）。

這首詩全押鍾韻，總共八句四個韻腳。韻次（Y）只有3次，假如韻腳總數是4，那麼韻次就是N-1=3。韻腳與韻腳之間的接觸（即字次Z）：封→峯→重→容→重→峯→封，總共6次，由於Y=2Z，所以6=2(3)。理解這一點之後，再看另一首合韻的詩：謝瞻的〈遊西池詩〉（逯1134）：

　　　　　過（戈）。霞（麻二）。阿（歌）。柯（歌）。何（歌）。

這首詩用了三個不同的韻，總共十句五個韻腳。由於每個韻腳都押在大停頓處，也就是偶句，因此確定是入韻的韻腳。傳統的做法會直接把它視為合韻1次，透過數理統計，還可以細分為：戈麻接觸1次、麻歌接觸1次、歌自身接觸4次。把所有的接觸次數統計完畢，就可以從

是否2倍於理論上的平均概率數去判斷歌、戈、麻三韻是混而不分，還是偶然合用。

本文實際的操作步驟如下：

一、以《廣韻》的206韻目出發，系聯出所有詩歌的韻腳。凡是落在大停頓處者視為韻腳，落在小停頓處者則以大停頓處的韻腳進行判斷。尤其是首句是否入韻，亦以大停頓處是否合韻進行判斷。

說明：何大安（1981:109）曾說：

> 由於首句韻的原則不好把握，比較不會出錯的辦法是，屬於同一部的首句韻字，算它是韻；本部不曾用過的，便不算是韻。

何大安先生的態度相當謹慎，揆其原因，應該是希望把誤判的機率降至最低，然而這一來就有可能把原本可以合轍的韻腳給汰除。故而本文的操作是，只要在同一個朝代的詩歌中，可以合用的兩個或兩個以上的韻出現在首句韻的位置，即視之為入韻。

二、計算出韻段數和合韻數，並用以判斷哪些韻具有獨立的地位，哪些韻老是跟其它韻通用。具有獨立地位的韻標示「○」，不具獨立地位的韻則標示「×」，介於兩者之間（即50%者）則標示「◎」。

說明：有些韻通常自己獨用而甚少與其它韻合押，表示其獨特性相當明顯，例如支韻、泰韻、侵韻等，可以自己為一個韻轍。有些韻常常在一起合用，則以佔多數的一方為主體，例如脂、之二韻，之韻所佔的百分比較高，可以「之」為轍名，稱之為「之轍」。

三、決定了轍名之後，使用轍離合指數判斷各韻之間是否可以合轍，也就是提供數據，證明它們可以合併為一個更大的類。第一步驟所使用的公式是：$\frac{Y_{ab}(Z-1)}{Z_aZ_b}$。原則上，只要指數大於2倍，即可視之為合轍。

說明：這個公式是計算理論上的平均概率，如果指數是1，等於持平，如果大於2，表示兩者有一定的關係，不可忽視。惟某個韻的韻次為零，或偏低時，就會造成波動，指數可能超過2，這時應以中古韻攝的分界進行輔助判斷。例如冬、耕二韻，它們自身的韻次都很低，如果出現1次的接觸，指數就有可能超過2，但不能據此認為兩者有必然關係而草率合轍，因為冬韻中古屬通攝，而耕韻中古屬梗攝，除非兩者大量合韻，否則應據中古韻攝的分置處理。

四，完成分轍之後，使用韻離合指數判斷各韻之間是否韻基相同。第二步驟使用的公式是：$I(ab) = \frac{R(ab)}{P(ab)} \times 100 \rightarrow 100$。只要指數達到90或以上，就算韻基相同；而介於50至89者，則必須進行t分布假設檢驗。

說明：要判斷兩個韻是否韻基相同，應以兩者之間的接觸為基準而排除其它韻的干擾，因此使用兩韻之間實際相押的比例除以兩韻之間的平均概率（由於採用的是百分比，因此會乘以100%），得到的指數理論上會落在100上下，所以只要達到90就視為韻基相同，而達到50或以上的就必須做t分布假設檢驗以進一步確定是否相同。

五，以韻段為單位，列出兩韻在同一個韻段中的韻次，一組數據為一個有效樣本，數量盡可能在30組裡面，因為t分布假設檢驗是針對小數據進行檢驗的方法。[14]凡是通過檢驗的指數，一律標示「T」（一方面固然是由於它根據的是t分布臨界值表；另一方面亦可理解為「True真」）；未通過檢驗的指數，則在旁邊標「F」（朱、麥二人標示「B」，或許是取「Bad」的意思，這裡則取「False假」）。倘若有效樣本偏低而無法進行檢驗，則在指數旁標示「？」（表示存疑）。

說明：t分布假設檢驗使用了兩個原理：一是「小概率原理」，一是「對立假設原理」。前者把概率很小的事件視為不可能發生，例如

---

14 倘若數據≧30，那麼它就趨近正態分布，應用Z檢驗法針對總體平均數進行檢驗。

前文提及的顯著性水平α=0.05（0.5%），表示Xi落在區間的可能性只有5%，如果通過檢驗，表示有95%的可信度。後者先提假設：μ=μ₀，經過檢驗後的結果如果是不成立，表示原假設必須被拒絕，也就是必須否定μ=μ₀的小概率事件，否則必須接受μ=μ₀的假設。因此本文的研究盡可能篩選30個標準韻段，也就是麥耘先生所提及的：一、盡量避免出現一組內互押韻次為0的情況；二、盡量避免兩個獨用韻次都是0的情況。惟低於5個標準韻段時，則打破以上兩條原則，以所有韻段進行計算，且會隨文說明。

　　本文的研究範圍限定在南北朝詩歌，取材對象是逯欽立所編的《先秦漢魏晉南北朝詩》第二、三冊所錄宋、齊、梁、陳、北魏、北齊、北周詩共七卷。在這七卷詩歌集子中，共收：宋詩947首、齊詩538首、梁詩2403首、陳詩608首、北魏詩200首、北齊詩204首、北周詩442首，總共5342首。只不過當中收入了一些殘詩和無韻詩，計有：宋詩59首、齊詩13首、梁詩37首、陳詩9首、北魏詩11首、北齊詩15首、北周詩2首，總共146首，佔總詩歌的2.7%，這些無效樣本必須予以剔除。

　　另外，還有相對少數異調相押的詩，計有：宋詩10首、齊詩13首、梁詩33首、陳詩3首、北魏詩5首、北齊詩2首、北周詩3首，總共69首，只佔總詩歌的1.28%，可見南北朝時期，不同聲調就是不同的韻，這一點已與《切韻》一致。

　　刪去以上兩類詩歌之後，實收：宋詩888首、齊詩525首、梁詩2366首、陳詩599首、北魏詩189首、北齊詩189首、北周詩440首，總共5196首，佔總詩歌的96.02%。以上是有效樣本，是本文研究的對象。

　　至於作者：宋詩60位、齊詩44位、梁詩167位、陳詩70位、北魏40位、北齊26位、北周17位，總共424位，其中江淹見於齊詩和梁詩，去其重覆，實得423人。

第二章
宋詩韻轍研究

【說明】

一、表格中的內容以四聲排列，未入韻的聲調則整個省略，以免佔據空間。四聲皆未入韻的韻目亦全部省略。

二、每一首詩基本上就是一個韻段，雖然有些詩歌中間會轉韻，實際上已是兩個韻段，然而由於本文要觀察每一首詩內部是否獨用或合用，因此暫時處理為一個韻段。

三、「合韻」欄下的數據表示該韻與其他韻合用的次數，而1次代為1個韻段。

四、「合韻內容」欄下表示在同一個韻段中，該韻與哪些韻合用，且合韻次數總共幾次。

五、「備註」欄下的「○」表示合韻低於50%，該韻有自己的主體性或獨立地位；反之，「×」表示合韻超過50%，該韻沒有獨立地位。假如正好50%，則以「◎」表示，通常入韻次數少才會出現這種情形。

第一節　宋詩的用韻情況

一、通、江攝的用韻

表 1.1

聲調	韻目	韻數	韻段	合韻	合韻內容	備註
平	東	180	51	27	冬鍾4、鍾9、鍾江7、冬鍾江2、江2、冬2、陽1	✕
	冬	9	9	9	東鍾4、東鍾江2、東2、鍾1	✕
	鍾	85	30	26	東冬4、東9、東江7、江2、東冬江2、冬1、語1	✕
	江	15	13	13	東鍾8、鍾2、東2、東冬鍾1	✕
上	董	1	1	1	養1	✕
	湩	0	0	0		
	腫	0	0	0		
	講	0	0	0		
去	送	4	1	0		○
	宋	0	0	0		
	用	0	0	0		
	絳	0	0	0		
入	屋	88	22	6	燭2、燭覺2、燭覺錫1、燭鐸1	○
	沃	1	1	1	燭覺1	✕
	燭	15	8	8	沃覺1、屋覺2、屋覺錫1、德1、屋1、屋鐸1。	✕
	覺	6	4	4	沃燭1、屋燭2、屋燭錫1	✕

　　東韻出現180次51韻段，其中27首合韻，已超過半數，佔52.9%。東韻的合韻內容是：冬鍾4、鍾9、鍾江7、冬鍾江2、江2、冬2、陽1。從中可以整理出「合韻行為」，即東韻分別與各韻的合用次數是：鍾22、江11、冬8、陽1。東韻與鍾韻明顯相混，而冬、江二韻，本身

字數不多，但卻分別有11、7次與東韻合用，那麼東、冬、鍾、江四韻在劉宋詩歌全混，恐怕是可以肯定的了。至於陽韻，只有1次與東合用，可視之為例外，也就是音近合韻。

　　東韻在中古韻圖被劃分為一等和三等，這兩者在劉宋詩歌中有沒有區別呢？經本文統計，東一出現59次，東三出現121次，兩者混用高達30首，已超過東一的半數，可見東一與東三只是洪細的不同，而這種介音的區別並不會造成押韻的問題。

　　冬韻出現9次9韻段，這就表示每一次的出現都與其他韻相押，合韻百分百。冬韻的合韻行為是：東8、鍾7、江2。冬韻合韻9次，高達8次與東韻相混，可見宋詩東、冬不分。冬韻是洪音一等，鍾韻是細音三等，兩者的7次合韻，可以推測是由於介音的關係，而非主要元音或韻尾相近的問題。

　　鍾韻出現85次30韻段，其中26首合韻，佔86.7%，合韻行為是：東22、江11、冬7、語1。[1]鍾韻的合韻對象不外乎東、冬、江三韻，它與東韻高度相混，其次是江韻，而與冬韻的合用雖然只有7次，這是因為冬韻只有9首合韻的緣故。

　　江韻出現15次13韻段，結果13首全混，合韻行為是：東11、鍾11、冬1。江韻與東韻、鍾韻的合用高達11次，而與冬的合韻只有1次，這或許是江韻比較接近東韻，但更有可能是江韻與冬韻的韻腳字比較沒有意義上的關聯，因而沒有一起入韻。

　　上聲、去聲入韻次數不高，無法判斷。

　　至於入聲，屋韻出現88次22韻段，只有6首合韻，佔27.3%，合韻行為是：燭6、覺3、鐸1、錫1。屋韻的合韻未過半，似乎是個獨立的韻，而且與它合用最高的燭韻，只出現15次8韻段，結果8首全與屋韻

1　鍾、語合韻的一首詩是〈華山畿〉其十六：「摩可濃（濃）。巷巷相羅截。終當不置汝（語）。」（逯1338）〈華山畿〉共二十五首，基本上都押韻，惟有幾首用韻較寬，這首即其中之一。

相混，佔100%，可見關鍵原因並非屋韻是個獨立的韻，實乃燭韻入韻次數不高所致。另外，沃韻只出現1次而與燭、覺相混，覺韻合韻4次而與屋、沃、燭相混。總之，入聲屋、沃、燭、覺與東、冬、鍾、江的情況一樣，四者全混。

二、止攝的用韻

表 1.2

聲調	韻目	韻數	韻段	合韻	合韻內容	備註
平	支	106	32	11	之4、之脂1、皆1、微4、齊1	○
	脂	54	26	20	支之1、之微2、微11、之4、哈1、微灰1	×
	之	130	38	18	支4、支脂1、脂微2、脂4、微1、哈5、哈尤1	○
	微	151	39	25	脂之1、齊皆1、脂11、之1、齊皆灰哈1、皆灰哈1、支4、灰2、之脂1、先1、脂灰1	×
上	紙	13	5	4	止3、旨1	×
	旨	20	12	11	止10、紙1	×
	止	162	42	13	旨10、紙3	○
	尾	1	1	1	賄1	×
去	寘	14	3	0		○
	至	40	14	7	志6、未1	◎
	志	32	11	7	至6、御1	×
	未	1	1	1	至1	×

支韻出現106次32韻段，共有11首合韻，佔34.4%，合韻行為是：之6、微4、脂1、齊1、皆1、咍1。支韻是一個獨立的韻，而與之、微接近。

脂韻出現54次26韻段，其中20首合韻，佔76.9%，合韻行為是：微14、之7、支1、灰1、咍1。脂韻似乎沒有自己的獨立地位，而比較接近微韻，其次是之韻。

之韻出現130次38韻段，其中18首合韻，佔47.4%，合韻行為是：脂7、支6、咍6、微3、尤1。之韻似乎處於不穩定的狀態，它與脂韻最接近，其次是支、咍，再次是微韻。

微韻出現151次39韻段，共有25首合韻，佔64.1%，合韻行為是：脂14、灰5、支4、之3、皆3、齊2、咍2、先1。微韻似乎不是一個獨立的韻，它與脂最為接近，其次是灰、支、之等。

綜合以上四韻的情況，可以得出這樣的結論：支韻獨立，之韻勉強獨立，微韻與脂韻不獨立。若以平聲來判斷，脂、微二韻混而不分，可以合併；然而把視角延伸至上聲：旨、止二者的合韻都過半，彼此的合韻是10次；去聲至、志二者的合韻也過半，彼此的合韻是6次。那麼應該是脂、之混而不分才對。仔細觀察，這時候微韻的上聲尾韻、去聲未韻，都只有入韻1次，入韻次數太少，而未韻只與至韻合用，如此，則把脂韻與微韻合併會比較妥當。

三、遇攝的用韻

表 1.3

聲調	韻目	韻數	韻段	合韻	合韻內容	備註
平	魚	61	23	13	虞7、虞模4、模2	✕
	虞	45	19	15	魚7、模3、魚模4、尤1	✕
	模	21	11	9	虞3、魚虞4、魚2	✕

聲調	韻目	韻數	韻段	合韻	合韻內容	備註
上	語	73	30	13	麌2、遇暮1、姥4、哿1、濃1、暮1、麌姥3	○
	麌	10	6	6	語2、姥1、語姥3	×
	姥	34	16	8	語4、麌1、語麌3	×
去	御	23	13	3	遇暮1、志1、代1	○
	遇	15	8	6	御暮1、語暮1、禡1、暮3	×
	暮	52	18	7	御遇1、語遇1、遇3、鐸1、語1	○

魚韻出現61次23韻段，其中13首合韻，佔56.5%，合韻行為是：虞11、模6。虞韻出現45次19韻段，其中15首合韻，佔78.9%，合韻行為是：魚11、模7、尤1。模韻出現21次11韻段，其中9首合韻，佔81.8%，合韻行為是：虞7、魚6。

根據以上用韻，魚、虞、模的合韻都超過半數，表示這三個韻沒有自己的獨立地位，除了虞韻有1次與尤韻合用外，魚、虞、模的合韻對象都是彼此，可見宋詩魚、虞、模三韻混而不分。

必須說明的是，上聲語韻出現73次30韻段，只有13首合韻，佔43.3%，並未過半，看似有自己的獨立地位，可是麌韻出現的10次6韻段，6首全混，對象與平聲的情況相似，不是語韻，就是姥語，而且合韻行為是：語5、姥4。麌韻與語韻的合用次數比姥韻還多1次。

去聲則是遇韻與暮韻比較密切，由於中古韻圖將虞、模韻（及其上去聲）放置在同一張圖，虞在三等而模在一等，可見兩者是洪細的關係，合韻的原因推測是介音的不同，而介音的不同不會影響押韻行為，因此遇、暮的合韻其實是正常的押韻。

四、蟹攝的用韻

表 1.4

聲調	韻目	韻數	韻段	合韻	合韻內容	備註
平	齊	51	15	11	皆5、微皆1、微皆灰咍1、皆灰咍1、支1、咍2	╳
	皆	26	14	13	齊5、微齊1、微齊灰咍1、齊灰咍1、支1、微灰咍1、咍2、灰咍1	╳
	灰	16	11	11	咍4、微齊皆咍1、齊皆咍1、微皆咍1、微2、皆咍1、脂微1	╳
	咍	42	22	19	灰4、微齊皆灰1、齊皆灰1、微皆灰1、皆2、皆灰1、之5、脂1、齊2、之尤1	╳
上	薺	1	1	0		○
	駭	0	0	0		
	賄	1	1	1	尾1	╳
	海	0	0	0		
去	霽	5	5	5	祭2、祭屑薛1、薛1、屑1	╳
	祭	15	6	4	霽2、月1、霽屑薛1	╳
	泰	10	3	1	換1	○
	怪	0	0	0		
	隊	4	3	3	代3	╳
	代	10	5	4	隊3、御1	╳

　　齊韻出現51次15韻段，其中11首合韻，佔73.3%，合韻行為是：皆8、咍4、微2、灰2、支1。皆韻則出現26次14韻段，高達13首合韻，佔92.9%，合韻行為是：齊8、咍6、灰4、微3、支1。齊韻與皆韻合韻8次，兩者各自的合韻都超過七成，這表示齊、皆二韻可能都不

是獨立的韻，兩者的合用，反映出宋詩的齊、皆二韻混而不分。

灰韻出現16次11韻段，全部合韻，合韻行為是：咍8、微5、皆4、齊2、脂1。咍韻則出現42次22韻段，其中19合韻，佔86.4%，合韻行為是：灰8、皆6、之6、齊4、微2、支1、脂1、尤1。灰、咍二韻，一開一合，正好互補，彼此合韻8次，可以理解為介音的不同。去聲隊、代的合韻也支持這一點。至於兩者與微、皆、齊三韻的合用，推測是音近的關係。另外，咍韻與之韻的合用高達6次，這可能是古音的保留，之、咍都源自上古的之部，極有可能在南方的方言中，或較早的文讀層中並未分化，因而混用。

齊皆與灰咍的合用，甚至和微韻的合用，只能理解為音近而相押，音近的原因，由於它們超過兩個韻的合用，因此比較可能是元音稍異但韻尾相同，押韻時由於相同的韻尾讓不同的腳韻之間得以產生和諧感。

去聲霽韻出現5次5韻段，完全合韻，合韻行為是：祭3、屑2、薛2。祭韻則出現15次6韻段，其中4首合韻，合韻行為是：霽3、屑1、薛、月1。霽韻與祭韻關係最為密切，而兩者都與入聲屑、薛合用。霽韻是四等字，祭韻則是三等，兩者可處理為洪細的不同；而與屑、薛的合韻，則可理解為主要元音相同、韻尾同部位的合用。[2]祭韻與月韻合用1次，而且是在大停頓處，並非單純的例外，或許是祭、月上古同部，這首詩反映了較古的特點。

泰韻出現10次3韻段，只有1首合韻，對象是換韻。泰韻是陰聲韻，換韻是陽聲韻，兩者的區別可能在於主要元音的不同，也就是俗稱的陰陽對轉關係。

2　李榮（1956:114）主張四等沒有i介音，而主要元音是e，他說：「我們取消高本漢四等的[i]介音，主要元音[e]卻沒有更動的必要。……從法顯（417）到地婆訶羅（683）二百六十多年當中，譯楚文字母的人一直用四等字對"e"。」因而霽祭、屑薛就可以處理為洪細的不同。

五、臻攝的用韻

表 1.5

聲調	韻目	韻數	韻段	合韻	合韻內容	備註
平	真	175	44	31	諄18、諄臻1、文欣1、文3、諄文2、諄文欣2、臻2、仙1、侵1	×
	諄	36	26	26	真18、真臻1、真文2、真文欣2、臻2、文1	×
	臻	5	5	5	真諄1、諄2、真2	×
	文	103	32	13	真諄欣2、真3、欣4、真諄2、真欣1、諄1	○
	欣	9	7	7	真諄文2、文4、真文1	×
	元[3]	70	37	34	寒魂仙／陽唐1、[4]山仙4、山先仙5、先仙5、魂8、桓1、寒桓刪山1、痕阮1、魂痕3、仙1、痕山先仙1、寒桓1、痕1、先1	×
	魂	55	14	12	元仙寒1、元8、元痕3	×
	痕	6	6	6	元阮1、元1、元魂3、元山先仙1	×
上	軫	12	5	2	隱1、準寢1	○
	準	2	1	1	準寢1	×
	橤	0	0	0		

3　元韻本屬中古韻圖的山攝，此處為了方便討論而移入臻攝。

4　「寒魂仙／陽唐」中的斜線表示中間有轉韻，換言之，這裡其實有兩個韻段。元韻與寒魂仙的合韻屬正常表現，而與唐韻的合用出現在謝晦〈悲人道〉一詩：「國既危而重構。家已衰而載昌（陽）。獲扶顛而休否。冀世道之方康（唐）。朝襃功以疏爵。祇命服於西蕃（元）。奏簫管之嘈囋。擁朱旄之赫煌（唐）。」（逯1140）「西蕃」是地名，不能換字，可見元、唐合韻是不得已的例外。

聲調	韻目	韻數	韻段	合韻	合韻內容	備註
	吻	0	0	0		
	隱	3	1	1	軫1	×
	阮	9	4	4	混獮1、元痕1、混1、緩1	×
	混	2	2	2	阮獮1、阮1	×
	很	0	0	0		
去	震	16	5	4	稕4	×
	稕	5	4	4	震4	×
	櫬	0	0	0		
	問	6	2	0		○
	焮	0	0	0		
	願	2	1	1	霰線1	×
	恩	0	0	0		
	恨	0	0	0		
入	質	62	16	11	術8、櫛2、陌昔1	×
	術	8	8	8	術8	×
	櫛	2	2	2	質2	×
	物	6	2	0		○
	迄	0	0	0		
	月	54	13	10	屑薛3、沒5、祭1、沒薛1	×
	沒	10	6	6	月5、月薛1	×
	麧	0	0	0		

　　真韻出現175次44韻段，其中31首合韻，高達70.5%，合韻行為是：諄23、文8、臻3、欣3、仙1、侵1。而諄韻出現36次26韻段，全部合韻，合韻行為是：真23、文5、臻3、欣2。真韻與諄韻高度相混，表示兩者關係密切，加上《切韻》原本就不分真、諄，它們只是開、合口的不同，因而完全有理由把兩者合併在一起。上、去、入三聲的情況亦支持這一點。

　　臻韻只出現5次5韻段，這表示每一首都合韻，合韻行為是：真3、諄3。臻韻的合韻對象不是真就是諄，這樣的表現似乎意味著臻韻與真、諄二韻並沒有區別，至少在雅言系統沒有區別。臻韻入聲櫛韻只有2次合韻，2次都與真韻入聲質韻混用。

　　文韻出現103次32韻段，共有13首合韻，只佔40.6%，並未過半，合韻行為是：真8、欣7、諄5。文韻超過50%自己獨用，可見它是一個獨立的韻。欣韻出現9次7韻段，全部合韻，可見它不是一個獨立的韻。欣韻的合韻行為是：文7、真3、諄2。在合韻的對象中，欣韻字少卻全部與文韻合用，反映出兩者的密切關係。考慮到文韻只有合口，欣韻只有開口，兩者都是三等韻，條件正好互補，可以把它們合併。

　　元韻比較特別，它可以通魂、痕等韻，也可以通山、仙、先等韻。先來看細節：元韻出現71次37韻段，共有34首合韻，佔91.9%，表示元韻不是一個獨立的韻。它的合韻行為相對複雜：仙17、魂12、先12、山11、痕6、寒3、桓3、刪1、唐1、阮1[5]。以上用韻可以分為兩組：屬於臻攝的魂、痕韻和屬於山攝的寒、桓、刪、山、先、仙韻，兩組的合韻次數都很高，恐怕不是偶然的混用，這或許是元韻正處於不穩定的狀態，它介於兩者之間，因而與兩組都有一定的合韻。上聲的情況相似，阮韻一方面與混韻合用，一方面與緩、獮韻相押。然而去聲願韻只與霰、線韻合用，可能是因為願韻剛好只有1次入韻的關係。至於入聲月韻，10次合韻中，屑、薛只有3次，而沒韻則有6次，可見月韻比較接近沒韻。

　　魂韻出現55次14韻段，高達12首合韻，佔85.7%，合韻行為是：元12、痕3、寒1、仙1。痕韻出現6次6韻段，全部合韻，合韻行為是：元6、魂3、山1、先1、仙1、阮1。魂韻與痕韻都是洪音一等，條件剛好互補，一開一合，因而可以處理為同一個韻，它們的合韻行為

5　元、阮合韻屬異調相押。異調相押在南北朝詩歌並非沒有，然而卻屬少數。

是因為介音的不同。至於與元韻的合用，由於元韻只出現在三等，正好可以跟一等的魂、痕互補，成為一個韻之下的洪細兩類。魂、痕韻與寒、山、先、仙的合用都只有1次，可以視為音近例外。入聲沒韻可以支持這一點：沒與月的合用共6次，而與末的合用只有1次。

六、山攝的用韻

表 1.6

聲調	韻目	韻數	韻段	合韻	合韻內容	備註
平	寒	69	28	26	元魂仙／桓1、桓刪6、桓10、山先仙1、元桓刪山1、刪6、元桓1	×
	桓	41	20	20	寒1、寒刪6、寒10、元1、元寒刪山1、元寒1	×
	刪	35	17	14	寒桓6、元寒桓山1、寒6、山先仙1	×
	山	40	28	26	元仙4、元先仙5、先仙10、寒先仙1、元寒桓刪1、刪先仙1、先3、元痕先仙1	×
	先	137	56	49	仙21、元山仙5、山仙10、元仙5、寒山仙1、刪山仙1、山3、元痕山仙1、元1、微1	×
	仙	149	54	51	元魂寒1、元山4、先21、元山先5、山先10、元先5、寒山先1、刪山先1、元痕山先1、元1、真1	×
上	旱	3	1	1	緩1	×
	緩	9	2	2	旱1、阮1	×
	潸	0	0	0		

聲調	韻目	韻數	韻段	合韻	合韻內容	備註
	產	1	1	1	銑獮1	✕
	銑	8	3	3	獮2、產獮1	✕
	獮	14	5	4	阮混1、銑2、產銑1	✕
去	翰	26	10	10	換諫2、換8	✕
	換	25	11	11	翰諫2、翰8、泰1	✕
	諫	7	2	2	翰換2	✕
	襇	0	0	0		
	霰	43	14	9	線8、願線1	✕
	線	23	11	9	霰8、願霰1	✕
入	曷	6	3	3	末3	✕
	末	5	4	4	曷3、薛1	✕
	黠	1	1	1	屑薛1	✕
	鎋	0	0	0		
	屑	29	16	16	薛10、月薛3、黠薛1、霽祭薛1、霽1	✕
	薛	58	21	19	屑10、月屑3、錫1、霽祭屑1、霽1、黠屑1、月沒1、末1	✕

　　寒韻出現69次28韻段，高達26首合韻，佔92.3%，這表示寒韻沒有獨立的地位。合韻行為是：桓19、刪13、元3、魂1、仙2、山2、先1。桓韻出現41次20韻段，全部合韻，這表示桓韻亦沒有獨立的地位。合韻行為是：寒19、刪7、元3、山1。《切韻》寒、桓不分，原本就只有一個寒韻，寒、桓只是開合口的不同，而開合口的不同對於詩歌的押韻並不會造成影響。上、去、入三聲的情況基本上也支持這一點。

　　刪韻出現35次17韻段，共有14韻合韻，佔82.4%，合韻行為是：寒13、桓7、山2、元1、先1、仙1。刪韻與寒韻高度混用，可見在劉宋時代，寒、刪二韻並沒有區別。尤其是去聲諫韻，合韻2次，對象都是翰換。

　　山韻出現40次28韻段，共有26首合韻，高達92.9%，這表示山韻也沒有自己的獨立地位。合韻行為是：仙22、先21、元11、寒2、刪2、桓1、痕1。山韻與仙、先二韻高度相混，個中原因或許是音近通押，也可能是方音混同。上聲產韻唯一1次的合用對象也是銑、獮。

　　先韻出現137次56韻段，共有49首合韻，佔87.5%，合韻行為是：仙44、山21、元12、微1、痕1、寒1、刪1。仙韻最高，山韻居次。而仙韻出現149次54韻段，共有51首合韻，佔94.4%，合韻行為是：先44、山22、元17、寒2、刪1、魂1、痕1、真1。先韻最高，山韻居次。先韻是四等，而仙韻是三等，四等只有齊、先、蕭、青、添五個韻，系聯的結果表明四等韻和一、二等同一類，三等自成一類，四等本是高元音的洪音，中古以後才變為細音，這樣先、仙二韻就可以處理為洪細的不同，而介音的有無自然不會影響它們的押韻行為。上聲、去聲的情況基本上亦支持這一點。至於入聲，稍微複雜，但仍可看出端倪。屑、薛一方面互通，一方面通霽、祭和月、點。通霽、祭恐怕是主要元音相同、韻尾同部位的關係；通月、點則是基於主要元音相近、韻尾相同的緣故。

七、效攝的用韻

表 1.7

聲調	韻目	韻數	韻段	合韻	合韻內容	備註
平	蕭	8	7	7	宵肴豪2、宵豪2、宵2、肴宵	✕
	宵	54	15	11	肴豪2、蕭肴豪2、蕭豪2、豪1、蕭2、蕭肴1、侯1	✕
	肴	9	5	5	宵豪2、蕭宵豪2、蕭宵1	✕
	豪	21	10	7	宵肴2、蕭宵肴2、蕭宵2、宵1	✕

聲調	韻目	韻數	韻段	合韻	合韻內容	備註
上	篠	7	4	3	晧小1、晧1、小巧晧1	×
	小	10	6	5	篠晧1、篠巧晧1、晧3	×
	巧	2	2	2	篠小晧1、晧1	×
	晧	79	22	7	篠小1、篠1、篠小巧1、小3、巧1	○
去	嘯	6	2	2	笑2	×
	笑	9	5	4	嘯2、效號1、尤1	×
	效	4	2	2	號1、笑號1	×
	號	3	2	2	效1、笑效1	×

　　蕭韻出現8次7韻段，7首全都合韻，合韻行為是：宵7、豪4、肴3。蕭韻每一次的合韻都有宵，可見它與宵韻的關係非常密切。宵韻出現54次15韻段，總共11首合韻，達到73.3%，合韻行為是：蕭7、豪7、肴5、侯1。宵韻與蕭、豪、肴三韻的合用都差不多高。考慮到宵韻在三等而蕭韻在四等，兩者是洪細的不同，可以合併在一起。

　　肴韻出現9次共5韻段，5首全混，合韻行為是：宵5、豪4、蕭3。而豪韻出現21次10韻段，共有7首合韻，佔70%，合韻行為是：宵7、蕭4、肴4。肴韻入韻次數不高，但每一次都合韻，而且合韻對象都是蕭、宵、豪；而豪韻的情況相似，合韻對象也是與蕭、宵、肴。

　　綜觀以上四韻的合韻行為，可以肯定，劉宋時期蕭、宵、肴、豪四韻混而不分。這一點還可以從上、去二聲的情況得到支持：上聲篠、小、巧、晧四韻可以通押，而且沒有其他韻的例外；去聲的情況差不多，唯一不同的是笑韻除了通嘯、效、號以外，還與尤韻合用1次，這或許是它們的主要元音相近、韻尾相同的關係。

八、果、假攝的用韻

表 1.8

聲調	韻目	韻數	韻段	合韻	合韻內容	備註
平	歌	70	29	25	戈麻7、戈10、麻8	╳
	戈	25	17	17	歌麻7、歌10	╳
	麻	35	17	15	歌8、歌戈7	╳
上	哿	5	4	3	果2、語1	╳
	果	4	3	3	哿2、馬1	╳
	馬	17	2	1	果1	◎
去	箇	0	0	0		
	過	2	1	0		╳
	禡	10	2	1	遇1	◎

　　歌韻出現70次29韻段，共有25首合韻，佔86.2%，合韻行為是：戈17、麻15。戈韻出現25次17韻段，全部合韻，合韻行為是：歌17、麻7。麻韻出現35次17韻段，共有15首合韻，佔88.2%，合韻行為是：歌15、戈7。歌、戈、麻三韻的合韻都遠超過半數，表示三者都沒有獨立的地位，從它們的合韻行為來看，可以確定這三個韻在當時是混而不分的。

　　可惜的是，上、去二聲的入韻次數都不高，無法提供有效的佐證。只有上聲哿、果、馬互通1、2次，勉強可以看出端倪。

九、宕攝的用韻

表 1.9

聲調	韻目	韻數	韻段	合韻	合韻內容	備註
平	陽	234	65	46	唐44、元唐1、東1	○
	唐	90	48	45	陽44、元陽1	×
上	養	20	5	4	蕩3、董1	×
	蕩	7	3	3	養3	×
去	漾	9	2	1	宕1	◎
	宕	3	1	1	漾1	×
入	藥	24	12	12	鐸12	×
	鐸	100	22	15	藥12、麥1、屋燭1、暮1	×

　　陽韻出現234次65韻段，共有46首合韻，佔70.8%，合韻行為是：
唐45、東1、元1。唐韻出現90次48韻段，共有45首合韻，佔93.8%，
合韻行為是：陽45、元1。從以上合韻情況可以看出，陽、唐二韻的
合韻對象就是彼此，而且次數相當高，可見兩者並非簡單的合用。有
鑑於陽韻是三等細音，唐韻是一等洪音，兩者正好互補，因而不妨把
它們合併為一個韻下面的洪細兩類。

　　上、去、入三聲的情況亦支持這一點：上聲養、蕩互混3次；去
聲漾、宕互混1次；入聲藥、鐸互混12次。其中鐸韻還通麥、屋、暮
各1次，可視為音近的例外。[6]

6　陌、麥二韻同樣收-k尾，因而與鐸韻音近相押；暮韻的韻腳「露」與鐸韻的韻腳
　　「鍍」同在上古的鐸部，中古則演變為去、入關係。

十、梗攝的用韻

表 1.10

聲調	韻目	韻數	韻段	合韻	合韻內容	備註
平	庚	144	68	64	清青23、耕清青9、青6、耕清3、清23	×
	耕	17	13	13	庚清3、庚清青9、青1	×
	清	188	74	70	庚青23、庚耕3、庚耕青9、青12、庚23	×
	青	99	55	51	庚清23、庚耕清9、清12、庚6、耕1	×
上	梗	3	1	1	靜1	×
	耿	0	0	0		
	靜	1	1	1	梗1	×
	迥	0	0	0		
去	映	21	11	11	勁徑1、勁9、靜勁徑1	×
	諍	1	1	1	映勁徑1	×
	勁	16	11	11	映徑1、映9、映諍徑1	×
	徑	3	2	2	映勁1、映諍勁1	×
入	陌	33	14	13	陌麥昔／陌昔1、麥昔職1、昔2、昔錫2、麥昔錫3、麥昔2、質昔1、麥錫1	×
	麥	15	10	10	鐸1、陌錫昔3、陌錫1、陌昔3、陌昔職1、錫1	×
	昔	50	17	14	陌錫2、陌麥錫3、錫1、陌2、陌麥／陌1、陌麥職1、陌麥2、質陌1、職1	×
	錫	20	12	10	陌昔2、屋燭覺1、陌麥昔3、昔1、薛1、陌麥1、麥1	×

　　庚、耕、清、青這四個韻在劉宋時代似乎混而不分，以下先把四者的用韻情況羅列出來，然後再作進一步分析：

　　庚韻出現144次68韻段，其中64首合韻，佔94.1%，合韻行為是：清58、青38、耕12。耕韻出現17次13韻段，13首全部合韻，合韻行為是：庚12、清12、青10。清韻出現188次74韻段，其中69首合韻，佔94.6%，合韻行為是：庚58、青44、耕12。青韻出現99次55韻段，其中51首合韻，佔92.3%，合韻行為是：庚38、清44、耕10。

　　綜觀以上用韻情形，庚、耕、清、青的合韻百分比都在90%以上，這說明它們都沒有獨立的地位。首先要解決的是清、青二韻的關係。清韻在三等，青韻在四等，兩者互補，可處理為洪細不同的一個韻。其次是庚韻，它與清、青二韻都密切相押，這表示庚、清、青在當時混而不分。至於耕韻，由於字少，因此入韻次數不高，但13次的合韻仍然可以看出，它跟庚、清、青並沒有區別。

　　庚、耕、清、青的相混，在上、去、入聲的用韻中亦可看出：上聲梗、靜相混（耿、迥未入韻）；去聲映、諍、勁、徑相混；入聲陌、麥、昔、錫亦相混。雖然陌、麥、昔、錫四韻亦通職、質、屋、薛，但那只是少數，可視為例外。[7]

十一、曾攝的用韻

表 1.11

聲調	韻目	韻數	韻段	合韻	合韻內容	備註
平	蒸	25	5	0		○
	登	0	0	0		

7　四韻的例外情況如下：陌韻：職1、質1；麥韻：鐸1、職1；昔韻：職2、質1；錫韻：屋1、燭1、覺1、薛1。例外次數都不超過2。

聲調	韻目	韻數	韻段	合韻	合韻內容	備註
入	職	68	21	5	德3、陌麥昔1、昔1	○
	德	45	16	4	燭1、職3	○

　　蒸韻出現25次5韻段，5首全部獨用。而登韻則是未入韻。上、去二聲亦不入韻，所幸入聲入韻，可以看出一些端倪：

　　入聲職韻出現68次21韻段，只有5首合韻，佔23.8%，合韻行為是：德3、昔2、陌1、麥1。而德韻出現45次16韻段，只有4首合韻，佔25%，合韻行為是：職3、燭1。從以上用韻的情況來看，職、德似乎都有自己的獨立地位，兩者不太合韻，然而只要出現合韻，優先對象就是彼此。

十二、流攝的用韻

表 1.12

聲調	韻目	韻數	韻段	合韻	合韻內容	備註
平	尤	175	41	17	侯14、虞1、笑1、之咍1	○
	侯	22	17	15	尤14、宵1	×
上	有	13	8	4	厚4	◎
	厚	5	4	4	有4	×
入	宥	5	2	1	候1	◎
	候	4	2	1	宥1	◎

　　尤韻出現175次41韻段，其中17首合韻，佔41.5%，合韻行為是侯14、虞1、笑1、之1、咍1。侯韻出現22次17韻段，其中15首合韻，佔88.2%，合韻行為是：尤14、宵1。幽韻未入韻。

　　從以上用韻來看，侯韻的合韻未過半，沒有自己的獨立地位，它合韻的15次中，高達14次的對象是尤，可見尤、侯關係密切。侯韻是

一等洪音,而尤韻是三等細音,可以根據兩者的合韻情況與互補地位,合併為介音不同的一個韻。

　　此外,上聲和去聲的用韻情況亦支持這一點:上聲有、厚混用4次;去聲宥、候混用1次,合韻對象都只有彼此。

十三、深、咸攝的押韻

表 1.13

聲調	韻目	韻數	韻段	合韻	合韻內容	備註
平	侵	190	33	1	真1	○
	覃	2	1	0		○
	談	0	0	0		
	鹽	2	1	0		○
	添	0	0	0		
	咸	0	0	0		
	凡	0	0	0		
上	寢	5	2	1	軫準1	◎
	感	1	1	1	范1	✕
	敢	0	0	0		
	琰	0	0	0		
	忝	0	0	0		
	豏	0	0	0		
	范	1	1	1	感1	✕
去	沁	4	1	1	闞豔1	✕
	勘	0	0	0		
	闞	1	1	1	沁豔1	✕
	豔	2	2	2	沁闞1、桥1	✕
	桥	1	1	1	豔1	✕

聲調	韻目	韻數	韻段	合韻	合韻內容	備註
入	陷	0	0	0		
	梵	0	0	0		
	緝	23	6	0		○
	合	2	1	0		○
	盍	0	0	0		
	葉	6	2	1	怗洽1	×
	怗	4	1	1	葉洽1	×
	洽	1	1	1	葉怗1	×
	乏	0	0	0		

　　侵韻出現190次33韻段，只有1首合韻，合韻對象是真韻。侵韻通常獨用，這次的合韻其實提供了一則重要的線索：侵韻收-m尾，而真韻收-n尾，兩者的合韻恐怕是主要元音相同（至少接近），因此在擬音的時候，可考慮把兩者的主要元音構擬為一致。另外，上聲寑韻與軫準韻的1次合用支持這一點。

　　其他韻由於入韻次數不多，因而無法有效看出它們的地位。

　　覃韻出現2次1韻段，自己獨用。上聲感韻則與范韻合用1次，是否表示感、范的主要元音接近？由於入韻次數過少，不好判斷。

　　談韻未入韻，但去聲闞韻與沁豔二韻同用1次。

　　鹽韻自己獨用1次，添韻未入韻。但去聲豔韻與橋韻合用1次，入聲葉韻亦與怗韻合用1次，這是否表示鹽、添關係密切，只因入韻不多而無法有效看出？尤其鹽韻在三等，添韻在四等，兩者有可能互補。

　　感韻未入韻，只有入聲洽韻與葉怗合用1次，可先保留它的地位。

第二節　宋詩的韻譜分析

　　傳統的研究存在著一定的局限，雖然透過算數統計法進行計算，除了可以得出用韻的次數外，還可以得出合韻的百分比，看似沒有多大問題，其實判定標準相當含混。當某韻獨用的次數越多時，表示它與其他韻分的概率就越高；反之，合用的次數越少，與其他韻合的概率就偏低。可是，要怎麼有效地進行判斷或篩選？這一節使用概率統計法，把韻與韻之間的接觸加以定量化區分，同時加大統計量，以消除偶然的誤差。

一、通、江攝的韻轍觀察

（一）通、江攝的轍離合指數

　　以下使用概率理論的公式：$\dfrac{Y_{ab}(Z-1)}{Z_a Z_b}$，——計算出每個韻的轍離合指數。例如東、冬二韻之間的轍離合指數：

$$\frac{Y_{東冬}(Z-1)}{Z_東 Z_冬} = \frac{9(5245-1)}{272 \times 14} = 12.4$$

經過概率公式的運算，通、江攝各韻的接觸次數和離合指數如下：[8]

表 2.1.1

韻目 總5245	東	冬	鍾	江	陽
東272	**202**	*12.4*	*7.1*	*8*	*0.1*
冬14	9	**0**	*11.1*	*15.6*	

總5245 韻目	東	冬	鍾	江	陽
鍾135	50	4	70	17.8	
江24	10	1	11	2	
陽	1				

　　根據上表，東韻的總字次是：202+9+50+10+1=272（其中東韻自身的接觸以2次計算，即101×2=202），其餘各韻亦如此計算。東、冬、鍾、江四韻的轍離合指數都大於2倍，也就是超過理論上的平均概率，可見四韻在宋詩是混而不分的，因此可以合併為一個韻轍，可稱為「東轍」。[9]至於東韻與陽韻相押的1次，轍離合指數只有0.1，並未超過2，很明顯只是偶然的合用，可以將它排除。概率統計法不但可以幫助我們判斷，同時也提供了一項篩選標準，比起傳統的研究，無疑更為精密、科學。

　　至於入聲韻的分轍，同樣可以使用平均概率的方法，為四韻的分合提供一個客觀的標準：

表 2.1.2

總1164 韻目	屋	沃	燭	覺
屋138	128		2.6	1.9
沃1		0		129.2
燭23	7		10	22.5
覺9	2	1	4	0
其他	1		2	2

9　有關轍的命名，前賢如麥耘（1999）亦曾有此舉，惟並未說明原因。本文命名則有兩個標準：一、以主體性較強、韻數最高者為優先；二、若用韻情況相當，則以《切韻》的順序為依據。

　　根據上表，屋、沃、燭、覺的接觸，除了屋覺的轍離合指數未達到2外，其他各韻的指數都已超過2倍，表示可以合轍，今稱「屋轍」。雖然屋覺的指韻數只有1.9，然而透過燭韻為中介，仍然可以併入屋轍。

　　此外，屋韻與鐸韻接觸1次，燭韻與鐸、德各自接觸1次，但平均概率分別只有0.1、0.3、0.8，都沒有達到2，可見只是偶然的合韻，屬於少數例外。惟覺韻與錫韻接觸2次，平均概率高達8.6，達到合轍門檻，實則覺韻入韻次數偏低，而且自身接觸次數是0，所以才會有這麼大的波動，加上覺韻與錫韻中古不同韻攝，因而不能以此為根據，草率地把兩者合為一轍。[10]

（二）通、江攝的韻離合指數

　　得出轍離合指數後，凡超過2倍的韻，可再進一步計算韻離合指數。這時使用的公式是：$I(ab) = \frac{R(ab)}{P(ab)} \times 100 \rightarrow 100$。只要指數≧90，就認定是韻基相同；而＞50至≦89者，則進行t分布假設檢驗。凡通過檢驗者，在旁邊標示T，未通過檢驗者，則標示F。例如東鍾的韻離合指數：[11]

$$I(ab) = \frac{0.2688}{0.4444} \times 100 \rightarrow 60$$

由於指數落在60區間，超過50而未達90，因此必須進行t分布假設檢驗。首先，整理出所有標準韻段：

10　覺韻與錫韻的2次接觸是在謝靈運的〈過白岸亭詩〉，茲節錄如下：「傷彼人百哀。嘉爾承筐樂（覺）。榮悴迭去來。窮通成休慼（錫）。未若長疏散。萬事恆抱朴（覺）。」（逯1167）「慼」字在大停頓處，很明顯是韻腳，而覺、錫二韻的合用也只有這一首，因而判定是例外押韻。

11　首先必須取得R(ab)與P(ab)的值，$R(ab) = \frac{2Y_{東鍾}}{Z_{東東} + Z_{鍾鍾} + Z_{東鍾}} = 0.2688$；而 $P(ab) = \frac{2Z_{東}Z_{鍾}}{(Z_{東} + Z_{鍾})(Z_{東} + Z_{鍾} - 1)} = 0.4444$。

表 2.1.3

序號	Y 東東	Y 鍾鍾	Y 東鍾	序號	Y 東東	Y 鍾鍾	Y 東鍾
1	1	1	1	10	1	2	4
2	2	0	3	11	1	0	2
3	1	3	4	12	2	0	2
4	0	1	2	13	2	0	2
5	1	1	1	14	5	0	2
6	2	3	2	15	3	2	2
7	5	0	4	16	4	0	1
8	1	0	2	17	4	1	4
9	3	2	4	18	2	0	1
10	3	3	3	總計	43	19	46

其次，從以上數據中，逐一計算每一組韻段的R(東鍾)，也就是東鍾互押韻次對東、鍾獨用與互押韻次之和的比例：

$$xi = \frac{Y_{東鍾\,i}}{Y_{東東\,i} + Y_{鍾鍾\,i} + Y_{東鍾\,i}}$$

然後得到19個樣本：

Xi：0.3333,　0.6,　0.5,　0.6667,　0.3333,　0.2857,　0.4444,　0.6667,　0.4444,　0.3333,　0.5714,　0.6667,　0.5,　0.5,　0.2857,　0.2857,　0.2,　0.4444,　0.3333

根據這19個樣本，求出它們的樣本均值，由於樣本數n ＝ 19，所以樣本平均值是：

$$\bar{x} = \frac{1}{n}\sum_{i=1}^{n} xi = 0.4419$$

接著求出樣本的修正方差：

$$S^2 = \frac{1}{n-1}\sum_{i=1}^{n}(xi - \bar{x})^2 = 0.0201$$

然後計算統計量，由於μ_0=P（ab）=P$_{東鍾}$

$$P(ab) = \frac{2Z_{東}Z_{鍾}}{\left(Z_{東} + Z_{鍾}\right)\left(Z_{東} + Z_{鍾} - 1\right)} = 0.4444$$

所以是：

$$t = \frac{\bar{x} - \mu_0}{\sqrt{\dfrac{S^2}{n}}} = -0.0794$$

本文設定的檢驗水平（顯著性水平）α，也就是「小概率」，取通常使用的0.05，即5%，然後進行雙側檢驗，從「t分布臨界值表」（t分布雙側分位數表）查索臨界值，由於自由度是n-1=18，查得t0.05(18)=2.101。最後計算所得|t|=-0.0794＜2.101，所以判定東、鍾二韻韻基相同的假設可以成立，並在60旁邊加上T。

經過運算，東轍各韻的指數如下：

表 2.1.4

韻目 總5245	東	冬	鍾	江
東272	202	87F	60T	59F
冬14	9	0	59T	104
鍾135	50	4	70	90
江24	10	1	11	2
其他	1			

　　除了東鍾已通過檢驗外，東冬的計算所得是|t|=6.8568＜2.776，未通過檢驗，於是判定東、冬二韻的韻基不相同，並在87旁邊加上F。[12] 東、冬二韻的指數未能通過檢驗，照理表示東鍾一個韻基，冬江一個韻基。然而冬鍾的指數卻通過檢驗：|t|=1.7564＜2.776，而東鍾亦通過檢驗，這就產生了矛盾。要怎麼解釋這一現象呢？進一步檢查樣本數據，發現東、冬二韻的所有韻段中，冬韻自身的接觸韻次都是0，或許是這個緣故，導致檢驗出來的結果並未通過。

　　至於東江的情況相似，由於6個標準韻段中，江韻自身的韻次都是0，因而無法有效反應事實。這時不妨針對所有韻段進行統計和分析：

表 2.1.5

序號	Y 東東	Y 江江	Y 東江	序號	Y 東東	Y 江江	Y 東江
1	2	0	1	7	1	0	1
2	2	0	0	8	2	0	0
3	0	0	1	9	2	1	0
4	1	0	1	10	3	0	2
5	3	0	0	11	2	0	2
6	1	0	2	總計	19	1	10

　　從以上數據中，逐一計算每一組韻段的R(東江)，也就是東江互押韻次對東、江獨用與互押韻次之和的比例：

$$xi = \frac{Y_{東江\,i}}{Y_{東東\,i} + Y_{江江\,i} + Y_{東江\,i}}$$

然後得到11個樣本：

Xi：0.3333，　0，　1，　0.5，　0，　0.6667，　0.5，　0，　0，　0.4，　0.5

---

[12] 東冬的標準韻段有5個，全部韻段共8個，即使把所有8個韻段合併計算，東冬的統計所得仍然未能通檢驗：|t|=5.2063＜2.365，可見東、冬二韻韻基相同的假設不成立。

根據這11個樣本，求出它們的樣本均值，由於樣本數n=11，所以樣本平均值是：

$$\bar{x} = \frac{1}{n} \sum_{i=1}^{n} xi = 0.3545$$

接著求出樣本的修正方差：

$$S^2 = \frac{1}{n-1} \sum_{i=1}^{n} (xi - \bar{x})^2 = 0.0984$$

然後計算統計量，由於μ_0=P（ab）=P$_{東江}$=0.1495，所以是：

$$t = \frac{\bar{x} - \mu_0}{\sqrt{\frac{S^2}{n}}} = 2.1673$$

檢驗水平（顯著性水平）α仍然取0.05，然後進行雙側檢驗，從「t分布臨界值表」（t分布雙側分位數表）查索臨界值，由於自由度是n-1=10，最後查得t0.05(10)=2.228。由於計算所得|t|=2.1673＜2.228，所以判定東、江二韻韻基相同。

　　總而言之，東轍四個韻中，雖然東冬與東江並未通過t分布假設檢驗，然而經過進一步的分析，仍然可以判定東、冬、鍾、江四韻在劉宋時期是混而不分的，不但韻轍相同，甚至韻基也無別。

　　至於入聲韻的情況則有些不同。以下是屋轍的韻離合指數：

表 2.1.6

韻目 總1164	屋	沃	燭	覺
屋138	128		37	
沃1		0		500

韻目 總1164	屋	沃	燭	覺
燭23	7		10	106
覺9	2	1	4	0
其他	1		2	2

　　根據上表，屋燭的韻離合指數只有37，並未達到最低門檻，因此可以判定屋、燭二韻的韻基並不相同。而沃覺、燭覺韻都超過100以上，表示三者韻基相同，關於這一點，倒是與東轍一致。

二、止攝的韻轍觀察

（一）止攝的轍離合指數

　　止攝的情況，比照通、江攝操作，惟略去公式的呈現。經過概率公式的運算，止攝各韻的接觸次數和轍離合指數如下：

表 2.2.1

韻目 總5245	支	脂	之	微
支159	144		1.3	0.6
脂82		46	3.2	6.3
之203	8	10	176	0.3
微242	4	24	3	198
灰		1		5
哈		1	6	4
其他	3			4

　　支韻與其他三韻的轍離合指數都低於2，並未超過理論上的平均概率，因而可以獨立成轍，今稱「支轍」。脂之、脂微的指數都高於

2，表示關係密切，然而之微的指數卻只有0.3，遠低於2，或許關鍵因素還在於脂韻本身。這裡不妨以脂韻為中介，將脂、之、微合併為一轍，[13]今稱「之轍」。

必須一提的是，另有三組韻的指數超過2，分別是：脂灰2.9，之哈2.5，微灰4.9。揆其原因，或許是由於灰韻自身的韻次只有3次，所以才造成以上波動。假如將灰、哈二韻合併觀察，那麼以上三組韻的指數將會調整為：1.5、1.9、2.3。只有微韻與灰哈韻稍微超過2，其他都回歸正常。有鑑於微韻與灰哈韻有相同的韻尾，而且中古韻圖分屬不同的韻攝，因而可以將兩者的關係理解為音近合韻。

（二）止攝的韻離合指數

由於支轍只有支韻一個，因此只需要計算之轍的韻離合指數即可。經過運算，之轍各韻的指數如下：

表 2.2.2

韻目 總5245	支	脂	之	微
支159	144			
脂82		46	20	43
之203	8	10	176	
微242	4	24	3	198
其他	3	2	6	13

由上表可見，之轍中的脂、之、微三韻，彼此之間的韻離合指數都未達到50，因而可以判定，脂、之、微三韻韻基不同，彼此雖有押韻行為，但只是音近合韻而已。

---

13 這裡的合併並非表示兩者韻基相同，而是表示兩者可以臨時押韻，即具備合韻條件而已。

三、遇攝的韻轍觀察

（一）遇攝的轍離合指數

魚、虞、模三韻雖然密切接觸，但要知道三者是否合轍，必須先用概率公式進行計算。以下是彼此的韻次和轍離合指數：

表 2.3.1

韻目 總5245	魚	虞	模	尤
魚92	62	*17.2*	*15.2*	
虞73	22	38	*28.7*	*0.3*
模30	8	12	10	
尤		1		

魚、虞、模三韻的轍離合指數都高於2倍，遠超過理論上的平均概率，因而可以合併為一轍，今稱「魚轍」。至於虞韻與尤韻的1次接觸，轍離合指數只有0.3，並沒有超過平均概率，可見只是偶然的例外，自然不能合轍。

（二）遇攝的韻離合指數

得出轍離合指數後，則可進一步計算韻離合指數，用以判斷轍中三韻是否韻基相同。經過運算，魚轍各韻的指數如下：

表 2.3.2

韻目 總5245	魚	虞	模
魚92	62	**61T**	**48**
虞73	22	38	**79T**

韻目 總5245	魚	虞	模
模30	8	12	10
其他		1	

　　根據上表，魚虞與虞模的韻離合指數都超過50，必須進行t分布假設檢驗，檢驗結果，魚虞是|t|=0.7577＜2.447，虞模是|t|=2.073＜2.776，兩組都通過，表示魚、虞、模三韻韻基相同。惟魚模的指數只有48，並未達到門檻，等於韻基不相同，這一來就出現矛盾，為何魚、虞韻基相同，虞、模韻基相同，而魚、模韻基卻不相同？這時如果比較同時代的北魏詩，或許可以看出端倪。北魏詩也是魚虞超過50需做檢驗（可惜標準韻段只有1個而無法進行），虞模通過檢驗，而魚模未達低標。那麼或許採取保守的態度，認為「虞、模不分，而魚與虞、模二韻有別」會比較好，這一來也就不會有矛盾了。

四、蟹攝的韻轍觀察

（一）蟹攝的轍離合指數

表 2.4.1

韻目 總5245	齊	皆	灰	哈
齊84	56	32.7		3
皆42	22	10	5.7	12.1
灰22		1	6	34.6
哈62	3	6	9	32
其他	3	3	7	12

　　根據上表，齊、皆、灰、咍四韻彼此之間的轍離合指數都超過2，可以合併為一個韻轍，其中齊韻的韻腳次數最高，可以之為代表，稱為「齊轍」。在這個韻轍中，已經可以看到：齊韻與皆韻比較接近，而灰韻則與咍韻比較密切。

　　由於蟹攝中的祭、泰、夬、廢四韻，只有去聲，而無相承的平、上聲，因此必須獨立出來討論：

表 2.4.2

韻目 總734	霽	祭	泰	隊	代
霽4	0	45.8			
祭16	4	12			
泰15		14			
隊6				2	37
代13				4	8
其他			1		1

　　去聲的情況與平聲有異。霽韻與祭韻合轍，泰韻自成一轍，而隊韻與代韻合轍，原本一個韻轍，現在則分出三個韻轍，或許是入韻次數偏低的緣故。這裡暫依平聲的情況分轍，把霽、祭、隊、代合併為一轍，今稱「霽轍」，泰韻基本獨用，因而自成一轍，今稱「泰轍」。

（二）蟹攝的韻離合指數

表 2.4.3

韻目 總5245	齊	皆	灰	咍
齊84	56	89T		12
皆42	22	10	12	25

韻目 總5245	齊	皆	灰	哈
灰22		1	6	82T
哈62	3	6	9	32
其他	3	3	7	12

根據上表，只有齊皆、灰哈兩組韻的韻離合指數超過50的門檻，但未達到90，因而必須進行t分布假設檢驗，檢驗的結果：齊皆是|t|=0.33＜2.447，灰哈是|t|=-1.6384＜3.182，兩組都通過，說明齊韻與皆韻韻基相同，而灰韻與哈韻韻基無別。

至於霽轍與泰轍的情況，經過計算，得出以下數據：

表 2.4.4

韻目 總734	霽	祭	泰	隊	代
霽4	0	118			
祭16	4	12			
泰15			14		
隊6				2	97
代13				4	8
其他			1		1

霽祭的韻離合指數是118，已超過合併標準，而隊代的指數亦超過90，也達到合併門檻，因而可以判定這兩組韻的韻基相同。

五、臻攝的韻轍觀察

（一）臻攝的轍離合指數

表 2.5.1

韻目 總5245	真	諄	臻	文	欣	元	魂	痕
真283	214	14.8	13.2	1.5	6.6			
諄55	44	8	27.2	0.6				
臻7	5	2	0					
文157	13	1		136	16.7			
欣14	5			7	2			
元112						44	13.6	31.2
魂93						27	64	6.3
痕9						6	1	0
其他	2					35	1	2

根據上表，真、諄、臻、欣四韻的轍離合指數都大於2倍，因此可以合併為一轍，今以真韻為主體，稱之為「真轍」。文韻與真、諄、臻三韻的指數雖然沒有達到2，但透過欣韻為中介，仍然可以合併到真轍中。

至於元、魂、痕三韻，自成一轍，今稱「元轍」。魂轍與真轍完全沒有接觸，中古韻圖將兩者放在同一個韻攝，恐怕已發生了語音變化。

另外要注意的是，元、魂、痕三韻可以通山攝，尤其是元韻，與山攝的合用高達35次，恐怕不能以單純的例外視之。這裡不妨暫把元韻與山攝各韻排列出來，一窺它們的轍離合指數：

表 2.5.2

山攝各韻 元韻	寒	桓	山	先	仙
元	1.7	3.1	2.3	1.2	3.2

　　由上可見，元韻與桓、山、仙的指數都超過2，達到合轍的條件。然而《切韻》寒、桓不分，而先、仙恐怕是洪細問題，假如把這兩組韻合併計算，則會得到以下指數：

表 2.5.3

元韻＼山攝各韻	寒桓	山	先仙
元	2.2	2.3	2.2

　　三組韻的平均概率都在2以上，這一現象或許可以理解為，劉宋時期元韻與魂、痕二韻關係密切，然而主要元音開始產生變化，逐漸接近山攝各韻，以至於後來轉入山攝中。由於元音接近而韻尾相同，因此合韻，也是其中一大因素。當然，也不能排除方音的干擾。

　　至於入聲的情況：

表 2.5.4

韻目＼總1164	質	術	櫛	物	月	沒
質99	86	11.8	11.8			
術9	9	0				
櫛3	3		0			
物8				8		
月91					74	9
沒17					12	4
薛					5	1
其他	1					

　　臻攝入聲的入韻次數偏低，但它還是能提供我們一些重要的訊息。首先，質、術、櫛三韻可以合轍，一如平聲韻的情況，今稱「質

轍」。其次，由於迄韻並未入韻，目前只知物韻獨用而未通質、術，考慮到物韻入韻次數偏低，這裡暫依平聲的情況，將它併入質轍。第三、月韻與沒韻可以合併為一轍，今稱「月轍」。必須一提的是，月韻與山攝入聲薛韻合用5次，可見不是偶然的例外，極有可能是元音接近且韻尾相同的關係。

（二）臻攝的韻離合指數

表 2.5.5

韻目 總5245	真	諄	臻	文	欣	元	魂	痕
真283	214	103	94		49			
諄55	44	8	98					
臻7	5	2	0					
文157	13	1		136	60F			
欣14	5			7	2			
元112						44	66T	154
魂93						27	64	18
痕9						6	1	0
其他	2					35	1	2

根據上表，真、諄、臻三韻彼此之間的韻合指數都超過90以上，已達到合併的門檻，等於三韻的韻基相同。文欣的離合指數達到60，惟進行t分布假設檢驗之後，並未通過，或許是由於只有4個標準韻段的關係；今把所有韻段（總共6個）一起計算，則得出：$|t|=1.5457<2.571$，通過檢驗，因而判定文、欣二韻韻基相同。

至於元轍三韻，經過統計，只有魂、痕二韻的接觸並未達到門檻，這一來出現了矛盾：元魂通過檢驗：$|t|=-0.512<2.262$，判定韻

基相同。那麼為何元、痕韻基相同，而魂、痕韻基卻不相同呢？揆其原因，恐怕還是出於痕韻自身的韻次是0，總字次又不高的關係，所以才會出現與元韻的指數高達154，而與魂韻的指數卻只有18的現象。有鑑於此，本文仍然判定魂、痕二韻韻基相同。

至於入聲的情況，則並未出現以上的波動：

表 2.5.6

韻目 總1164	質	術	櫛	物	月	沒
質99	86	112	113			
術9	9	0				
櫛3	3		0			
物8				8		
月91					74	87T
沒17					12	4
薛					5	1
其他	1					

入聲質轍的情況與平聲真轍相似，質韻與術、櫛二韻的指數都超過90，因而判定三者韻基相同。至於月轍的月韻與沒韻，兩者的指數達到87，且通過t分布假設檢驗：|t|＝1.4213＜2.571，因而判定兩者韻基相同。

六、山攝的韻轍觀察

（一）山攝的轍離合指數

表 2.6.1

韻目　　總5245	寒	桓	刪	山	先	仙
寒110	50	22.7	21.2	0.8		0.4
桓61	29	20	12.7			
刪54	24	8	20	1.6	0.4	
山62	1		1	10	8.2	8.9
先227			1	22	108	8.5
仙238	2			25	88	104
元	4	4		3	6	16
其他					2	3

在山攝各韻中，可以分出兩個韻轍。首先，寒、桓、刪的轍離合指數遠超過2倍，因而這三個韻可以合併為一轍，今稱「寒轍」。剩下的山、先、仙三韻，它們與寒轍的指數未達低標，但三韻彼此的指數都超過2倍，因此另成一轍；由於仙韻的入韻次數最高，今以仙韻為代表，稱為「仙轍」。

必須注意的是，臻攝中的元韻與山攝各韻幾乎都有接觸，而且韻次指數偏高，因而不是單純的例外。以下不妨把元、魂、痕三韻放在一起觀察，然後由轍離合指數決定它們的分合：

表 2.6.2

韻目　　總5245	寒	桓	刪	山	先	仙	元	魂	痕
寒110	50	22.7	21.2	0.8		0.4	1.7		
桓61	29	20	12.7				3.1		
刪54	24	8	20	1.6	0.4				

韻目 總5245	寒	桓	刪	山	先	仙	元	魂	痕
山62	1		1	10	8.2	8.9	2.3		
先227			1	22	108	8.5	1.2		2.6
仙238	2			25	88	104	3.2	0.2	2.5
元112	4	4		3	6	16	44	13.6	31.2
魂93						1	27	64	6.3
痕9					1	1	6	1	0
其他					1	1	2		

　　魂、痕二韻雖然並未與寒、桓、刪、山四韻有所接觸，但透過元韻為中介，仍然可以把它們合轍，換言之，如果不宥於中古韻攝的措置，似乎可以將魂轍與仙轍合併，形成一個跨攝的韻轍。只不過入聲的分轍並不支持這一點：

表 2.6.3

韻目 總1164	曷	末	黠	屑	薛	月	沒
曷8	2	124.6					
末7	6	0			2.1		
黠1			0	21.5			
屑54			1	18	9.3		
薛81		1		35	38	0.8	0.8
月91					5	74	9
沒17					1	12	4
其他					1		

　　由上可見，曷、末為一轍，黠、屑、薛為一轍，然而透過薛韻為

中介，似乎可以將兩者合併為一轍，今稱「薛轍」。至於月、沒，則自成一轍，雖然薛韻與之相通，可是離合指數都未達到2，因而無法合轍。

綜合言之，平聲韻分寒轍與仙轍，入聲韻雖然可以透過末、薛二韻的指數2.1合為一轍，但考慮到末韻自身的韻次為0，數據會有很大的波動，因而以分轍為宜。今比照平聲分轍的情況，入聲各韻分為「曷轍」和「薛轍」。必須一提的是，黠韻只入韻1次，雖超過2倍甚多，實不可據。今依平聲韻的情況，將之歸入曷轍。

（二）山攝的韻離合指數

表 2.6.4

韻目 總5245	寒	桓	刪	山	先	仙
寒110	50	98	91			
桓61	29	20	56T			
刪54	24	8	20			
山62	1		1	10	80T	92
先227			1	22	108	90
仙238	2			25	88	104
元	4	4		3	6	16
其他					2	3

根據上表，寒轍三韻只有桓刪的韻離合指數未達到90，因而必須做t分布假設檢驗。由於桓刪的標準韻段只有2個，因此必須把所有韻段合在一起計算，計算出來的結果是：|t|=2.1602＜2.571，通過檢驗。

至於仙轍中的三韻，只有山先的80需要做檢驗，計算結果是：|t|=-0.1098＜2.365，通過檢驗，這就表示，劉宋時期山、先、仙三韻

的韻基完全相同。

　　附帶一提的是，元韻與桓、山、仙三韻的指數只有24、21、40，並未達到50，可見元韻與寒轍、仙轍各韻還是有一段距離，合轍或許可以，但韻基決不相同。

　　至於曷轍與薛轍的指數，則如下表所示：

表 2.6.5

韻目 總1164	曷	末	黠	屑	薛
曷8	2	160			
末7	6	0			
黠1			0	275	
屑54			1	18	114
薛81		1		35	38
月					5
其他					2

　　曷末的韻離合指數已遠超過90，顯示兩韻的韻基完全一樣。至於屑薛亦如是，兩者的指數114足以證明屑、薛二韻韻基相同。惟當中的黠韻只有1次與屑韻接觸，不好判斷是否與屑韻無別。

七、效攝的韻轍觀察

（一）效攝的轍離合指數

表 2.7.1

韻目 總5245	蕭	宵	肴	豪
蕭13	2	36.7	53.8	12.2
宵88	8	58	31.8	23.5
肴15	2	8	2	31.8
豪33	1	13	3	16
侯		1		

　　根據上表，蕭、宵、肴、豪四韻的接觸都大於2倍，可見四韻在劉宋時期是可以混押的，因此合併為一個韻轍，今以宵韻為主體，稱為「宵轍」。基本上，效攝各韻並不與其他韻合用，只有宵韻與侯韻接觸1次，可視為例外。[14]

（二）效攝的韻離合指數

表 2.7.2

韻目 總5245	蕭	宵	肴	豪
蕭13	2	92	96	24
宵88	8	58	83T	65T
肴15	2	8	2	56?
豪33	1	13	3	16
侯		1		

---

14 宵、侯唯一合韻的一首詩是鮑照的〈擬行路難十八首〉其十：「君不見蕡華不終朝（宵）。須臾淹冉零落銷（宵）。盛年妖豔浮華輩。不久亦當詣冢頭（侯）。」（逯1274）

經過計算，蕭宵、蕭肴的韻離合指數都超過90，達到標準，因此可以直接判定韻基相同。而宵肴、宵豪落在50至90區間，必須進行t分布假設檢驗，檢驗的結果：宵肴是|t|=2.6706＜3.182，宵豪是|t|=0.1739＜2.571，兩組都通過，據此判定韻基相同。只有肴豪的指數，由於肴、豪二韻的標準韻段只有1個，無法檢驗，只能把所有總共4個韻段合併計算，計算的結果是：|t|=0.4881＜3.182，通過檢驗。

然而蕭豪的指數只有24，並未達到標準，揆其原因，可能是豪韻正好沒有跟蕭韻大量接觸，畢竟詩人用韻，純屬自然，如果蕭、宵、肴、豪四韻無別，那麼哪個韻被使用，哪個韻未被使用，就屬於概率問題。反之，倘若豪韻與蕭、宵、肴三韻都有別，那麼要怎麼解釋宵豪、肴豪的密切關係？肴豪或許比較好解釋，因為肴豪只有1個標準韻段，即便加入其他韻段，也只有4個。樣本數太少，數據的波動就越大，可靠程度相對降低。然而最大的問題還在於宵豪的指數，它達到65，且通過檢驗，加上兩者的字次又不低，很難視之為偶然的接觸或有問題的數據。

根據以上分析，劉宋時期的蕭、宵、肴、豪四韻，除了混而不分、可以合韻外，經過檢驗，四者的韻基恐怕也是相同的。

八、果、假攝的韻轍觀察

（一）果、假攝的轍離合指數

表 2.8.1

韻目 總5245	歌	戈	麻
歌103	58	35.8	17.3
戈37	26	6	12.7

韻目 總5245	歌	戈	麻
麻56	19	5	32

在中古韻圖中，歌、戈二韻屬於果攝，而麻韻屬於假攝，然而劉宋時期三者混而不分，彼此的指數都超過2倍，說明它們的主要元音可能非常接近。尤其是這三個韻竟然沒有與其他韻合用的例子，等於1次例外也沒有。今以歌韻為主體，稱之為「歌轍」。

（二）果、假攝的韻離合指數

表2.8.2

韻目 總5245	歌	戈	麻
歌103	58	114	64T
戈37	26	6	43
麻56	19	5	32

經過計算，歌、戈的韻離合指數超過90，可見兩者韻基相同。而歌、麻的指數達落在64，必須進行t分布假設檢驗，檢驗的結果是通過：$|t|=-1.5378<2.262$，換言之，歌韻與戈、麻二韻無別，三者韻基相同。

然而戈麻的指數卻只有43，並未達到低標，照理表示韻基不同，揆其原因，或許是正好被歌韻錯開的關係，尤其戈麻的韻次是5，只比戈韻自身的韻次6少1次而已。據此，仍可判定戈、麻二韻的韻基相同。

九、宕攝的韻轍觀察

（一）宕攝的轍離合指數

表 2.9.1

韻目 總5245	陽	唐
陽367	264	*10.3*
唐141	102	37
其他	1	2

　　陽韻與唐韻大量接觸，轍離合指數遠大於2倍，因而可以合併為一轍，今以陽韻的主體性比較明顯，稱之為「陽轍」。雖然陽、唐二韻分別有1、2次與東、元韻接觸，但指數都未超過2，因而只能是少數的例外。

　　至於入聲的分合，則與陽聲一致：

表 2.9.2

韻目 總1164	藥	鐸
藥42	12	5
鐸166	30	132
其他		4

　　如同陽、唐的情況，藥、鐸二韻的轍離合指數也高於2，達到5，表示兩者可以合併為一個韻轍，今以鐸韻為主體，稱之為「鐸轍」。

　　此外，鐸韻另與屋、燭、麥分別接觸1、1、2次，但指數只有0.1、0.3、0.6，都低於2，並未達到合轍門檻。

（二）宕攝的韻離合指數

表 2.9.3

韻目 總5245	陽	唐
陽367	264	100
唐141	102	37
其他	1	2

陽、唐二韻的韻離合指數正好是100，表示兩者韻基相同。《切韻》把兩者分開，恐怕是基於介音的緣故。當然，亦不能排除陽韻或唐韻在當時的某個方言中，主要元音有些不同。[15]

至於入聲鐸轍，經過計算之後，得出數據如下：

表 2.9.4

韻目 總1164	藥	鐸
藥42	12	90
鐸166	30	132
其他		4

藥、鐸二韻的韻離合指數達到90，不必另做t分布假設檢驗，即可判定兩者韻基相同，這一點與陽、唐韻的情況一致。

---

15 例如粵方言廣州話，陽韻是[iœŋ]，唐韻則是[ɔŋ]，主要元音就有前後的區別。

十、梗攝的韻轍觀察

（一）梗攝的轍離合指數

表 2.10.1

韻目 總5245	庚	耕	清	青
庚228	80	4.5	7.7	6.4
耕31	6	6	8	5.6
清298	100	14	122	7.2
青151	42	5	62	42

　　根據上表，庚、耕、清、青四韻的轍離合指數都超過2倍，因此可以合併為一個韻轍，今以清韻為主體，稱為「清轍」。清轍的情況與歌轍相似，轍中各韻都未與其他韻合用，看來這個韻轍的主體性很強，或者是它們的主要元音很有自己的特色，才會局限在四韻自用。

　　至於相承的入聲韻，彼此的轍離合指數如下：

表 2.10.2

韻目 總1164	陌	麥	昔	錫
陌55	16	5.5	7.4	2.1
麥23	6	2	3.7	10.1
昔83	29	6	38	3.7
錫30	3	6	8	10

　　陌、麥、昔、錫四韻的情況和相承的陽聲韻庚、耕、清、青一致，彼此之間的轍離合指數都超過2倍，已經達到合轍的門檻，因此可以將四者合併為一個大類，今稱「昔轍」。

（二）梗攝的韻離合指數

表 2.10.3

韻目\總5245	庚	耕	清	青
庚227	79	58T	107	85T
耕31	6	6	122	60T
清298	100	14	122	104
青151	42	5	62	42

　　根據上表，清轍四韻的韻離合指數，全部都超過50，其中庚耕、庚青、耕青落在90以下，需要另做t分布假設檢驗。檢驗的結果：庚耕是|t|=1.082＜2.262，庚青是|t|=-1.0959＜2.12，兩組都通過。而耕青只有2個標準韻段，只好把全部共5個韻段合併計算，計算所得是|t|=2.1779＜2.776，也通過檢驗。換言之，清轍四韻全部混同，而且關係密切，並非單純的音近合韻，而是韻基相同。

　　至於入聲昔轍，相關指數如下：

表 2.10.4

韻目\總1164	陌	麥	昔	錫
陌55	16	94	107	40
麥23	6	2	67T	99
昔83	29	6	38	63T
錫30	3	6	8	10

　　昔轍四韻的情況與清轍四韻稍有不同，全部超過50，未達90者，必須進行t分布假設檢驗。檢驗結果：麥昔是|t|=0.4019＜2.571，昔錫

是|t|=0.422＜2.571，全數通過。

　　讓人費解的是，陌錫的指數只有40，未達門檻，似乎表示陌、錫二韻的韻基並不相同；然而這一來就形成矛盾，為何陌麥、陌昔韻基相同，麥錫、昔錫韻基相同，而陌錫的韻基卻不相同？今根據陽聲清轍的情況，以及內部的一致性作為考量，仍然判定陌、錫二韻的韻基相同。

十一、曾攝的韻轍觀察

　　曾攝相對單純，只有蒸、登兩個韻。由於登韻並未入韻，因此蒸韻只能自己一轍，今稱「蒸轍」。

　　至於入聲的情況，職德的轍離合指數如下表所示：

表 2.11

韻目 總1164	職	德
職100	94	*0.6*
德62	3	58
其他	3	1

　　職韻與德韻自身的字次相當高，但兩者的接觸只有3次，平均概率0.6，遠低於2倍，因而不能合併。蒸、登二韻到了中古韻圖被放置在同一張圖，蒸韻三等而登韻一等，兩者正好互補，可以視為洪細關係，然而宋詩的用韻似乎不支持這一點。倘若從轍離合指數來判斷，職、德只能是兩個韻轍，今稱「職轍」和「德轍」。

十二、流攝的韻轍

（一）流攝的轍離合指數

流攝的平聲韻有尤、侯、幽，然而幽韻字少，而且並未入韻，以下只能觀察尤侯的轍離合指數：

表 2.12.1

韻目 總5245	尤	侯
尤275	248	14.9
侯32	25	6
其他	2	1

由於尤侯的轍離合指數已經遠超過2倍，因此可以合轍，今稱「尤轍」。

（二）流攝的韻離合指數

表 2.12.2

韻目 總1164	尤	侯
尤275	248	87T
侯32	25	6
其他	2	1

經過計算，尤轍二韻的韻離合指數是87，需要進行t分布假設檢驗。檢驗之後，結果是|t|=2.8338＜2.262，通過檢驗，可見尤、侯二韻的韻基相同，由於兩者互補，可以處理為洪、細的區別。

十三、深、咸攝的韻轍觀察

（一）深、咸攝的轍離合指數

表 2.13.1

韻目 總5245	侵	覃	鹽
侵315	314		
覃2		2	
鹽2			2
真	1		

　　侵、覃、鹽三韻完全獨用，並未合韻，因此只能分為三個韻轍，今稱「侵轍」、「覃轍」和「鹽轍」。侵韻另有1次與真韻合用，但平均概率只有0.1，遠低於2倍，只能算是少數的例外。

　　至於入聲的情況，經過計算，當中的轍離合指數如下：

表 2.13.2

韻目 總1164	緝	合	葉	怗	洽
緝34	34				
合2		2			
葉9			6	55.4	
怗7			3	2	166.1
洽2				2	0

　　深、咸攝的入聲韻完全不與其他韻攝的韻合用，相對而言比較單純。雖然入韻次數偏低，然而根據目前的數據，不難看出：緝韻自成

一轍，合韻自成一轍，而葉、怗、洽可以合併為一轍，分轍的情況與平聲韻一致，今稱「緝轍」、「合轍」和「葉轍」。

（二）深、咸攝的韻離合指數

由於陽聲各韻並未合轍，因此無需進行韻離合指數的統計。至於入聲的情況則如下表所示：

表 2.13.3

韻目 總1164	緝	合	葉	怗	洽
緝34	34				
合2		2			
葉9			6	81?	
怗7			3	2	171
洽2				2	0

葉怗指數達到81，理應做t分布假設檢驗，然而由於葉、怗二韻只有1個標準韻段，因而無法進行檢驗。不過可以推測，這兩個韻應該和其他三、四等韻（例如仙先、清青、宵蕭等）的情況相似，是介韻不同而韻基一樣。

至於怗洽的指數雖然超過100，表示兩者韻基相同，然而必須指出，兩者的韻段只有2個，等於有效樣本只有2個，得出的結果會存在一定的風險。

第三節　宋詩的韻轍

根據以上統計分析，可以整理出宋詩的韻轍，也就是能夠合用的

一個大韻。以下按陰、陽、入三分排列，未入韻者，則以○表示（四聲相承卻未入韻者，則不列入）：

表 3.0

陰聲韻	陽聲韻	入聲韻
	1.東轍（東冬鍾江） 2.董轍（董○○○） 3.送轍（送○○○）	4.屋轍（屋沃燭覺）
5.支轍（支） 6.紙轍（紙） 7.寘轍（寘）		
8.之轍（脂之微） 9.止轍（旨止尾） 10.志轍（至志未）		
11.魚轍（魚虞模） 12.語轍（語麌姥） 13.御轍（御遇暮）		
14.齊轍（齊皆灰咍） 15.薺轍（薺○賄○） 16.霽轍（霽○祭隊代）		
17.泰轍（泰）		
	18.真轍（真諄臻文欣） 19.軫轍（軫準○○○） 20.震轍（震稕○問○）	21.質轍（質術櫛物○）
	22.元轍（元魂痕） 23.阮轍（阮混很） 24.願轍（願○○）	25.月轍（月沒○）
	26.寒轍（寒桓刪） 27.旱轍（旱緩○）	29.曷轍（曷末黠）

陰聲韻	陽聲韻	入聲韻
	28.翰轍（翰換諫）	
	30.仙轍（山先仙） 31.獮轍（產銑獮） 32.線轍（○霰線）	33.薛轍（○屑薛）
34.宵轍（蕭宵肴豪） 35.小轍（篠小巧晧） 36.笑轍（嘯笑效號）		
37.歌轍（歌戈麻） 38.哿轍（哿果馬） 39.箇轍（○過禡）		
	40.陽轍（陽唐） 41.養轍（養蕩） 42.漾轍（漾宕）	43.鐸轍（藥鐸）
	44.清轍（庚耕清青） 45.靜轍（梗○靜○） 46.勁轍（映諍勁徑）	47.昔轍（陌麥昔錫）
	48.蒸轍（蒸） ○ ○	49.職轍（職）
	○ ○ ○	50.德轍（德）
51.尤轍（尤侯） 52.有轍（有厚 53.宥轍（宥候）		
	54.侵轍（侵） 55.寑轍（寑） 56.沁轍（沁）	57.緝轍（緝）

陰聲韻	陽聲韻	入聲韻
	58.覃轍（覃） 59.感轍（感） 60.勘轍（勘）	61.合轍（合）
	○ ○ 62.闞轍（闞）	○
	63.鹽轍（鹽○○） ○ 64.豔轍（豔㮇○）	65.葉轍（葉怗洽）
	○ 66.范轍（范） ○	○

根據上表，宋詩總共有66個韻轍，若以平賅上去，則是33個韻部。以四聲分類，分別是：東、支、之、魚、齊、真、元、寒、仙、宵、歌、陽、清、蒸、尤、侵、覃、鹽，共18個平聲韻轍；董、紙、止、語、薺、軫、阮、旱、獮、小、哿、養、靜、有、寑、感，共16個上聲韻轍；送、寘、志、御、霽、泰、震、願、翰、線、笑、箇、漾、勁、宥、沁、勘、闞、豔、范，共20個去聲韻轍；屋、質、月、曷、薛、鐸、昔、職、德、緝、合、葉，共12個入聲韻轍。

以陰、陽、入三種不同的韻尾分類，則是：支、之、魚、齊、宵、歌、尤、泰，共8個陰聲韻部；東、真、元、寒、仙、陽、清、蒸、侵、覃、闞（談去）、鹽、范（凡上），共13個陽聲韻部；屋、質、月、曷、薛、藥、昔、職、德、緝、合、葉，共12個入聲韻部。

附錄：宋詩押韻統計表

（一）宋詩平聲韻押韻統計表

序號	韻目	韻數	韻段	合韻	合韻內容	合韻出處
1.	東[16]	180	51	27	東一東三：冬鍾3、鍾7、鍾江7、冬鍾江2、江1 東一：鍾1、江1、冬1 東三：陽1、冬鍾1、冬1、鍾1	東一東三：冬鍾57.1、95、293、鍾58.7、86、137、224、360.2、396、467.3、鍾江94、242、284、324、334.4、347、368、冬鍾江146、353、江383 東一：鍾101.1、江190、冬464.7 東三：陽135.2、冬鍾232、冬460.69、鍾471.8
2.	冬	9	9	9	東一東三鍾3、東一東三鍾江2、東三鍾1、東三1、鍾1、東一1	東一東三鍾57.1、95、293、東一東三鍾江146、353、東三鍾232、東三460.69、鍾464.5、東一464.7
3.	鍾	85	30	26	東一東三冬3、東一東三7、東一東三江7、東一、江2、東一東三冬江2、東三冬1、冬1、鍾459.16、東三1	東一東三冬57.1、95、293、東一東三58.7、86、137、224、360.2、396、467.3、東一東三江94、242、284、324、334.4、

---

16 東韻（東一59：東三121）自身的合韻情況：東一東三混用30（10+20）；東一獨用4（1+3）；東三獨用17（13+4）。說明：括弧中的數字，前者表示兩者互相合用的次數，後者表示兩者同時與其他韻合用的次數。

序號	韻目	韻數	韻段	合韻	合韻內容	合韻出處
						347、368、東一101.1、江129、472.4.2、東一東三冬江146、353、東三冬232、鍾459.16、冬464.5、東三471.8
4.	江	15	13	13	東一東三鍾8、鍾1、東一1、東一東三冬鍾1、東一東三1、鍾1	東一東三鍾94、242、284、324、334.4、347、368、鍾129、東一190、東一東三冬鍾146、353、東一東三383、鍾472.4.2
5.	支	106	32	11	之4、脂之1、皆1、微4、齊1	之3.2、41、459.2、460.6、之脂20、皆212.8、微305、425、460.27、459.1、齊459.17
6.	脂	54	26	20	支之1、之微2、微11、之4、咍1、微灰1	支之20、之微45、421、微80、170.5、170.8、189、216.2、295、319、340、378、389、398.2、之101.4、247.1、248.1、343、咍460.30、微灰464.6
7.	之	130	38	18	支4、支脂1、脂微2、脂4、微1、咍5、咍尤1	支3.2、41、459.2、460.6、支脂20、脂微45、421、脂101.4、247.1、248.1、343、微131、咍459.1、459.23、459.25、460.34、460.49、咍尤465.6
8.	微	151	39	25	脂之1、齊皆1、脂11、之1、齊皆灰咍1、皆灰	脂之45、齊皆57.4、脂80、170.5、170.8、189、

序號	韻目	韻數	韻段	合韻	合韻內容	合韻出處
					咍1、支4、灰2、脂之1、先1、脂灰1	216.2、295、319、340、378、389、398.2、之131、齊皆灰咍144、皆灰咍283、支305、425、459.1、460.27、灰312.1、460.37、之脂421、先466.2、脂灰464.6
9.	魚	61	23	13	虞7、虞模4、模2	虞12、47、170.13、274、275、312.2、476、虞模216.4、348、360.5、361.6、模468.9、471.12
10.	虞	45	19	15	魚7、模3、魚模4、尤1	魚12、47、170.13、274、275、312.2、476、模56.4、170.4、315.15、魚模216.4、348、360.5、361.6、尤460.58
11.	模	21	11	9	虞3、魚虞4、魚2	虞56.4、170.4、315.15、魚虞216.4、348、360.5、361.6、魚468.9、471.12
12.	齊	51	15	11	皆5、微皆1、微皆灰咍1、皆灰咍1、支1、咍2	皆54.1、81、126.1、190、225、微皆57.4、微皆灰咍144、皆灰咍170.9、支459.17、咍460.65、462.1
13.	佳	0	0	0		
14.	皆	26	14	13	齊5、微齊1、微齊灰咍1、齊灰咍1、支1、微灰咍1、咍2、灰咍1	齊54.1、81、126.1、190、225、微齊57.4、微齊灰咍144、齊灰咍170.9、支212.8、微灰咍283、咍295、317.2、灰咍387

序號	韻目	韻數	韻段	合韻	合韻內容	合韻出處
15.	灰	16	11	11	咍4、微齊皆咍1、齊皆咍1、微皆咍1、微2、皆咍1、脂微1	咍117、257、281、468.1、微齊皆咍144、齊皆咍170.9、微皆咍283、微312.1、460.37、皆咍387、脂微464.6
16.	咍	42	22	19	灰4、微齊皆灰1、齊皆灰1、微皆灰1、皆2、皆灰1、之5、脂1、齊2、之尤1	灰117、257、281、468.1、微齊皆灰144、齊皆灰170.9、微皆灰283、皆295、317.2、皆灰387、之459.1、459.23、459.25、460.34、460.49、脂460.30、齊460.65、462.1、之尤465.6
17.	真	175	44	31	諄18、諄臻1、文欣1、文3、諄文2、諄文欣2、臻2、仙1、侵1	諄26、30、124.2、149、169、229.2、280、301、315.18、346、362、372、383、388、411.1、467.2、468.3、468.4、諄臻27、文欣170.4、文57.7、170.10、471.6.1、諄文59.1、170.14、諄文欣50、93、臻118.1、475.8、仙461.3、侵471.12
18.	諄	36	26	26	真18、真臻1、真文2、真文欣2、臻2、文1	真26、30、124.2、149、169、229.2、280、301、315.18、346、362、372、383、388、411.1、467.2、468.3、468.4、真臻27、真文59.1、170.14、真文欣

序號	韻目	韻數	韻段	合韻	合韻內容	合韻出處
						50、93、臻103、154、文422
19.	臻	5	5	5	真諄1、諄2、真2	真諄27、諄103、154、真118.1、475.8
20.	文	103	32	13	真諄欣2、真3、欣4、真諄2、真欣1、諄1	真諄欣50、93、真57.7、170.10、471.6.1、欣58.3、223、227、350.1、真諄59.1、170.14、真欣170.4、諄422
21.	欣	9	7	7	真諄文2、文4、真文1	真諄文50、93、文58.3、223、227、350.1、真文170.4
22.	元	70	37	34	寒魂仙／唐1、山仙4、山先仙5、先仙5、魂8、桓1、寒桓刪山1、痕阮1、魂痕3、仙1、痕山先仙1、寒桓1、痕1、先1	寒魂仙／唐27、山仙36、37、101.3、189、山先仙51、55.8、65、171、226、先仙54.2、57.2、57.6、248.2、427、魂82、157.2、212.1、244、275、315.7、376、472.1.1、桓128、寒桓刪山170.6、痕阮194、魂痕217、239、288、仙260、痕山先仙312.4、寒桓315.4、痕460.7、先460.41
23.	魂	55	14	12	元仙寒1、元8、元痕3	元仙寒27、元82、157.2、212.1、244、275、315.7、376、472.1.1、元痕217、239、288
24.	痕	6	6	6	元阮1、元1、元魂3、	元阮194、元460.7、元魂

序號	韻目	韻數	韻段	合韻	合韻內容	合韻出處
					元山先仙1	217、239、288、元山先仙312.4
25.	寒	69	28	26	元魂仙／桓1、桓刪6、桓10、山先仙1、元桓刪山1、刪6、元桓1	元魂仙／桓27、桓刪38、61、282、391、417、420、桓40、54.4、55.3、102.3、124.3、170.13、315.16、317.1、373、468.1、山先仙109、元桓刪山170.6、刪216.8、275、315.14、334.5、412、458.3、元桓315.4
26.	桓	41	20	20	寒1、寒刪6、寒10、元1、元寒刪山1、元寒1	寒27、寒刪38、61、282、391、417、420、寒40、54.4、55.3、102.3、124.3、170.13、315.16、317.1、373、468.1、元128、元寒刪山170.6、元寒315.4
27.	刪	35	17	14	寒桓6、元寒桓山1、寒6、山先仙1	寒桓38、61、282、391、417、420、元寒桓山170.6、寒216.8、275、315.14、334.5、412、458.3、山先仙218
28.	山	40	28	26	元仙4、元先仙5、先仙10、寒先仙1、元寒桓刪1、刪先仙1、先3、元痕先仙1	元仙36、37、101.3、189、元先仙51、55.8、65、171、226、先仙53、99、108、215、297、315.2、336、360.4、364、370、寒先仙109、元寒桓刪170.6、、刪先仙218、

序號	韻目	韻數	韻段	合韻	合韻內容	合韻出處
						先262、289、365.3、元痕先仙312.4
29.	先	137	56	49	仙21、元山仙5、山仙10、元仙5、寒山仙1、刪山仙1、山3、元痕山仙1、元1、微1	仙44、72、170.4、208、275、276、277、278、311.8、313.2、315.5、315.18、334.2、361.1、386、460.4、460.26、469.6、473.1、475.3、475.7、元山仙51、55.8、65、171、226、山仙53、99、108、215、297、315.2、336、360.4、364、370、元仙54.2、57.2、57.6、248.2、427、寒山仙109、刪山仙218、山262、289、365.3、元痕山仙312.4、元460.41、微466.2
30.	仙	149	54	51	元魂寒1、元山4、先21、元山先5、山先10、元先5、寒山先1、刪山先1、元痕山先1、元1、真1	元魂寒27、元山36、37、101.3、189、先44、72、170.4、208、275、276、277、278、311.8、313.2、315.5、315.18、334.2、361.1、386、460.4、460.26、469.6、473.1、475.3、475.7、元山先51、55.8、65、171、226、山先53、99、108、215、297、315.2、336、360.4、364、370、元先54.2、57.2、57.6、248.2、427、

序號	韻目	韻數	韻段	合韻	合韻內容	合韻出處
						寒山先109、刪山先218、元痕山先312.4、元260、真461.3
31.	蕭	8	7	7	宵肴豪2、宵豪2、宵2、肴宵1	宵肴豪76、170.7、宵豪100、471.5、宵145、472.1.2、宵肴209
32.	宵	54	15	11	肴豪2、蕭肴豪2、蕭豪2、豪1、蕭2、蕭肴1、侯1	肴豪62、101.5、蕭肴豪76、170.7、蕭豪100、471.5、豪124.1、蕭145、472.1.2、蕭肴209、侯315.10
33.	肴	9	5	5	宵豪2、蕭宵豪2、蕭宵1	宵豪62、101.5、蕭宵豪76、170.7、蕭宵209
34.	豪	21	10	7	宵肴2、蕭宵肴2、蕭宵2、宵1	宵肴62、101.5、蕭宵肴76、170.7、蕭宵100、471.5、宵124.1
35.	歌	70	29	25	戈麻二6、麻二麻三2、戈10、戈麻二麻三1、麻二6	戈麻二10、152、216.5、298、313.2、352、麻二麻三124.5、316、戈141.5、170.15、179、240、249、320、367、423、459.22、468.7、戈麻二麻三170.1、麻二189、315.17、382.2、463.7、463.8、483
36.	戈	25	17	17	歌麻二6、歌10、歌麻二麻三1	歌麻二10、152、216.5、298、313.2、352、歌141.5、170.15、179、240、249、320、367、423、459.22、468.7、歌麻

序號	韻目	韻數	韻段	合韻	合韻內容	合韻出處
						二麻三170.1
37.	麻[17]	35	17	15	麻二麻三：歌2、歌戈1 麻二：歌戈6、歌6	麻二麻三：歌124.5、316、歌戈170.1 麻二：歌戈10、152、216.5、298、313.2、352、歌189、315.17、382.2、463.7、463.8、483
38.	陽	234	65	46	唐44、元唐1、東三1	唐3.1、9、22、23、56.1、97、124.4、159、164、170.2、170.7、187、200.1、207、235、241、243、245、254、258、304、311.3、313.1、317.1、329、365.5、369、384、390.1、460.15、460.33、460.44、468.1、468.8、469.4、470.2、471.1.2、471.10、472.2.1、472.4.1、472.5.7、474、475.4、475.5、元唐27、東三135.2
39.	唐	90	48	45	陽44、元陽1	陽3.1、9、22、23、56.1、97、124.4、159、164、170.2、170.7、187、200.1、207、235、241、243、245、254、258、304、311.3、313.1、

---

17 麻韻（麻二32：麻三3）自身的合韻情況：麻二麻三混用2（0+2）；麻二獨用15
（2+13）。

序號	韻目	韻數	韻段	合韻	合韻內容	合韻出處
						317.1、329、365.5、369、384、390.1、460.15、460.33、460.44、468.1、468.8、469.4、470.2、471.1.2、471.10、472.2.1、472.4.1、472.5.7、474、475.4、475.5、元陽27
40.	庚[18]	144	68	64	庚二庚三：清青10、耕清青3、青2、耕清1、清5 庚二：清青4、清7、青2 庚三：耕清2、耕清青6、清青11、青2、清11	庚二庚三：清青11、46、90、118.5、203、294、315.13、326.1、338、349、耕清青87、92、221、青170.4、212.6、耕清251、清322、342、360.8、475.12、478 庚二：清青6、27、56.2、216.6、清57.3、179、192、295、455、460.87、479、青317.1、471.2 庚三：耕清17.1、470.1、耕清青49、130、134、219、250、438、清青55.5、170.3、170.5、199、277、282、334.6、472.2.2、472.5.1、青125、275、清127、170.2、170.10、191.1、206、276、311.9、444、

<hr>

18 庚韻（庚二46：庚三98）自身的合韻情況：庚二庚三混用25（4+21）；庚二獨用13（0+13）；庚三獨用30（0+30）。

序號	韻目	韻數	韻段	合韻	合韻內容	合韻出處
						460.57、468.7、469.7
41.	耕	17	13	13	庚三清2、庚三清青6、庚二庚三清青3、庚二庚三清1、青1	庚三清17.1、470.1、庚三清青49、130、134、219、250、438、庚二庚三清青87、92、221、庚二庚三清251、青315.11
42.	清	188	74	70	庚二青4、庚二庚三青10、庚三耕2、庚三耕青6、青12、庚三青10、庚二7、庚二庚三耕青3、庚三10、庚二庚三耕1、庚二庚三5	庚二青6、27、56.2、216.6、庚二庚三青11、46、90、118.5、203、294、315.13、326.1、338、349、庚三耕17.1、470.1、庚三耕青49、130、134、219、250、438、青54.3、58.8、168、170.13、214、447、460.31、461.5、469.8、471.1.1、471.4、475.2、庚三青55.5、170.3、170.5、199、277、282、334.6、472.2.2、472.5.1、庚二57.3、179、192、295、455、460.87、479、庚二庚三耕青87、92、221、庚三127、170.2、170.10、191.1、206、276、311.9、444、460.57、468.7、469.7、庚二庚三耕251、庚二庚三322、342、360.8、475.12、478
43.	青	99	55	51	庚二清4、庚二庚三清	庚二清6、27、56.2、

序號	韻目	韻數	韻段	合韻	合韻內容	合韻出處
					10、庚三耕清6、清12、庚三清9、庚二庚三耕清3、庚三2、庚二庚三2、庚二2、耕1	216.6、庚二庚三清11、46、90、118.5、203、294、315.13、326.1、338、349、庚三耕清49、130、134、219、250、438、清54.3、58.8、168、170.13、214、447、460.31、461.5、469.8、471.1.1、471.4、475.2、庚三清55.5、170.3、170.5、199、277、282、334.6、472.2.2、472.5.1、庚二庚三耕清87、92、221、庚三125、275、庚二庚三170.4、212.6、庚二317.1、471.2、耕315.11
44.	蒸	25	5	0		
45.	登	0	0	0		
46.	尤	175	41	17	侯14、虞1、笑1、之咍1	侯24、102.2、220、299、302、308.2、323.2、325、330、351、406.1、406.2、439、462.2、虞460.58、笑465.3、之咍465.6
47.	侯	22	17	15	尤14、宵1	尤24、102.2、220、299、302、308.2、323.2、325、330、351、406.1、406.2、439、462.2、宵315.10
48.	幽	0	0	0		
49.	侵	190	33	1	真1	真471.12

序號	韻目	韻數	韻段	合韻	合韻內容	合韻出處
50.	覃	2	1	0		
51.	談	0	0	0		
52.	鹽	2	1	0		
53.	添	0	0	0		
54.	咸	0	0	0		
55.	銜	0	0	0		
56.	嚴	0	0	0		
57.	凡	0	0	0		
總計		3332	1248	969		

（二）宋詩上聲韻押韻統計表

序號	韻目	韻數	韻段	合韻	合韻內容	合韻出處
1.	董	1	1	1	養1	養463.6
2.	腫	0	0	0		
3.	講	0	0	0		
4.	紙	13	5	4	止3、旨1	止 379 、 460.45 、 460.89、旨441
5.	旨	20	12	11	止10、紙1	止14、16、47、56.3、59.2 、 79 、 118.7 、 236、460.9、460.67、紙441
6.	止	162	42	13	旨10、紙3	旨14、16、47、56.3、59.2 、 79 、 118.7 、 236、460.9、460.67、紙379、460.45、460.89
7.	尾	1	1	1	賄1	賄480

序號	韻目	韻數	韻段	合韻	合韻內容	合韻出處
8.	語	73	30	13	麌2、遇暮1、姥4、哿1、鍾1、暮1、麌姥3	麌118.6、313.1、遇暮229.5、姥255、286、460.21、472.5.1、哿459.14、鍾459.16、暮460.11、麌姥467.1、469.3、470.1
9.	麌	10	6	6	語2、姥1、語姥3	語118.6、313.1、姥464.2、語姥467.1、469.3、470.1
10.	姥	34	16	8	語4、麌1、語麌3	語255、286、460.21、472.5.1、麌464.2、語麌467.1、469.3、470.1
11.	薺	1	1	0		
12.	蟹	0	0	0		
13.	駭	0	0	0		
14.	賄	1	1	1	尾1	尾480
15.	海	0	0	0		
16.	軫	12	5	2	隱1、準寢1	隱102.1、準寢122
17.	準	2	1	1	準寢1	軫寢122
18.	吻	0	0	0		
19.	隱	3	1	1	軫1	軫102.1
20.	阮	9	4	4	混獮1、元痕1、混1、緩1	混獮54.6、元痕194、混214、緩282
21.	混	2	2	2	阮獮1、阮1	阮獮54.6、阮214
22.	很	0	0	0		
23.	旱	3	1	1	緩1	緩105
24.	緩	9	2	2	旱1、阮1	旱105、阮282

序號	韻目	韻數	韻段	合韻	合韻內容	合韻出處
25.	潸	0	0	0		
26.	產	1	1	1	銑獮1	銑獮83
27.	銑	8	3	3	獮2、產獮1	獮58.4、472.5.8、產獮83
28.	獮	14	5	4	阮混1、銑2、產銑1	阮混54.6、銑58.4、472.5.8、產銑83
29.	篠	7	4	3	晧小1、晧1、小巧晧1	小晧42、晧52、小巧晧118.8
30.	小	10	6	5	篠晧1、篠巧晧1、晧3	篠晧42、篠巧晧118.8、晧170.12、264、459.21
31.	巧	2	2	2	篠小晧1、晧1	篠小晧118.8、晧188.4
32.	晧	79	22	7	篠小1、篠1、篠小巧1、小3、巧1	篠小42、篠52、篠小巧118.8、小170.12、264、459.21、巧188.4
33.	哿	5	4	3	果2、語1	果119.2、190、語459.14
34.	果	4	3	3	哿2、馬二馬三1	哿119.2、190、馬二馬三155
35.	馬[19]	17	2	1	馬二馬三：果1	馬二馬三：果155
36.	養	20	5	4	蕩3、董1	蕩7.2、118.2、395、董463.6
37.	蕩	7	3	3	養3	養7.2、118.2、395
38.	梗[20]	3	1	1	梗三：靜1	梗三：靜55.6
39.	耿	0	0	0		

19 馬韻（馬二9：馬三8）自身的合韻情況：馬二馬三混用2（1+1）。

20 梗韻（梗二0：梗三3）自身的合韻情況：梗三獨用1（0+1）。

序號	韻目	韻數	韻段	合韻	合韻內容	合韻出處
40.	靜	1	1	1	梗三1	梗三55.6
41.	迥	0	0	0		
42.	拯	0	0	0		
43.	等	0	0	0		
44.	有	13	8	4	厚4	厚234、406.3、460.5、460.16
45.	厚	5	4	4	有4	有234、406.3、460.5、460.16
46.	黝	0	0	0		
47.	寑	5	2	1	軫準1	軫準122
48.	感	1	1	1	范1	范471.12
49.	敢	0	0	0		
50.	琰	0	0	0		
51.	忝	0	0	0		
52.	豏	0	0	0		
53.	檻	0	0	0		
54.	儼	0	0	0		
55.	范	1	1	1	感1	感471.12
總計		559	209	123		

（三）宋詩去聲韻押韻統計表

序號	韻目	韻數	韻段	合韻	合韻內容	合韻出處
1.	送[21]	4	1	0		
2.	宋	0	0	0		

---

21 送韻（送一3：送三1）自身的合韻情況：送一送三混用1（1+0）。

序號	韻目	韻數	韻段	合韻	合韻內容	合韻出處
3.	用	0	0	0		
4.	絳	0	0	0		
5.	寘	14	3	0		
6.	至	40	14	7	志6、未1	志75、110、394、460.28、460.43、460.64、未170.5
7.	志	32	11	7	至6、御1	至75、110、394、460.28、460.43、460.64、御465.4
8.	未	1	1	1	至1	至170.5
9.	御	23	13	3	遇暮1、志1、代1	遇暮216.3、志465.4、代465.9
10.	遇	15	8	6	御暮1、語暮1、禡二1、暮3	御暮216.3、語暮229.5、禡二308.1、暮350.3、360.1、471.11.2
11.	暮	52	18	7	御遇1、語遇1、遇3、鐸1、語1	御遇216.3、語遇229.5、遇350.3、360.1、471.11.2、鐸460.10、語460.11
12.	霽	5	5	5	祭2、祭屑薛1、薛1、屑1	祭32、173、祭屑薛150、薛158、屑460.66
13.	祭	15	6	4	霽2、月1、屑薛霽1	霽32、173、月137、霽屑薛150
14.	泰	10	3	1	換1	換459.18
15.	卦	0	0	0		
16.	怪	0	0	0		
17.	夬	0	0	0		
18.	隊	4	3	3	代3	代7.4、27、317.2

序號	韻目	韻數	韻段	合韻	合韻內容	合韻出處
19.	代	10	5	4	隊3、御1	隊7.4、27、317.2、御465.9
20.	廢	0	0	0		
21.	震	16	5	4	稕4	稕7.1、7.5、170.5、263
22.	稕	5	4	4	震4	震7.1、7.5、170.5、263
23.	問	6	2	0		
24.	焮	0	0	0		
25.	願	2	1	1	霰線1	霰線472.5.2
26.	慁	0	0	0		
27.	恨	0	0	0		
28.	翰	26	10	10	換諫2、換8	換諫143、393、換183、211.1、314、315.8、385、459.11、460.46、475.4
29.	換	25	11	11	翰諫2、翰8、泰1	翰諫143、393、翰183、211.1、314、315.8、385、459.11、460.46、475.4、泰459.18
30.	諫	7	2	2	翰換2	翰換143、393
31.	襉	0	0	0		
32.	霰	43	14	9	線8、願線1	線53、211.6、213、300、323.1、408、414、424、願線472.5.2
33.	線	23	11	9	霰8、願霰1	霰53、211.6、213、300、323.1、408、414、424、願霰472.5.2
34.	嘯	6	2	2	笑2	笑67、276

序號	韻目	韻數	韻段	合韻	合韻內容	合韻出處
35.	笑	9	5	4	嘯2、效號1、尤1	嘯 67、276、效號 212.9、尤465.3
36.	效	4	2	2	號1、笑號1	號124.6、笑號212.9
37.	號	3	2	2	效1、笑效1	效124.6、笑效212.9
38.	箇	0	0	0		
39.	過	2	1	0		
40.	禡[22]	10	2	1	禡二：遇1	禡二：遇308.1
41.	漾	9	2	1	宕1	宕210
42.	宕	3	1	1	漾1	漾210
43.	映[23]	21	11	11	映三：勁徑1、勁9、諍勁徑1	映三：勁徑58.5、勁211.2、212.2、446、466.4、471.1.1、471.7、472.4.3、472.5.4、475.1、諍勁徑341
44.	諍	1	1	1	映三勁徑1	映三勁徑341
45.	勁	16	11	11	映三徑1、映三9、映三諍徑1	映三徑58.5、映三211.2、212.2、446、466.4、471.1.1、471.7、472.4.3、472.5.4、475.1、映三諍徑341
46.	徑	3	2	2	映三勁1、映三諍勁1	映三勁58.5、映三諍勁341
47.	證	0	0	0		

---

22 禡韻（禡二7：禡三3）自身的合韻情況：禡二禡三混用1（1+0）；禡二獨用1。

23 映韻（映二0：映三21）自身的合韻情況：映三獨用11（0+11）。

序號	韻目	韻數	韻段	合韻	合韻內容	合韻出處
48.	嶝	0	0	0		
49.	宥	5	2	1	候1	候229.4
50.	候	4	2	1	宥1	宥229.4
51.	幼	0	0	0		
52.	沁	4	1	1	闞豔1	闞豔185
53.	勘	0	0	0		
54.	闞	1	1	1	沁豔1	沁豔185
55.	豔	2	2	2	沁闞1、栝1	沁闞185、栝460.88
56.	栝	1	1	1	豔1	豔460.88
57.	陷	0	0	0		
58.	鑑	0	0	0		
59.	釅	0	0	0		
60.	梵	0	0	0		
總計		482	202	143		

（四）宋詩入聲韻押韻統計表

序號	韻目	韻數	韻段	合韻	合韻內容	合韻出處
1.	屋[24]	88	22	6	屋一屋三：燭1 屋一：燭覺2、燭覺錫1、燭鐸1 屋三：燭1	屋一屋三：燭177 屋一：燭覺55.1、167、燭覺錫84、燭鐸361.3 屋三：燭472.5.10
2.	沃	1	1	1	燭覺1	燭覺7.3

---

24 屋韻（屋一19：屋三69）自身的合韻情況：屋一屋三混用6（5+1）；屋一獨用4（0+4）；屋三獨用12（11+1）。

序號	韻目	韻數	韻段	合韻	合韻內容	合韻出處
3.	燭	15	8	8	沃覺1、屋一覺2、屋一覺錫1、德1、屋一屋三1、屋一鐸1、屋三1	沃覺7.3、屋一覺55.1、167、屋一覺錫84、德119.1、屋一屋三177、屋一鐸361.3、屋三472.5.10
4.	覺	6	4	4	沃燭1、屋一燭2、屋一燭錫1	沃燭7.3、屋一燭55.1、167、屋一燭錫84
5.	質	62	16	11	術8、櫛2、陌二昔1	術73、160、212.5、216.1、248.1、315.5、328、460.54、櫛118.4、331、陌二昔431
6.	術	8	8	8	術8	術73、160、212.5、216.1、248.1、315.5、328、460.54
7.	櫛	2	2	2	質2	質118.4、331
8.	物	6	2	0		
9.	迄	0	0	0		
10.	月	54	13	10	屑薛3、沒5、祭1、沒薛1	屑薛43、64、355、沒71、186、230、311.5、356、祭137、沒薛291
11.	沒	10	6	6	月5、月薛1	月71、186、230、311.5、356、月薛291
12.	曷	6	3	3	末3	末308.3、361.7、468.9
13.	末	5	4	4	曷3、薛1	曷308.3、361.7、468.9、薛469.7
14.	黠	1	1	1	屑薛1	屑薛222

序號	韻目	韻數	韻段	合韻	合韻內容	合韻出處
15.	鎋	0	0	0		
16.	屑	29	16	16	薛10、月薛3、黠薛1、霽祭薛1、霽1	薛27、60、111、148、153.1、282、292、295、307、468.6、月薛43、64、355、霽祭薛150、黠薛222、霽460.66
17.	薛	58	21	19	屑10、月屑3、錫1、霽祭屑1、霽1、黠屑1、月沒1、末1	屑27、60、111、148、153.1、282、292、295、307、468.6、月屑43、64、355、錫113、霽祭屑150、霽158、黠屑222、月沒291、末469.7
18.	藥	24	12	12	鐸12	鐸35、66、88、139、279、309.2、315.3、359、371、380、382.1、390.2
19.	鐸	100	22	15	藥12、麥1、屋一燭1、暮1	藥35、66、88、139、279、309.2、315.3、359、371、380、382.1、390.2、麥54.5、屋一燭361.3、暮460.10
20.	陌[25]	33	14	13	陌二陌三：陌二麥昔／陌三昔1、麥昔職1、昔1	陌二陌三：陌二麥昔／陌三昔295、麥昔職303、昔434

---

25 陌韻（陌二26：陌三7）：自身的合韻情況：陌二陌三混用3（0+3）；陌二獨用9（1+8）；陌三獨用2（0+2）。

序號	韻目	韻數	韻段	合韻	合韻內容	合韻出處
					陌二：昔錫1、麥昔錫3、昔1、麥昔2、質昔1 陌三：昔錫1、麥錫1	陌二：昔錫57.5、麥昔錫96、327、375、昔277、麥昔392、437、質昔431 陌三：昔錫91、麥錫116
21.	麥	15	10	10	鐸1、陌二錫昔3、陌三錫1、陌二昔3、陌二陌三昔職1、錫1	鐸54.5、陌二錫昔96、327、375、陌三錫116、陌二昔295、392、437、陌二陌三昔職303、錫475.2
22.	昔	50	17	14	陌二錫1、陌三錫1、陌二麥錫3、錫1、陌二1、陌二麥／陌三1、陌二陌三麥職1、陌二麥2、質陌二1、陌二陌三1、職1	陌二錫57.5、陌三錫91、陌二麥錫96、327、375、錫106、陌二277、陌二麥／陌三295、陌二陌三麥職303、陌二麥392、437、質陌二431、陌二陌三434、職463.1
23.	錫	20	12	10	陌二昔1、屋一燭覺1、陌三昔1、陌二麥昔3、昔1、薛1、陌三麥1、麥1	陌二昔57.5、屋一燭覺84、陌三昔91、陌二麥昔96、327、375、昔106、薛113、陌三麥116、麥475.2
24.	職	68	21	5	德3、陌二陌三麥昔1、昔1	德191.2、458.2、460.85、陌二陌三麥昔303、昔463.1
25.	德	45	16	4	燭1、職3	燭119.1、職191.2、458.2、460.85
26.	緝	23	6	0		

序號	韻目	韻數	韻段	合韻	合韻內容	合韻出處
27.	合	2	1	0		
28.	盍	0	0	0		
29.	葉	6	2	1	怗洽1	怗洽78
30.	怗	4	1	1	葉洽1	葉洽78
31.	洽	1	1	1	葉怗1	葉怗78
32.	狎	0	0	0		
33.	業	0	0	0		
34.	乏	0	0	0		
總計		742	262	185		

第三章

齊詩韻轍研究

第一節　齊詩的用韻情況

一、通、江攝的用韻

表 1.1

聲調	韻目	韻數	韻段	合韻	合韻內容	備註
平	東	85	25	4	鍾4	○
	鍾	19	8	4	東4	◎
上	董	1	1	1	寑1	×
	腫	0	0	0		
去	送	1	1	1	用1	×
	用	3	2	1	宋1	◎
入	屋	42	8	0		○
	燭	28	7	0		○

　　東韻出現85次25韻段，只有4首合韻，佔16%，並未過半。東韻合韻4次，全部都與鍾韻合用。而鍾韻的情況一樣，亦只有4首合韻，合韻對象正是東韻。東韻的合韻百分比雖未過半，但鍾韻卻已達50%，考慮到鍾韻只出現19次8韻段，或許只是數量不多才導致合韻百分比偏高。尤其入聲的情況：屋韻出現42次8韻段，全部獨用；燭韻出現28次7韻段，也是全部獨用，這樣看來，東鍾二韻（及其上去

入聲），極可能是基於韻近而合用，並非全然混同。

至於東一與東三的情況，東韻25首詩中，東一東三混用15首，已超過半數，可見東一東三只是洪細的不同。

冬韻與江韻都未入韻，無法得知它們的情況。

二、止攝的用韻

表 1.2

聲調	韻目	韻數	韻段	合韻	合韻內容	備註
平	支	115	24	0		○
	脂	25	12	8	微3、之4、止1	×
	之	49	13	4	脂4	○
	微	66	19	3	脂3	○
上	紙	13	2	0		○
	旨	3	3	3	止3	×
	止	46	15	4	旨3、脂1	○
	尾	0	0	0		
去	寘	6	2	0		○
	至	7	3	2	質櫛術1、質術1	×
	志	2	1	0		○
	未	0	0	0		

支韻出現115次24韻段，全部獨用，可見支韻是一個獨立的韻，有著自己的地位。上、去聲的情況相同，皆未合韻。

脂韻出現25次12韻段，其中8首合韻，佔66.7%，合韻行為是：之4、微3、止1。脂韻沒有獨立的地位，它介於之、微之間。那麼脂韻接近之韻還是微韻呢？上聲的用韻或許可以提供解答：上聲旨韻出現

3次3韻段，全部都與止韻混用，可見脂韻比較接近之韻。惟去聲的情況稍異：去聲至韻並未與志韻合用，這或許是由於至韻入韻的次數不高，只有7次3韻段，其中合韻的才2首，合韻行為是：質2、術2、櫛1。當中反映的可能是主要元音相同或相近、韻尾同部位的關係。

　　再來看之韻的情況：之韻出現49次13韻段，只有4首合韻，佔30.8%，合韻行為是：脂4。之韻只與脂韻合用，上聲的情況亦如此，可見之、脂二韻關係密切，可考慮將兩者合併。

　　微韻出現66次19韻段，只有3首合韻，佔15.8%，這表示微韻有自己的地位。微韻的3次合韻，對象都是脂韻，可見微韻與脂韻接近，但也只是音近相押而已，並非全然混同。

三、遇攝的用韻

表 1.3

聲調	韻目	韻數	韻段	合韻	合韻內容	備註
平	魚	20	8	3	模2、虞1	○
	虞	31	10	5	模4、魚1	◎
	模	10	7	6	虞4、魚2	×
上	語	34	14	7	麌2、御1、姥麌3、姥1	◎
	麌	20	10	9	語2、姥4、語姥3	×
	姥	17	10	8	麌4、語麌3、語1	×
去	御	10	6	5	語1、遇暮4	×
	遇	28	9	6	御暮4、暮2	×
	暮	36	15	6	御遇4、遇2	○

　　魚韻出現20次8韻段，其中3首合韻，佔37.5%，合韻行為是：模2、虞1。合韻對象不是模就是虞。從平聲的用韻情況來看，魚韻有自

己的地位而接近虞、模。然而從上、去二聲的用韻情況來看，則恐非如此。上聲語韻出現34次14韻段，其中7首合韻，佔50%，合韻行為是：麌5、姥4、御1。語韻接近麌、姥，而與御的合韻則是異調相押。去聲御韻出現10次6韻段，高達5首合韻，佔83.3%，合韻行為是：遇4、暮4、語1。由此可見，齊詩中的魚、虞、模三韻，恐怕混而不分。

至於虞、模二韻，兩者相混應該沒有疑問。虞韻出現31次10韻段，其中5首合韻，佔50%，合韻行為是：模4、魚1。而模韻出現10次7韻段，高達6首合韻，佔85.8%，已過半數，表示模韻沒有自己的地位。合韻行為是：模4、魚1。虞、模二韻，彼此合用4次，而模韻沒有自己的地位，因而可以將模韻併入虞韻，模韻是一等洪韻，虞韻是三等細音，兩者正好互補。上聲與去聲的用韻情況亦支持這一點：上聲麌、姥二韻，彼此合用7次，去聲遇、暮二韻，彼此合用6次。

四、蟹攝的用韻

表 1.4

聲調	韻目	韻數	韻段	合韻	合韻內容	備註
平	齊	26	6	1	皆1	○
	皆	2	2	2	灰咍1、齊1	×
	灰	21	14	14	咍13、皆咍1	×
	咍	51	17	14	灰13、皆灰1	×
上	薺	21	3	0		○
	駭	0	0	0		
	賄	0	0	0		
	海	0	0	0		

聲調	韻目	韻數	韻段	合韻	合韻內容	備註
去	霽	3	1	1	祭1	×
	祭	9	7	7	質1、薛2、屑薛3、霽1	×
	泰	32	10	0		○
	怪	0	0	0		
	隊	4	2	2	代2	×
	代	4	2	2	隊2	×
	廢	1	1	1	月1	×

　　齊韻出現26次6韻段，只有1首合韻，佔16.7%，合韻對象是皆韻，這表示齊韻有自己的獨立地位而與皆韻相近。至於齊韻的上聲薺韻，出現21次3韻段，都是自己獨用；去聲霽韻出現3次1韻段，合韻對象則是祭韻。由於薺、霽二韻的入韻次數不高，因此無法有效判斷。

　　皆韻只出現2次2韻段，2首全混，合韻行為是：齊1、灰1、咍1。由於皆韻只出現2次，且上、去二聲都未入韻，因而無法得知進一步的情況。

　　灰韻出現21次14韻段，全部合韻，合韻行為是：咍14、皆1。灰韻的14次合韻，全都有咍韻，可見兩者關係密切。而咍韻出現51次17韻段，共有14首合韻，佔82.4%，合韻行為是：灰14、皆1。灰韻只有合口，咍韻只有開合，條件互補，因此兩者可處理為介音不同的一個韻。至於灰、咍與皆韻的1次合韻行為，可以視為音近的例外。

　　去聲祭韻出現9次7韻段，全部合韻，合韻行為是：薛5、屑3、霽1、質1。祭韻與薛韻來自上古的月部，兩者的合用或許是反映了較古的文讀層，之後祭韻由古入聲演變為去聲，而與去聲的霽韻接近。

　　泰韻出現32次10韻段，全部獨用，可見泰韻是一個獨立的韻，有自己的主體地位。

　　廢韻只出現1次1韻段，合韻對象是月韻。由於只有1次入韻，因而無法有效判斷廢韻的地位。

五、臻攝的用韻

表 1.5

聲調	韻目	韻數	韻段	合韻	合韻內容	備註
平	真	87	30	15	諄11、欣1、侵1、諄臻1、臻先1	◎
	諄	13	13	13	真11、真臻1、文1	✕
	臻	2	2	2	真諄1、真先1	✕
	文	31	11	2	諄1、欣1	○
	欣	2	2	2	真1、文1	✕
	元[1]	14	6	5	山先仙1、魂3、仙1	✕
	魂	9	4	3	元3	✕
上	軫	0	0	0		
	準	0	0	0		
	臻	0	0	0		
	吻	0	0	0		
	隱	0	0	0		
	阮	13	4	0		○
	混	0	0	0		
去	震	6	2	2	稕2	✕
	稕	2	2	2	震2	✕
	櫬	0	0	0		
	問	0	0	0		
	焮	0	0	0		
	願	0	0	0		

---

1 元韻本屬山攝，此處為了討論方便而移入臻攝。

聲調	韻目	韻數	韻段	合韻	合韻內容	備註
	慁	0	0	0		
入	質	47	14	11	祭1、至術櫛1、術4、櫛末1、錫1、櫛2、至術1	×
	術	7	6	6	至質櫛1、質4、至質1	×
	櫛	4	4	4	至質術1、質末1、質2	×
	物	0	0	0		
	迄	0	0	0		
	月	46	13	4	廢1、沒曷末1、薛2	○
	沒	1	1	1	月曷末1	×

　　真韻出現87次30韻段，其中15首合韻，佔50%，合韻行為是：諄12、臻2、欣1、侵1、先1。真韻的合韻對象主要是諄韻。而諄韻出現13次13韻段，全部合韻，合韻行為是：真12、臻1、文1。真韻與諄韻的主要合韻對象都是彼此，這就表示真諄二韻，關係密切，根據前文的討論，兩者只是開合的不同，可以互補為一個韻。上聲不入韻，去聲震、稕二韻亦支持這一點，兩者互以對方為合韻對象2次。至於入聲則比較複雜，質韻出現47次14韻段，共有11首合韻，合韻行為是：術6、櫛4、至2、祭1、末1、錫1。但仍可看得出來是以術韻為主要對象。

　　臻韻只出現2次2韻段，全部合韻，合韻行為是：真2、諄1、先1。它的上聲和去聲不入韻。入聲櫛韻出現4次4韻段，同樣全部合韻，合韻行為是：質4、術1、末1、至1。從以上用韻情況可以推測，臻韻沒有獨立的地位，它主要與真韻混用，入聲也是，可見真、臻在南齊時代混而不分，可以合併為一個韻。

　　文韻出現31次11韻段，只有2首合韻，佔18.2%，合韻行為是：諄1、欣1。很明顯，文韻有自己的獨立地位。

　　欣韻只出現2次2韻段，全部合韻，合韻行為是：真1、文1。上、去、入三聲都不入韻，因而無法進一步判斷。然而欣韻只有開口，文韻只有合口，加上真韻與諄韻高度相混且互補，那麼欣韻極有可能與文韻互為開、合口關係，而欣韻與真韻的合用只是音近相押而已。

　　元韻出現14次6韻段，共有5首合韻，佔83.3%，合韻行為是：魂3、仙2、山1、先1。元韻介於魂、仙之間而接近魂韻。關於這一點，還可以從魂韻、仙韻本身的用韻看得出來。首先，魂韻出現9次4韻段，共有3首合韻，佔75%，3次合韻的對象都是魂韻。至於仙韻，20次的合韻只有2次是與元韻合用，可見只是音近的例外。另外，魂韻的上聲和去聲都未入韻，但入聲沒韻入韻1次，合韻對象正是元韻的入聲月韻。

六、山攝的用韻

表 1.6

聲調	韻目	韻數	韻段	合韻	合韻內容	備註
平	寒	12	6	5	桓5	×
	桓	11	6	5	寒5	×
	刪	0	0	0		
	山	6	5	5	元先仙1、先1、先仙2、仙1	×
	先	44	22	20	元山仙1、山1、仙15、山仙2、真臻1	×
	仙	74	30	21	元山先1、先15、獮1、山1、山先2、元1	×
上	旱	0	0	0		
	緩	4	1	0		

聲調	韻目	韻數	韻段	合韻	合韻內容	備註
	濟	0	0	0		
	產	0	0	0		
	銑	2	1	1	獮1	✕
	獮	22	4	2	仙1、銑1	◎
去	翰	22	6	5	換5	✕
	換	12	5	5	翰5	✕
	諫	0	0	0		
	襇	1	1	1	霰線1	✕
	霰	52	14	10	線9、襇線1	✕
	線	19	10	10	霰9、襇霰1	✕
入	曷	2	2	2	月沒末1、末1	✕
	末	3	3	3	月沒曷1、質櫛1、曷1	✕
	黠	1	1	1	薛1	✕
	鎋	0	0	0		
	屑	4	4	4	祭薛3、薛1	✕
	薛	29	13	9	祭2、祭屑3、屑1、黠1、月2	✕

　　寒韻出現12次6韻段，高達5首合韻，佔83.3%，合韻對象都是桓韻。而桓韻的情況一樣，11次6韻段中，5首與寒韻混用。可見寒、桓二韻，本就不分，它們是開、合口的對立，而介音的不同不會對詩歌的押韻造成影響。兩者的去聲亦支持這一點：翰韻與換韻各自都有5次合韻，結果5次全都與對方合用而不及其他。

　　刪韻及其上、去聲並未入韻，但入聲黠韻出現1次1韻段，而與薛韻同用。由於入韻次數只有1次，因而無法進一步判斷刪韻的地位。

　　山韻出現6次5韻段，全部合韻，合韻對象是：先4、仙4、元1。

山韻明顯與先、仙二韻關係密切。山韻的上聲和入聲都未入韻，但去
聲襇韻入韻1次，合韻行為是：霰1、線1。可見山韻與先、仙韻關係
密切，恐怕是混而不分。

　　先韻出現44次22韻段，高達20首合韻，佔20.9%，合韻行為是：
仙19、山4、元1、真1、臻1。先韻的主要合韻對象是仙，其次是山。
而仙韻出現74次30韻段，高達21首合韻，佔70%，合韻行為是：先
17、山4、元2、獮1。仙韻的主要合韻對象也是先、山。上、去、入
三聲，基本上都支持先、仙不分這一點。上聲銑、獮混用；去聲甚至
襇、霰、線混用；入聲則複雜一些，但仍可看出端倪：屑、薛混用4
次。至於薛韻，另外又與祭、月、黠等韻合用，這些韻上古都屬月
部，恐怕是反映了更古早的來源。

七、效攝的用韻

表 1.7

聲調	韻目	韻數	韻段	合韻	合韻內容	備註
平	蕭	4	3	3	宵3	×
	宵	21	7	3	蕭3	○
	豪	0	0	0		
上	篠	2	1	0		○
	小	2	2	2	晧2	×
	晧	20	6	2	小2	○
去	嘯	8	2	1	笑1	◎
	笑	16	3	2	嘯1、號1	○
	號	12	2	1	笑1	◎

　　蕭韻出現4次3韻段，全部合韻，合韻對象都是宵韻。而宵韻出現

21次7韻段，共有3首合韻，佔42.9%，合韻對象正是蕭韻。既然蕭韻
在四等，宵韻在三等，蕭韻的3次合韻又全與宵韻混用，那麼就可以
把兩者合併在一起，認為是洪細的不同，蕭韻後來才演變為細音。

　　肴韻及其上、去聲都未入韻。

　　豪韻未入韻，但上聲晧韻出現20次6韻段，其中2首合韻，佔
33.3%，合韻對象是小韻，而小韻也只有這兩次合韻。去聲號韻出現
12次2韻段，其中1首合韻，對象是笑韻。如此看來，豪韻與宵韻似乎
關係密切，卻因入韻次數太低而無法看出。

八、果、假攝的用韻

表 1.8

聲調	韻目	韻數	韻段	合韻	合韻內容	備註
平	歌	26	8	6	戈6	✕
	戈	12	6	6	歌6	✕
	麻	6	3	0		◯
上	哿	0	0	0		
	果	0	0	0		
	馬	17	4	0		◯
去	箇	0	0	0		
	過	0	0	0		
	禡	10	2	0		◯

　　歌韻出現26次8韻段，其中6首合韻，佔75%，合韻行為是：戈
6。歌韻與戈韻完全相混。而戈韻出現12次6韻段，也是6首合韻，合
韻行為與歌韻一樣：歌6。根據以上用韻情況可知，歌、戈不分，關
係密切，兩者只是開、合口的對立。

　　至於麻韻，出現6次3韻段，全部獨用。麻韻入韻次數少，不容易判斷，但它的上、去二聲可提供進一步的線索：上聲馬韻、去聲禡韻都自己獨用，沒有合韻，可先保留它的地位。

九、宕攝的用韻

表 1.9

聲調	韻目	韻數	韻段	合韻	合韻內容	備註
平	陽	140	46	22	唐21、庚1	○
	唐	36	22	21	陽21	×
上	養	17	4	2	蕩2	◎
	蕩	4	2	2	養2	×
去	漾	12	4	0		○
	宕	0	0	0		
入	藥	5	3	3	鐸3	×
	鐸	18	6	3	藥3	◎

　　陽韻出現140次46韻段，其中22首合韻，佔47.8%，合韻行為是：唐21、庚1。陽韻與唐韻高度相押。而唐韻出現36次22韻段，高達21首合韻，佔95.5%，合韻對象全是陽韻。這就表示，陽、唐二韻，關係密切，陽韻在三等，唐韻在一等，它們只是洪細的不同，可以合併為一個韻。

　　另外，上聲和入聲的用韻情況亦支持陽、唐合併這一點。上聲養、蕩韻各自合韻2次，合韻對象都是彼此。去聲宕韻並未入韻。入聲藥、鐸韻各自合韻3次，亦是以彼此為合韻對象。

十、梗攝的用韻

表 1.10

聲調	韻目	韻數	韻段	合韻	合韻內容	備註
平	庚	73	43	37	清23、清青8、青4、耕清青1、陽1	×
	耕	1	1	1	庚清青1	×
	清	84	38	37	庚青8、庚23、青5、庚耕青1	×
	青	38	23	18	庚清8、清5、庚耕清1、庚4	×
上	梗	7	4	4	靜4	×
	耿	0	0	0		
	靜	15	5	4	庚4	×
	迥	0	0	0		
去	映	14	12	11	勁11	×
	諍	0	0	0		
	勁	22	11	11	映11	×
	徑	0	0	0		
入	陌	12	6	5	昔4、麥錫1	×
	麥	3	2	2	陌錫1、昔錫1	×
	昔	18	7	6	陌4、麥錫1、錫1	×
	錫	5	4	4	質1、陌麥1、麥昔1、昔1	×

　　齊詩中的庚、耕、清、青四韻，極有可能與宋詩一樣，全部混而不分。庚韻出現73次43韻段，其中37首合韻，佔86%，合韻行為是：清32、青13、耕1、陽1。庚韻的合韻對象主要是清韻，其次是青韻。

耕韻只出現1次1韻段，合韻行為是：庚1、清1、青1。清韻出現84次38韻段，高達37首合韻，佔97.4%，合韻行為是：庚32、青14、耕1。清韻的合韻對象主要也是庚韻，其次也是青韻。而青韻出現38次23韻段，其中18首合韻，合韻行為是：清14、庚13、耕1。青韻的合韻對象主要是清、庚二韻，兩者的次數差不多。以上用韻現象似乎說明，庚、耕、清、青四韻在南齊時代是混而不分的。

其他三聲的用韻情況亦支持四韻相混這一點：上聲梗韻與靜韻混用4次（耿、迥並未入韻）；去聲映韻與勁韻混用11次（諍、徑並未入韻），當中的合韻行為很清楚，完全不夾雜其他的韻。至於入聲，陌、麥、昔、錫四韻基本上都與彼此混用，只有錫韻另外與質韻合用1次，可視為例外。

十一、曾攝的用韻

表 1.11

聲調	韻目	韻數	韻段	合韻	合韻內容	備註
平	蒸	4	2	0		○
	登	0	0	0		
入	職	69	18	1	德1	○
	德	21	7	1	職1	○

蒸韻出現4次2韻段，完全獨用，沒有合韻。登韻則並未入韻。至於上聲和去聲，亦未入韻。這時只能靠入聲的用韻情況來判斷。入聲職韻出現69次18韻段，只有1首與德韻合用。而德韻出現21次7韻段，也只有1首與職韻合用。從這樣的用韻情況來看，蒸、登二韻似乎是兩個獨立的韻，而入聲職、德的1次合韻只是音近的押韻行為。

十二、流攝的用韻

表 1.12

聲調	韻目	韻數	韻段	合韻	合韻內容	備註
平	尤	82	22	7	侯7	○
	侯	10	7	7	尤7	×
上	有	10	4	0		○
	厚	2	1	0		○
去	宥	0	0	0		
	候	2	1	0		○

　　尤韻出現82次22韻段，其中7首合韻，佔31.8%，合韻對象都是侯韻。而侯韻出現10次7韻段，7首完全合韻，對象則是尤韻。可見尤、侯二韻，關係密切，兩者剛好互補，尤韻三等，侯韻一等，可視為洪細的區別。至於上、去二聲，看似不支持尤、侯相混這一點，實則上聲厚韻只有入韻1次，並未與有韻合用；去聲則是宥韻並未入韻，因而未能與候韻合用。

　　幽韻及其上、去聲並未入韻，無法看出它的地位。

十三、深、咸攝的用韻

表 1.13

聲調	韻目	韻數	韻段	合韻	合韻內容	備註
平	侵	51	15	1	真1	○
	覃	0	0	0		
	凡	0	0	0		

聲調	韻目	韻數	韻段	合韻	合韻內容	備註
上	寢	1	1	1	董1	✕
	感	1	1	1	范1	✕
	范	1	1	1	感1	✕
入	緝	26	5	0		○
	合	4	1	0		○
	乏	0	0	0		

侵韻出現51次15韻段，只有1首合韻，合韻對象是真韻。侵韻向來獨用，與真韻的合用可視為音近的例外。上聲寢韻亦與董韻例外合用1次。至於入聲緝韻則完全獨用。

覃、凡二韻都未入韻，但它們的上聲感韻與范韻彼此合韻1次，這或許是感韻的主要元音接近范韻之故。

第二節　齊詩的韻譜分析

根據上一節的合韻內容進行算數統計，只能得出個大概，哪些韻與哪些韻是必然的合用，而哪些韻與哪些韻只是偶然的通押？這就必須藉助概率統計法，才能取得進一步的突破。以下是概率統計法的操作和結果：

一、通、江攝的韻轍觀察

（一）通、江攝的轍離合指數

通、江二攝共有四韻，而齊詩只有東、鍾入韻。要知道東、鍾二韻是否能自由合用，抑或只是偶然相押，可以透過概率公式：$\frac{Y_{ab}(Z-1)}{Z_a Z_b}$，進一步計算，確認兩者之間的親疏關係：

$$\frac{Y_{東鍾}(Z-1)}{Z_東 Z_鍾} = \frac{9(2080-1)}{123 \times 27} = 5.6$$

於是得到東、鍾二韻的轍離合指數：

表 2.1.1

韻目 總2080	東	鍾
東123	114	5.6
鍾27	9	18

　　東鍾的轍離合指數已超過理論上的平均概率2倍，等於兩者的接觸並非偶然，因此判定可以合轍，今稱「東轍」。

　　至於入聲的用韻情況：

表 2.1.2

韻目 總588	屋	燭
屋68	68	
燭42		42

　　屋韻與燭韻完全沒有接觸，兩者的獨用表示彼此不但是兩個韻轍，而且還是不同的韻，不用計算韻離合指數就可以斷定兩者韻基不同，今稱「屋轍」和「燭轍」。

（二）通、江攝的韻離合指數

　　東、鍾二韻既然有一定的關係，而非偶然的合韻，接下來就是進一步計算兩者之間的韻離合指數：$I(ab) = \frac{R(ab)}{P(ab)} \times 100 \to 100$。只要指數 ≥ 90，就認定是韻基相同；而 >50 至 ≤ 89 者，則必須進行t分布假設測驗：

表 2.1.3

韻目 總2080	東	鍾
東123	114	40
鍾27	9	18

　　經過計算，東鍾的韻離合指數只有40，未達低標50，這表示兩者的韻基並不相同。這一點與入聲屋、燭二韻的情況一致。

二、止攝的韻轍觀察

（一）止攝的轍離合指數

表 2.2.1

韻目 總2080	支	脂	之	微
支182	182			
脂36		24	7.1	1.8
之73		9	64	
微95		3		92

　　經過概率公式的計算，支韻並未與其他韻接觸，可自己獨立成轍，今稱「支轍」。脂之的轍離合指數超過2倍，因而可以合轍，今稱「之轍」。至於微韻，雖與脂韻合用，但指數未達2倍，只能自己一轍，今稱「微轍」。

（二）止攝的韻離合指數

表 2.2.2

韻目 總2080	支	脂	之	微
支182	182			
脂36		24	38	
之73		9	64	
微95		3		92

　　脂之的轍離合指數雖然超過2倍而可以合轍，但韻離合指數卻未達到低標50，因此判定兩者韻基不同。

三、遇攝的韻轍觀察

（一）遇攝的轍離合指數

表 2.3.1

韻目 總2080	魚	虞	模
魚27	22	3.8	16.5
虞41	2	30	9
模14	3	9	2

　　魚、虞、模三個韻，彼此之間的轍離合指數都超過2倍，因而可以確定，三韻在當時是可以通押的，這種通押情況並非屬於少數例外，而是有一定的音近關係。基於魚韻有自己的主體地位，因而以魚韻為代表，今稱「魚轍」。

（二）遇攝的韻離合指數

表 2.3.2

韻目 總2080	魚	虞	模
魚27	22	14	43
虞41	2	30	93
模14	3	9	2

　　經過進一步的計算，魚韻與虞、模二韻的接觸分別只有14、43，均未達到50的門檻，可見魚韻與虞、模二韻的韻基並不相同。而虞模的韻離合指數已超過90，不用做檢驗即可判定兩者韻基相同，不同之處在於介音。

四、蟹攝的韻轍觀察

（一）蟹攝的轍離合指數

表 2.4.1

韻目 總2080	齊	皆	灰	哈
齊41	40	16.9		
皆3	1	0	21.7	8.9
灰32		1	6	20.8
哈78		1	25	52

　　蟹攝的齊、皆、灰、哈四韻，彼此之間的轍離合指數都超過2倍，顯示這四個韻可以通押，今合併為「齊轍」。

至於祭、泰、夬、廢四韻，只有祭、泰二韻入韻。以下是齊詩去聲的用韻情況：

表 2.4.2

韻目 總536	霽	祭	泰	隊	代
霽4	2	*44.6*			
祭6	2	4			
泰44			44		
隊3				0	*76.4*
代7				3	4

霽祭、隊代的韻離合指數都超過2倍，因而可以各自合併成轍，這樣，以上三組韻就可以分為三個韻轍，今稱「霽轍」、「泰轍」和「代轍」。由於平聲灰、咍二韻透過皆韻而可以跟齊韻合轍，因此不妨將代轍併入霽轍。

（二）蟹攝的韻離合指數

表 2.4.3

韻目 總2080	齊	皆	灰	咍
齊41	40	36		
皆3	1	0	154	51?
灰32		1	6	111
咍78		1	25	52

經過計算，灰咍的韻離合指數超過90，因而可以判定兩者韻基相同。而齊皆的韻離合指數只有36，表示兩者的韻基並不相同。值得注

意的是，皆咍的指數達到51，然而由於兩者的韻段只有1個，所以無法進行t分布假設檢驗。其實，皆韻自身的韻次為0，而與其他韻的接觸也只有3次，因此即便皆灰的指數高達154，仍然存在高度的風險，不宜斷然判定皆韻與灰、咍二韻韻基相同。

至於去聲的用韻情況：

表 2.4.4

韻目 總536	霽	祭	隊	代
霽4	2	75?		
祭6	2	4		
隊3			0	128
代7			3	4

由於霽、祭二韻只有1首詩1韻段，因而無法進行t分布假設檢驗。考慮到宋詩的霽、祭二韻韻基相同，或許齊詩的霽、祭二韻亦可比照處理。

五、臻攝的韻轍觀察

（一）臻攝的轍離合指數

表 2.5.1

韻目 總2080	真	諄	臻	文	欣	元	魂
真131	110	14.9	15.8		5.3		
諄17	16	0		3			
臻2	2		0				

韻目 總2080	真	諄	臻	文	欣	元	魂
文41		1		38	33.8		
欣3	1			2	0		
元22						14	36.4
魂13						5	8
其他	2					3	

根據上表，臻攝各韻彼此之間的轍離合指數都超過2倍，因而可以合併為一轍。惟元、魂二韻自成一組，不與其他韻接觸，因而另成一轍。今稱前者為「真轍」，後者為「元轍」。

至於入聲韻的情況，基本上與陽聲韻相似：

表 2.5.2

韻目 總588	質	術	櫛	月	沒
質66	48	5.6	7.6		
術16	10	6			
櫛7	6		0		
月66				62	8.9
沒1				1	0
其他	2		1	3	

質、術、櫛三韻彼此之間的轍離合指數都超過2倍，因而可以合轍，今稱「質轍」。月、沒二韻的指數亦超過2倍，但不與質轍各韻合用，因而另成一轍，今稱「月轍」。

（二）臻攝的韻離合指數

表 2.5.3

韻目 總2080	真	諄	臻	文	欣	元²	魂
真131	110	110	117		40		
諄17	16	0		11			
臻2	2		0				
文41		1		38	73?		
欣3	1			2	0		
元22						14	65T
魂13						5	8
其他	2					3	

　　經過計算，真、諄、臻三韻的韻離合指數全都超過90，因而判定三者韻基相同。而文欣的指數落在73區間，必須進行t分布假設檢驗，然而由於兩者之間只有1個韻段，因而無法進行檢驗。這裡暫且比照宋詩的情況處理，認為文、欣二韻的韻基仍然相同。剩下的元、魂二韻，指數落在65區間，一樣要進行t分布假設檢驗：

表 2.5.4

序號	Y 元元	Y 魂魂	Y 元魂	序號	Y 元元	Y 魂魂	Y 元魂
1	2	6	4	7	2	5	5
2	1	1	5	8	0	4	1
3	0	1	2	9	1	2	3
4	0	1	1	10	1	0	2

2　元韻中古韻圖屬山攝，但它與魂韻密切接觸，因此移入臻攝來討論。

序號	Y 元元	Y 魂魂	Y 元魂	序號	Y 元元	Y 魂魂	Y 元魂
5	3	1	1	總計	12	21	26
6	2	0	2				

從以上數據中，逐一計算每一組韻段的R(元魂)，也就是元魂互押韻次
對元、魂獨用與互押韻次之和的比例：

$$xi = \frac{Y_{元魂 i}}{Y_{元元 i} + Y_{魂魂 i} + Y_{元魂 i}}$$

得到10個樣本：

Xi：0.3333， 0.7143， 0.6667， 0.5， 0.2， 0.5， 0.4167， 0.2， 0.5，
　　0.6667

這10個樣本的平均值是：

$$\bar{x} = \frac{1}{n}\sum_{i=1}^{n} xi = 0.4698$$

樣本的修正方差是：

$$S^2 = \frac{1}{n-1}\sum_{i=1}^{n}(xi - \bar{x})^2 = 0.0307$$

然後計算統計量，由於μ_0=P（ab）=P元魂=0.4407，所以是：

$$t = \frac{\bar{x} - \mu_0}{\sqrt{\frac{S^2}{n}}} = 0.5249$$

檢驗水平（顯著性水平）α，取通常使用的0.05，即5%，然後進行雙
側檢驗，從「t分布臨界值表」（t分布雙側分位數表）查索臨界值，由
於自由度是n-1=9，查得t0.05(9)=2.262。由於計算所得|t|=0.5249＜
2.262，所以判定元、魂二韻韻基相同的假設可以成立。

　　至於入聲韻的情況，基本上亦與陽聲韻相當：

表 2.5.5

韻目 總588	質	術	櫛	月	沒
質66	48	84T	113		
術16	10	6			
櫛7	6		0		
月66				62	104
沒1				1	0
其他	2		1	3	

　　質櫛的韻離合指數超過90，確定兩者韻基相同。而質術的指數雖未超過90，但落在84區間，因而必須做t分布假設檢驗，檢驗的結果是通過：|t|＝0.4376＜2.776，可見質、術二韻也是韻基相同，等於質、術、櫛三韻的韻基在當時並沒有區別。

　　至於月轍的月、沒二韻，韻離合指數亦超過90，可見兩者的情況與陽聲韻一致，都是韻基無異。

六、山攝的韻轍觀察

（一）山攝的轍離合指數

表 2.6.1

韻目 總2080	寒	桓	山	先	仙
寒16	10	48.7			
桓16	6	10			
山11			0	14.8	9

韻目 總2080	寒	桓	山	先	仙
先64			5	26	*10*
仙105			5	32	66
其他			1	1	2

　　根據上表，寒、桓二韻的轍離合指數遠超過2倍，確定可以合轍，今稱「寒轍」。而山、先、仙三韻並不與寒、桓二韻接觸，1次也沒有，因而另外合成一轍，今稱「仙轍」。

　　必須一提的是，中古屬於山攝的元韻，它與先、仙二韻分別有1、2次接觸，但轍離合指數只有1.48、1.8，並未達到標準，確定只與魂韻自成一轍。

　　至於入聲的情況，與陽聲韻大致相同：

表 2.6.2

韻目 總588	曷	末	黠	屑	薛
曷2	0	*97.8*			
末 3	1	0			
黠2			0		*14.7*
屑4				0	*14.7*
薛40			2	4	32
其他	1	2			2

　　曷末的轍離合指數超過2倍，因此可以合轍，今稱「曷轍」。而黠、屑、薛三韻彼此之間的指數亦超過2，亦可合併為一轍，今稱「薛轍」。

　　值得一提的是，曷月的轍離合指數高達4.5，兩者似乎應該合

轍。其實曷韻與月韻只有1次接觸，而曷韻的韻次只有2次，自身的韻次又是0，所以才會造成不穩定的波動。[3]加上曷、月中古韻圖分屬山攝和臻攝，因此，兩者之間的指數雖然超過2倍，仍應予以排除。

（二）山攝的韻離合指數

表 2.6.3

韻目 總2080	寒	桓	山	先	仙
寒16	10	72T			
桓16	6	10			
山11			0	109	75?
先64			5	26	86T
仙105			5	32	66
其他			1	1	2

　　根據上表，山先的韻離合指數超過90，可見兩者韻基相同。其他兩組韻：寒桓、先仙，雖未達到90，但分別落在72、86區間，必須進行t分布假設檢驗，檢驗的結果：寒桓是|t|=0.0926＜2.776，先仙是|t|=-0.0259＜2.179，兩者都通過，表示這兩組韻的韻基也是相同。

　　至於山、仙二韻，由於兩者的4個韻段都是無效韻段，因此無法進行t分布假設檢驗。但山、先的韻基相同，先、仙的韻基相同，推測山、仙的韻基亦相同。

　　至於入聲的情況，並沒有太大的差異：

3　而且這首詩在用韻方面比較寬鬆也是一大因素：闊（月）。髮（月）。月（月）。對（隊）。蔓（代）。續（隊）。沒（沒）。越（月）。渴（曷）。昧（末）。歇（月）。（謝朓〈冬緒羈懷示蕭諮議虞田曹劉江二常侍詩〉，逯1433）

表 2.6.4

總588 韻目	曷	末	黠	屑	薛
曷2	0	166			
末3	1	0			
黠2			0		119
屑4				0	118
薛40			2	4	32
其他	1	2			2

　　根據上表，全部的韻離合指數都超過90，表示彼此之間的韻基都是相同。

七、效攝的韻轍觀察

（一）效攝的轍離合指數

表 2.7.1

總2080 韻目	蕭	宵
蕭8	0	61.2
宵34	8	26

　　由於平聲肴、豪並未入韻，因此只能觀察蕭、宵的情況。上表顯示，蕭宵的轍離合指數遠超過2倍，可見兩者可以合轍，今稱「宵轍」。

（二）效攝的韻離合指數

表 2.7.2

韻目 總2080	蕭	宵
蕭8	0	120
宵34	8	26

　　經過計算，蕭宵的韻離合指數超過90，達到120，確定兩者的韻基相同，不同之處在於介音而非主要元音。

八、果、假攝的韻轍觀察

（一）果、假攝的轍離合指數

表 2.8.1

韻目 總2080	歌	戈	麻
歌40	26	36.4	
戈20	14	6	
麻6			6

　　歌、戈二韻密切接觸，而且轍離合指數遠超過2倍，表示兩韻可以合轍，今稱「歌轍」。然而兩者並不與麻韻合用，接觸次數是0，可見麻韻自成一轍，今稱「麻轍」。

（二）果、假攝的韻離合指數

表 2.8.2

韻目 總2080	歌	戈	麻
歌40	26	103	
戈20	14	6	
麻6			6

經過計算，歌轍二韻的韻離合指數超過90，可見歌、戈二韻的韻基相同，兩者的區別應在於開、合口的對立。

九、宕攝的韻轍觀察

（一）宕攝的轍離合指數

表 2.9.1

韻目 總2080	陽	唐
陽200	160	7.1
唐56	38	18
庚	2	

陽唐的轍離合指數遠超過2倍，可見兩者可以合轍，今稱「陽轍」。另外，陽韻有2次與庚韻接觸，然而轍離合指數只有0.2，未達標準，因而只能是例外。

至於入聲的分合，則如下表所示：

表 2.9.2

總588 韻目	藥	鐸
藥8	4	*11.3*
鐸26	4	22

　　藥鐸的轍離合指數遠超過2倍，可見兩者與陽聲韻的情況一致，也可以合併為一轍，今稱「鐸轍」。

（二）宕攝的韻離合指數

表 2.9.3

總2080 韻目	陽	唐
陽200	160	87T
唐56	38	18
庚	2	

　　經過計算，陽唐的韻離合指數雖然未達到90，但落在87區間，經過t分布假設檢驗之後，結果是通過：|t|=1.2586＜2.179，這就表示陽、唐二韻只是洪、細的不同，它們的韻基並沒有區別。

　　至於入聲的分合，則如下表所示：

表 2.9.4

總588 韻目	藥	鐸
藥8	4	63?
鐸26	4	22

　　藥鐸的韻離合指數落在63，因此必須做t分布假設檢驗。由於藥、鐸二韻的接觸只有兩個韻段，因此無法進行檢驗。考慮到陽聲韻的情況是韻基相同，入聲韻不妨比照處理。

十、梗攝的韻轍觀察

（一）梗攝的轍離合指數

表 2.10.1

韻目 總5228	庚	耕	清	青
庚227	42	10	7.5	4
耕31	1	0	8	
清298	49	1	60	6.4
青151	10		20	20

　　梗攝四韻，全部的轍離合指數都達到標準的2倍以上，可見四韻在當時完全可以合併為一個更大的韻類，今稱「清轍」。

　　至於入聲的情況，亦是如此：

表 2.10.2

韻目 總588	陌	麥	昔	錫
陌17	10	5.8	7.4	
麥6	1	2		10.5
昔28	6		20	7
錫6		3	2	0
質				1

　　陌、麥、昔、錫四韻的轍離合指數也都達到標準的2倍以上，可見四者可以合轍，今稱「昔轍」。惟錫韻與質韻有1次接觸，但離合指數只有1.5，未達到標準，因而只能是少數的例外。

（二）梗攝的韻離合指數

表 2.10.3

韻目 總5228	庚	耕	清	青
庚227	42	121	98	55T
耕31	1	0	107	
清298	49	1	60	82T
青151	10		20	20

　　經過計算，清轍各韻之間的韻離合指數都超過90，表示彼此之間的韻基相同。只有庚青、清青的指數落在55和82區間，必須進行t分布假設檢驗，檢驗的結果顯示：庚青 $|t|=0.6612 < 2.12$，清青 $|t|=-0.6413 < 2.776$，兩組韻都通過，這一來四韻的韻基完全相同，反映出庚、耕、清、青在當時混而不分。

　　至於入聲的情況，則有一些出入：

表 2.10.4

韻目 總588	陌	麥	昔	錫
陌17	10	35	59T	
麥6	1	2		137
昔28	6		20	55?
錫6		3	2	0
質				1

　　首先，麥錫的韻離合指數超過90，可將兩者合併。其次，陌昔的指數雖未達到90，但落在59區間，經過t分布假設檢驗後確認過通：|t|=-0.4454＜4.303，也是可以合併。至於昔錫的指數55，也要做假設檢驗，然而由於兩者只有1個標準韻段，因而無法進行檢驗，但是可以推測，兩者應可合併。

　　唯一例外是陌麥，兩者的韻離合指數只有35，未達90門檻，這或許是由於麥韻韻次偏低的緣故所致。

十一、曾攝的韻轍觀察

　　由於登韻並未入韻，因而無法得知蒸、登是否可以合轍。倒是可以從入聲的情況得知一、二：

表 2.11

總588 ＼ 韻目	職	德
職103	102	0.2
德29	1	28

　　職德的轍離合指數只有0.2，並未達到合轍門檻，只能將兩韻分轍，今稱「職轍」和「德轍」。當然，也不用計算韻離合指數，就可以判定兩者的韻基並不相同。

十二、流攝的韻轍觀察

（一）流攝的轍離合指數

表 2.12.1

總2080 ＼ 韻目	尤	侯
尤128	116	*13.9*
侯14	12	2

尤侯的轍離合指數高達13.92，已經達到合轍標準，今稱「尤轍」。

（二）流攝的韻離合指數

表 2.12.2

總2080 ＼ 韻目	尤	侯
尤128	116	94
侯14	12	2

經過計算，尤轍二韻的韻離合指數超過90，可見兩者韻基相同。

十三、深、咸攝的韻轍觀察

表 2.13.1

總2080 ＼ 韻目	侵
侵71	70
真	1

深、咸攝只有侵韻入韻，而且基本獨用，只有1次與真韻接觸，然而轍離合指數只有0.2，可見只是少數的例外，今稱「侵轍」。

至於入聲的轍離合指數，則如下表所示：

表 2.13.2

韻目 總588	緝	合
緝 42	42	
合6		6

入聲除了緝韻，還有合韻，但兩者都獨用，因而只能分為兩轍，今稱「緝轍」和「合轍」。

第三節　齊詩的韻轍

根據以上統計分析，可以整理出南齊詩歌的韻轍如下：

表 3.0

陰聲韻	陽聲韻	入聲韻
	1.東轍（東鍾） 2.董轍（董○） 3.送轍（送用）	4.屋轍
		5.燭轍
6.支轍（支） 7.紙轍（紙） 8.寘轍（寘）		
9.之轍（脂之） 10.止轍（旨止） 11.志轍（至志）		
12.微轍（微） ○		

陰聲韻	陽聲韻	入聲韻
○		
13.魚轍（魚虞模） 14.語轍（語麌姥） 15.御轍（御遇暮）		
16.齊轍（齊皆灰咍） 17.薺轍（薺○○○） 18.霽轍（霽○隊代祭）		
19.泰轍（泰）		
	20.真轍（真諄臻文欣） ○ 21.震轍（震稕○○○）	22.質轍（質術櫛○○）
	23.元轍（元魂） 24.阮轍（阮○） ○	25.月轍（月沒）
	26.寒轍（寒桓） 27.緩轍（○緩） 28.翰轍（翰換）	29.曷轍（曷末）
	30.仙轍（○山先仙） 31.獮轍（○○○銑獮） 32.線轍（○襉霰線）	33.薛轍（黠○屑薛）
34.宵轍（蕭宵○） 35.小轍（篠小晧） 36.笑轍（嘯笑號）		
37.歌轍（歌戈） ○ ○		
38.麻轍（麻） 39.馬轍（馬） 40.禡轍（禡）		

陰聲韻	陽聲韻	入聲韻
	41.陽轍（陽唐） 42.養轍（養蕩） 43.漾轍（漾○）	44.鐸轍（藥鐸）
	45.清轍（庚耕清青） 46.靜轍（梗○靜○） 47.勁轍（映○勁○）	48.昔轍（陌麥昔錫）
	49.蒸轍（蒸） ○ ○	50.職轍（職）
	○ ○ ○	51.德轍（德）
52.尤轍（尤侯） 53.有轍（有厚） 54.候轍（○候）		
	55.侵轍（侵） 56.寢轍（寢） ○	57.緝轍（緝）
	○ 58.感轍（感） ○	59.合轍（合）
	○ 60.范轍（范） ○	○

　　根據上表，齊詩的韻轍共有60個，若以平賅上去，則得出33個韻部。以四聲分類，分別是：東、支、之、微、魚、齊、真、元、寒、仙、宵、歌、麻、陽、清、蒸、尤、侵，共18個平聲韻轍；董、紙、止、語、薺、阮、緩、獮、小、馬、養、靜、有、寢、感、范，共16

個上聲韻轍：送、寘、志、御、霽、泰、震、翰、線、笑、禡、漾、勁、候，共14個去聲轍；屋、燭、質、月、曷、薛、鐸、昔、職、德、緝、合，共12個入聲韻轍。

以陰、陽、入三種不同的韻尾區分，則是：支、之、微、魚、齊、宵、歌、麻、尤、泰，共10個陰聲韻部；東、真、元、寒、仙、陽、清、蒸、侵、感、范，共11個陽聲韻部；屋、燭、質、月、曷、薛、鐸、昔、職、德、緝、合，共12個入聲韻部。

附錄：齊詩押韻統計表

（一）齊詩平聲韻押韻統計表

序號	韻目	韻數	韻段	合韻	合韻內容	合韻出處
1.	東[4]	85	25	4	東一東三：鍾2 東一：鍾2	東一東三：鍾129、256.7 東一：鍾7.1、152
2.	冬	0	0	0		
3.	鍾	19	8	4	東一2、東一東三2	東一7.1、152、東一東三129、256.7
4.	江	0	0	0		
5.	支	115	24	0		
6.	脂	25	12	8	微3、之4、止1	微1、79、136、之195.7、207.2、233、264.11、止257.1
7.	之	49	13	4	脂4	脂195.7、207.2、233、264.11
8.	微	66	19	3	脂3	脂1、79、136
9.	魚	20	8	3	模2、虞1	模258.6、258.13、虞264.15
10.	虞	31	10	5	模4、魚1	模36.2、45.2、171、203、魚264.15
11.	模	10	7	6	虞4、魚2	虞36.2、45.2、171、203、魚258.6、258.13
12.	齊	26	6	1	皆1	皆270.1

4　東韻（東一32：東三53）自身的合韻情況：東一東三混用15（13+2）；東一獨用2（0+2）；東三獨用8（8+0）。

序號	韻目	韻數	韻段	合韻	合韻內容	合韻出處
13.	佳	0	0	0		
14.	皆	2	2	2	灰咍1、齊1	灰咍256.11、齊270.1
15.	灰	21	14	14	咍13、皆咍1	咍26、45.3、75、85.6、121、153.4、153.7、153.10、158、186、195.5、258.4、259.1.6、皆咍256.11
16.	咍	51	17	14	灰13、皆灰1	灰26、45.3、75、85.6、121、153.4、153.7、153.10、158、186、195.5、258.4、259.1.6、皆灰256.11
17.	真	87	30	15	諄11、欣1、侵1、諄臻1、臻先1	諄10、74、85.8、90.8、153.13、193.2、209、256.3、256.4、258.7、266、欣225、侵258.6、諄臻259.7.3、臻先270.2
18.	諄	13	13	13	真11、真臻1、文1	真10、74、85.8、90.8、153.13、193.2、209、256.3、256.4、258.7、266、真臻259.7.3、文256.13
19.	臻	2	2	2	真諄1、真先1	真諄259.7.3、真先270.2
20.	文	31	11	2	諄1、欣1	諄256.13、欣264.14
21.	欣	2	2	2	真1、文1	真225、文264.14
22.	元	14	6	5	山先仙1、魂3、仙1	山先仙1、魂4、36.4、85.7、仙270.1
23.	魂	9	4	3	元3	元4、36.4、85.7
24.	痕	0	0	0		

序號	韻目	韻數	韻段	合韻	合韻內容	合韻出處
25.	寒	12	6	5	桓5	桓6、14、202、205、258.4
26.	桓	11	6	5	寒5	寒6、14、202、205、258.4
27.	刪	0	0	0		
28.	山	6	5	5	元先仙1、先1、先仙2、仙1	元先仙1、先19、先仙36.13、210、仙205
29.	先	44	22	20	元山仙1、山1、仙15、山仙2、真臻1	元山仙1、山19、仙21.7、28.7、36.14、47、85.2、122、153.6、191.5、192.5、193.1、194.6、222、256.8、259.2.3、264.16、山仙36.13、210、真臻270.2
30.	仙	74	30	21	元山先1、先15、獮1、山1、山先2、元1	元山先1、先21.7、28.7、36.14、47、85.2、122、153.6、191.5、192.5、193.1、194.6、222、256.8、259.2.3、264.16、獮99、山205、山先36.13、210、元270.1
31.	蕭	4	3	3	宵3	宵21.5、45.5、257.4
32.	宵	21	7	3	蕭3	蕭21.5、45.5、257.4
33.	肴	0	0	0		
34.	豪	0	0	0		
35.	歌	26	8	6	戈6	戈1、21.1、54、85.5、150、159

序號	韻目	韻數	韻段	合韻	合韻內容	合韻出處
36.	戈	12	6	6	歌6	歌1、21.1、54、85.5、150、159
37.	麻[5]	6	3	0		
38.	陽	140	46	23	唐21、庚三1	唐23、28.3、40、58、90.10、105、127、131、153.3、153.12、246、256.5、258.4、258.12、258.13、259.6.1、264.1、264.10、269.1、270.2、271.2、庚三273
39.	唐	36	22	21	陽21	陽23、28.3、40、58、90.10、105、127、131、153.3、153.12、246、256.5、258.4、258.12、258.13、259.6.1、264.1、264.10、269.1、270.2、271.2
40.	庚[6]	73	43	37	庚二庚三：清7、清青2 庚二：清4、清青2、青1 庚三：清青4、清12、耕清青1、青3、陽1	庚二庚三：清21.6、28.5、45.4、55.1、97.10、140、220、清青36.12、269.2 庚二：清7.1、56、89、221、清青50、264.6、青258.2 庚三：清青1、76、

5　麻韻（麻二5：麻三1）自身的合韻情況：麻二麻三混用1（1+0）；麻二獨用2（2+0）。

6　庚韻（庚二21：庚三52）自身的合韻情況：庚二庚三混用13（4+9）；庚二獨用7（0+7）；庚三獨用23（2+21）。

序號	韻目	韻數	韻段	合韻	合韻內容	合韻出處
						194.1、258.10、清33、34.1、36.9、57、96.1、98.3、153.2、153.14、162、253.3、256.8、259.5.3、耕清青211、青256.2、270.2、270.3、陽273
41.	耕	1	1	1	庚三清青1	庚三清青211
42.	清	84	38	37	庚三青4、庚二4、庚二庚三7、庚三12、青5、庚二庚三青2、庚二青2、庚三耕青1	庚三青1、76、194.1、258.10、庚二7.1、56、89、221、庚二庚三21.6、28.5、45.4、55.1、97.10、140、220、庚三33、34.1、36.9、57、96.1、98.3、153.2、153.14、162、253.3、256.8、259.5.3、青34.7、254.6、256.6、258.1.1、265.1、庚二庚三青36.12、269.2、庚二青50、264.6、庚三耕青211
43.	青	38	23	18	庚三清4、清5、庚二庚三清2、庚二清2、庚三耕清1、庚三3、庚二1	庚三清1、76、194.1、258.10、清34.7、254.6、256.6、258.1.1、265.1、庚二庚三清36.12、269.2、庚二清50、264.6、庚三耕清211、庚三256.2、270.2、270.3、庚二258.2

序號	韻目	韻數	韻段	合韻	合韻內容	合韻出處
44.	蒸	4	2	0		
45.	登	0	0	0		
46.	尤	82	22	7	侯7	侯 21.4 、 44 、 85.4 、151、236.1、242、243
47.	侯	10	7	7	尤7	尤 21.4 、 44 、 85.4 、151、236.1、242、243
48.	幽	0	0	0		
49.	侵	51	15	1	真1	真258.6
50.	覃	0	0	0		
51.	談	0	0	0		
52.	鹽	0	0	0		
53.	添	0	0	0		
54.	咸	0	0	0		
55.	銜	0	0	0		
56.	嚴	0	0	0		
57.	凡	0	0	0		
總計		1413	548	335		

（二）齊詩上聲韻押韻統計表

序號	韻目	韻數	韻段	合韻	合韻內容	合韻出處
1.	董	1	1	1	寑1	寑224.1
2.	腫	0	0	0		
3.	講	0	0	0		
4.	紙	13	2	0		
5.	旨	3	3	3	止3	止34.2、192.2、263

序號	韻目	韻數	韻段	合韻	合韻內容	合韻出處
6.	止	46	15	4	旨3、脂1	旨34.2、192.2、263、脂257.1
7.	尾	0	0	0		
8.	語	34	14	7	麌2、御1、姥麌3、姥1	麌1、264.5、御6、姥麌191.3、256.1、259.2.1、姥256.2
9.	麌	20	10	9	語2、姥4、語姥3	語1、264.5、姥7.2、97.9、259.1.4、267、語姥191.3、256.1、259.2.1
10.	姥	17	10	8	麌4、語麌3、語1	麌7.2、97.9、259.1.4、267、語麌191.3、256.1、259.2.1、語256.2
11.	薺	21	3	0		
12.	蟹	0	0	0		
13.	駭	0	0	0		
14.	賄	0	0	0		
15.	海	0	0	0		
16.	軫	0	0	0		
17.	準	0	0	0		
18.	吻	0	0	0		
19.	隱	0	0	0		
20.	阮	13	4	0		
21.	混	0	0	0		
22.	很	0	0	0		
23.	旱	0	0	0		

序號	韻目	韻數	韻段	合韻	合韻內容	合韻出處
24.	緩	4	1	0		
25.	潸	0	0	0		
26.	產	0	0	0		
27.	銑	2	1	1	獮1	獮192.4
28.	獮	22	4	2	仙1、銑1	仙99、銑192.4
29.	篠	2	1	0		
30.	小	2	2	2	晧2	晧254.7、264.3
31.	巧	0	0	0		
32.	晧	20	6	2	小2	小254.7、264.3
33.	哿	0	0	0		
34.	果	0	0	0		
35.	馬[7]	17	4	0		
36.	養	17	4	2	蕩2	蕩117、120
37.	蕩	4	2	2	養2	養117、120
38.	梗[8]	7	4	4	梗三：靜4	梗三：靜59、145、219、264.2
39.	耿	0	0	0		
40.	靜	15	5	4	梗三4	梗三59、145、219、264.2
41.	迥	0	0	0		
42.	拯	0	0	0		
43.	等	0	0	0		
44.	有	10	4	0		

7　馬韻（馬二11：馬三6）自身的合韻情況：馬二馬三混用3（3+0）；馬二獨用1（1+0）。

8　梗韻（梗二0：梗三7）自身的合韻情況：梗三獨用4（0+4）。

序號	韻目	韻數	韻段	合韻	合韻內容	合韻出處
45.	厚	2	1	0		
46.	黝	0	0	0		
47.	寑	1	1	1	董1	董224.1
48.	感	1	1	1	范1	范258.6
49.	敢	0	0	0		
50.	琰	0	0	0		
51.	忝	0	0	0		
52.	蹜	0	0	0		
53.	檻	0	0	0		
54.	儼	0	0	0		
55.	范	1	1	1	感1	感258.6
	總計	295	104	54		

（三）齊詩去聲韻押韻統計表

序號	韻目	韻數	韻段	合韻	合韻內容	合韻出處
1.	送[9]	1	1	1	送一：用1	送一：用235.1
2.	宋	0	0	0		
3.	用	3	2	1	送一1	送一235.1
4.	絳	0	0	0		
5.	寘	6	2	0		
6.	至	7	3	2	質櫛術1、質術1	質櫛術42、質術191.2
7.	志	2	1	0		
8.	未	0	0	0		

9　送韻（送一3：送三1）自身的合韻情況：送一獨用1（0+1）。

序號	韻目	韻數	韻段	合韻	合韻內容	合韻出處
9.	御	10	6	5	語1、遇暮4	語6、遇暮28.6、36.7、153.8、230
10.	遇	28	9	6	御暮4、暮2	御暮28.6、36.7、153.8、230、暮198、217
11.	暮	36	15	6	御遇4、遇2	御遇28.6、36.7、153.8、230、遇198、217
12.	霽	3	1	1	祭1	祭192.3
13.	祭	9	7	7	質1、薛2、屑薛3、霽1	質5、薛18、193.3、屑薛28.8、45.1、87.1、霽192.3
14.	泰	32	10	0		
15.	卦	0	0	0		
16.	怪	0	0	0		
17.	夬	0	0	0		
18.	隊	4	2	2	代2	代125、195.1
19.	代	4	2	2	隊2	隊125、195.1
20.	廢	1	1	1	月1	月36.11
21.	震	6	2	2	稕2	稕36.1、98.4
22.	稕	2	2	2	震2	震36.1、98.4
23.	問	0	0	0		
24.	焮	0	0	0		
25.	願	0	0	0		
26.	慁	0	0	0		
27.	恨	0	0	0		
28.	翰	22	6	5	換5	換6、36.15、85.3、

序號	韻目	韻數	韻段	合韻	合韻內容	合韻出處
						148、193.5
29.	換	12	5	5	翰5	翰6、36.15、85.3、148、193.5
30.	諫	0	0	0		
31.	襉	1	1	1	霰線1	霰線143
32.	霰	52	14	10	線9、襉線1	線28.4、41、109、118、146、193.7、257.5、258.3.1、259.4.3、襉線143
33.	線	19	10	10	霰9、襉霰1	霰28.4、41、109、118、146、193.7、257.5、258.3.1、259.4.3、襉霰143
34.	嘯	8	2	1	笑1	笑149
35.	笑	16	3	2	嘯1、號1	嘯149、號256.12
36.	效	0	0	0		
37.	號	12	2	1	笑1	笑256.12
38.	箇	0	0	0		
39.	過	0	0	0		
40.	禡[10]	10	2	0		
41.	漾	12	4	0		
42.	宕	0	0	0		
43.	映[11]	14	12	11	映三：勁11	映三：勁36.5、128、153.11、191.4、219、248、253.2、257.2、

10　禡韻（禡二4：禡三6）自身的合韻情況：禡二禡三混用2（2+0）。

11　映韻（映二0：映三21）自身的合韻情況：映三濁用12（1+11）。

序號	韻目	韻數	韻段	合韻	合韻內容	合韻出處
						258.1.1、259.2.2、268
44.	諍	0	0	0		
45.	勁	22	11	11	映三11	映 三 36.5 、 128 、 153.11 、 191.4 、 219 、 248 、 253.2 、 257.2 、 258.1.1、259.2.2、268
46.	徑	0	0	0		
47.	證	0	0	0		
48.	嶝	0	0	0		
49.	宥	0	0	0		
50.	候	2	1	0		
51.	幼	0	0	0		
52.	沁	0	0	0		
53.	勘	0	0	0		
54.	闞	0	0	0		
55.	豔	0	0	0		
56.	㮇	0	0	0		
57.	陷	0	0	0		
58.	鑑	0	0	0		
59.	釅	0	0	0		
60.	梵	0	0	0		
總計		356	139	95		

（四）齊詩入聲韻押韻統計表

序號	韻目	韻數	韻段	合韻	合韻內容	合韻出處
1.	屋[12]	42	8	0		
2.	沃	0	0	0		
3.	燭	28	7	0		
4.	覺	0	0	0		
5.	質	47	14	11	祭1、至術櫛1、術4、櫛末1、錫1、櫛2、至術1	祭5、至術櫛42、術96.7、124、181、183、櫛末132、錫153.9、櫛190、259.1.5、至術191.2
6.	術	7	6	6	至質櫛1、質4、至質1	至質櫛42、質96.7、124、181、183、至質191.2
7.	櫛	4	4	4	至質術1、質末1、質2	至質術42、質末132、質190、259.1.5
8.	物	0	0	0		
9.	迄	0	0	0		
10.	月	46	13	4	廢1、沒曷末1、薛2	廢36.11、沒曷末125、薛216、237
11.	沒	1	1	1	月曷末1	月曷末125
12.	曷	2	2	2	月沒末1、末1	月沒末125、末258.13
13.	末	3	3	3	月沒曷1、質櫛1、曷1	月沒曷125、質櫛132、曷258.13
14.	黠	1	1	1	薛1	薛206.4

---

12 屋韻（屋一9：屋三33）自身的合韻情況：屋一屋三混用3（3+0）；屋一獨用1（1+0）；屋三獨用4（4+0）。

序號	韻目	韻數	韻段	合韻	合韻內容	合韻出處
15.	鎋	0	0	0		
16.	屑	4	4	4	祭薛3、薛1	祭薛28.8、45.1、87.1、薛194.5
17.	薛	29	13	9	祭2、祭屑3、屑1、黠1、月2	祭18、193.3、祭屑28.8、45.1、87.1、屑194.5、黠206.4、月216、237
18.	藥	5	3	3	鐸3	鐸12、182、202
19.	鐸	18	6	3	藥3	藥12、182、202
20.	陌[13]	12	6	5	陌二陌三：昔1 陌二：昔3、麥錫1	陌二陌三：昔110 陌二：昔94、157、161、麥錫194.2
21.	麥	3	2	2	陌二錫1、昔錫1	陌二錫194.2、昔錫256.10
22.	昔	18	7	6	陌二3、陌二陌三1、麥錫1、錫1	陌二94、157、161、陌二陌三110、麥錫256.10、錫259.8.4
23.	錫	5	4	4	質1、陌二麥1、麥昔1、昔1	質153.9、陌二麥194.2、麥昔256.10、昔259.8.4
24.	職	69	18	1	德1	德97.1
25.	德	21	7	1	職1	職97.1
26.	緝	26	5	0		
27.	合	4	1	0		
28.	盍	0	0	0		

13 陌韻（陌二11：陌三1）自身的合韻情況：陌二陌三混用1（0+1）；陌二獨用5（1+4）。

序號	韻目	韻數	韻段	合韻	合韻內容	合韻出處
29.	葉	0	0	0		
30.	怗	0	0	0		
31.	洽	0	0	0		
32.	狎	0	0	0		
33.	業	0	0	0		
34.	乏	0	0	0		
總計		395	135	70		

第四章

梁詩韻轍研究

第一節　梁詩的用韻情況

一、通、江攝的用韻

表 1.1

聲調	韻目	韻數	韻段	合韻	合韻內容	備註
平	東	612	121	6	鍾6	○
	冬	0	0	0		
	鍾	87	21	7	東6、江1	○
	江	9	5	2	鍾1、陽1	○
上	董	0	0	0		
	湩	0	0	0		
	腫	3	1	0		○
	講	0	0	0		
去	送	8	2	0		○
	宋	0	0	0		
	用	0	0	0		
	絳	0	0	0		
入	屋	171	34	3	燭3	○
	沃	0	0	0		
	燭	76	24	3	屋3	○
	覺	6	4	3	鐸2、藥鐸1	✕

　　東韻出現612次121韻段，只有6首合韻，佔6%，合韻行為是：鍾6、冬1。由於東韻九成以上都是自己獨用，因此，東韻與鍾、冬二韻的合用自然屬於少數的例外。東韻的上聲董韻並未入韻，但去聲送韻獨用2次，只是入韻次數少，還不足以支持東韻獨用。這時候入聲屋韻提供了強而有力的佐證：屋韻出現171次34韻段，只有3首合韻，佔8.8%，一如陽聲韻的用韻情況，屋韻只和燭韻合用。這就說明，東韻及其上去入聲在梁詩中有自己的地位，它是獨立的一個韻，與鍾韻的合用只是音近相押，而非全然混同。

　　冬韻出現1次1韻段，1首全混，合韻行為是：東1、鍾1。由於冬韻本身字少，不容易判斷它的地位，這裡雖然有合韻行為，但無法確定它與哪個韻相混，抑或只是音近合韻。尤其是冬韻的上聲、去聲和入聲都不入韻，無法提供進一步的判斷依據。

　　鍾韻出現87次21韻段，共有7首合韻，佔33.3%，合韻行為是：東6、冬1、江1。鍾韻和東韻一樣，有自己的地位，它與東韻的合用只是音近的例外。上聲腫韻獨用，但只有1次；去聲用韻並未入韻，無法判斷。然而入聲燭韻出現76次24韻段，只有3首合韻，佔12.5%，而且只與屋韻同用。燭韻的用韻情況一如屋韻，可見兩者是不同的韻，基於音近關係才有合韻行為。

　　江韻出現9次5韻段，其中2首合韻，佔40%，合韻行為是：鍾1、陽1。江韻本身字少，這裡出現5首詩其實已算多數，雖然它的合韻百分比高達六成，但更應注意的是它的3首獨用，以及合韻對象。江韻既與鍾合韻，又通陽韻，這或許是由於江韻本身已與鍾有別而又與陽不同之故。尤其是江韻入聲覺韻，出現6次4韻段，其中3首就通往鐸、藥二韻。

　　綜合以上分析，東、鍾、江三韻已然不混，雖有合韻，實屬音近合用。至於冬韻，由於與鍾韻互補，且鍾韻獨用只有三分之二，不妨將兩者合併，處理為洪細的不同。

二、止攝的用韻

表 1.2

聲調	韻目	韻數	韻段	合韻	合韻內容	備註
平	支	680	150	3	脂1、之1、脂之1	○
	脂	165	93	83	之50、微26、至未1、之微3、支1、支之1、庚二1	×
	之	236	83	59	脂50、脂微3、微1、支1、支脂1、咍3	×
	微	605	156	31	脂26、脂之3、之1、薺1	○
上	紙	28	7	3	旨1、旨止1、志1	○
	旨	18	12	11	志1、止8、紙1、紙止1	×
	止	148	42	10	語1、旨8、紙旨1	○
	尾	0	0	0		
去	寘	28	7	2	志1、至1	○
	至	62	31	26	脂未1、志20、質術物1、質櫛1、質術櫛1、未1、寘1	×
	志	69	28	23	旨1、至20、寘1、紙1	×
	未	27	6	3	脂至1、物沒1、至1	◎

支韻出現680次150韻段，只有3首合韻，佔2%，合韻行為是：脂2、之2。支韻高度的獨用，顯示它是一個獨立的韻，而與脂、之的合韻，只能說是少數的音近例外。尤其是支韻的上、去二聲亦支持這一點：上聲紙韻的7首只有3首合韻；去聲寘韻的7首也只有2首合韻，兩者的合韻都未過半，可見支韻及其上去聲有自己的獨立地位。

脂韻出現165次93韻段，高達83首合韻，佔89.2%，合韻行為是：之54、微29、支2、至1、未1、庚1。脂韻高度合韻，恐怕沒有獨立的地位，它與之韻的合用最為頻繁，其次是微韻。上、去二聲的用韻情況亦如此：上聲旨韻出現18次12韻段，高達11首合韻，91.7%，合韻行為是：止9、紙2、志1。旨韻主要與止韻合用。去聲至韻出現62次30韻段，其中25首合韻，佔83.3%，合韻行為是：志20、質3、術2、櫛2、脂1、未1、物1、實1。至韻主要與志韻合用。由此可見，脂韻在南梁詩歌中與之韻相混，兩者應合併為一個韻。

之韻出現236次83韻段，其中59首合韻，佔71.1%，合韻行為是脂54、微4、咍3、支2。之韻合韻百分比偏高，恐怕沒有獨立的地位，考慮到它與脂韻高度相混，且脂韻也沒有自己的地位，顯示兩者混而不分，可以合併。至於上聲與去聲的用韻，亦支持之、脂合併：上聲止韻合韻10次，與旨韻的合用高達9次，其他韻各自只有1次；去聲志韻合韻23次，與至韻的合用高達20次，而其他韻各自才只有1次。可見南梁詩歌之、脂不分，而以之韻為主體。[1]

微韻出現605次156韻段，其中31首合韻，佔19.9%，合韻行為是：脂29、之4、薺1。可見微韻有自己的地位，它與脂韻的合用只是音近相押，並非全然混同。微韻上聲尾韻並未入韻，無從判斷；去聲未韻出現27次6韻段，其中3首合韻，佔50%，合韻行為是：至2、脂1、物1、沒1。未韻有一半獨用，另一半與至合用，同樣支持「微韻獨用而接近脂」這一點。

---

[1] 所謂「主體」，指的是某韻獨用的次數超過50%而作為合併的對象。止韻43首詩中只有11首合韻，佔25.6%；而旨韻12首詩中高達11首合韻，佔71.1%。相較之下，應以止韻為主體，而把旨韻併入其中。

三、遇攝的用韻

表 1.3

聲調	韻目	韻數	韻段	合韻	合韻內容	備註
平	魚	152	42	14	虞10、虞模3、模1	○
	虞	151	46	32	魚10、模18、魚模3、夔1	×
	模	84	31	23	暮1、虞18、魚虞3、魚1	×
上	語	168	41	12	御遇暮2、姥2、夔7、御1	○
	夔	39	19	12	語7、虞1、姥4	×
	姥	20	10	8	語2、遇1、夔4、馬1	×
去	御	30	12	6	語遇暮1、遇暮2、遇2、語1	◎
	遇	95	35	24	暮18、語御暮1、御暮2、姥1、御2	×
	暮	114	37	22	模1、遇18、語御遇1、御遇2	×

　　魚韻出現152次42韻段，其中14首合韻，佔33.3%，合韻行為是：虞13、模4。合韻對象不是虞就是模。魚韻達三分之二的獨用說明它是一個獨立的韻，但它與虞、模韻的合用高達三分之一，恐怕不是單純的例外。

　　虞韻出現151次46韻段，其中32首合韻，佔69.6%，合韻行為是：模21、魚13、夔1。而模韻出現84次31韻段，其中23首合韻，佔74.2%，合韻行為是：虞21、魚4、暮1。虞、模二韻的合韻百分比都超過50%，表示兩者都沒有獨立的地位，兩者的密切合用，且條件互補，自然可以合併為一韻。至於虞、模二韻與其他韻（除了魚韻）的

合用，都可視為音近的例外。

魚韻上聲語韻出現168次41韻段，只有12首合韻，佔29.3%，合韻行為是：麌7、御3、遇2、暮2、姥2。語韻有自己的獨立地位而接近麌、姥韻；至於與御、遇、暮三韻的合用，則是音近且異調相押。總之，語韻的合韻對象都在遇攝範圍以內。至於麌語出現39次19韻段，其中12首合韻，佔63.2%，合韻行為是：語7、姥4、虞1。麌韻沒有獨立的地位而接近語、姥。而姥韻出現20次10韻段，其中8首合韻，佔80%，合韻行為是：麌4、語2、馬1、遇1。姥韻亦沒有獨立的地位而接近麌、語。

去聲御韻出現30次12韻段，其中6首合韻，佔50%，合韻行為是：遇5、暮3、語2。御韻合韻達五成，主要是因為入韻次數不高；而它與遇韻的合用佔多數，可以理解為音近的異調相押，並非混同。遇韻出現95次35韻段，其中24首合韻，佔68.6%，合韻行為是：暮21、御5、語1、姥1。而暮韻出現114次37韻段，其中22首合韻，佔59.5%，合韻行為是：遇21、御3、模1、語1。遇、暮二韻都沒有獨立的地位，且兩者密切相押，可以根據平聲的狀況將它們合併。

比較值得注意的是，魚韻與虞、模二韻之間的關係，到底是合韻還是混同？當中的合用，到底是例外還是必然？以下不妨先換一個方式來觀察，既然虞、模二韻混而不分，那麼將兩者合併，然後再與魚韻作比較，會不會更清楚？以下是虞、模合併的情形：

虞模韻出現235次56韻段，共有16首合韻，佔28.6%，合韻行為是：魚14、麌1、暮1。虞模韻有自己的獨立地位，但它與魚韻的混用超過四分之一，這或許是魚韻與虞模韻處於變動的狀態，有些地區已經分化，而部分地區仍然混同。

四、蟹攝的用韻

表 1.4

聲調	韻目	韻數	韻段	合韻	合韻內容	備註
平	齊	116	28	5	皆2、哈2、薺1	○
	佳	0	0	0		
	皆	10	7	6	灰哈4、齊2	✕
	灰	90	57	52	哈47、皆哈4、桓1	✕
	哈	235	83	56	灰47、皆灰4、齊2、之3	✕
上	薺	27	9	3	齊1、止1、微1	○
	蟹	4	1	0		○
	駭	0	0	0		
	賄	2	2	2	海2	✕
	海	26	5	2	賄2	○
去	霽	28	14	10	祭8、屑1、祭屑1	✕
	祭	35	18	17	屑薛4、薛2、霽8、屑1、霽屑1、職薛1	✕
	泰	40	11	1	隊代1	○
	卦	0	0	0		
	怪	0	0	0		
	隊	24	8	6	代5、泰代1	✕
	代	17	7	7	月沒1、隊5、泰隊1	✕

　　齊韻出現116次28韻段，只有5首合韻，佔17.9%，合韻行為是：
皆2、哈2、薺1。齊韻有自己的獨立地位，與皆、哈的2次合用，只能
是音近的例外。上聲薺韻亦支持這一點：薺韻出現26次8韻段，共有2
首合韻，佔25%，合韻對象是齊、微，各自合用1次。至於去聲霽韻

的情況比較複雜：霽韻出現28次14韻段，其中10首合韻，佔71.4%，已超過半數，表示它沒有獨立的地位。霽韻的合韻行為是：祭9、屑2。霽與祭高度相押，兩者恐怕混而不分。

佳韻並未入韻，不得其詳。上聲蟹韻雖然入韻，卻也只出現4次1韻段，而且獨用，看不出合韻情況。至於去聲卦韻亦不入韻。既然線索不足，只能暫時保留佳韻的地位。

皆韻出現10次7韻段，高達6首合韻，佔85.7%，表示皆韻沒有獨立地位，合韻行為是：灰4、咍4、齊2。這是否表示皆韻與灰咍混而不分，而與齊韻相近呢？可惜上聲駭韻、去聲怪韻都不入韻，無法進一步判斷，只能暫時將它與灰咍合併。

灰韻出現90次57韻段，高達52首合韻，佔91.2%，合韻行為是：咍51、皆4、桓1。而咍韻則出現235次83韻段，其中56首合韻，佔67.5%，合韻行為是：灰51、皆4、之3、齊2。灰、咍二韻的主要合韻對象都是彼此，尤其是灰韻，52首合韻中就有51首與咍合用，可見灰、咍二韻，混而不分。上聲賄、海；去聲隊、代，彼此亦可相押，可以作為兩者不分的佐證。

祭韻出現35次18韻段，高達17首合韻，佔94.4%，可見祭韻沒有獨立的地位。合韻行為是：霽9、薛7、屑6、職1。三者都達到5次以上，恐怕不能說是單純的例外。祭韻與霽韻的合用最為頻繁，祭韻在三等，霽韻在四等，兩者可處理為洪細的不同。至於薛、屑，祭韻與它們的主要元音可能一樣，不一樣的是韻尾，薛、屑收-t尾，而祭韻收-i韻，因而得以合韻。尤其祭韻來自上古的月部，韻尾也是收-t，或許某些方音較為存古，祭韻的韻尾尚未完全脫落。

泰韻出現40次11韻段，只有1首合韻，佔9.1%，可見泰韻有自己的地位。合韻的對象是隊代，這表示泰韻與隊代比較接近，可提供擬音時的參考。

五、臻攝的用韻

表 1.5

聲調	韻目	韻數	韻段	合韻	合韻內容	備註
平	真	516	129	73	諄文2、諄58、欣3、諄臻2、文侵1、臻1、先2、諄侵1、文1、諄魂1、諄欣1	×
	諄	93	69	69	文1、真文2、真58、真臻2、真侵1、元魂痕1、清青1、元魂1、真魂1、真欣1	×
	臻	3	3	3	真諄2、真1	×
	文	274	69	10	諄1、魂2、真諄2、真侵1、真1、欣1、元仙1、元1	○
	欣	5	5	5	真3、文1、真諄1	×
	元[2]	90	35	31	魂12、魂痕10、先仙2、痕1、魂痕諄1、魂桓1、魂諄1、文仙1、文1、寒1	×
	魂	78	32	31	文2、元12、元痕10、痕3、元痕諄1、元桓1、元諄1、真諄1	×
	痕	16	15	15	元魂10、魂3、元1、元魂諄1	×
上	軫	3	1	0		○
	準	0	0	0		
	隱	0	0	0		
	吻	0	0	0		
	隱	3	1	0		○

2　元韻本屬山攝，此處為了討論方便而移入臻攝。

聲調	韻目	韻數	韻段	合韻	合韻內容	備註
	阮	36	10	2	獮1、緩1	○
	混	0	0	0		
	很	0	0	0		
去	震	23	7	6	稕5、問1	×
	稕	6	5	5	稕5	×
	椈	0	0	0		
	問	4	2	1	震1	◎
	焮	0	0	0		
	願	1	1	1	霰1	×
	恩	0	0	0		
	恨	0	0	0		
入	質	169	48	32	至物術1、至櫛1、至術櫛1、術22、術櫛2、術沒1、黠1、術緝1、櫛1、昔1	×
	術	40	29	29	至物質1、至質櫛1、質22、質櫛2、質沒1、質緝1、物1	×
	櫛	5	5	5	至質1、至質術1、質術2、質1	×
	物	6	3	3	至質術1、未沒1、術1	×
	迄	0	0	0		
	月	50	23	14	薛2、沒10、代沒1、屑薛1	×
	沒	23	15	14	月10、代月1、末物1、質術1、屑薛1	×
	麧	0	0	0		

　　真韻出現516次129韻段，共有73首合韻，佔56.6%，已過半數。合韻行為是：諄65、文4、欣4、臻3、侵2、先2、魂1。而諄韻出現93

次69韻段，結果全部合韻，可見諄韻沒有獨立的地位。合韻行為是：真65、文3、魂3、臻2、欣1、元2、痕1、侵1、清1、青1。真韻與諄韻高度相混，兩者互相合用65次，可見真、諄不分，可以合併為一個韻。上聲準韻並未入韻。去聲震、稕二韻互相合用5次，支持這一點。入聲較為複雜：質韻出現169次48韻段，共有32首合韻，佔66.7%，合韻行為是：術28、櫛5、至3、物1、沒1、黠1、昔1、緝1。而術韻出現40次29韻段，結果也是全部合韻，合韻行為是：質28、櫛3、至2、物2、沒1、緝1。術韻沒有獨立的地位而質韻有，彼此混用高達28次，可見兩者互補且不分，可以合併為一韻。

臻韻出現3次3韻段，3首全都合韻，合韻行為是：真3、諄2。臻韻與真諄韻完全相混。上、去二聲並未入韻。入聲的用韻情況亦支持這一點：櫛韻出現5次5韻段，結果也是全部合韻，合韻行為是：質5、術3、至2。櫛韻的主要合韻對象也是質術韻。至於與至韻的2次合用，可視為音近的例外。

文韻出現274次69韻段，其中10首合韻，佔14.5%，可見文韻有自己的地位。合韻行為是：真4、諄3、元2、魂2、欣1、仙1、侵1。文韻比較接近真、諄二韻。文韻的上、去、入三聲，入韻雖然不多，但仍可看出一些端倪：上聲吻韻並未入韻，無法判斷。去聲問韻合韻1次，對象是震韻。入聲物韻比較複雜，出現6次3韻段，合韻行為是：術2、質1、至1、未1、沒1。合韻對象雖然有五個，但仍以術、質為主要對象是可以肯定的。

欣韻出現5次5韻段，全部合韻，合韻行為是：真4、諄1、文1。欣韻沒有獨立的地位，它接近真諄韻，其次是文韻。然而欣韻入韻次數不高，無法有效判斷。上聲隱韻出現3次1韻段，自己獨用。去、入二聲並未入韻。由於欣韻（以平賅上去入）入韻次數不高，雖然它與真韻合用最為頻繁，那也可能是音近合用。反而是文韻有自己的地位，考慮到文韻只有合口，欣韻只有開口，兩者剛好互補，可先將兩

者合併為一韻。

　　元韻出現90次35韻段，其中31首合韻，佔88.6%，合韻行為是：魂25、痕12、仙3、先2、諄2、文2、寒1、桓1。元韻沒有自己的地位，它與魂韻的合用最高，其次是痕韻。魂韻出現78次32韻段，高達31首合韻，佔96.9%，合韻行為是：元25、痕14、諄3、文2、桓1、真1。魂韻與元韻的合用最高，其次是痕韻。而痕韻出現16次15韻段，全部合韻，合韻行為是：魂14、元12、諄1。痕韻與魂韻的合用最高，其次是元韻。總之，元、魂、痕三韻，互用的情況最為密集，可見三韻的關係相當密切，尤其痕韻15首全都合韻，其中12首以上都是與元、魂混用，實在不能視為例外。考慮到魂韻只有一等合口，痕韻只有一等開口，而元韻只有三等，正好互補，三者完全可以合併為一韻。

　　魂、痕二韻的上聲、去聲都不入韻，未能提供進一步的證據。所幸元韻和魂韻的入聲有入韻：月韻出現50次23韻段，其中14首合韻，佔60.9%，合韻行為是：沒11、薛3、代1、屑1。而沒韻出現23次15韻段，高達14首合韻，佔93.3%，合韻行為是：月11、代1、質1、術1、物1、末1、屑1、薛1。月韻與沒韻都沒有主體地位，且彼此合用高達11次，遠非其他韻可比，可見入聲的用韻情況一如平聲韻，足證元、魂、痕三韻可以合併。

六、山攝的用韻

表 1.6

聲調	韻目	韻數	韻段	合韻	合韻內容	備註
平	寒	178	59	50	桓刪6、山先1、桓37、先仙1、刪2、桓仙1、桓山1、元1	×

聲調	韻目	韻數	韻段	合韻	合韻內容	備註
	桓	113	54	49	寒刪6、寒37、刪1、寒仙1、寒山1、先仙1、元魂1、灰1	×
	刪	49	19	11	山2、寒桓6、寒2、桓1	×
	山	32	23	20	仙2、先仙11、刪2、齊先仙1、寒先1、寒桓1、先2	×
	先	394	139	109	仙86、山仙12、寒山1、元仙2、寒仙1、霰線1、山2、桓仙1、真2	×
	仙	275	113	107	先86、山先12、山2、元先2、寒先1、桓先1、寒桓1、文元1	×
上	旱	0	0	0		
	緩	6	3	1	阮1	○
	潸	0	0	0		
	產	4	2	0		○
	銑	5	4	4	獮4	×
	獮	18	7	5	阮1、銑4	×
去	翰	51	17	14	換13、換勘1	×
	換	41	15	14	翰13、翰勘1	×
	諫	0	0	0		
	襉	1	1	1	霰線1	×
	霰	119	41	26	線23、先線1、襉線1、願1	×
	線	61	27	25	霰23、先霰1、襉霰1	×
入	曷	1	1	1	末1	×
	末	4	2	1	曷1	◎
	黠	6	3	2	質1、洽1	×
	鎋	0	0	0		

聲調	韻目	韻數	韻段	合韻	合韻內容	備註
	屑	66	38	37	薛28、祭薛4、薛月1、沒薛1、霽1、祭1、霽祭1	×
	薛	114	45	39	屑28、月2、祭屑4、祭2、月屑1、沒屑1、祭職1	×

　　寒韻出現178次59韻段，共有50首合韻，佔84.7%，合韻行為是：桓45、刪8、先4、仙3、山2、元1。寒韻的主要合韻對象是桓韻。而桓韻出現113次54韻段，高達49首合韻，佔90.7%，合韻行為是：寒45、刪7、仙2、灰1、元1、魂1、山1。寒韻的主要合韻對象也是桓韻。寒、桓二韻的合韻百分比都遠超過半數，表示兩者都沒有獨立的地位，寒在開口，桓韻合口，加上《切韻》原本寒、桓不分，因此有理由將兩者合併為一韻。上聲旱韻不入韻。去聲與入聲可以提供佐證：去聲翰韻與換韻彼此混用；入聲曷韻與末韻亦彼此通押。

　　刪韻出現49次19韻段，其中11首合韻，佔57.9%，合韻行為是：寒8、桓7、山2。刪韻的合韻百分比已超過半數，似乎沒有自己的地位，它與寒、桓的合用最頻繁，這是否意味著三者混而不分呢？可惜上、去二聲都不入韻，無法進一步判斷。倒是入聲黠韻出現6次3韻段，其中2首合韻，合韻行為是：質1、洽1。當中並沒有曷、末二韻，這表示刪韻在梁詩中恐怕與寒、桓有別。

　　山韻出現32次23韻段，共有20首合韻，佔87%，合韻行為是：先15、仙14、寒2、刪2、齊1、桓1。山韻沒有自己的獨立地位，它與先、仙二韻關係密切。上聲產韻2首獨用，無法判斷。去聲襇韻只有1首，且與霰線合用。入聲鎋韻未入韻。綜合考量，山韻與先、仙二韻的情況，恐怕與齊詩一樣，仍然相混。

　　先韻出現394次139韻段，共有109首合韻，佔78.4%，合韻行為是：仙103、山15、寒4、真2、元2、桓1、霰1、線1。先韻主要通

仙，其次通山。而仙韻出現275次113首，高達107首合韻，佔94.7%，
合韻行為是：先103、山14、元3、寒3、桓2、文1。仙韻主要通先，
其次通山。先、仙二韻都沒有獨立的地位，兩者高度混用，加上條件
互補，先韻四等而仙韻三等，因此可以合併為一韻。關於先、仙互混
這一點，上、去、入三聲的用韻情況亦可證明：上聲銑韻4首合韻，
都是與獮韻混用；去聲線韻25首合韻，全都與霰韻合用；入聲比較複
雜，屑韻出現66次38韻段，高達37首合韻，佔97.4%，合韻行為是：
薛34、祭4、霽2、月1、沒1。而薛韻出現114次45韻段，共有39首合
韻，合韻行為是：屑34、祭6、月3、沒1、職1。屑、薛二韻彼此合用
34次，遠比與其他韻的合用要高出許多，足見先、仙二韻及其上去入
聲都是混而不分。

七、效攝的用韻

表 1.7

聲調	韻目	韻數	韻段	合韻	合韻內容	備註
平	蕭	52	34	32	宵32	×
	宵	156	39	33	蕭32、豪1	×
	肴	0	0	0		
	豪	31	8	2	宵1、晧1	○
上	篠	9	5	5	尤小1、晧1、小巧晧1、小2	×
	小	18	5	5	尤篠1、篠巧晧1、晧1、篠2	×
	巧	1	1	1	篠小晧1	×
	晧	76	23	4	篠1、篠小巧1、小1、豪1	○

聲調	韻目	韻數	韻段	合韻	合韻內容	備註
去	嘯	9	6	6	笑5、笑號1	✕
	笑	28	11	7	嘯5、嘯號1、號1	✕
	效	1	1	1	號1	✕
	號	5	3	3	效1、嘯笑1、笑1	✕

蕭韻出現52次34韻段，高達32首合韻，佔94.1%，這表示蕭韻沒有獨立的地位，它的合韻對象全是宵韻。而宵韻出現156次39韻段，共有33首合韻，佔84.6%，宵韻同樣沒有獨立的地位，它的合韻對象主要是蕭韻，只有1次與豪韻合用。肴韻並未入韻。豪韻出現31次8韻段，其中2首合韻，佔25%，這表示豪韻有自己的地位。綜合以上分析，蕭、宵二韻相混，而豪韻獨用。

上聲篠韻出現9次5韻段，全部合韻，合韻行為是：小4、晧2、巧1、尤1。而小韻出現18次5韻段，全部合韻，合韻行為是：篠4、晧2、巧1、尤1。篠、小二韻雖混而不分，卻同時與晧、巧混用，這是否表示篠、小、巧、晧四韻，全部混同呢？其實關鍵還在於晧韻：晧韻出現76次23韻段，只有4首合韻，佔17.4%，並未過半，合韻行為是：篠2、小2、巧1、豪1。晧韻有自己的地位，雖與篠、小合韻，但那是少數，只能算是音近的例外。

去聲嘯韻出現9次6韻段，全部合韻，合韻行為是：笑6、號1。而笑韻出現28次11韻段，7首合韻，佔63.6%，合韻行為是：嘯6、號2。嘯、笑二韻，明顯相混，至於號韻，或許只是例外。效韻入韻1首而與號韻合用，號韻入韻4首，4首全混，合韻行為是：笑2、嘯1、效1、晧1。四者似乎混而不分。

總之，蕭、宵、肴、豪四韻，已經開始有了明顯的區別，平聲的情況是：蕭、宵混而豪不混，肴不確定；上、去二聲則是四者全混，但全混的原因可能是入韻數偏低所致。這裡不妨根據平聲的用韻，把

蕭、宵合併，豪韻獨立，而肴韻由於去聲效韻與號韻合用，可先併入
豪韻。

八、果、假攝的用韻

表 1.8

聲調	韻目	韻數	韻段	合韻	合韻內容	備註
平	歌	125	44	30	戈28、戈麻1、麻1	✕
	戈	53	29	29	歌28、歌麻1	✕
	麻	236	60	3	歌戈2、歌1	○
上	哿	4	3	3	果3	✕
	果	3	3	3	哿3	✕
	馬	55	16	1	姥1	○
去	箇	1	1	1	過1	✕
	過	4	1	1	箇1	✕
	禡	17	4	0		○

　　歌韻出現125次44韻段，其中30首合韻，佔68.2%，合韻行為是：
戈29、麻2。而戈韻出現53次29韻段，全部合韻，合韻行為是：歌
29、麻1。歌韻有自己的地位，而戈韻沒有，兩者高度相混，加上
《切韻》原本只有一個歌韻，因此可以將兩者合併。上聲和去聲的情
況亦支持這一點：上聲哿、果彼此相合韻；去聲箇、過互相通用。兩
者都不與其他韻合用。

　　麻韻出現236次60韻段，只有3首合韻，佔5%，合韻行為是：歌
3、戈2。麻韻獨用的百分比相當高，可見它是一個獨立的韻，它與
歌、戈的合用只是少數，可以視為例外。上、去二聲亦支持這一點：
上聲馬韻出現55次16韻段，只有1首與止韻合用；去聲禡韻出現17次4

韻段，全部獨用。可見南梁詩歌中，麻韻（以平賅上去）是一個獨立
的韻。

九、宕攝的用韻

表 1.9

聲調	韻目	韻數	韻段	合韻	合韻內容	備註
平	陽	631	173	124	唐123、江1	✕
	唐	246	129	123	陽123	✕
上	養	64	13	8	蕩8	✕
	蕩	10	8	8	養8	✕
去	漾	72	15	4	宕3、青1	○
	宕	7	3	3	漾3	✕
入	藥	36	22	19	鐸18、覺鐸1	✕
	鐸	105	28	21	藥18、覺2、覺藥1	✕

　　陽韻出現631次173韻段，其中124首合韻，佔71.7%，合韻行為
是：唐123、江1。陽韻沒有自己的地位，它與唐相通，而與江韻合用
1次只是音近的例外。唐韻出現246次129韻段，高達123首合韻，佔
95.3%，可見唐韻也沒有自己的地位。唐韻的合韻對象全是陽韻，基
於陽韻是三等細音，唐韻是一等洪音，可將兩者合併為一個韻。

　　上、去、入三聲的用韻情況亦持陽、唐同韻。上聲養韻與蕩韻彼
此合用共8次而不與其他韻相混。去聲漾韻與宕韻亦彼此合用共4次，
惟漾韻有1次通青韻，只能視為例外。入聲藥韻與鐸韻亦彼此合用共
19次，此外，兩者亦通覺韻，但次數都在3次以下，自然只能視為音
近的例外。總之，陽、唐二韻及其上、去、入三聲，完全相混。

十、梗攝的用韻

表 1.10

聲調	韻目	韻數	韻段	合韻	合韻內容	備註
平	庚	299	130	128	青6、清青16、耕清3、清96、耕清青5、脂1、耕1	×
	耕	12	11	11	庚清青5、庚清3、庚1、映1、清1	×
	清	417	141	127	庚96、庚耕青5、庚青16、庚耕3、青5、諄青1、耕1	×
	青	90	39	34	庚6、庚耕清5、庚清16、清5、諄清1、漾1	×
上	梗	19	8	8	靜7、靜迥1	×
	耿	0	0	0		
	靜	26	9	8	梗7、梗迥1	×
	迥	2	2	2	映勁1、梗靜1	×
去	映	53	21	20	勁16、迥勁1、侵1、耕1、勁徑1	×
	諍	0	0	0		
	勁	42	20	18	映16、迥映1、映徑1	×
	徑	1	1	1	映勁1	×
入	陌	60	27	19	昔16、昔錫2 麥昔1	×
	麥	5	3	2	錫1、陌昔1	×
	昔	84	28	22	陌16、陌錫2、錫2、陌麥1、質1	×
	錫	15	8	5	陌昔1、昔2、麥1、陌昔1	×

　　庚韻出現299次130韻段，高達128首合韻，佔98.5%，合韻行為是：清120、青27、耕9、脂1。耕韻出現12次11韻段，全部合韻，合韻行為是：庚9、清9、青5、映1。清韻出現417次141韻段，高達127首合韻，佔90.1%，合韻行為是：庚120、青27、耕9、諄1。而青韻出現90次39韻段，共有34首合韻，87.2%，合韻行為是：庚27、清27、耕5、諄1、漾1。庚、耕、清、青的合韻都在八成以上，可見四者都沒有獨立地位。庚韻與清韻彼此合用120次，說明兩者混而不分，可以合併。耕韻與庚、清的合用都是9次，其次是青的5次，看似不高，實則由於耕韻的韻數不多，因而拉低與其他韻的合用次數。至於青韻，它與庚、清的合用都是27，其次是耕的5次，可見青韻與庚、耕、清有一定的關係而非單純的合用。

　　庚、耕、清、青四韻相混這一點，還可以從其他三聲中得到印證。上聲梗韻只有8韻段，8首全與清韻合用。耿韻並未入韻，無法得知詳情。迥韻只有2首詩，2首都與映、勁、靜合用。去聲的用韻情況與上聲相似，映韻與勁韻合用18次。諍韻並未入韻。徑韻只入韻1次而與映勁合用。入聲的情況則與平聲相似，陌韻與昔韻合用19次；麥韻只有2首合韻，但都與陌、昔、錫合用；錫韻有5首合韻，同樣，合用對象都是陌、麥、昔。

　　總之，庚、耕、清、青四韻，在梁代完全可以合用，它們的上、去、入三聲，也都關係密切、混而不分。

十一、曾攝的用韻

表 1.11

聲調	韻目	韻數	韻段	合韻	合韻內容	備註
平	蒸	31	9	1	登1	○
	登	19	5	1	蒸1	○

聲調	韻目	韻數	韻段	合韻	合韻內容	備註
入	職	331	81	3	德2、祭薛1	○
	德	70	15	1	職1	○

　　蒸韻出現31次9韻段，只有1首合韻，佔11.19%，合韻對象是登韻。而登韻出現19次5韻段，只有1首合韻，佔20%，合韻對象也只有蒸韻。蒸、登二韻的合韻百分比都不高，表示兩者都有獨立的地位，這種情況與齊詩一致。

　　入聲職、德二韻的情況更為明顯，職韻出現331次81韻段，只有3首合韻，佔3.7%。而德韻出現70次15韻段，只有1首合韻，佔6.7%。入韻次數不低，卻只有1次合用，充分顯示蒸（職）、登（職）是不同的韻。

十二、流攝的用韻

表 1.12

聲調	韻目	韻數	韻段	合韻	合韻內容	備註
平	尤	413	120	69	侯65、篠小1、厚2、幽1	×
	侯	97	69	65	尤65	×
	幽	1	1	1	尤1	×
上	有	121	32	18	厚18	×
	厚	26	20	20	有18、尤2	×
	黝	0	0	0		×
去	宥	8	3	3	候3	×
	候	5	3	3	宥3	×
	幼	0	0	0		

尤韻出現413次120韻段，其中69首合韻，佔57.5%，已超過半數。合韻行為是：侯65、厚2、幽1、篠1、小1。尤韻有獨立的地位而與侯韻關係密切。而侯韻出現97次69韻段，高達65首合韻，佔94.2%，合韻對象都是尤韻。侯韻沒有獨立的地位，因此可以跟尤韻合併為一韻。

至於幽韻，只入韻1次1韻段而與尤合用，這是否表示尤、幽韻不分呢？由於幽韻只入韻1次，加上上聲黝韻和去聲幼韻都不入韻，因而不好判斷。

尤、侯二韻的混用關係還可從上、去二聲得到證明。上聲有韻出現121次32韻段，其中18首合韻，對象都是厚韻；而厚韻出現26次20韻段，全部合韻，對象是有韻18次，另2次是尤韻。去聲宥韻與候韻入韻次數不高，但彼此合用3次。

由此可見，梁代詩歌，尤、侯不分，加上尤、幽有所接觸，因而可將三者合併為一韻。

十三、深、咸攝的用韻

表 1.13

聲調	韻目	韻數	韻段	合韻	合韻內容	備註
平	侵	308	74	3	真文1、真諄1、映1	○
	覃	34	8	1	銜1	○
	談	2	1	0		○
	鹽	13	5	3	添3	✕
	添	5	3	3	鹽3	✕
	咸	0	0	0		
	銜	1	1	1	覃1	✕

聲調	韻目	韻數	韻段	合韻	合韻內容	備註
上	寑	0	0	0		
	感	0	0	0		
	敢	0	0	0		
	琰	14	4	2	忝1、忝豏1	◎
	忝	2	2	2	琰1、琰豏1	×
	豏	1	1	1	琰忝1	×
	檻	0	0	0		
去	沁	2	1	0		○
	勘	1	1	1	翰換1	×
	闞	0	0	0		
	豔	0	0	0		
	㮇	0	0	0		
	陷	0	0	0		
	鑑	0	0	0		
入	緝	64	16	1	質術1	○
	合	12	4	0		○
	盍	0	0	0		
	葉	23	8	4	怗4	◎
	怗	8	4	4	葉4	×
	洽	1	1	1	黠1	
	狎	0	0	0		

　　侵韻出現308次74韻段，只有3首合韻，佔4.1%，合韻行為是：真2、諄1、文1、映1。侵韻有自己的地位，而與真、諄、文、映的合韻只是少數的例外。侵韻的上聲寑韻並未入韻，但去聲沁韻獨用，而入聲緝韻16韻段中只有1首與質術合韻。

覃韻出現34次8韻段，只有1首合韻，佔12.5%，合韻對象是銜韻。覃韻是否與銜韻混用？不好判斷。兩者的上聲都未入韻。去聲勘韻合韻1次，但對象是翰換，只能說是-m、-n的臨時合用。入聲盍韻4首獨用，但狎韻並未入韻。綜合言之，覃、銜二韻，是混同還是有別，暫時無法確定。

談韻出現2次1韻段，自己獨用。上、去、入三聲都不入韻。

鹽韻出現13次5韻段，其中3首合韻，佔60%，合韻對象都是添韻。而添韻出現5次3韻段，全部合韻，合韻對象也是鹽韻。既然鹽、添二韻關係密切，且兩者條件互補，鹽韻三等，添韻四等，可將兩者合併為一韻。上聲琰韻和忝韻亦彼此合用2次、入聲葉韻和怗韻亦彼此合用4次（去聲並未入韻），可見鹽、添二韻及其上去入聲只是介音的不同，韻則一致。

咸韻並未入韻，但它的上聲豏韻與琰、忝合用1次，似乎咸韻與鹽、添二韻可以通用。只不過1次合用，很難判斷咸韻與鹽、添二韻是混同還是例外押韻。此外，洽韻與點韻合用1次，有可能是兩者的主要元音相同。

第二節　梁詩的韻譜分析

這一節將以數理統計法進行計算和分析，主要是提供明確的判斷標準，以及把模糊地帶交代清楚。由於前三章已說明公式的運用及其實際操作，這一章開始，除了省略公式，同時也略省t分布假設檢驗的計算所得，只提供轍離合指數、韻離合指數以及假設檢驗是否通過的結果。

一、通、江攝的韻轍觀察

（一）通、江攝的轍離合指數

表 2.1.1

韻目 總13303	東	鍾	江	陽
東967	956	*1*		
鍾146	11	134	*8.3*	
江11		1	8	*2.4*
陽			2	

根據上表，東鍾的轍離合指數未達2，只能分轍，而鍾江的指數超過2，可以合轍，今稱前者為「東轍」，後者為「鍾轍」。此外，江韻另與陽韻接觸，兩者的指數達到2.4，似乎可以把陽韻併入鍾轍；然而江韻與陽韻只有2次接觸，以此合轍，風險太高，尤其是這2次接觸都在同一個韻段，因此仍以不合轍為宜，否則勢必把與陽韻關係密切的唐韻也拉進來合轍。[3]

至於入聲的情況，基本上與平聲韻相似：

表 2.1.2

韻目 總2322	屋	燭	覺	藥	鐸
屋263	260	*0.3*			
燭107	3	104			

3　這首詩是虞羲的〈贈何錄事諲之詩〉十之九（逯1606），該詩的韻腳是：良（陽）。邦（江）。裳（陽）。陽（陽）。江、陽二韻就只有這一次合用，或許反映的是虞羲本人的方音。

韻目 總2322	屋	燭	覺	藥	鐸
覺9			2	*4.7*	*9.4*
藥			1		
鐸			6		

　　屋燭的轍離合指數低於2，只能分轍，今稱「屋轍」和「燭轍」。而覺韻未與屋、燭合韻，反而與藥、鐸接觸，指數分別是4.7、9.4，都高於2倍，顯示梁詩的覺韻與屋、燭疏遠而與藥、鐸接近。[4]由於覺韻完全不與屋、燭二韻接觸，只好將之併入藥、鐸二韻的鐸轍。

（二）通、江攝的韻離合指數

表 2.1.3

韻目 總13303	東	鍾	江	陽
東967	956			
鍾146	11	134	10	
江11		1	8	25
陽			2	

　　經過計算，鍾江的韻離合指數只有10，並未達到標準，可見東、鍾、江這三個韻的韻基並不相同。而江陽的指數則是25，同樣也沒有達到標準，這就說明，江韻雖與陽韻接觸，但是兩者的韻基並不相同。

　　至於入聲的情況，屋燭的轍離合指數低於2，不用計算韻離合指

4　覺、鐸合韻出現在虞羲的兩首詩：〈敬贈蕭諮議詩〉十之六（逯1606）、〈贈何錄事誼之詩〉十之三（逯1606）；而覺、藥、鐸合韻則出現在費昶的〈贈徐郎詩〉六之一（逯2084）。虞羲是會稽（浙江餘姚）人，費昶是江夏（湖北武漢）人，這裡的合韻是否受到方音的影響，有待進一步考證。

數就可以直接判定韻基不同。需要計算韻離合指數的反而是覺藥、覺鐸這兩組韻：

表 2.1.4

韻目 總2322	屋	燭	覺	藥	鐸
屋263	260				
燭107	3	104			
覺9			2	40	90
藥			1		
鐸			6		

經過計算之後，覺藥只有40，並未達到門檻；而覺鐸剛好90，達到不用檢測的標準。實際上，覺、鐸二韻的有效樣本只有2個，因此以上的90恐怕只是韻次偏低所造成的波動，覺、鐸二韻的韻基恐怕並不相同。

二、止攝的韻轍觀察

（一）止攝的轍離合指數

表 2.2.1

韻目 總13303	支	脂	之	微
支1060	1054	0.1	0.1	
脂243	2	98	15.5	2.4
之356	4	101	240	0.3

韻目\\總13303	支	脂	之	微
微919		41	8	870
其他		1	3	

　　根據上表，支韻與脂、之二韻的轍離合指數都低於2，並未超過理論上的平均概率，因而可以獨立成轍，今稱「支轍」。脂韻與之、微二韻的指數都高於2，達到合轍門檻，惟之韻與微韻的指數只有0.3，遠低於2，但透過脂韻為中介，仍然可以將脂、之、微合併為一個韻轍，今稱「之轍」。

（二）止攝的韻離合指數

表 2.2.2

韻目\\總13303	支	脂	之	微
支1060	1054			
脂243	2	98	77T	23
之356	4	101	240	
微919		41	8	870
其他		1	3	

　　脂之的韻離合指數是77，需要進行t分布假設檢驗，檢驗的結果是通過，表示脂、之二韻的韻基相同。而脂韻與微韻的指數只有23，並未達到50的門檻，因而判定脂、微二韻的韻基有別，彼此只是音近合用。

三、遇攝的韻轍觀察

（一）遇攝的轍離合指數

表 2.3.1

總13303＼韻目	魚	虞	模
魚232	214	3.9	0.8
虞238	16	178	18.1
模136	2	44	90

　　根據上表，魚、虞、模三韻相對單純，並未與其他韻接觸。魚虞的轍離合指數高於2倍，可以合併；虞模的指數亦高於2倍，亦可合併；而魚模的指數只有0.8，未達低標，必須透過虞韻為中介才能合轍，今合併三者，稱之為「魚轍」。

（二）遇攝的韻離合指數

表 2.3.2

總13303＼韻目	魚	虞	模
魚232	214	15	
虞238	16	178	53T
模136	2	44	90

　　經過計算，魚虞的韻離合指數並未超過50，可見魚、虞二韻在梁代韻基不同。而虞模倒是超過50，但未達90，必須做t分布假設檢驗，檢驗的結果是通過，表示虞、模二韻在當時韻基相同。

四、蟹攝的韻轍觀察

（一）蟹攝的轍離合指數

表 2.4.1

韻目 總13303	齊	皆	灰	哈
齊177	170	26.8		0.4
皆14	5	2	21.3	11
灰134		3	34	27.6
哈345	2	4	96	240

　　經過計算，齊、皆、灰、哈四韻彼此之間的轍離合指數都超過2倍，可以合併為一個韻轍，只有齊哈的指數並未達到標準，但仍可透過皆韻為中介，合併成轍，今稱「齊轍」。

表 2.4.2

韻目 總1708	霽	祭	泰	隊	代
霽35	26	11.3			
祭39	9	30			
泰59			58		1.2
隊38				24	25.2
代25			1	14	10

　　至於去聲的情況，與平聲稍異。霽韻與祭韻合轍，泰韻自成一轍，而隊韻與代韻合轍，原本一個韻轍，現在則分出三個韻轍，這裡暫依平聲的情況分轍，把霽、祭、隊、代合併為一轍，今稱「霽轍」，泰韻基本獨用，因而自成一轍，今稱「泰轍」。

（二）蟹攝的韻離合指數

表 2.4.3

韻目＼總13303	齊	皆	灰	哈
齊177	170	40		
皆14	5	2	82?	42
灰134		3	34	102
哈345	2	4	96	240

　　經過計算，齊皆、皆哈這兩組韻的韻離合指數都未達到50，可見韻基不同。只有灰哈的指數超過90，可以進一步合併，也就是灰、哈二韻的韻基一致。至於皆韻與灰韻，雖然指數甚高，達到82，但卻無法進行t分布假設檢驗，因為兩者的韻段只有2個，而且都不是標準韻段，因而無法檢驗。

　　至於去聲的情況，則如下表所示：

表 2.4.4

韻目＼總1708	霽	祭	泰	隊	代
霽35	26	48			
祭39	9	30			
泰59			58		
隊38				24	92
代25			1	14	10

　　霽祭的韻離合指數只有48，並未達到合併標準，因而只能判定韻基不同。而隊代的情況與平聲韻一致，指數超過90，達到合併門檻，可以判定韻基相同。

五、臻攝的韻轍觀察

（一）臻攝的轍離合指數

表 2.5.1

韻目 總13303	真	諄	臻	文	欣	元	魂	痕
真812	670	13.8	13.1	0.1	12.3	0.1	0.3	
諄146	123	14	18.2	0.7		0.6		3.1
臻5	4	1	0					
文415	2	3		402	8	0.2	0.8	
欣8	6			2	0			
元146	1	1		1		76	36.3	44
魂118	2			3		47	52	54.4
痕29		1				14	14	0
其他	4	3		2		6		

　　根據上表，真、諄、臻、欣四韻的轍離合指數都大於2倍，因此可以合併為一轍，今稱「真轍」。文韻與真、諄、臻三韻的指數雖然沒有達到2倍，但透過欣韻為中介，仍然可以合併到真轍。

　　至於元、魂、痕三韻，彼此與真轍各韻有少數的接觸，不過轍離合指數都未超過2，只有諄痕的指數達到3.1，已超過合轍門檻；然而仔細觀察可以發現，諄、痕二韻的接觸只有1次，換言之，兩者的指數會達到2倍以上，完全是痕韻自身韻次為0的波動。今仍將元、魂、痕三韻另立一轍，稱之為「元轍」。

　　至於入聲的情況，則與平聲相似：

表 2.5.2

韻目 總2322	質	術	櫛	物	月	沒
質264	202	*7*	*6.8*	*2*		*0.3*
術62	49	8	*8.3*	*8.3*		*1.2*
櫛9	7	2	0			
物9	2	2		4		*8.3*
月65					50	*12.5*
沒31	1	1		1	11	16
其他	3				4	1

　　首先，質、術、櫛、物四韻完全可以合轍，今稱「質轍」。其次，月韻與沒韻可以合併為一轍，雖然沒物的指數高達8.3，然而考慮到物韻與沒韻只有1次接觸，故不將月、沒併入質轍，而比照平聲韻的情況將它們分出，稱之為「月轍」。

（二）臻攝的韻離合指數

表 2.5.3

韻目 總13303	真	諄	臻	文	欣	元	魂	痕
真812	670	102	96		90			
諄146	123	14	193					44
臻5	4	1	0					
文415	2	3		402	26			
欣8	6			2	0			
元146	1	1		1		76	85T	96
魂118	2			3		47	52	109

總13303 ＼ 韻目	真	諄	臻	文	欣	元	魂	痕
痕29		1				14	14	0
其他	4	3		2		6		

　　經過計算，真、諄、臻、欣四韻彼此之間的離合指數都超過90，已達到合併的門檻，等於三韻的韻基相同。而文欣的指數只有26，顯示兩者的韻基有別，惟欣韻自身的韻次是0，恐怕會對指數造成一定的波動。至於諄痕的指數則並未達到50，顯示真諄韻與魂痕韻是有韻值上的區別。

　　此外，元魂的指數落在85的區間，經過t分布假設檢驗之後，顯示兩韻韻基相同。而元痕、魂痕兩組韻的指數都超過90，可見元、魂、痕三韻的韻基完全相同。

表 2.5.4

總2322 ＼ 韻目	質	術	櫛	物	月	沒
質264	202	102	101			
術62	49	8	148	111		
櫛9	7	2	0			
物9	2	2		4		25
月65					50	56T
沒31	1	1		1	11	16
其他	3				4	1

　　至於入聲的情況，質、術、櫛、物四韻的指數都超過90，因而可以判定三者韻基相同。然而考慮到櫛、物二韻自身的韻次偏低，這兩個韻的指數恐怕會存在一定的波動。

原本系聯質術和月沒的物韻，它與沒韻的指數只有25，可見合轍不合「韻」，物韻的韻基與沒韻有別。而月沒的指數落在56區間，必須做t分布假設檢驗，最後通過檢驗，因此可以判定月、沒二韻韻基相同。

六、山攝的韻轍觀察

（一）山攝的轍離合指數

表2.6.1

韻目 總13303	寒	桓	刪	山	先	仙	元
寒282	**158**	*29.2*	*5.2*	*2.1*	*0.2*	*0.1*	*0.3*
桓178	110	**60**	*4.1*		*0.3*	*0.2*	*0.5*
刪73	8	4	**58**	*12.4*			
山44	2		3	**10**	*13*	*4.8*	
先511	2	1		22	**252**	*13.6*	*0.2*
仙439	1	1		7	230	**196**	*0.6*
元	1	1			1	1	
其他		1			3	3	

在山攝各韻中，隱隱約約可以分出兩組韻：寒、桓、刪為一組，先、仙為一組，兩組韻的轍離合指數都低於2。然而透過山韻，可以把這兩組韻合併在一起，因為山韻與寒、刪二韻的指數超過2倍，與先、仙二韻的指數亦超過2倍，因而可以合轍，今稱「仙轍」。

必須注意的是，元韻與寒、桓、先、仙都有接觸，然而指數都不超過2，因此只能是少數的例外，可直接予以排除。

至於入聲的情況，則有些不同：

表 2.6.2

韻目 總2322	曷	末	黠	屑	薛	月
曷 1	0	773.7				
末 3	1	2				
黠8			6			
屑92				34	6	
薛161				57	98	0.9
月					4	
其他			2	1	2	

　　曷、末二韻一轍，黠韻自成一轍，屑、薛二韻一轍，至少分成三轍。揆其原因，主要還是曷、末、黠三韻的韻次偏低，因而無法有效合轍。考慮至此，不妨以平聲韻為依據，將這三組韻合併為一轍，今稱「薛轍」。

　　此外，薛韻與月韻接觸4次，但轍離合指數只有0.9，可見不能合轍。

（二）山攝的韻離合指數

表 2.6.3

韻目 總13303	寒	桓	刪	山	先	仙
寒282	158	105	21	9		
桓178	110	60	15			
刪73	8	4	58	17		
山44	2		3	10	98	38
先511	2	1		22	252	101

韻目　　總13303	寒	桓	刪	山	先	仙
仙439	1	1		7	230	196
其他	1	2			4	4

經過統計，仙轍各韻只有寒桓、山先、先仙的韻離合指數超過90，表示這三組韻的韻基相同，其他都未達門檻。惟其中山仙的指數只有38，但山先、先仙的指數卻超過90，因而推測山、仙的韻基也相同，只是正好被先韻隔開。

至於入聲的情況，則如下表所示：

表 2.6.4

韻目　　總2322	曷	末	黠	屑	薛
曷1	0	100			
末3	1	2			
黠8			6		
屑92				34	99
薛161				57	98

曷末的韻離合指數達到100，顯示兩韻的韻基完全相同。而屑薛亦如是，兩者的指數99，證明屑、薛二韻韻基相同。

七、效攝的韻轍觀察

（一）效攝的轍離合指數

表 2.7.1

韻目 總13303	蕭	宵	豪
蕭81	20	*39.4*	
宵254	61	192	*1.1*
豪47		1	46

　　根據上表，蕭、宵二韻的接觸大於2倍，可見兩者在梁代混而不分，因此可以合併為一個韻轍，今稱「宵轍」。然而宵韻與豪韻只有1次接觸，而且指數只有1.1，未能合轍，只能另分一轍，今稱「豪轍」。

（二）效攝的韻離合指數

表 2.7.2

韻目 總13303	蕭	宵	豪
蕭81	20	**99**	
宵254	61	192	
豪47		1	46

　　經過計算，蕭宵的韻離合指數超過90，達到標準，因此可以判定蕭、宵二韻韻基相同。

八、果、假攝的韻轍觀察

（一）果、假攝的轍離合指數

表 2.8.1

韻目 總13303	歌	戈	麻
歌184	116	54.6	0.6
戈86	65	20	0.4
麻356		3	1

　　梁詩中的歌、戈、麻三韻，已分出歌戈和麻兩組韻，歌戈的指數遠超過2倍，說明它們關係密切。而麻韻雖與歌、戈有所接觸，但指數都未達2，可見有一定的距離。今稱前者為「歌轍」，後者為「麻轍」。

（二）果、假攝的韻離合指數

表 2.8.2

韻目 總13303	歌	戈	麻
歌184	116	112	
戈86	65	20	
麻356		3	1

　　經過計算，歌、戈二韻的韻離合指數超過90，可見兩者韻基相同。

九、宕攝的韻轍觀察

（一）宕攝的轍離合指數

表 2.9.1

總13303 韻目	陽	唐
陽998	721	9.3
唐395	275	120
其他	2	

陽韻與唐韻大量接觸，轍離合指數遠大於2倍，因而可以合併為一轍，今稱「陽轍」。

至於入聲的分合，則與平聲韻一致：

表 2.9.2

總2322 韻目	藥	鐸
藥55	16	9.8
鐸164	38	120
其他	1	6

藥韻與鐸韻的轍離合指數也高於2倍，達到9.8，表示兩者可以合併為一個韻轍，今稱「鐸轍」。

（二）宕攝的韻離合指數

表 2.9.3

總13303 韻目	陽	唐
陽998	721	97
唐395	275	120
其他	2	

經過計算，陽、唐二韻的韻離合指數超過90，表示兩者韻基相同。至於入聲的分合，則如下表所示：

表 2.9.4

韻目 總2322	藥	鐸
藥55	16	94
鐸164	38	120
其他	1	6

藥、鐸二韻的韻離合指數達到94，不必另做t分布假設檢驗，即可判定兩者韻基相同，這一點與陽、唐二韻的情況一致。

十、梗攝的韻轍觀察

（一）梗攝的轍離合指數

表 2.10.1

韻目 總13303	庚	耕	清	青
庚487	160	12.1	11.7	5.4
耕18	8	2	5.5	15.6
清676	290	5	348	4.3
青142	28	3	31	80

根據上表，庚、耕、清、青四韻的轍離合指數都超過2倍，因此可以合併為一個韻轍，今稱「清轍」。清轍的情況與歌轍相似，轍中各韻都未與其他韻合用，表示這個韻轍的主體性很強，或許是主要元

音很有特色，因而才會局限在四韻自用。

至於相承的入聲韻，彼此的轍離合指數如下：

表 2.10.2

韻目 總2322	陌	麥	昔	錫
陌80	40		8.4	
麥6		2	5.6	36.8
昔138	40	2	88	5.6
錫21		2	7	12
其他			1	

陌、麥、昔、錫四韻的情況和庚、耕、清、青一致，彼此之間的離合指數都超過2倍，已經達到合轍的門檻，因此可以將四者合併為一個大類，今稱「昔轍」。

（二）梗攝的韻離合指數

表 2.10.3

韻目 總13303	庚	耕	清	青
庚487	160	130	109	54T
耕18	8	2	54?	33
清676	290	5	348	40
青142	28	3	31	80

經過計算，清轍的四個韻中，庚耕、庚清的韻離合指數超過90，可以直接判定韻基相同。而庚青、耕清的指數都是落在54區間，必須進行t分布假設檢驗。檢驗的結果是：庚青過通，而耕清雖然也通

過,可是標準韻段只有2個,具有一定的風險。

令人疑惑的是,青韻與耕、清二韻的指數都低於50,表示韻基有別,但與庚韻的指數卻通過檢驗,明顯出現矛盾。

至於入聲昔轍,相關指數如下:

表 2.10.4

韻目 總2322	陌	麥	昔	錫
陌80	40		82T	
麥6		2	52?	61?
昔138	40	2	88	53F
錫21		2	7	12
其他			1	

陌昔的指數達到82,必須進行t分布假設檢驗,檢驗的結果是通過。至於麥昔、麥錫這兩組韻,指數雖然落在52與61,必須進行檢驗,然而這兩組韻分別都只有1個韻段,因而都無法進行檢驗。至於昔錫的指數落在53,經過檢驗之後,並未通過,似乎梁代的錫韻與昔韻有別;然而必須提出,昔、錫二韻的接觸只有4個韻段,因此統計結果恐怕有一定的風險。

十一、曾攝的韻轍觀察

(一)曾攝的轍離合指數

表 2.11.1

韻目 總13303	蒸	登
蒸46	44	20.7
登28	2	26

　　蒸韻與登韻的轍離合指數超過2倍，可見兩者可以合轍；然而仔細觀察，兩者的接觸只有2次，似乎以不合併為宜，故今仍分「蒸轍」與「登轍」。

　　至於入聲的情況則有所不同：

表 2.11.2

韻目 總2322	職	德
職503	498	0.1
德111	3	108
其他	2	

　　職韻與德韻的轍離合指數只有0.1，未達標準，只能分離，今稱「職轍」和「德轍」。

（二）曾攝的韻離合指數

表 2.11.3

韻目 總13303	蒸	登
蒸46	44	11
登28	2	26

經過計算，蒸韻與登韻的韻離合指數只有11，可見兩者的韻基還是有所不同。

十二、流攝的韻轍觀察

（一）流攝的轍離合指數

表 2.12.1

韻目 總13303	尤	侯	幽
尤625	504	*17.5*	*21.3*
侯145	119	26	
幽2	2		0

根據上表，尤、侯、幽三韻彼此之間的轍離合指數都已超過2倍，因此可將三者合轍，今稱「尤轍」。

（二）流攝的韻離合指數

表 2.12.2

韻目 總13303	尤	侯	幽
尤625	504	**101**	**123**
侯145	119	26	
幽2	2		0

經過計算，尤侯、尤幽的韻離合指數都超過90門檻，不需要進行t分布假設檢驗即可判定三韻韻基相同。

十三、深、咸攝的韻轍觀察

（一）深、咸攝的轍離合指數

表 2.13.1

韻目 總13303	侵	覃	談	鹽	添	銜
侵467	464					
覃53		52				251
談2			2			
鹽19				14	500.1	
添7				5	2	
銜1		1				0
真	3					

　　根據上表，侵韻獨用，因而自己一轍，今稱「侵轍」。覃銜、鹽添的轍離合指數都超過2倍，因而分為兩轍，今稱「覃轍」和「鹽轍」。談韻亦獨用，也是自己一轍，今稱「談轍」。侵韻另有3次與真韻合用，但平均概率的指數只有0.04，只能算是少數的例外。

　　至於入聲的情況，經過計算，當中的轍離合指數如下：

表 2.13.2

韻目 總2322	緝	合	葉	怗	洽
緝 97	96				
合16		16			
葉32			26	31.1	
怗 14			6	8	

韻目　總2322	緝	合	葉	怗	洽
洽 1					0
其他	1				1

　　緝、合二韻不與其他韻合用，只能獨立成轍，今稱「緝轍」和「合轍」。葉韻與怗韻的指數超過2倍，因而合為一轍，今稱「葉轍」。剩下的洽韻只有1次與山攝的黠韻接觸，可比照平聲韻的情況，併入合轍。

（二）深、咸攝的韻離合指數

表 2.13.3

韻目　總13303	侵	覃	談	鹽	添	銜
侵467	464					
覃53		52				100
談2			2			
鹽19				14	93	
添7				5	2	
銜1		1				0
真	3					

　　經過計算，鹽添的韻離合指數超過90，顯示兩者韻基相同。而覃銜的指數雖然達到100，但兩者的接觸只有1次，因此不好判定兩者是否韻基相同。

　　至於入聲的韻離合指數，則如下表所示：

表 2.13.4

韻目 總2322	緝	合	葉	怗	洽
緝 97	96				
合16		16			
葉32			26	60T	
怗 14			6	8	
洽 1					0
其他	1				1

　　葉怗的韻離合指數達到60，必須做t分布假設檢驗，檢驗的結果是通過，表示兩者韻基相同。

第三節　梁詩的韻轍

　　根據以上統計分析，可以整理出梁詩的韻轍如下：

表 3.0

陰聲韻	陽聲韻	入聲韻
	1.東轍（東） ○ 2.送轍（送）	3.屋轍（屋）
	4.鍾轍（鍾江） 5.腫轍（腫○） ○	6.燭轍（燭○）
7.支轍（支） 8.紙轍（紙） 9.寘轍（寘）		

陰聲韻	陽聲韻	入聲韻
10.之轍（脂之微） 11.止轍（旨止尾） 12.志轍（至志未）		
13.魚轍（魚虞模） 14.語轍（語麌姥） 15.御轍（御遇暮）		
16.齊轍（齊○皆灰咍） 17.薺轍（薺蟹○賄海）⁵ 18.霽轍（霽○○隊代祭）		
19.泰轍（泰）		
	20.真轍（真諄臻文欣） 21.軫轍（軫○○○隱） 22.震轍（震稕○問○）	23.質轍（質術櫛物○）
	24.元轍（元魂痕） 25.阮轍（阮○○） 26.願轍（願○○）	27.月轍（月沒○）
	28.仙轍（寒桓刪山先仙） 29.獮轍（○緩○產銑獮） 30.線轍（翰換○襉霰線）	31.薛轍（曷末黠○屑薛）
32.宵轍（蕭宵）		

5　蟹韻只有1個韻段，而且獨用，今依中古韻攝的配置，將其併入薺轍。

陰聲韻	陽聲韻	入聲韻
33.小轍（篠小） 34.笑轍（嘯笑）		
35.豪轍（○豪）[6] 36.晧轍（巧晧） 37.號轍（效號）		
38.歌轍（歌戈） 39.哿轍（哿果） 40.箇轍（箇過）		
41.麻轍（麻） 42.馬轍（馬） 43.禡轍（禡）		
	44.陽轍（陽唐） 45.養轍（養蕩） 46.漾轍（漾宕）	47.鐸轍（覺藥鐸）
	48.清轍（庚耕清青） 49.靜轍（梗○靜迥） 50.勁轍（映○勁徑）	51.昔轍（陌麥昔錫）
	52.蒸轍（登） ○ ○	53.職轍（職）
	54.登轍（登） ○ ○	55.德轍（德）
56.尤轍（尤侯幽） 57.有轍（有厚○） 58.候轍（○候○）		
	59.侵轍（侵）	61.緝轍（緝）

6 肴韻並未入韻，今據去聲效韻只有1個韻段而與號韻接觸，暫將肴韻併入豪韻。

陰聲韻	陽聲韻	入聲韻
	○ 60.沁轍（沁）	
	62.覃轍（覃銜○） ○ 63.勘轍（勘○赚）	64.合轍（合○洽）
	65.談轍（談） ○ ○	○
	66.鹽轍（鹽添） 67.琰轍（琰忝） ○	68.葉轍（葉怗）

　　根據上表，梁詩的韻轍共有68個，若以平賅上去，則得出35個韻部。以四聲分類，分別是：東、鍾、支、之、魚、齊、真、元、仙、宵、豪、歌、麻、陽、清、蒸、登、尤、侵、覃、談、鹽，共22個平聲韻轍；腫、紙、止、語、薺、軫、阮、獮、小、晧、哿、馬、養、靜、有、琰，共16個上聲韻轍；送、寘、志、御、霽、泰、震、願、線、笑、號、箇、禡、漾、勁、候、沁、勘，共18個去聲韻轍；屋、燭、質、月、薛、鐸、昔、職、德、緝、合、葉，共12個入聲韻轍。

　　以陰、陽、入三種不同的韻尾分類，則是：支、之、魚、齊、宵、豪、歌、麻、尤、泰，共10個陰聲韻部；東、鍾、真、元、仙、陽、清、蒸、登、侵、覃、談、鹽，共13個陽聲韻部；屋、燭、質、月、薛、鐸、昔、職、德、緝、合、葉，共12個入聲韻部。

附錄：梁詩押韻統計表

（一）梁詩平聲韻押韻統計表

序號	韻目	韻數	韻段	合韻	合韻內容	合韻出處
1.	東[7]	612	121	6	東一東三：鍾2 東一：鍾3 東三：鍾1	東一東三：鍾167、1763.2 東三：鍾122、1259、1744.8 東三：鍾1615.7
2.	冬	0	0	0		
3.	鍾	87	21	7	東一3、江1、東一東三2、東三1	東一122、1259、1744.8、江159.3、東一東三167、1763.2、東三1615.7
4.	江	9	5	2	鍾1、陽1	鍾159.3、陽202.9
5.	支	680	150	3	脂1、之1、脂之1	脂360、之1777.1.2、脂之686.3
6.	脂	165	93	83	之50、微26、至未1、之微3、支1、支之1、庚二1	之11.2.4、37、60、121、138、146.10、146.26、151.9、175、249、365.1、386、463、521、569、623、644、669、704.7、725、782、784、802、819、887、920、960、971、997.3、998、1016.1、1065.2、1096、1172、1190.2、1205、1235、1357、1369、1383.2、1426、1484.1、1510.1、1522、1530、

---

7 東韻（東一321：東三291）自身的合韻情況：東一東三混用101；東一獨用11；東三獨用9。

序號	韻目	韻數	韻段	合韻	合韻內容	合韻出處
						1535 、 1574 、 1579.2 、 1584 、 1786 、 微 18.2 、 366.6 、 378 、 380 、 382.2 、 407、549、688、828、911、 1129、1236、1261、1398、 1439 、 1454 、 1458 、 1473 、 1506、1539、1600、1706、 1708 、 1746.3 、 1746.6 、 1756 、 至 未 23.6 、 之 微 148.3 、 1413 、 1635 、 支 360、支之686.3、庚二1746.5
7.	之	236	83	59	脂50、脂微3、微1、支1、支脂1、哈3	脂 11.2.4 、 37 、 60 、 121 、 138 、 146.10 、 146.26 、 151.9 、 175 、 249 、 365.1 、 386、463、521、569、623、 644 、 669 、 704.7 、 725 、 782、784、802、819、887、 920 、 960 、 971 、 997.3 、 998 、 1016.1 、 1065.2 、 1096、1172、1190.2、1205、 1235 、 1357 、 1369 、 1383.2 、 1426 、 1484.1 、 1510.1 、 1522 、 1530 、 1535 、 1574 、 1579.2 、 1584、1786、脂微148.3、 1413 、 1635 、 微 151.1 、 支 1777.1.2 、 支 脂 686.3 、 哈 1748.1、1787.1、1787.2
8.	微	605	156	31	脂26、脂之3、之1、薺1	脂18.2、366.6、378、380、 382.2 、 407 、 549 、 688 、

序號	韻目	韻數	韻段	合韻	合韻內容	合韻出處
						828、911、1129、1236、1261、1398、1439、1454、1458、1473、1506、1539、1600、1706、1708、1746.3、1746.6、1756、脂之148.3、1413、1635、之151.1、薺863.7
9.	魚	152	42	14	虞10、虞模3、模1	虞11.2.2、58.5、611、665、704.3、1006、1014、1470、1771.5.3、1777.1.1、虞模135、151.10、1078、模386
10.	虞	151	46	32	魚10、模18、魚模3、夬1	魚11.2.2、58.5、611、665、704.3、1006、1014、1470、1771.5.3、1777.1.1、模58.1、736.1、809、899、910、920、997.1、1018.1、1037.3、1051、1237、1246、1436、1620、1676、1727、1733、1763.2、魚模135、151.10、1078、夬434
11.	模	84	31	23	暮1、虞18、魚虞3、魚1	暮57、虞58.1、736.1、809、899、910、920、997.1、1018.1、1037.3、1051、1237、1246、1436、1620、1676、1727、1733、1763.2、魚虞135、151.10、1078、魚386
12.	齊	116	28	5	皆2、咍2、薺1	皆136、1760.3、咍386、1536、薺519
13.	佳	0	0	0		

序號	韻目	韻數	韻段	合韻	合韻內容	合韻出處
14.	皆	10	7	6	灰咍4、齊2	灰咍113、117、146.30、151.5、齊136、1760.3
15.	灰	90	57	52	咍47、皆咍4、桓1	咍21.7、51、148.7、228、260、329.5、441、538.5、555、594、708.2、742、810、824、843、918、920、930、991、996、999.1、1054.1、1059.6、1066、1083.1、1098、1104、1109、1116、1141、1152、1169.1、1174、1204、1213、1289、1293、1390、1406、1417、1442、1455、1465、1562、1567、1590、1720、皆咍113、117、146.30、151.5、桓1752.2
16.	咍	235	83	56	灰47、皆灰4、齊2、之3	灰21.7、51、148.7、228、260、329.5、441、538.5、555、594、708.2、742、810、824、843、918、920、930、991、996、999.1、1054.1、1059.6、1066、1083.1、1098、1104、1109、1116、1141、1152、1169.1、1174、1204、1213、1289、1293、1390、1406、1417、1442、1455、1465、1562、1567、1590、1720、皆灰113、117、146.30、151.5、齊386、1536、之1748.1、1787.1、1787.2

序號	韻目	韻數	韻段	合韻	合韻內容	合韻出處
17.	真	516	129	73	諄文2、諄58、欣3、諄臻2、文侵1、臻1、先2、諄侵1、文1、諄魂1、諄欣1	諄文23.3、734、諄141、144、146.8、179、185.3、207、241、261、273、301、371、405、460、466、484、525.4、529、678、707、714、772、779.3、822、823、850、863.1、881、891、944、1000、1017、1040、1087、1135、1173、1265、1294、1361、1383.1、1384、1386、1408、1444、1476、1477、1510.4、1523、1532、1564、1593、1594、1606、1692、1767.1、1771.3、1772.1、1774.8、1776.1、欣146.25、567.1、759、諄臻381、1782、文侵386、臻736.6、先905、1746.1、諄侵1237、文1370、諄魂1769.2、諄欣1789.2
18.	諄	93	69	69	文1、真文2、真58、真臻2、真侵1、元魂痕1、清青1、元魂1、真魂1、真欣1	文22.3、真文23.3、734、真141、144、146.8、179、185.3、207、241、261、273、301、371、405、460、466、484、525.4、529、678、707、714、772、779.3、822、823、850、863.1、881、891、944、1000、1017、1040、1087、1135、1173、1265、1294、

序號	韻目	韻數	韻段	合韻	合韻內容	合韻出處
						1361 、 1383.1 、 1384 、 1386、1408、1444、1476、1477 、 1510.4 、 1523 、 1532、1564、1593、1594、1606 、 1692 、 1767.1 、 1771.3 、 1772.1 、 1774.8 、 1776.1、真臻381、1782、真侵1237、元魂痕588、清青663.2 、 元 魂 1269 、 真 魂 1769.2、真欣1789.2
19.	臻	3	3	3	真諄2、真1	真諄381、1782、真736.6
20.	文	274	69	10	諄1、魂2、真諄2、真侵1、真1、欣1、元仙1、元1	諄22.3、魂22.7、78、真諄23.3 、 734 、 真 侵 386 、 真 1370、欣877、元仙1748.2、元1760.4
21.	欣	5	5	5	真3、文1、真諄1	真146.25、567.1、759、文877、真諄1789.2
22.	元	90	35	31	魂12、魂痕10、先仙2、痕1、魂痕諄1、魂桓1、魂諄1、文仙1、文1、寒1	魂79、99、167、213、261、272 、 308 、 628 、 968 、 1079 、 1488 、 1615.5 、 魂痕146.13 、 183 、 212 、 511 、 553 、 596 、 896 、 1423 、 1429.2 、 1636 、 先仙231 、 1771.5.1 、 痕567.4 、 魂痕諄588、魂桓1137、魂諄1269、文仙1748.2、文1760.4、寒1774.4
23.	魂	78	32	31	文2、元12、元痕10、痕3、元痕諄1、元桓1、元諄1、真諄	文22.7、78、元79、99、167、213、261、272、308、628、968 、 1079 、 1488

序號	韻目	韻數	韻段	合韻	合韻內容	合韻出處
					1	1615.5、元痕146.13、183、212、511、553、596、896、1423、1429.2、1636、痕538.4、1489、1560.1、元痕諄588、元桓1137、元諄1269、真諄1769.2
24.	痕	16	15	15	元魂10、魂3、元1、元魂諄1	元魂146.13、183、212、511、553、596、896、1423、1429.2、1636、魂538.4、1489、1560.1、元567.4、元魂諄588
25.	寒	178	59	50	桓刪6、山先1、桓37、先仙1、刪2、桓仙1、桓山1、元1	桓刪131、139、146.1、162.4、552.2、586、山先147、桓151.7、159.3、216、232、268、344、382.1、498、538.2、548、585.5、654、657、658、686.5、708.1、731、782、808、818、837.2、887、907、920、964、1024、1031、1114、1274、1276、1299、1392、1517、1607、1649、1656、1777.1.4、先仙547、刪386、1760.5、桓仙921、桓山1273、元1774.4
26.	桓	113	54	49	寒刪6、寒37、刪1、寒仙1、寒山1、先仙1、元魂1、灰1	寒刪131、139、146.1、162.4、552.2、586、寒151.7、159.3、216、232、268、344、382.1、498、538.2、548、585.5、654、

序號	韻目	韻數	韻段	合韻	合韻內容	合韻出處
						657、658、686.5、708.1、731、782、808、818、837.2、887、907、920、964、1024、1031、1114、1274、1276、1299、1392、1517、1607、1649、1656、1777.1.4、刪796、寒仙921、寒山1273、先仙894、元魂1137、灰1752.2
27.	刪	49	19	11	山2、寒桓6、寒2、桓1	山96、145、寒桓131、139、146.1、162.4、552.2、586、寒386、1760.5、桓796
28.	山	32	23	20	仙2、先仙11、刪2、齊先仙1、寒先1、寒桓1、先2	仙22.5、159.2、先仙33、114、119、123、125、127、129、146.27、159.4、159.5、276、1642、刪96、145、寒先147、寒桓1273、先366.4、1744.3
29.	先	394	139	109	仙87、山仙12、寒山1、元仙2、寒仙1、霰線1、山2、桓仙1、真2	仙8、18.1、22.7、36.4、42、47、57、68、85、89、107、146.12、148.12、151.3、191、192、262、288、327、355、363、429.1、433、508、516、525.3、542.6、561、562、693、721、768、773、801、863.5、872、893、956、963、976、1005、1018.2、1032、1075、1077、1085、1097、1146、1186、1244、

序號	韻目	韻數	韻段	合韻	合韻內容	合韻出處
						1250、1257、1296、1305.2、1326、1327、1328、1343、1383.5、1388、1401、1409、1422、1433、1435、1449、1450、1490.2、1498、1518、1521、1532、1537、1579.1、1587、1609、1611、1615.1、1634、1645、1646、1662、1731、1758.2、1763.1、1764.6.1、1770.5.4、山仙33、114、119、123、125、127、129、146.27、159.4、159.5、276、1642、寒山147、元仙231、1771.5.1、寒仙547、霰線263、山366.4、1744.3、桓仙894、真905、1746.1
30.	仙	275	113	107	先87、山先12、山2、元先2、寒先1、桓先1、寒桓1、文元1	先8、18.1、22.7、36.4、42、47、57、68、85、89、107、146.12、148.12、151.3、191、192、262、288、327、355、363、429.1、433、508、516、525.3、542.6、561、562、693、721、768、773、801、863.5、872、893、956、963、976、1005、1018.2、1032、1075、1077、1085、1097、1146、1186、1244、

序號	韻目	韻數	韻段	合韻	合韻內容	合韻出處
						1250 、 1257 、 1296 、 1305.2 、 1326 、 1327 、 1328 、 1343 、 1383.5 、 1388、1401、1409、1422、 1433、1435、1449、1450、 1490.2 、 1498 、 1518 、 1521 、 1532 、 1537 、 1579.1、1587、1609、1611、 1615.1 、 1634 、 1645 、 1646 、 1662 、 1731 、 1758.2、1763.1、1764.6.1、 1770.5.4、山先33、114、 119、123、125、127、129、 146.27 、 159.4 、 159.5 、 276、1642、山22.5、159.2、 元先231 、 1771.5.1 、 寒先 547、桓先894、寒桓921、文 元1748.2
31.	蕭	52	34	32	宵32	宵 23.9 、 58.4 、 148.15 、 282 、 329.3 、 400 、 528 、 590、683、700、767、915、 916 、 922 、 987 、 1039 、 1060 、 1105 、 1111 、 1134 、 1256 、 1262 、 1277 、 1301 、 1344 、 1381 、 1445 、 1532 、 1558、1617、1743.2、1789.1
32.	宵	156	39	33	蕭32、豪1	蕭 23.9 、 58.4 、 148.15 、 282 、 329.3 、 400 、 528 、 590、683、700、767、915、 916 、 922 、 987 、 1039 、

序號	韻目	韻數	韻段	合韻	合韻內容	合韻出處
						1060、1105、1111、1134、1256、1262、1277、1301、1344、1381、1445、1532、1558、1617、1743.2、1789.1、豪146.25
33.	肴	0	0	0		
34.	豪	31	8	2	宵1、晧1	宵146.25、晧912
35.	歌	125	44	30	戈27、戈麻二1、麻二1、戈一戈三1	戈23.12、70、134、217、221、455、542.2、581、765、803、812、831、871、875、955、989、1052.1、1058、1346、1387、1437、1451、1561.4、1576、1615.9、1743.1、1770.5.2、戈麻二148.8、麻二167、戈一戈三1119
36.	戈	53	29	29	戈：歌27、歌麻二1 戈一戈三：歌1	歌23.12、70、134、217、221、455、542.2、581、765、803、812、831、871、875、955、989、1052.1、1058、1119、1346、1387、1437、1451、1561.4、1576、1615.9、1743.1、1770.5.2、歌麻二148.8
37.	麻[8]	236	60	3	麻二麻三：歌戈1 麻二：歌戈1、歌1	麻二麻三：歌戈134 麻二：歌戈148.8、歌167
38.	陽	631	173	124	唐123、江1	唐19、20、21.2、39、41、

---

8 麻韻（麻二158：麻三78）自身的合韻情況：麻二麻三混用51（50+1）；麻二獨用9（7+2）。

序號	韻目	韻數	韻段	合韻	合韻內容	合韻出處
						48、57、58.2、83、97、108、112、120、130、140、146.29、149.3、160、162.6、202.4、250.3、254.3、286、306、324、326、328.2、346、353、366.1、366.4、366.7、426、440、448、461、481、517、525.1、531、538.1、660、661、663.5、665、679、686.6、697、710、737、738、750、754、766、799、804、811、817、821、878、900、909、912、924、925、926、927、943、957、978、984、1009、1016.2、1019、1023、1026、1035、1050、1055、1073、1083.6、1086、1089、1094、1096、1107、1121、1127、1139、1153、1167.2、1180、1185、1209、1240、1248、1339、1343、1371、1389、1405、1425、1428、1431、1474、1479、1507、1560.2、1565、1571、1582、1591、1613、1619、1632、1664、1670、1744.2、1749.1、1763.1、1763.2、1764.1.3、1774.1、江202.9

序號	韻目	韻數	韻段	合韻	合韻內容	合韻出處
39.	唐	246	129	123	陽123	陽19、20、21.2、39、41、48、57、58.2、83、97、108、112、120、130、140、146.29、149.3、160、162.6、202.4、250.3、254.3、286、306、324、326、328.2、346、353、366.1、366.4、366.7、426、440、448、461、481、517、525.1、531、538.1、660、661、663.5、665、679、686.6、697、710、737、738、750、754、766、799、804、811、817、821、878、900、909、912、924、925、926、927、943、957、978、984、1009、1016.2、1019、1023、1026、1035、1050、1055、1073、1083.6、1086、1089、1094、1096、1107、1121、1127、1139、1153、1167.2、1180、1185、1209、1240、1248、1339、1343、1371、1389、1405、1425、1428、1431、1474、1479、1507、1560.2、1565、1571、1582、1591、1613、1619、1632、1664、1670、1744.2、1749.1、1763.1、1763.2、1764.1.3、1774.1

序號	韻目	韻數	韻段	合韻	合韻內容	合韻出處
40.	庚[9]	299	130	128	庚二庚三：青1、清青7、耕清2、清45、耕清青3 庚二：青4、清23、耕清青1、清青2、耕清1、脂1 庚三：清青7、清28、耕1、青1、耕清青1	庚二庚三：青21.4、清青110、150、382.4、664、694、711、1090、耕清43、692.1、清109、111、118、128、170、185.1、197、204、307、411、462、464、616、629、643、761、775、812、914、919、999.2、1002.3、1068、1080、1099、1144、1151、1161、1270、1291、1411、1424、1443、1452、1471、1478、1514、1589、1605、1637、1638、1639、1711、1764.3、1771.6.2、耕清青34、115、146.7 庚二：青6、21.6、36.2、1760.2、清22.5、390、526、704.10、747、787、829、931.2、1056、1059.5、1132、1179、1207、1247、1258、1315、1317、1320、1417、1453、1577、1694、1700、耕清青143.1、清青159.1、1697、耕清599、脂1746.5 庚三：清青35、146.11、148.5、487、736.4、1601、

9　庚韻（庚二111：庚三188）自身的合韻情況：庚二庚三混用59（1+58）；庚二獨用33（1+32）；庚三獨用38（0+38）。

序號	韻目	韻數	韻段	合韻	合韻內容	合韻出處
						1765.1、清76、102、250.2、504、575、725、840、847、869、913、920、1054.1、1235、1237、1303、1345、1365、1412、1429.1、1526、1599、1609、1671、1740、1763.1、1771.4.1、1772.3、1773.5、耕366.2、青376、耕清青589
41.	耕	12	11	11	庚二庚三清青3、庚二庚三清2、庚二清青1、庚三1、庚三清青1、庚二清1、映三1、清1	庚二庚三清青34、115、146.7、庚二庚三清43、692.1、庚二清青143.1、庚三366.2、庚三清青589、庚二清599、映三1360.3、清1680.3.2
42.	清	417	141	127	庚二23、庚二庚三耕青3、庚三青7、庚二庚三青7、庚二庚三耕2、庚三28、庚二庚三45、庚二耕青1、庚二青2、青5、庚三耕青1、庚二耕1、諄青1、耕1	庚二22.5、390、526、704.10、747、787、829、931.2、1056、1059.5、1132、1179、1207、1247、1258、1315、1317、1320、1417、1453、1577、1694、1700、庚二庚三耕青34、115、146.7、庚三青35、146.11、148.5、487、736.4、1601、1765.1、庚二庚三青110、150、382.4、664、694、711、1090、庚二庚三耕43、692.1、庚三76、102、250.2、504、575、725、840、847、869、913、

序號	韻目	韻數	韻段	合韻	合韻內容	合韻出處
						920、1054.1、1235、1237、1303、1345、1365、1412、1429.1、1526、1599、1609、1671、1740、1763.1、1771.4.1、1772.3、1773.5、庚二庚三109、111、118、128、170、185.1、197、204、307、411、462、464、616、629、643、761、775、812、914、919、999.2、1002.3、1068、1080、1099、1144、1151、1161、1270、1291、1411、1424、1443、1452、1471、1478、1514、1589、1605、1637、1638、1639、1711、1764.3、1771.6.2、庚二耕青143.1、庚二青159.1、1697、青267.1、481、513、844、1615.6、庚三耕青589、庚二耕599、諄青663.2、耕1680.3.2
43.	青	90	39	34	庚二4、庚二庚三1、庚二庚三耕清3、庚三清7、庚二庚三清7、庚二耕清1、庚二清2、清5、庚三1、庚三耕清1、諄清1、漾1	庚二6、21.6、36.2、1760.2、庚二庚三21.4、庚二庚三耕清34、115、146.7、庚三清35、146.11、148.5、487、736.4、1601、1765.1、庚二庚三清110、150、382.4、664、694、711、1090、庚二耕清143.1、庚二

序號	韻目	韻數	韻段	合韻	合韻內容	合韻出處
						清159.1、1697、清267.1、481、513、844、1615.6、庚三376、庚三耕清589、諄清663.2、漾1360.2
44.	蒸	31	9	1	登1	登417.1
45.	登	19	5	1	蒸1	蒸417.1
46.	尤	413	120	69	侯65、篠小1、厚2、幽1	侯19、132、162.2、163、236、250.1、291、397、409、413、421、467、524、533、538.2、542.1、577.1、652、668、793、807、859、888、911、959、993、1008、1038.1、1054.2、1071、1083.2、1102、1177、1182、1183、1197、1199、1237、1239、1242、1249、1254、1263、1275、1286、1314、1397、1404、1419、1420、1432、1447、1457、1467、1485.2、1486、1525.1、1575、1580、1586、1588、1685、1715、1743.3、1763.1、篠小30、厚1787.1、1787.2、幽865
47.	侯	97	69	65	尤65	尤19、132、162.2、163、236、250.1、291、397、409、413、421、467、524、533、538.2、542.1、577.1、652、668、793、807、859、888、911、959、993、

序號	韻目	韻數	韻段	合韻	合韻內容	合韻出處
						1008 、 1038.1 、 1054.2 、 1071、1083.2、1102、1177、1182 、 1183 、 1197 、 1199 、 1237 、 1239 、 1242 、 1249 、 1254 、 1263 、 1275 、 1286 、 1314 、 1397 、 1404 、 1419 、 1420 、 1432 、 1447 、 1457 、 1467 、 1485.2 、 1486 、 1525.1 、 1575 、 1580 、 1586、1588、1685、1715、1743.3、1763.1
48.	幽	1	1	1	尤1	尤865
49.	侵	308	74	3	真文1、真諄1、映三1	真文386、真諄1237、映三1360.1
50.	覃	34	8	1	銜1	銜238
51.	談	2	1	0		
52.	鹽	13	5	3	添3	添950、1128、1547
53.	添	5	3	3	鹽3	鹽950、1128、1547
54.	咸	0	0	0		
55.	銜	1	1	1	覃1	覃238
56.	嚴	0	0	0		
57.	凡	0	0	0		
總計		8621	2820	1786		

（二）梁詩上聲韻押韻統計表

序號	韻目	韻數	韻段	合韻	合韻內容	合韻出處
1.	董	0	0	0		
2.	腫	3	1	0		
3.	講	0	0	0		
4.	紙	28	7	3	旨1、旨止1、志1	旨237、旨止419、志1739
5.	旨	18	12	11	志1、止8、紙1、紙止1	志11.2.1、止176、367、499、612.3、705、1057.3、1155、1603、紙237、紙止419
6.	止	148	42	10	語1、旨8、紙旨1	語149.5、旨176、367、499、612.3、705、1057.3、1155、1603、紙旨419
7.	尾	0	0	0		
8.	語	168	41	12	御遇暮2、姥2、麌7、御1	御遇暮146.15、止149.5、姥181、377.1、麌379、691.7、724、882、1744.1、1745.3、1771.6.3、御1515
9.	麌	39	19	12	語7、虞1、姥4	語379、691.7、724、882、1744.1、1745.3、1771.6.3、虞434、姥696、883、1745.2、1778.1
10.	姥	20	10	8	語2、遇1、麌4、馬二1	語181、377.1、遇266、麌696、883、1745.2、1778.1、馬二1767.2
11.	薺	26	8	2	齊1、微1	齊519、微863.7

序號	韻目	韻數	韻段	合韻	合韻內容	合韻出處
12.	蟹	4	1	0		
13.	駭	0	0	0		
14.	賄	2	2	2	海2	海1350、1351
15.	海	26	5	2	賄2	賄1350、1351
16.	軫	3	1	0		
17.	準	0	0	0		
18.	吻	0	0	0		
19.	隱	3	1	0		
20.	阮	36	10	2	獮1、緩1	獮159.5、緩1614
21.	混	0	0	0		
22.	很	0	0	0		
23.	旱	0	0	0		
24.	緩	6	3	1	阮1	阮1614
25.	潸	0	0	0		
26.	產	4	2	0		
27.	銑	5	4	4	獮4	獮571、663.3、691.3、1771.5.6
28.	獮	18	7	5	阮1、銑4	阮159.5、銑571、663.3、691.3、1771.5.6
29.	篠	9	5	5	尤小1、晧1、小巧晧1、小2	尤小30、晧103.3、小巧晧146.18、小863.9、988
30.	小	18	5	5	尤篠1、篠巧晧1、晧1、篠2	尤篠30、篠巧晧146.18、晧159.3、篠863.9、988
31.	巧	1	1	1	篠小晧1	篠小晧146.18
32.	晧	76	23	4	篠1、篠小巧1、小1、豪1	篠103.3、篠小巧146.18、小159.3、豪912

序號	韻目	韻數	韻段	合韻	合韻內容	合韻出處
33.	哿	4	3	3	果3	果1713、1750、1762.2
34.	果	3	3	3	哿3	哿1713、1750、1762.2
35.	馬[10]	55	16	1	馬二：姥1	馬二：姥1767.2
36.	養	64	13	8	蕩8	蕩 146.19、164、402、812、864、1573、1735.2、1764.4.1
37.	蕩	10	8	8	養8	養 146.19、164、402、812、864、1573、1735.2、1764.4.1
38.	梗[11]	19	8	8	梗二梗三：靜2 梗三：靜5、靜迥1	梗二梗三：靜948、1757.3 梗三：靜146.21、393、704.9、712、800、靜迥1724
39.	耿	0	0	0		
40.	靜	26	9	8	梗三5、梗二梗三2、梗三迥1	梗三146.21、393、704.9、712、800、梗二梗三948、1757.3、梗三迥1724
41.	迥	2	2	2	映三勁1、梗三靜1	映三勁394、梗三靜1724
42.	拯	0	0	0		
43.	等	0	0	0		
44.	有	121	32	18	厚18	厚11.2.3、31、57、182、

---

10 馬韻（馬二33：馬三22）自身的合韻情況：馬二馬三混用13（13+0）；馬二獨用3（2+1）。

11 梗韻（梗二2：梗三17）自身的合韻情況：梗二梗三混用2（0+2）；梗三獨用6（0+6）。

序號	韻目	韻數	韻段	合韻	合韻內容	合韻出處
						661、676、691.5、692.6、1047、1159、1352.3.1、1532、1561.6、1680.2.1、1757.1、1770.2、1771.4.2、1774.3
45.	厚	26	20	20	有18、尤2	有11.2.3、31、57、182、661、676、691.5、692.6、1047、1159、1352.3.1、1532、1561.6、1680.2.1、1757.1、1770.2、1771.4.2、1774.3、尤1787.1、1787.2
46.	黝	0	0	0		
47.	寑	0	0	0		
48.	感	0	0	0		
49.	敢	0	0	0		
50.	琰	14	4	2	忝1、忝㻼1	忝497、忝㻼1534
51.	忝	2	2	2	琰1、琰㻼1	琰497、琰㻼1534
52.	㻼	1	1	1	琰忝1	琰忝1534
53.	檻	0	0	0		
54.	儼	0	0	0		
55.	范	0	0	0		
總計		1008	331	173		

（三）梁詩去聲韻押韻統計表

序號	韻目	韻數	韻段	合韻	合韻內容	合韻出處
1.	送[12]	8	2	0		
2.	宋	0	0	0		
3.	用	0	0	0		
4.	絳	0	0	0		
5.	寘	28	7	2	志1、至1	志222、至1781.2
6.	至	62	31	26	脂未1、志20、質術物1、質櫛1、質術櫛1、未1、寘1	脂未23.6、志32、159.3、199、436、665、691.2、862、863.6、1054.1、1054.2、1096、1353、1552、1583、1609、1625、1764.2、1771.1.1、1771.5.4、1773.4、質術物56、質櫛146.11、質術櫛146.16、未1771.5.2、寘1781.2
7.	志	69	28	23	旨1、至20、寘1、紙1	旨11.2.1、至32、159.3、199、436、665、691.2、862、863.6、1054.1、1054.2、1096、1353、1552、1583、1609、1625、1764.2、1771.1.1、1771.5.4、1773.4、寘222、紙

---

12 送韻（送一8：送三3）自身的合韻情況：送一送三混用2（2+0）。

序號	韻目	韻數	韻段	合韻	合韻內容	合韻出處
						1739
8.	未	27	6	3	脂至1、物沒1、至1	脂至23.6、物沒151.2、至1771.5.2
9.	御	30	12	6	語遇暮1、遇暮2、遇2、語1	語遇暮146.15、遇暮146.20、1757.2、遇1060、1746.2、語1515
10.	遇	95	35	24	暮18、語御暮1、御暮2、姥1、御2	暮137、146.3、162.5、184、382.3、398、450、833、1029、1034、1061、1063、1245、1324、1348、1410、1414、1696.1、語御暮146.15、御暮146.20、1757.2、姥266、御1060、1746.2
11.	暮	114	37	22	模1、遇18、語御遇1、御遇2	模57、遇137、146.3、162.5、184、382.3、398、450、833、1029、1034、1061、1063、1245、1324、1348、1410、1414、1696.1、語御遇146.15、御遇146.20、1757.2
12.	霽	28	14	10	祭8、屑1、祭屑1	祭211、890、996、1059.4、1220、1377.2、1378、1768.6、屑1376.2、祭屑1377.1

序號	韻目	韻數	韻段	合韻	合韻內容	合韻出處
13.	祭	35	18	17	屑薛4、薛2、霽8、屑1、霽屑1、職薛1	屑薛146.23、397、1532、1789.3、薛146.25、171、霽211、890、996、1059.4、1220、1377.2、1378、1768.6、屑1376.3、霽屑1377.1、職薛1615.8
14.	泰	40	11	1	隊代1	隊代1237
15.	卦	0	0	0		
16.	怪	0	0	0		
17.	夬	0	0	0		
18.	隊	24	8	6	代5、泰代1	代57、258.2、870、1533.3.2、1766.2、泰代1237
19.	代	17	7	7	月沒1、隊5、泰隊1	月沒21.7、隊57、258.2、870、1533.3.2、1766.2、泰隊1237
20.	廢	0	0	0		
21.	震	23	7	6	稕5、問1	稕343、798、1764.4.2、1774.2、1774.9、問812
22.	稕	6	5	5	震5	震343、798、1764.4.2、1774.2、1774.9
23.	問	4	2	1	震1	震812
24.	焮	0	0	0		
25.	願	1	1	1	霰1	霰1650
26.	慁	0	0	0		

序號	韻目	韻數	韻段	合韻	合韻內容	合韻出處
27.	恨	0	0	0		
28.	翰	51	17	14	換13、換勘1	換158、311、366.5、366.6、439、614、625、686.9、1021、1059.2、1463、1768.3、1774.4、換勘395
29.	換	41	15	14	翰13、翰勘1	翰158、311、366.5、366.6、439、614、625、686.9、1021、1059.2、1463、1768.3、1774.4、翰勘395
30.	諫	0	0	0		
31.	襇	1	1	1	霰線1	霰線1059.3
32.	霰	119	41	26	線23、先線1、襇線1、願1	線26、61、146.24、208、218、255.2、256、261、274、297、414、428、512、566.1、602、617.2、677、792、933、1041.1、1451、1561.5、1657、先線263、襇線1059.3、願1650
33.	線	61	27	25	霰23、先霰1、襇霰1	霰26、61、146.24、208、218、255.2、256、261、274、297、414、428、512、

序號	韻目	韻數	韻段	合韻	合韻內容	合韻出處
						566.1、602、617.2、677、792、933、1041.1、1451、1561.5、1657、先霰263、襉霰1059.3
34.	嘯	9	6	6	笑5、笑號1	笑269、366.4、889、1532、1550、笑號1643
35.	笑	28	11	7	嘯5、嘯號1、號1	嘯269、366.4、889、1532、1550、嘯號1643、號1763.2
36.	效	1	1	1	號1	號1208
37.	號	5	3	3	效1、嘯笑1、笑1	效1208、嘯笑1643、笑1763.2
38.	箇	1	1	1	過1	過1538
39.	過	4	1	1	箇1	箇1538
40.	禡[13]	17	4	0		
41.	漾	72	15	4	宕3、青1	宕24、190、1347、青1360.2
42.	宕	7	3	3	漾3	漾24、190、1347
43.	映[14]	53	21	20	映二映三：勁1 映三：勁15、迥勁1、侵1、耕1、勁徑1	映二映三：勁863.4 映三：勁173、393、636、736.3、912、1059.1、1288、

<hr>

13 禡韻（禡二11：禡三6）自身的合韻情況：禡二禡三混用3（3+0）；禡二獨用1（1+0）。

14 映韻（映二1：映三52）自身的合韻情況：映二映三混用1（0+1）；映三獨用20（1+19）。

序號	韻目	韻數	韻段	合韻	合韻內容	合韻出處
						1615.4 、 1769.1 、 1770.5.7 、 1771.2 、 1771.6.1 、 1774.1 、 1774.8、1776.2、迴勁394 、 侵 1360.1 、 耕 1360.3、勁徑1775.1
44.	諍	0	0	0		
45.	勁	42	20	18	映三15、迴映三1、映二映三1、映三徑1	映三173、393、636、736.3、912、1059.1、1288 、 1615.4 、 1769.1 、 1770.5.7 、 1771.2 、 1771.6.1 、 1774.1 、 1774.8、1776.2、迴映三394、映二映三863.4、映三徑1775.1
46.	徑	1	1	1	映三勁1	映三勁1775.1
47.	證	0	0	0		
48.	嶝	0	0	0		
49.	宥	8	3	3	候3	候1074、1165、1383.6
50.	候	5	3	3	宥3	宥1074、1165、1383.6
51.	幼	0	0	0		
52.	沁	2	1	0		
53.	勘	1	1	1	翰換1	翰換395
54.	闞	0	0	0		
55.	豔	0	0	0		
56.	㮇	0	0	0		
57.	陷	0	0	0		

序號	韻目	韻數	韻段	合韻	合韻內容	合韻出處
58.	鑑	0	0	0		
59.	釅	0	0	0		
60.	梵	0	0	0		
	總計	1140	427	312		

（四）梁詩入聲韻押韻統計表

序號	韻目	韻數	韻段	合韻	合韻內容	合韻出處
1.	屋[15]	171	34	3	屋三：燭3	屋三：燭20、1058、1415.4
2.	沃	0	0	0		
3.	燭	76	24	3	屋三3	屋三20、1058、1418.4
4.	覺	6	4	3	鐸2、藥鐸1	鐸201.6、202.3、藥鐸1561.1
5.	質	169	48	32	至物術1、至櫛1、至術櫛1、術22、術櫛2、術沒1、點1、術縉1、櫛1、昔1	至物術56、至櫛146.11、至術櫛146.16、術247、283、294、334、437、445、541、605.1、612.1、663.4、667、691.6、691.8、692.7、755、863.10、1052.4、1117、1140、1345、1543、1766.1、術櫛281、983、術沒392、

---

15 屋韻（屋一39：屋132）自身的合韻情況：屋一屋三混用19（19+0）；屋三獨用15（12+3）。

序號	韻目	韻數	韻段	合韻	合韻內容	合韻出處
						點501、術緝550、櫛662、昔1526
6.	術	40	29	29	至物質1、至質櫛1、質22、質櫛2、質沒1、質緝1、物1	至物質56、至質櫛146.16、質247、283、294、334、437、445、541、605.1、612.1、663.4、667、691.6、691.8、692.7、755、863.10、1052.4、1117、1140、1345、1543、1766.1、質櫛281、983、質沒392、質緝550、物1748.3
7.	櫛	5	5	5	至質1、至質術1、質術2、質1	至質146.11、至質術146.16、質術281、983、質662
8.	物	6	3	3	至質術1、未沒1、術1	至質術56、未沒151.2、術1748.3
9.	月	50	23	14	薛2、沒10、代沒1、屑薛1	薛11.1.3、1680.1.1、沒21.6、214、227、278.2、303、530、534、570、574、1549、代沒21.7、屑薛177
10.	沒	23	15	14	月10、代月1、未物1、質術1、屑薛1	月21.6、214、227、278.2、303、530、534、570、574、1549、代月21.7、未物151.2、質術392、屑薛1374

序號	韻目	韻數	韻段	合韻	合韻內容	合韻出處
11.	麧	0	0	0		
12.	曷	1	1	1	末1	末1343
13.	末	4	2	1	曷1	曷1343
14.	黠	6	3	2	質1、洽1	洽495、質501
15.	鎋	0	0	0		
16.	屑	66	38	37	薛28、祭薛4、薛月1、沒薛1、霽1、祭1、霽祭1	薛2、210、219、298、366.4、428、465、492、539、585.3、601、617.5、663.6、687.1、753、863.8、1187、1325.1、1325.2、1325.3、1325.4、1417、1533.2.1、1608、1647、1753.3、1763.2、1765.2、祭薛146.23、397、1532、1789.3、月薛177、沒薛1374、霽1376.2、祭1376.3、霽祭1377.1
17.	薛	114	45	39	屑28、月2、祭屑4、祭2、月屑1、沒屑1、祭職1	屑2、210、219、298、366.4、428、465、492、539、585.3、601、617.5、663.6、687.1、753、863.8、1187、1325.1、1325.2、1325.3、1325.4、1417、1533.2.1、1608、1647、1753.3、1763.2、1765.2、月11.1.3、

序號	韻目	韻數	韻段	合韻	合韻內容	合韻出處
						1680.1.1、祭屑146.23、397、1532、1789.3、祭146.25、171、月屑177、沒屑1374、祭職1615.8
18.	藥	36	22	19	鐸18、覺鐸1	鐸 106、146.5、146.25、159.2、178、198、366.2、366.4、366.5、401、546.2、686.7、772、789、812、1237、1706、1761、覺鐸1561.1
19.	鐸	105	28	21	藥18、覺2、覺藥1	藥 106、146.5、146.25、159.2、178、198、366.2、366.4、366.5、401、546.2、686.7、772、789、812、1237、1706、1761、覺 201.6、202.3、覺藥1561.1
20.	陌[16]	60	27	19	陌二陌三：昔4、昔錫1 陌二：昔11、麥昔1 陌三：昔1、昔錫1	陌二陌三：昔146.17、488、538.5、592、昔錫146.22 陌二：昔5、11.4.1、146.5、205、422、482、672、752、806、929、1057.1、麥昔

---

16 陌韻（陌二52：陌三8）自身的合韻情況：陌二陌三混用5（0+5）；陌二獨用20（8+12）；陌三獨用2（0+2）。

序號	韻目	韻數	韻段	合韻	合韻內容	合韻出處
						159.4 陌三：昔23.8、昔錫366.2
21.	麥	5	3	2	錫1、陌二昔1	錫159.3、陌二昔159.4
22.	昔	84	28	22	陌二11、陌三1、陌二陌三4、陌二陌三錫1、錫2、陌二麥1、陌三錫1、質1	陌二5、11.4.1、146.5、205、422、482、672、752、806、929、1057.1、陌三23.8、陌二陌三146.17、488、538.5、592、陌二陌三錫146.22、錫159.1、1304、陌二麥159.4、陌三錫366.2、質1526
23.	錫	15	8	5	陌二陌三昔1、昔2、麥1、陌三昔1	陌二陌三昔146.22、昔159.1、1304、麥159.3、陌三昔366.2
24.	職	331	81	2	德1、祭薛1	德172、祭薛1615.8
25.	德	70	15	1	職1	職172
26.	緝	64	16	1	質術1	質術550
27.	合	12	4	0		
28.	盍	0	0	0		
29.	葉	23	8	4	怗4	怗1、159.5、996、1038.2
30.	怗	8	4	4	葉4	葉1、159.5、996、1038.2
31.	洽	1	1	1	黠1	黠495
32.	狎	0	0	0		
33.	業	0	0	0		

序號	韻目	韻數	韻段	合韻	合韻內容	合韻出處
34.	乏	0	0	0		
總計		1551	519	287		

第五章

陳詩韻轍研究

第一節　陳詩的用韻情況

一、通、江攝的用韻

表 1.1

聲調	韻目	韻數	韻段	合韻	合韻內容	備註
平	東	214	48	2	江2	○
	鍾	36	8	0		○
	江	3	3	3	陽唐1、東2	×
入	屋	4	1	1	德1	×
	燭	15	5	0		○
	覺	0	0	0		

　　東韻出現214次48韻段，只有2首合韻，佔4.2%，2次合韻行為都是與江韻合用。冬韻及其上、去、入聲均未入韻。鍾韻出現36次8韻段，全部合韻，未與東韻合用。江韻出現3次3韻段，全部合韻，合韻行為是：東2、陽1、唐1。這表示江韻在東韻和陽、唐韻之間。

　　陳詩東韻不再與鍾韻合用，這一點還可從入聲韻中得到印證。屋韻出現4次1韻段，主要與德合韻。而燭韻出現15次5韻段，全部合韻。只不過屋、燭二韻的入韻次數都偏低，無法確定是否真的不混，尤其是它們的上、去二聲都未入韻，更增添不少變數。

二、止攝的用韻

表 1.2

聲調	韻目	韻數	韻段	合韻	合韻內容	備註
平	支	98	22	1	脂之1	○
	脂	37	22	21	之15、之微1、微4、支之1	×
	之	47	20	18	脂15、脂微1、支脂1、微1	×
	微	137	36	7	脂4、灰1、脂之1、之1	○
上	紙	0	0	0		
	旨	5	2	2	止2	×
	止	27	8	2	旨2	○
	尾	0	0	0		
去	寘	0	0	0		
	至	2	1	0		○
	志	8	3	1	代1	○
	未	0	0	0		

支韻出現98次22韻段，只有1首合韻，佔4.5%，可見支韻有自己的地位。合韻行為是：脂1、之1。至於上聲紙韻、去聲寘韻都未入韻。

脂韻出現37次22韻段，高達21首合韻，佔95.5%，合韻行為是：之17、微5、支1。脂韻與之韻的關係最為密切，其次是微韻。而之韻出現47次20韻段，高達18首合韻，佔90%。合韻行為是：脂17、微2、支1。之韻只與脂韻密切接觸。由於脂、之二韻都沒有獨立地位，加上密切接觸，可以將兩者合併。關於這一點，上聲的用韻情況相似：旨韻和止韻彼此合用2次而不與其他韻合用。

　　微韻出現137次36韻段，只有7首合韻，佔19.4%，合韻行為是：脂5、之2、灰1。微韻有自己的地位，它比較接近脂、之韻，因而有相對較高一些的合韻行為。

　　總之，陳詩之、脂不分，而支、微各自獨立。

三、遇攝的用韻

表 1.3

聲調	韻目	韻數	韻段	合韻	合韻內容	備註
平	魚	48	13	5	虞3、尤1、虞模1	○
	虞	52	15	14	魚3、模10、魚模1	×
	模	37	14	11	虞10、魚虞1	×
上	語	8	3	0		○
	麌	14	7	5	姥4、馬1	×
	姥	16	7	4	麌4	×
去	御	4	2	0		○
	遇	6	3	2	暮1、暮鐸1	×
	暮	28	10	2	遇1、遇鐸1	○

　　魚韻出現48次13韻段，其中5首合韻，38.5%，合韻行為是：虞4、模1、尤1。魚韻的合韻百分比沒有過半，表示它有自己的獨立地位，魚、虞合韻恐怕只是近音而合用。尤其是上聲虞韻和去聲御韻，都自己獨用，不與其他韻通押。

　　虞韻出現52次15韻段，高達14首合韻，佔93.3%，合韻行為是：模11、魚4。而模韻出現37次14韻段，其中11首合韻，佔78.6%，合韻行為是：虞11、魚1。虞、模二韻都沒有獨立的地位，兩者互補，加上關係切密，自然可以合為一韻。關於這一點，它們的上聲、去聲之

間的用韻亦可佐證：上聲麌韻與姥韻彼此合用4次、去聲遇韻與暮韻彼此合用2次。

四、蟹攝的用韻

表 1.4

聲調	韻目	韻數	韻段	合韻	合韻內容	備註
平	齊	39	10	0		○
	佳	0	0	0		
	皆	6	1	0		○
	灰	78	40	40	咍39、微1	×
	咍	119	44	39	灰39	×
上	薺	0	0	0		
	蟹	2	1	0		○
	駭	0	0	0		
	賄	0	0	0		
	海	4	2	1	泰代1	◎
去	霽	7	4	2	屑薛1、祭1	◎
	祭	3	1	1	霽1	×
	泰	6	1	1	海代1	×
	卦	0	0	0		
	怪	0	0	0		
	隊	0	0	0		
	代	2	2	2	海泰1、志1	×

齊韻出現39次10韻段，全部合韻，可見齊韻有自己的地位。上聲薺韻並未入韻，但去聲霽韻有2首合韻，分別與屑、薛、祭各合用1次。

　　佳韻並未入韻，上聲蟹韻只出現2次1韻段，自己獨用，去聲卦韻也未入韻，因而無法進一步判斷，只能暫時保留它的地位。

　　皆韻出現6次1韻段，自己獨用。由於上聲駭韻與去聲怪韻都未入韻，因而只能視其為獨立的韻。

　　灰韻出現78次40韻段，全部合韻，合韻行為是：咍39、微1。而咍韻出現119次44韻段，高達39首合韻，而且對象都是灰韻。可見灰、咍二韻關係密切，加上條件互補，可以合併為一韻。

　　祭韻只出現3次1韻段，而與霽韻合用。祭韻在三等，霽韻在四等，它們只是洪細的不同，可以合併為一韻。

　　泰韻出現6次1韻段，合韻對象是海、代。泰韻只有1首詩，不好判斷它是否與代韻相混。

五、臻攝的用韻

表 1.5

聲調	韻目	韻數	韻段	合韻	合韻內容	備註
平	真	91	27	18	諄17、諄臻1	✕
	諄	19	18	18	真17、真臻1	✕
	臻	1	1	1	真諄1	✕
	文	18	5	0		◯
	元[1]	28	10	9	魂8、魂痕1	✕
	魂	21	9	9	元8、元痕1	✕
	痕	1	1	1	元魂1	✕
上	軫	0	0	0		
	準	0	0	0		

1　元韻本屬山攝，此處為了討論方便而移入臻攝。

聲調	韻目	韻數	韻段	合韻	合韻內容	備註
	獮	0	0	0		
	吻	0	0	0		
	阮	3	1	0		○
	混	0	0	0		
	很	0	0	0		
去	震	0	0	0		
	稕	0	0	0		
	襯	0	0	0		
	問	0	0	0		
	願	2	1	0		○
	慁	0	0	0		
	恨	0	0	0		
入	質	13	5	3	術櫛1、櫛2	×
	術	2	1	1	質櫛1	×
	櫛	3	3	3	質術1、質2	×
	物	0	0	0		
	月	10	5	1	沒1	○
	沒	3	1	1	月1	×
	麧	0	0	0		

　　真韻出現91次27韻段，其中18首合韻，佔66.7%，合韻行為是：諄18、臻1。而諄韻出現19次18韻段，全部合韻。真韻與諄韻關係密切，條件互補，加上《切韻》原本真、諄不分，自然可以合併在一起。至於臻韻只出現1次1韻段而與真、諄合用，亦可將它歸入其中。關於這一點，還可從三韻的入聲得到印證：質術合用1次，術櫛合用1次，櫛質合用3次，質、術、櫛三者混而不分。

　　文韻出現18次5韻段，全部獨用，可見文韻是一個獨立的韻。至於它的上、去、入聲都未入韻，未能提供進一步的佐證。

　　元韻出現28次10韻段，高達9首合韻，佔90%，合韻行為是：魂9、痕1。元韻不是與魂韻合用，就是與痕韻合用，可見三者關係密切。魂韻出現21次9韻段，全部合韻，合韻行為是：元9、痕1。而痕韻只出現1次1韻段，而與元、魂合用。元、魂、痕三韻都沒有獨立的地位，加上三者只跟彼此合韻，條件又互補，因而可以合併為一韻。此外，入聲月韻與沒韻亦合用1次。

六、山攝的押韻

表 1.6

聲調	韻目	韻數	韻段	合韻	合韻內容	備註
平	寒	56	18	14	桓14	✕
	桓	19	14	14	寒14	✕
	刪	9	4	1	山1	◯
	山	2	2	2	先1、刪1	✕
	先	160	54	45	仙44、山1	✕
	仙	114	46	44	先44	✕
上	旱	0	0	0		
	緩	4	2	0		◯
	潸	0	0	0		
	產	0	0	0		
	銑	3	2	2	獮2	✕
	獮	9	3	2	銑2	✕
去	翰	4	2	2	換2	✕

聲調	韻目	韻數	韻段	合韻	合韻內容	備註
	換	11	5	2	翰2	○
	諫	0	0	0		
	襇	0	0	0		
	霰	4	2	2	線2	×
	線	4	2	2	霰2	×
入	曷	0	0	0		
	末	0	0	0		
	黠	0	0	0		
	鎋	0	0	0		
	屑	16	10	10	霽薛1、薛9	×
	薛	28	10	10	霽屑1、屑9	×

　　寒韻出現56次18韻段，其中14首合韻，佔77.8%，合韻對象都是桓韻。而桓韻出現19次14首，全部合韻，對象也是寒韻。可見寒、桓關係密切，加上《切韻》寒、桓本不分，因此可將兩者合併。尤其去聲亦能印證：去聲翰韻和換韻各自有2首詩合韻，而合韻對象都是彼此。

　　刪韻出現9次4韻段，只有1次合韻，佔25%，對象是山韻。刪韻似乎有自己的地位，它與山韻的合用可能只是音近的合用。可惜上、去、入三聲都未入韻，無法提供進一步的線索。

　　山韻出現2次2韻段，全部合韻，合韻行為是：先1、刪1。可惜山韻的上、去、入三聲亦未入韻，無法得知它與先、刪之間的關係。[2]

　　先韻出現160次54韻段，其中45首合韻，佔83.3%，合韻行為是：仙44、山1。而仙韻出現114次46韻段，高達44首，佔95.7%，合韻對象全是先韻。先、仙二韻都沒有獨立地位，兩者密切接觸而又條件互

2　《集韻》卷二「刪第二十七」下注：「師姦切，與山通。」或許當時山、刪已開始混，因而可先將兩者合併。

補，自然可以合併為一韻。尤其它們的上、去、入三聲都反映了這一現象：上聲銑韻與獮韻相互合用2次；去聲霰韻與線韻彼此合用2次；至於入聲屑韻與薛韻，雖然有1次與霽韻通用，但彼此的混用卻高達10次。

七、效攝的用韻

表 1.7

聲調	韻目	韻數	韻段	合韻	合韻內容	備註
平	蕭	10	8	8	宵8	✕
	宵	93	19	8	蕭8	◯
	豪	21	4	0		◯
上	篠	4	1	1	小1	✕
	小	7	1	1	篠1	✕
	晧	11	2	0		◯
去	嘯	2	2	2	笑候1、笑1	✕
	笑	10	4	2	嘯候1、嘯1	◎
	號	0	0	0		

　　蕭韻出現10次8韻段，全部合韻，對象都是宵韻。而宵韻出現93次19韻段，其中8首合韻，佔42.1%，合韻對象也是蕭韻。蕭韻沒有獨立的地位，它完全與宵韻混用，因而可以將蕭韻併入宵韻。上聲篠、小二韻亦如此，彼此合用1次而不通其他韻。惟去聲嘯、笑二韻合用2次時，其中1次通往候韻，應視之為例外。

　　肴韻及其上、去聲並未入韻。

　　豪韻出現21次4韻段，全部獨用，上聲晧韻2首也獨用（去聲則未入韻），可見豪韻有自己的獨立地位，它與蕭、宵二韻全然不混。

八、果、假攝的用韻

表 1.8

聲調	韻目	韻數	韻段	合韻	合韻內容	備註
平	歌	45	16	12	戈12	×
	戈	17	12	12	歌12	×
	麻	54	12	0		○
上	哿	0	0	0		
	果	0	0	0		
	馬	3	2	1	蠆1	◎
去	箇	0	0	0		
	過	0	0	0		
	禡	2	1	0		○

　　歌韻出現45次16韻段，其中12首合韻，佔75%，合韻對象都是戈韻。而戈韻出現17次12韻段，全部合韻，對象也是歌韻。可見歌、戈二韻關係密切，兩者都沒有獨立的地位，加上《切韻》原本歌、戈不分，因此可以將兩者合併。

　　至於麻韻則出現54次12韻段，全部獨用，不與歌、戈相混。去聲禡韻亦獨用。只有上聲馬韻合韻1次而與蠆韻相押，可視為音近的例外。

九、宕攝的用韻

表 1.9

聲調	韻目	韻數	韻段	合韻	合韻內容	備註
平	陽	171	52	40	唐39、江唐1	×
	唐	77	41	40	陽39、江陽1	×
上	養	10	2	0		○
	蕩	0	0	0		
去	漾	5	2	0		○
	宕	0	0	0		
入	藥	3	3	3	鐸3	×
	鐸	15	6	4	藥3、遇暮1	×

　　陽韻出現171次52韻段，其中40首合韻，佔76.9%，合韻行為是：唐40、江1。陽韻沒有自己的地位，它與唐韻完全相混。而唐韻出現77次41韻段，高達40首合韻，佔97.6%，合韻行為是：陽39、江陽1。唐韻也沒有自己的地位，它的用韻情況完全與陽韻一致，可以將兩者合併。陽、唐二韻的密切關係，亦可從入聲的用韻看出端倪：入聲藥韻與鐸韻相通，彼此合用3次。

十、梗攝的用韻

表 1.10

聲調	韻目	韻數	韻段	合韻	合韻內容	備註
平	庚	130	59	56	清47、耕清1、清青5、耕清青1、青1、耕1	×
	耕	7	5	4	清1、庚清1、庚1、庚清青1	×

聲調	韻目	韻數	韻段	合韻	合韻內容	備註
	清	142	59	55	庚47、耕1、庚耕1、庚青5、庚耕青1	×
	青	7	7	7	庚清5、庚1、庚耕清1	×
上	梗	0	0	0		
	耿	0	0	0		
	靜	1	1	1	迥1	×
	迥	2	1	1	靜1	×
去	映	3	1	1	勁1	×
	諍	0	0	0		
	勁	1	1	1	映1	×
	徑	0	0	0		
入	陌	5	3	3	錫1、昔2	×
	麥	0	0	0		
	昔	15	5	2	陌2	○
	錫	3	2	1	陌1	◎

　　庚韻出現130次59韻段，高達56首合韻，佔94.9%，合韻行為是：清54、青7、耕3。耕韻出現7次5韻段，其中4首合韻，佔80%，合韻行為是：庚3、清3、青1。清韻出現142次59韻段，高達55首合韻，佔93.2%，合韻行為是：庚54、青6、耕3。而青韻出現7次7韻段，全部合韻，合韻行為是：庚7、清6、耕1。從以上用韻情況可知，庚、耕、清、青四韻混而不分，雖然耕、青的合韻較低，那是因為它們的韻數較少的關係。

　　庚、耕、清、青四韻的密切關係，還可以從上、去、入三聲的用韻一窺端倪：上聲梗、耿並未入韻，然而靜韻與迥韻彼此合用1次。去聲映韻與勁韻彼此合用1次，而諍、徑並未入韻。入聲陌韻與昔韻

彼此合用2次，而陌韻與錫韻彼此合用1次。雖然上、去、入三聲的入韻次數不多，但還是可以看得出四者的關係。

十一、曾攝的用韻

表 1.11

聲調	韻目	韻數	韻段	合韻	合韻內容	備註
平	蒸	3	1	0		○
	登	0	0	0		
入	職	11	3	0		○
	德	4	2	1	屋1	◎

　　蒸韻出現3次1韻段，自己獨用。登韻則並未入韻。蒸、登二韻的上、去聲亦未入韻。入聲職韻出現11次3韻段，也是全部獨用。而德韻出現4次2韻段，只有1首合韻，對象是屋韻。蒸、登二韻彼此不合用，它們的關係似乎並不密切，這或許是入韻次數偏低的緣故。

十二、流攝的用韻

表 1.12

聲調	韻目	韻數	韻段	合韻	合韻內容	備註
平	尤	132	40	23	侯21、魚1、幽1	×
	侯	35	22	21	尤21	×
	幽	1	1	1	尤1	×
上	有	26	7	2	厚2	○
	厚	5	2	2	有2	×
	黝	0	0	0		

聲調	韻目	韻數	韻段	合韻	合韻內容	備註
去	宥	0	0	0		
	候	1	1	1	嘯笑1	✕
	幼	0	0	0		

　　尤韻出現132次40韻段，其中23首合韻，合韻行為是：侯21、幽1、魚1。而侯韻出現35次22韻段，高達21首合韻，佔95.5%，合韻對象都是尤韻。尤、侯二韻都沒有獨立的地位，兩者條件互補，加上如此密切的合韻關係，自然可以合併為一韻。至於幽韻只出現1次1韻段，且與尤韻合用，幽韻只要入韻，就必然與尤韻合用，看來兩者在南北朝詩歌中並沒有明顯的區別，因而不妨將幽韻併入尤侯韻中。

　　上聲的用韻情況亦支持尤、侯合併。上聲有韻出現26次7韻段，其中2首合韻，佔28.6%，對象是厚韻。而厚韻出現5次2韻段，全部與尤韻合用。惟去聲只有候韻入韻1次而與嘯、笑合用，看不出它與宥、幼二韻的關係。

十三、深、咸攝的用韻

表 1.13

聲調	韻目	韻數	韻段	合韻	合韻內容	備註
平	侵	115	24	0		○
	覃	0	0	0		
	咸	0	0	0		
	鹽	0	0	0		
上	寢	0	0	0		
	感	0	0	0		
	豏	1	1	1	埮1	✕

聲調	韻目	韻數	韻段	合韻	合韻內容	備註
	琰	1	1	1	㻩1	✕
入	緝	0	0	0		
	合	10	1	0		◯
	洽	0	0	0		
	葉	0	0	0		

　　侵韻出現115次24韻段，全部獨用，可見侵韻有自己的獨立地位。可惜上、去、入三聲並未入韻。

　　覃韻並未入韻，惟其入聲合韻出現10次1韻段，且自己獨用。

　　咸、鹽二韻亦未入韻，但它們的上聲㻩、琰二韻互相合用1次，這或許表示咸、鹽二韻的關係比較密切。

第二節　陳詩的韻譜分析

一、通、江攝的韻轍觀察

（一）通、江攝的轍離合指數

　　經過概率公式的運算，通、江攝各韻的轍離合指數如下：

表 2.1.1

韻目　　　總3946	東	鍾	江	陽
東338	336		5.8	
鍾48		48		
江4	2		0	7.5
陽			2	

　　東韻與江韻的轍離合指數達到5.8，兩者可以合轍，而鍾韻獨用，只能自己一轍。今稱前者為「東轍」，後者為「鍾轍」。另外，江韻與陽韻有2次接觸，指數高達7.5，似乎可以合轍。然而考慮到江、陽這2次的接觸，主要集中在一首詩，[3]除此之外，江韻與宕攝的陽、唐二韻未再合用，因此仍以不合轍為宜。

　　入聲的情況，則稍有不同：

表 2.1.2

韻目 總232	屋	燭	德
屋6	4		12.8
燭20		20	
德	2		

　　屋韻與燭韻各自獨用，今稱「屋轍」與「燭轍」。倒是屋韻與德韻接觸2次，轍離合指數高達12.8；然而這2次接觸都在同一首詩，[4]因而只能視為入韻次數太少所引起的波動。

（二）通、江攝的韻離合指數

3　這首詩是陳後主叔寶的〈同平南弟元日思歸詩〉（逯2513），它不像江韻與東韻的接觸，2次都是不同的詩，分別見於「清商曲辭」中的〈夜黃〉（逯2614）和〈長松標〉（逯2615）。有鑑於此，暫不考慮將江韻與陽韻合轍。

4　這首詩是徐陵的〈詠柑詩〉：淑（屋三）。竹（屋三）。國（德）。郁（屋三）。育（屋三）。（逯2530）

表 2.1.3

韻目 總3946	東	鍾	江	陽
東338	336		50?	
鍾48		48		
江4	2		0	76?
陽			2	

　　經過計算，東江的韻離合指數達到50，因而必須進行t分布假設檢驗；只是東、江二韻的韻段只有2個，而且都不是標準韻段，因而無法進行檢驗。此外，江陽的指數雖然也超過50而達到76，然而江、陽二韻的韻段只有1個，一樣無法檢驗。

　　至於入聲韻也碰到類似的情況：

表 2.1.4

韻目 總232	屋	燭	德
屋6	4		61?
燭20		20	
德	2		

　　屋德的韻離合指數落在61區間，必須進行t分布假設檢驗，可是由於屋、德二韻的韻段只有1個，根本無法進行檢驗，只能根據主觀經驗，判斷兩者的韻基並不相同。

二、止攝的韻轍觀察

（一）止攝的轍離合指數

表 2.2.1

韻目 總3946	支	脂	之	微	灰
支154	152	0.5	0.4		
脂57	1	18	33.1	2	
之67	1	32	32	0.6	
微213		6	2	204	0.2
灰				1	

　　根據上表，支韻與脂、之二韻的轍離合指數都低於2，並未達到標準，因而自己獨立一轍，今稱「支轍」。脂韻與之、微二韻的指數已達2倍或以上，三者可以合轍；雖然之韻與微韻的指數只有0.6，但透過脂韻為中介而可以合轍，今稱「之轍」。

　　另外，微韻與灰韻有1次接觸，然而轍離合指數只有0.2，可見只是少數的例外。

（二）止攝的韻離合指數

表 2.2.2

韻目 總3946	支	脂	之	微
支154	152			
脂57	1	18	110	
之67	1	32	32	

韻目 總3946	支	脂	之	微
微213		6	2	204
其他				1

　　由上表可見，之轍中的脂、之二韻，彼此之間的韻離合指數已超過90，來到110，因而可以直接判定兩者韻基相同。

三、遇攝的韻轍觀察

（一）遇攝的轍離合指數

表 2.3.1

韻目 總3946	魚	虞	模	尤
魚77	68	2.9	1.8	0.5
虞88	5	62	16.5	
模57	2	21	34	
尤	2			

　　根據上表，魚、虞二韻的轍離合指數已高於2倍，可以合轍；而虞、模二韻的指數甚至達到16.5，遠超過理論上的平均概率，自然也可以合轍。雖然魚韻與模韻的指數只有1.8，低於2倍，然而透過虞韻為中介，可以將三者合為一轍，今稱「魚轍」。

（二）遇攝的韻離合指數

表 2.3.2

韻目 總3946	魚	虞	模
魚77	68	**14**	
虞88	5	62	**63T**
模57	2	21	34
其他	2		

　　經過計算，魚、虞二韻的韻離合指數未超過50，因而判定兩者的韻基並不相同。而虞、模二韻的指數已超過50，落在63區間，必須進行t分布假設檢驗，檢驗的結果是通過，換言之，虞、模二韻韻基相同，兩者只是介音上的區別。

四、蟹攝的韻轍觀察

（一）蟹攝的轍離合指數

表 2.4.1

韻目 總3946	齊	皆	灰	咍	微
齊58	58				
皆10		10			
灰122			36	*15.2*	*0.2*
咍181			85	96	
微			1		

　　根據上表，齊韻與皆韻各自獨用，因而只能分為兩轍，今稱「齊轍」和「皆轍」。而灰、咍二韻彼此之間的轍離合指數已超過2倍，可

以合併為一轍，今稱「咍轍」。其中灰韻另與微韻接觸1次，但指數只有0.2，可視為少數的例外而予以排除。

至於去聲的情況，則與平聲相似：

表 2.4.2

韻目 總150	霽	祭	泰	代	志
霽7	6	4.3			
祭5	1	4			
泰9			8	8.3	
代2			1	0	6.8
志				1	

霽韻與祭韻的轍離合指數達到標準，因而合為一轍，今稱「霽轍」。泰韻自成一轍，今稱「泰轍」。泰韻與代韻雖然有1次接觸，而且指數超過2，然而那是由於代韻自身的韻次是0所造成的波動。正如代韻另與志韻的1次接觸一樣，指數已超過2倍，恐怕只能視之為少數的例外。

（二）蟹攝的韻離合指數

表 2.4.3

韻目 總3946	齊	皆	灰	咍
齊58	58			
皆10		10		
灰122			36	116
咍181			85	96
其他			1	

　　經過計算，灰、咍二韻的韻離合指數達到116，因而可以確定兩者的韻基並沒有區別。

　　至於霽轍與泰轍的情況，經過計算，得出以下數據：

表 2.4.4

韻目 總150	霽	祭	泰	代	志
霽7	6	31			
祭5	1	4			
泰9			8	61?	
代2			1	0	59?
志				1	

　　霽韻與祭韻的韻離合指數只有31，顯示兩者在陳代已然有別。至於泰代、代志，各自都只有1個韻段，因而無法進行t分布假設檢驗。

五、臻攝的韻轍觀察

（一）臻攝的轍離合指數

表 2.5.1

韻目 總3946	真	諄	臻	文	元	魂	痕
真141	114	28	28				
諄26	26	0					
臻1	1		0				
文26				26			

韻目 總3946	真	諄	臻	文	元	魂	痕
元44					22	69.7	89.7
魂27					21	6	
痕1					1		0

　　根據上表，真、諄、臻三韻的轍離合指數都大於2倍甚多，因此可以合併為一轍，今稱「真轍」。文韻獨用，另立一轍，今稱「文轍」。

　　至於元、魂、痕三韻，由於元韻與魂、痕二韻的轍離合指數遠超過2倍，因而三韻可以合併一轍，今稱「元轍」。

　　至於入聲的情況，一如平聲韻：

表 2.5.2

韻目 總232	質	術	櫛	月	沒
質21	16	3.7	11		
術3	1	2			
櫛4	4		0		
月12				10	9.6
沒4				2	2

　　臻攝入聲的入韻次數有點偏低，但仍能看出端倪。首先，質、術、櫛三韻的轍離合指數都達到標準，因而可以合轍，今稱「質轍」。其次，月韻與沒韻的指數亦超過門檻，可以合併為一轍，今稱「月轍」。

（二）臻攝的韻離合指數

表 2.5.3

韻目 總3946	真	諄	臻	文	元	魂	痕
真141	114	118	122				
諄26	26	0					
臻1	1		0				
文26				26			
元44					22	125	187
魂27					21	6	
痕1					1		0

　　經過計算，真、諄、臻三韻彼此之間的韻離合指數都超過90，已達到合併的門檻，可以直接判定三韻的韻基相同。而文韻獨用，它的韻基自然與其他韻不同。而元轍三韻，經過統計，也是全部都達到90以上，因此不必做t分布假設檢驗，即可認定三者的韻基沒有區別。

　　至於入聲的情況，則與平聲稍異：

表 2.5.4

韻目 總232	質	術	櫛	月	沒
質21	16	43	119		
術3	1	2			
櫛4	4		0		
月12				10	62?
沒4				2	2

　　質韻與櫛韻的韻離合指數超過90，但與術韻的指數只有43，並未達到最低標準的門檻。揆其原因，或許是術韻的入韻次數過少，因而造成波動的關係。而月沒的指數落在62區間，必須進行t分布假設檢驗，然而由於月、沒二韻只有1個韻段，因而無法進行檢驗。

六、山攝的韻轍觀察

（一）山攝的轍離合指數

表 2.6.1

韻目 總3946	寒	桓	刪	山	先	仙
寒85	64	33.6				
桓29	21	8				
刪11			10	179.3		
山2			1	0	7.8	
先253				1	146	9
仙184					106	78

　　在山攝各韻中，可以分出兩個韻轍。首先，寒、桓二韻的轍離合指數遠超過2倍，因而可以合併為一轍，今稱「寒轍」。剩下的刪山、山先、先仙三組韻的指數都達到門檻，表示可以合轍；雖然刪山和先仙並未接觸，但透過山先為中介，可以合併為一大轍，今稱「仙轍」。

　　入聲的情況比較單純：

表 2.6.2

韻目 總232	屑	薛
屑24	2	5.3
薛40	22	18

山攝的入聲韻只有屑、薛入韻，而且轍離合指數超過2倍，因而可以合併一轍，今稱「薛轍」。

（二）山攝的韻離合指數

表 2.6.3

韻目 總3946	寒	桓	刪	山	先	仙
寒85	64	96				
桓29	21	8				
刪11			10	59?		
山2			1	0	86?	
先253				1	146	99
仙184					106	78

經過計算，寒、桓二韻的韻離合指數超過90，表示兩者韻基相同。刪山、山先這兩組韻，指數雖然超過50，但需要進行t分布假設檢驗；然而由於刪山、山先的韻段，分別都只有1個，因而無法進行檢驗。只有先、仙二韻的指數超過90，可以不必做檢驗即可判定兩者的韻基相同。

至於入聲的情況，則達到標準：

表 2.6.4

總232 ＼ 韻目	屑	薛
屑24	2	**144**
薛40	22	18

　　屑、薛二韻的韻離合指數遠超過90，顯示兩韻的韻基完全一樣。

七、效攝的韻轍觀察

（一）效攝的轍離合指數

表 2.7.1

總3946 ＼ 韻目	蕭	宵	豪
蕭25	12	*14.2*	
宵145	13	132	
豪34			34

　　效攝四韻中，蕭韻只與宵韻接觸，兩者的轍離合指數高達14.2，表示可以合併為一個韻轍，今稱「宵轍」。而豪韻獨用，未與其他韻合用，因而自成一轍，今稱「豪轍」。

（二）效攝的韻離合指數

表 2.7.2

韻目 總3946	蕭	宵	豪
蕭25	12	60T	
宵145	13	132	
豪34			34

　　經過計算，蕭、宵二韻的韻離合指數超過50，落在60區間，因此必須進行t分布假設檢驗，檢驗的結果是通過，表示蕭、宵二韻的韻基並無差別。

八、果、假攝的韻轍觀察

（一）果、假攝的轍離合指數

表 2.8.1

韻目 總3946	歌	戈	麻
歌67	48	*44.8*	
戈25	19	6	
麻84			84

　　歌、戈二韻密切接觸，彼此的轍離合指數高達44.8，說明兩者完全可以合併，今稱「歌轍」。至於麻韻，並未與歌、戈二韻接觸，因而另成一轍，今稱「麻轍」。

（二）果、假攝的韻離合指數

表 2.8.2

韻目 總3946	歌	戈	麻
歌67	48	103	
戈25	19	6	
麻84			84

　　經過計算，歌、戈二韻的韻離合指數超過90，達到103，可見兩者韻基相同。

九、宕攝的韻轍觀察

（一）宕攝的轍離合指數

表 2.9.1

韻目 總3946	陽	唐	江
陽264	174	10.4	7.5
唐126	88	38	
江	2		

　　陽韻與唐韻大量接觸，轍離合指數高達10.4，因而可以合轍，今以陽韻為主體，稱為「陽轍」。至於陽韻與江韻的2次接觸，上文已有交代，其實2次接觸都同在一個韻段，雖然指數高達7.5，只能視為韻次偏低所引起的波動。

　　至於入聲的情況，則與平聲相似：

表 2.9.2

總232 / 韻目	藥	鐸
藥5	0	*12.2*
鐸19	5	14

　　藥、鐸二韻的轍離合指數也高於2，達到12.2，表示兩者可以合併為一個韻轍，今以鐸韻為主體，稱為「鐸轍」。

（二）宕攝的韻離合指數

表 2.9.3

總3946 / 韻目	陽	唐	江
陽264	174	103	76?
唐126	88	38	
江	2		

　　陽、唐二韻的韻離合指數超過90，來到103，毫無疑問，兩者韻基相同。至於陽、江二韻的指數落在76區間，然而兩者只有1個韻段，無法進行檢驗。

　　至於入聲的情況，經過計算之後，得出以下數據：

表 2.9.4

總232 / 韻目	藥	鐸
藥5	0	121
鐸19	5	14

　　藥、鐸二韻的韻離合指數達到121，如同陽、唐韻的情況，不必另做t分布假設檢驗，即可判定韻基相同。

十、梗攝的韻轍觀察

（一）梗攝的轍離合指數

表 2.10.1

韻目　　總3946	庚	耕	清	青
庚198	76	8.9	10.3	11.1
耕9	4	2	6	
清218	113	3	98	8
青9	5		4	0

　　庚、耕、清、青四韻彼此之間的轍離合指數都超過2倍，因此可以合併為一個韻轍，今以清韻為主體，稱為「清轍」。清轍的情況與歌轍相似，轍中各韻都未與其他韻合用，顯示這個韻轍的主體性以及韻母的特色非常強烈。

　　至於相承的入聲，亦反映了這一點：

表 2.10.2

韻目　　總232	陌	昔	錫
陌6	0	7.8	12.8
昔25	5	20	
錫3	1		2

　　陌、昔、錫三韻的轍離合指數都超過2倍，已經達到合轍的門檻，因此可以將三者合併為一轍，今稱「昔轍」。

（二）梗攝的韻離合指數

表 2.10.3

韻目 總3946	庚	耕	清	青
庚198	76	111	112	139
耕9	4	2	74T	
清218	113	3	98	98
青9	5		4	0

　　經過計算，清轍四個韻的韻離合指數都超過90，其中只有耕清這一組落在74區間，需要進一步做t分布假設檢驗。檢驗的結果顯示通過，耕、清二韻的韻基並沒有區別。惟耕、清二韻雖然通過檢驗，標準韻段其實只有2個，存在一定的風險。然而從整體來看，梗攝其他韻的指數都達到韻基相同的標準，因此有理由相信，耕、清的74T檢驗能夠成立。

　　至於入聲的情況，相對單純一些：

表 2.10.4

韻目 總232	陌	昔	錫
陌6	0	103	100
昔25	5	20	
錫3	1		2

　　昔轍三韻的情況與清轍四韻相同，全部韻離合指數都超過90，可見三韻韻基相同無疑。

十一、曾攝的韻轍觀察

　　登韻並未入韻，因此無法得知蒸、登二韻是否能夠合轍。

表 2.11.1

韻目　　總3946	蒸	登
蒸4	4	
登0		0

　　兩者的上、去聲亦未入韻，只好把視角延伸至入聲：

表 2.11.12

韻目　　總232	職	德
職16	16	
德6		4
其他		2

　　職韻與德韻並未接觸，可見兩者不能合轍，今稱前者為「職轍」，後者為「德轍」。

十二、流攝的韻轍觀察

（一）流攝的轍離合指數

表 2.12.1

韻目　　　總3946	尤	侯	幽
尤200	164	*12.1*	*19.7*
侯52	32	20	
幽2	2		0
其他	2		

　　根據上表，尤、侯、幽三韻的轍離合指數都超過2倍，因此可以合轍，今稱「尤轍」。

（二）流攝的韻離合指數

表 2.12.2

韻目　　　總3946	尤	侯	幽
尤200	164	**78F**	**120**
侯52	32	20	
幽2	2		0
其他	2		

　　經過計算，尤韻與幽韻的韻離合指數超過90，可以判定韻基相同。然而尤韻與侯韻的指數落在78區間，需要進行t分布假設檢驗，檢驗的結果是並未通過。尤韻與侯韻在中古韻圖的位置是互補的，一般會認為兩者主要是介音的不同，而元音則無異，然而陳詩中的尤、侯二韻，似乎有些不一樣。

十三、深、咸攝的韻轍觀察

（一）深、咸攝的轍離合指數

深、咸二攝只有平聲侵韻自身接觸180次、上聲琰韻和豏韻接觸1次，其他都未入韻，倘若勉為其難將它們合併計算，則如下表所示：

表 2.13.1

韻目 總4572	侵寢沁	鹽琰豔	銜豏陷
侵寢沁180	180		
鹽琰豔1		0	4571
銜豏陷1		1	0

以平賅上去，侵韻獨用，自成一轍，今稱「侵轍」。鹽、銜合用，另立一轍，今稱「鹽轍」。然而必須指出，鹽、銜韻只接觸1次，而自身接觸次數又是0的關係，所以轍離合指數才會高達4571，也就是完全等同於它的自由度。

至於入聲韻，只有咸攝的合韻入韻且獨用（自身接觸18次），今稱「合轍」。

（二）深、咸攝的韻離合指數

表 2.13.1

韻目 總4572	侵寢沁	鹽琰豔	銜豏陷
侵寢沁180	180		
鹽琰豔1		0	100
銜豏陷1		1	0

　　由於鹽韻與銜韻的接觸只有1次，而自身接觸是0，那麼兩者的韻離合指數自然是100了。

第三節　陳詩的韻轍

　　根據以上統計分析，可以整理出陳詩的韻轍如下：

表 3.0

陰聲韻	陽聲韻	入聲韻
	1.東轍（東江）○ ○	2.屋轍（屋○）
	3.鍾轍（鍾）○ ○	4.燭轍（燭）
5.支轍（支）○ ○		
6.之轍（脂之微） 7.止轍（旨止○） 8.志轍（至志○）		
9.魚轍（魚虞模） 10.語轍（語麌姥） 11.御轍（御遇暮）		
12.齊轍（齊）○ 13.霽轍（霽祭）		
○ 14.蟹轍（蟹）		

陰聲韻	陽聲韻	入聲韻
○		
15.皆轍（皆） ○ ○		
16.哈轍（灰哈） 17.海轍（○海） 18.代轍（○代）		
19.泰轍（泰）		
	20.真轍（真諄臻） ○ ○	21.質轍（質術櫛）
	22.文轍（文） ○ ○	○
	23.元轍（元魂痕） 24.阮轍（阮○○） 25.願轍（願○○）	26.月轍（月沒○）
	27.寒轍（寒桓） 28.緩轍（緩○） 29.翰轍（翰換）	○
	30.仙轍（刪山先仙） 31.獮轍（○○銑獮） 32.線轍（○○霰線）	33.薛轍（○○屑薛）
34.宵轍（蕭宵） 35.小轍（篠小） 36.笑轍（嘯笑）		
37.豪轍（豪） 38.晧轍（晧）		

陰聲韻	陽聲韻	入聲韻
39.號轍（號）		
40.歌轍（歌戈） ○ ○		
41.麻轍（麻） 42.馬轍（馬） 43.禡轍（禡）		
	44.陽轍（陽唐） 45.養轍（養○） 46.漾轍（漾○）	47.鐸轍（藥鐸）
	48.清轍（庚耕清青） 49.靜轍（○○靜迥） 50.勁轍（映○勁○）	51.昔轍（陌○昔錫）
	○	52.職轍（職）
	○	53.德轍（德）
54.尤轍（尤侯幽） 55.有轍（有厚○） 56.候轍（○候○）		
	57.侵轍（侵） ○ ○	○
	○ ○ ○	58.合轍（合）
	○ 59.鹽轍（鹽琰） ○	○

根據上表，陳詩共有59個韻轍，若以平賅上去，則是34個韻部。

以四聲分類，分別是：東、鍾、支、之、魚、齊、皆、咍、真、文、元、寒、仙、宵、豪、歌、麻、陽、清、尤、侵，共21個平聲韻轍；止、語、蟹、海、阮、緩、獮、小、晧、馬、養、靜、有、嗛，共14個上聲韻轍；志、御、霽、代、泰、願、翰、線、笑、號、禡、漾、勁、候，共14個去聲韻轍；屋、燭、質、月、薛、鐸、昔、職、德、合，共10個入聲韻轍。

以陰、陽、入三種不同的韻尾分類，則是：支、之、魚、齊、蟹（佳上）、皆、咍、宵、豪、歌、麻、尤、泰，共13個陰聲韻部；東、鍾、真、文、元、寒、仙、陽、清、侵、嗛（咸上），共11個陽聲韻部；屋、燭、質、月、薛、鐸、昔、職、德、合，共10個入聲韻部。

附錄：陳詩押韻統計表

（一）陳詩平聲韻押韻統計表

序號	韻目	韻數	韻段	合韻	合韻內容	合韻出處
1.	東[5]	214	48	2	東三：江2	東三：江494、496
2.	冬	0	0	0		
3.	鍾	36	8	0		
4.	江	3	3	3	陽唐1、東三2	陽唐208、東三494、496
5.	支	98	22	1	脂之1	脂之265
6.	脂	37	22	21	之15、之微1、微4、支之1	之36、74、90、106.1、182.1、182.2、200.4、204.2、325、330、331、412、431、470、504.4、之微176.4、微16、192.1、462、498.1、支之265
7.	之	47	20	18	脂15、脂微1、支脂1、微1	脂36、74、90、106.1、182.1、182.2、200.4、204.2、325、330、331、412、431、470、504.4、脂微176.4、支脂265、微406
8.	微	137	36	7	脂4、灰1、脂之1、之1	脂16、192.1、462、498.1、灰172、脂之176.4、之406
9.	魚	48	13	5	虞3、尤1、虞模1	虞18、276、505.2、尤

5　東韻（東一107：東三108）自身的合韻情況：東一東三混用41（41+0）；東一獨用1（1+0）；東三獨用6（4+2）。

序號	韻目	韻數	韻段	合韻	合韻內容	合韻出處
						73、虞模234
10.	虞	52	15	14	魚3、模10、魚模1	魚18、276、505.2、模25、91、176.10、242、397、442、445、458、465、魚模234
11.	模	37	14	11	虞10、魚虞1	虞25、91、176.10、242、397、442、445、458、465、魚虞234
12.	齊	39	10	0		
13.	佳	0	0	0		
14.	皆	6	1	0		
15.	灰	78	40	40	咍39、微1	咍11、20、58、92、113、115、122、170、176.8、177、184、191.1、205、206.2、217、220、241.2、243、267、287、293、332、339、344、345、356、362.2、366、378.3、390、413、420、454、460、471、480、484、505.3、515、微172
16.	咍	119	44	39	灰39	灰11、20、58、92、113、115、122、170、176.8、177、184、191.1、205、206.2、217、220、241.2、243、267、287、293、332、339、344、345、356、362.2、366、378.3、390、413、420、454、

序號	韻目	韻數	韻段	合韻	合韻內容	合韻出處
						460、471、480、484、505.3、515
17.	真	91	27	18	諄17、諄臻1	諄19、26、185、250、254、256、279、288、312、336、340、379、380、430、459.3、464、468、諄臻391
18.	諄	19	18	18	真17、真臻1	真19、26、185、250、254、256、279、288、312、336、340、379、380、430、459.3、464、468、真臻391
19.	臻	1	1	1	真諄1	真諄391
20.	文	18	5	0		
21.	欣	0	0	0		
22.	元	28	10	9	魂8、魂痕1	魂8、37、172、187.2、289、352、410、504.2、魂痕349
23.	魂	21	9	9	元8、元痕1	元8、37、172、187.2、289、352、410、504.2、元痕349
24.	痕	1	1	1	元魂1	元魂349
25.	寒	56	18	14	桓14	桓50、101.1、112、192.2、248.1、251、284、303、309、313、355、364、399、456
26.	桓	19	14	14	寒14	寒50、101.1、112、192.2、248.1、251、284、

序號	韻目	韻數	韻段	合韻	合韻內容	合韻出處
						303、309、313、355、364、399、456
27.	刪	9	4	1	山1	山500
28.	山	2	2	2	先1、刪1	先499、刪500
29.	先	160	54	45	仙44、山1	仙1、4、7、45、59、68、77、80.2、102、126、127、129.3、141、142、148、149、154、167、176.7、183、188.1、191.2、202.2、224、227、231、235、240.1、253、273、291、310、334、376、389、390、396、411、443、447、453、473、497.2、507、山499
30.	仙	114	46	44	先44	先1、4、7、45、59、68、77、80.2、102、126、127、129.3、141、142、148、149、154、167、176.7、183、188.1、191.2、202.2、224、227、231、235、240.1、253、273、291、310、334、376、389、390、396、411、443、447、453、473、497.2、507
31.	蕭	10	8	8	宵8	宵9、51、206.1、206.3、219、335、401、449
32.	宵	93	19	8	蕭8	蕭9、51、206.1、206.3、219、335、401、449

序號	韻目	韻數	韻段	合韻	合韻內容	合韻出處
33.	肴	0	0	0		
34.	豪	21	4	0		
35.	歌	45	16	12	戈12	戈47、129.5、138、215、229、387、407、422、445、495、509、510
36.	戈	17	12	12	歌12	歌47、129.5、138、215、229、387、407、422、445、495、509、510
37.	麻[6]	54	12	0		
38.	陽	171	52	40	唐39、江唐1	唐13、28、41、61、86、88、95、130、178、189.3、189.4、190、195、196.3、222、246.1、247、252、262、272、274、298、316、343、362.1、372、378.2、378.3、380、383、385、414、417、419、424、474、475、483、504.6、江唐208
39.	唐	77	41	40	陽39、江陽1	陽13、28、41、61、86、88、95、130、178、189.3、189.4、190、195、196.3、222、246.1、247、252、262、272、274、298、316、343、362.1、372、378.2、378.3、380、383、385、414、417、

6　麻韻（麻二33：麻三20）自身的合韻情況：麻二麻三混用11（11+0）；麻二獨用1（1+0）。

序號	韻目	韻數	韻段	合韻	合韻內容	合韻出處
						419、424、474、475、483、504.6、江陽208
40.	庚[7]	130	59	56	庚二庚三：清23、耕清1、清青3、耕清青1 庚二：清4 庚三：清20、青1、清青2、耕1	庚二庚三：清5、10、21、27、52、69、86、99、118、120、128、133、146、187.1、212、261、342、359、380、451、505.1、506.1、513、耕清189.1、清青179、218、226、耕清青341 庚二：清98、200.3、202.1、440 庚三：清3、24、53、65、71、85、87、100、137、143、145、186.1、200.2、349、353、379、426、459.1、461、511、青200.1、清青201、221、耕203
41.	耕	7	5	4	清1、庚二庚三清1、庚三1、庚二庚三清青1	清176.6、庚二庚三清189.1、庚三203、庚二庚三清青341
42.	清	142	59	55	庚三20、庚二庚三23、庚二4、耕1、庚二庚三耕1、庚三青2、庚二庚三青3、庚二庚三耕青1	庚三3、24、53、65、71、85、87、100、137、143、145、186.1、200.2、349、353、379、426、459.1、461、511、庚二庚三5、

---

7 庚韻（庚二116：庚三14）自身的合韻情況：庚二庚三混用31（3+28）；庚二獨用4（0+4）；庚三獨用24（0+24）。

序號	韻目	韻數	韻段	合韻	合韻內容	合韻出處
						10、21、27、52、69、86、99、118、120、128、133、146、187.1、212、261、342、359、380、451、505.1、506.1、513、庚二98、200.3、202.1、440、耕176.6、庚二庚三耕189.1、庚三青201、221、庚二庚三青179、218、226、庚二庚三耕青341
43.	青	7	7	7	庚二庚三清3、庚三1、庚二庚三耕清1、庚三清2	庚二庚三清179、218、226、庚三200.1、庚二庚三耕清341、庚三清201、221
44.	蒸	3	1	0		
45.	登	0	0	0		
46.	尤	132	40	23	侯21、魚1、幽1	侯29、43、82、103、114、125、132、151、165、176.2、176.5、236、247、258、277、318、325、382.7、405、415.1、459.5、魚73、幽357.2
47.	侯	35	22	21	尤21	尤29、43、82、103、114、125、132、151、165、176.2、176.5、236、247、258、277、318、325、382.7、405、415.1、459.5
48.	幽	1	1	1	尤1	尤357.2

序號	韻目	韻數	韻段	合韻	合韻內容	合韻出處
49.	侵	115	24	0		
50.	覃	0	0	0		
51.	談	0	0	0		
52.	鹽	0	0	0		
53.	添	0	0	0		
54.	咸	0	0	0		
55.	銜	0	0	0		
56.	嚴	0	0	0		
57.	凡	0	0	0		
總計		2550	887	624		

（二）陳詩上聲韻押韻統計表

序號	韻目	韻數	韻段	合韻	合韻內容	合韻出處
1.	董	0	0	0		
2.	腫	0	0	0		
3.	講	0	0	0		
4.	紙	0	0	0		
5.	旨	5	2	2	止2	止213、391
6.	止	27	8	2	旨2	旨213、391
7.	尾	0	0	0		
8.	語	8	3	0		
9.	麌	14	7	5	姥4、馬二1	姥70、176.11、196.1、382.2、馬二490
10.	姥	16	7	4	麌4	麌70、176.11、196.1、382.2

序號	韻目	韻數	韻段	合韻	合韻內容	合韻出處
11.	薺	0	0	0		
12.	蟹	2	1	0		
13.	駭	0	0	0		
14.	賄	0	0	0		
15.	海	4	2	1	泰代1	泰代81
16.	軫	0	0	0		
17.	準	0	0	0		
18.	吻	0	0	0		
19.	隱	0	0	0		
20.	阮	3	1	0		
21.	混	0	0	0		
22.	很	0	0	0		
23.	旱	0	0	0		
24.	緩	4	2	0		
25.	潸	0	0	0		
26.	產	0	0	0		
27.	銑	3	2	2	獮2	獮382.8、504.5
28.	獮	9	3	2	銑2	銑382.8、504.5
29.	篠	4	1	1	小1	小398
30.	小	7	1	1	篠1	篠398
31.	巧	0	0	0		
32.	晧	11	2	0		
33.	哿	0	0	0		
34.	果	0	0	0		

序號	韻目	韻數	韻段	合韻	合韻內容	合韻出處
35.	馬[8]	3	2	1	馬二：纏1	馬二：纏490
36.	養	10	2	0		
37.	蕩	0	0	0		
38.	梗	0	0	0		
39.	耿	0	0	0		
40.	靜	1	1	1	迥1	迥378.2
41.	迥	2	1	1	靜1	靜378.2
42.	拯	0	0	0		
43.	等	0	0	0		
44.	有	26	7	2	厚2	厚206.4、211
45.	厚	5	2	2	有2	有206.4、211
46.	黝	0	0	0		
47.	寢	0	0	0		
48.	感	0	0	0		
49.	敢	0	0	0		
50.	琰	1	1	1	㠫1	㠫377
51.	忝	0	0	0		
52.	㠫	1	1	1	琰1	琰377
53.	檻	0	0	0		
54.	儼	0	0	0		
55.	范	0	0	0		
	總計	166	59	29		

8　馬韻（馬二3：馬三0）自身的合韻情況：馬二獨用2（1+1）。

（三）陳詩去聲韻押韻統計表

序號	韻目	韻數	韻段	合韻	合韻內容	合韻出處
1.	送	0	0	0		
2.	宋	0	0	0		
3.	用	0	0	0		
4.	絳	0	0	0		
5.	寘	0	0	0		
6.	至	2	1	0		
7.	志	8	3	1	代1	代498.2
8.	未	0	0	0		
9.	御	4	2	0		
10.	遇	6	3	2	暮1、暮鐸1	暮86、暮鐸382.6
11.	暮	28	10	2	遇1、遇鐸1	遇86、遇鐸382.6
12.	霽	7	4	2	屑薛1、祭1	屑薛248.2、祭382.1
13.	祭	3	1	1	霽1	霽382.1
14.	泰	6	1	1	海代1	海代81
15.	卦	0	0	0		
16.	怪	0	0	0		
17.	夬	0	0	0		
18.	隊	0	0	0		
19.	代	2	2	2	海泰1、志1	海泰81、志498.2
20.	廢	0	0	0		
21.	震	0	0	0		
22.	稕	0	0	0		
23.	問	0	0	0		
24.	焮	0	0	0		

序號	韻目	韻數	韻段	合韻	合韻內容	合韻出處
25.	願	2	1	0		
26.	慁	0	0	0		
27.	恨	0	0	0		
28.	翰	4	2	2	換2	換57、380
29.	換	11	5	2	翰2	翰57、380
30.	諫	0	0	0		
31.	襇	0	0	0		
32.	霰	4	2	2	線2	線104、368
33.	線	4	2	2	霰2	霰104、368
34.	嘯	2	2	2	笑候1、笑1	笑候441、笑445
35.	笑	10	4	2	嘯候1、嘯1	嘯候441、嘯445
36.	效	0	0	0		
37.	號	0	0	0		
38.	箇	0	0	0		
39.	過	0	0	0		
40.	禡[9]	2	1	0		
41.	漾	5	2	0		
42.	宕	0	0	0		
43.	映[10]	3	1	1	映三：勁1	映三：勁504.3
44.	諍	0	0	0		
45.	勁	1	1	1	映三1	映三504.3
46.	徑	0	0	0		
47.	證	0	0	0		

9　禡韻（禡二1：禡三1）自身的合韻情況：禡二禡三混用1（1+0）。

10　映韻（映二0：映三3）自身的合韻情況：映三獨用1（0+1）。

序號	韻目	韻數	韻段	合韻	合韻內容	合韻出處
48.	嶝	0	0	0		
49.	宥	0	0	0		
50.	候	1	1	1	嘯笑1	嘯笑441
51.	幼	0	0	0		
52.	沁	0	0	0		
53.	勘	0	0	0		
54.	闞	0	0	0		
55.	豔	0	0	0		
56.	㮇	0	0	0		
57.	陷	0	0	0		
58.	鑑	0	0	0		
59.	釅	0	0	0		
60.	梵	0	0	0		
總計		115	51	26		

（四）陳詩入聲韻押韻統計表

序號	韻目	韻數	韻段	合韻	合韻內容	合韻出處
1.	屋[11]	4	1	1	屋三：德1	屋三：德255
2.	沃	0	0	0		
3.	燭	15	5	0		
4.	覺	0	0	0		
5.	質	13	5	3	術櫛1、櫛2	術櫛80.3、櫛369、427
6.	術	2	1	1	質櫛1	質櫛80.3

---

11 屋韻（屋一0：屋三4）自身的合韻情況：屋三獨用1（0+1）。

序號	韻目	韻數	韻段	合韻	合韻內容	合韻出處
7.	櫛	3	3	3	質術1、質2	質術80.3、質369、427
8.	物	0	0	0		
9.	迄	0	0	0		
10.	月	10	5	1	沒1	沒101.2
11.	沒	3	1	1	月1	月101.2
12.	曷	0	0	0		
13.	末	0	0	0		
14.	黠	0	0	0		
15.	鎋	0	0	0		
16.	屑	16	10	10	霽薛1、薛9	霽薛248.2、薛280、317、357.1、358、379、381.1、469、485、504.7
17.	薛	28	10	10	霽屑1、屑9	霽屑248.2、屑280、317、357.1、358、379、381.1、469、485、504.7
18.	藥	3	3	3	鐸3	鐸122、274、447
19.	鐸	15	6	4	藥3、遇暮1	藥122、274、447、遇暮382.6
20.	陌[12]	5	3	3	陌二：錫1、昔2	陌二：錫216.1、昔216.5、404
21.	麥	0	0	0		
22.	昔	15	5	2	陌2	陌二216.5、404
23.	錫	3	2	1	陌1	陌二216.1

---

12 陌韻（陌二5：陌三0）自身的合韻情況：陌二獨用3（0＋3）。

序號	韻目	韻數	韻段	合韻	合韻內容	合韻出處
24.	職	11	3	0		
25.	德	4	2	1	屋三1	屋三255
26.	緝	0	0	0		
27.	合	10	1	0		
28.	盍	0	0	0		
29.	葉	0	0	0		
30.	怗	0	0	0		
31.	洽	0	0	0		
32.	狎	0	0	0		
33.	業	0	0	0		
34.	乏	0	0	0		
總計		160	66	44		

第六章

北魏詩韻轍研究[*]

西元439年，鮮卑人北魏太武帝拓跋燾統一了北方，與南朝漢人的政權形成南北對立的局面，於是中原地區正式進入南北朝分治的時期。

在這段期間，學界一般認為南朝的人文風氣較重，文學作品也比較多，因此研究對象和成果也以南方文學為優。然而若從音韻的角度來看，北魏建朝從西元386年至534年，長達149年，在這將近150年間，吾輩能否從傳世文獻一窺北魏時期的音韻特點及其歷時演變？這才是聲韻學領域關注的焦點。

有鑑於此，本章從北魏詩的用韻著手，觀察與分析北魏時期的韻轍與韻的分合問題。

第一節　北魏詩的用韻情況

一、通、江攝的用韻

---

[*] 本章部分內容曾於「2019經學與文化全國學術研討會」（中興大學主辦，2019年12月6日）上宣讀，篇名是〈北魏詩歌用韻研究〉，會後並未出版。今經過增刪，收錄於此。

表 1.1

聲調	韻目	韻數	韻段	合韻	合韻內容[1]	備註
平	東	30	13	9	鍾江2、鍾3、冬1、鍾江1、鍾1、真諄文元魂仙庚清青登侵1	×
	冬	2	2	2	東1、真魂先仙庚二庚三青1	×
	鍾	15	7	7	東江2、東3、東江1、東1	×
	江	4	3	3	東鍾2、東鍾1	×
入	屋	6	3	2	燭1、燭覺德1	×
	沃	0	0	0		
	燭	9	5	3	屋1、屋覺德1、物德1	×
	覺	2	1	1	屋燭德1	×

　　北魏詩歌的用韻，東韻出現30次13個韻段，其中9首與其他韻相押，佔69.2%，這表示東韻沒有自己的獨立地位。跟其他韻通押的是：鍾江3、鍾4、冬1、真元文庚諄登青清魂仙侵1。根據合韻內容，可以整理出東韻的「合韻行為」，也就是跟其他韻的合用：鍾7、江3、冬1、真1、諄1、文1、元1、魂1、仙1、庚1、清1、青1、登1、侵1。其中與鍾韻的合用高達7次，佔31.8%，與江韻的混押亦有3次，佔13.6%，至於其他則只有1次，佔4.5%。這個現象似乎表示，北魏時期，東、冬、鍾、江四個韻在詩人的語感中是混而不分的，[2]因此四韻得以通用。

　　值得注意的是，與「真諄文元魂仙庚清青登侵」韻合押的1次明顯是例外，這首詩是「仙道詩」〈老君十六變詞〉中的第十三變詞：

1　「合韻內容」指某韻與其他韻合用的情況，其中韻目加上「□」者，表示屬於「仙道詩」一類。

2　東韻與冬韻的接觸只有1次，主要原因是冬韻本身入韻的次數偏低，只出現2次所致。

十三變之時。變形易體在罽賓（真）。從天而下無根元（元）。號作彌勒金剛身（真）。胡人不識舉邪神（真）。興兵動眾圍聖人（真）。積薪國北燒老君（文）。太上慈愍憐眾生（庚）。漸漸誘進說法輪（諄）。剔其鬚髮作道人（真）。橫被無領涅槃僧（登）。蒙頭著領待老君（文）。手捉錫杖驚地蟲（東）。臥便思神起誦經（青）。佛厾錯亂欲東秦（真）。夢應明帝張懍迎（庚）。白象馱經詣洛城（清）。漢家立子無人情（清）。捨家父母習沙門（魂）。亦無至心逃避兵（庚）。不玩道法貪治生（庚）。搦心不堅還俗經（青）。八萬四千應罪緣（仙）。破塔懷届誅道人（真）。打戲銅像削取金（侵）。未榮幾時還造新（真）。雖得存立帝恐心（侵）。（逯2252）

除了第一句說明第幾變之時，其他句句押韻，但都不嚴謹，[3]這種情況並非少數例外，反而是「仙道詩」的常態；換言之，北魏詩歌中的仙道詩，押韻都不是很嚴謹，因此可以推斷，北魏仙道詩的用韻要求不高，揆其原因，或許是基於「不以韻害文」的態度，詩人用韻顯得較為寬鬆、自由，似乎只要韻尾同是鼻輔音，就滿足押韻需求。反觀其他陰聲韻和入聲韻，各自的押韻行為會比較嚴謹一些，並未出現如此寬鬆的現象。

　　既然仙道詩押韻寬鬆，那麼把仙道詩汰除是否能更接近實際呢？以下是刪除仙道詩之後的合韻情況：

　　東韻出現22次10個韻段，其中6次合韻，佔60%，合韻內容重新調整為：鍾江2、鍾3、冬1。新的合韻行為是：鍾5、江2、冬1，合韻對象只限於冬、鍾、江三韻而不及其他。

3　倘若把次要韻腳去除，保留主要韻腳，則是：元（元）。神（真）。君（文）。輪（諄）。僧（登）。蟲（東）。秦（真）。城（清）。門（魂）。生（庚）。緣（仙）。金（侵）。心（侵）。一樣呈現混押的局面。

　　至於冬、鍾、江三韻的情況也一樣：冬韻只出現1次1個韻段，且與東韻合用。鍾韻出現10次5個韻段，5首都合韻，合韻行為是：東5、江2。江韻出現3次2個韻段，合韻行為是：東2、鍾2。四韻的合用及其百分比如下表所示：[4]

表 1.1.1

韻目＼韻目	東	冬	鍾	江
東	4	1	5	2
冬	10%	1		
鍾	50%		0	2
江	20%		20%	0

　　至於其他聲調的用韻情況：上聲和去聲並未入韻。入聲屋韻出現3次2個韻段，其中1首與燭韻合；而燭韻出現5次3個韻段，亦只有1次與屋韻混用。換言之，屋、燭彼此合用1次。

　　總而言之，刪去「仙道詩」之後，新的數據的確比較合理。首先，東韻不再與「真元文庚諄登青清魂仙侵」合韻。其次，冬韻只通平聲韻而不再與去聲送韻通押。第三，燭韻只通屋韻而不通物德，一如平聲鍾韻的情況。從以上兩組數據的比較來看，北魏詩歌通江攝的異常押韻行為，乃是受到「仙道詩」的干擾。

4　表格右上方是接觸次數，左下方則是接觸的百分比。反黑處是自身的接觸，不納入計算。

二、止攝的用韻

表 1.2

聲調	韻目	韻數	韻段	合韻	合韻內容	備註
平	支	20	5	3	脂微齊灰2、脂1	×
	脂	17	8	8	之微1、微1、之微1、微1、支微齊灰2、支1、真文欣元魂寒刪山仙清1	×
	之	7	5	3	脂微1、微1、脂微1	×
	微	29	10	7	脂之1、之1、脂1、脂之1、脂1、支脂齊灰2	×
上	紙	0	0	0		
	旨	2	2	2	止2	×
	止	36	12	3	旨2、尾1、	○
	尾	1	1	1	止1	×
去	寘	2	2	2	祭1、質至未1	×
	至	9	3	3	未／緝1、緝1、質寘未1	×
	志	0	0	0		
	未	2	2	2	至1、至質寘1	×

　　支韻出現20次5個韻段，其中3首合韻，佔60%，分別是：脂微齊灰2、脂1。惟此三首詩都屬於「仙道詩」，倘若把它們排除，那麼支韻就只剩下兩首詩，且都自行押韻。換言之，支韻完全獨用，有自己的獨立地位。

　　脂韻出現17次8個韻段，全部合用，等於沒有自己的主體地位。脂韻主要與微韻合韻，其中「支微齊灰2、支1、真文欣元魂寒刪山仙清1」出現在仙道詩中，把它們排除之後，脂韻只剩下3次3個韻段，其中2首與之、微合韻：之微1、微1，合韻行為是：微2、之1。

　　這種情況也反映在之韻中：之韻並未出現仙道詩，它入韻7次5個韻段，其中3首只與脂、微合韻：脂微2、微1，佔60%，這表示之韻也沒有獨立的地位。合韻行為是：微3、脂1。

　　然而之韻的上聲止韻，出現33次12個韻段，其中高達9首獨用，等於只有3首合用，只佔25%，這麼看來，之韻其實還是有自己的獨立地位，只不過平聲韻段次數偏低，導致實際情況隱而不顯。

　　至於微韻，出現29次10個韻段，其中7首合韻，佔70%，這表示微韻沒有自己的地位。不過把仙道詩排除之後，只有3首合韻，佔30%，有自己的獨立地位。合韻行為是：脂2、之2。合韻對象不是脂就是之，這表示微韻與脂、之韻非常接近。

　　以下是排除仙道詩之後的用韻情況，似乎更能反映出北魏詩歌的實際：

　　平聲支韻出現7次2個韻段，全部獨用。脂韻出現3次2個韻段，全部合用，合韻行為是：微2、之1。之韻出現6次4個韻段，2次合韻，合韻行為是：微2、脂1。微韻出現11次6個韻段，3次合韻，合韻行為是：脂2、之2。四韻的接觸及其百分比如下表所示：

表 1.2.1

韻目＼韻目	支	脂	之	微
支	2			
脂		0	1	2
之		20%	2	3
微		40%	40%	3

　　至於上、去聲的用韻情況：

　　上聲紙韻並未入韻。旨韻出現2次2個韻段，但都與止韻合用；止

韻出現36次12個韻段，有3次合韻：旨2、尾1。尾韻只出現1次1個韻段，與止韻合用。由於止、尾韻分別只出現1、2次，且都與止韻合用，因而無法進一步判斷三者的關係。

去聲賮韻只出現1次1個韻段，而與祭韻合用。至韻出現4次2個韻段，全都合韻：未／緝1、緝1。[5]未韻也只出現1次1個韻段，而與至韻合用。去聲的韻段次數亦偏低，倘若只對非仙道詩作初步的觀察，似乎賮韻接近陰聲韻，至韻接近入聲韻，且主要元音偏高，而未韻則接近至韻。

綜合言之，支韻獨用，有自己的主體地位；脂韻或通之，或通微，沒有獨立的地位，上聲旨韻也支持這一點；之韻有一半獨用，另一半通脂、微；微韻的情況與之相似，一半獨用，另一半與脂之合韻；之韻與微韻雖然有自己的地位，但仍然可以透過脂韻而把三者合成一個韻轍。

三、遇攝的用韻

表 1.3

聲調	韻目	韻數	韻段	合韻	合韻內容	備註
平	魚	11	7	5	模1、虞3、虞模1	✕
	虞	21	10	9	魚3、模3、魚模1、尤侯1	✕
	模	12	6	5	魚1、虞3、魚虞1	✕
上	語	5	2	2	姥1、虞姥1	✕
	麌	10	4	3	姥2、語姥1	✕
	姥	5	4	4	麌2、語1、語麌1	✕

5　「未／緝」表示中間有轉韻，嚴格來說是兩個韻段：前一個韻段是至與未合韻，後一個韻段則是至與緝合韻。

聲調	韻目	韻數	韻段	合韻	合韻內容	備註
去	御	2	2	2	遇暮1、暮1	✕
	遇	3	3	3	御暮1、暮2	✕
	暮	12	5	4	御遇1、遇2、御1	✕

　　魚、虞、模三韻及其上去聲，相對簡單，出現在仙道詩的只有少數幾首。首先要看的是魚韻，入韻11次7個韻段中，有5首合韻，佔71.4%，這表示魚韻沒有獨立地位。合韻行為是：虞4、模2。合韻對象不是虞就是模，似乎北魏詩中魚、虞、模混用不分。

　　接著要看的是虞韻，10個韻段中只有1首獨用，可見虞韻亦沒有自己的地位。其他9首不是通魚就是與模混，至於與尤侯合韻的1次是在仙道詩中，可見是例外。最後，模韻的情況與虞韻相同，6個韻段中只有1首獨用，另外5首都與魚、虞混押。

　　以下是排除仙道詩之後的情況：

　　平聲魚韻維持原狀。虞韻降為18次8個韻段，有7次合韻，合韻行為是：魚4、模4、暮1。模韻亦維持原狀。三韻的接觸及其百分比如下表所示：

表 1.3.1

韻目＼韻目	魚	虞	模
魚	2	4	2
虞	40%	1	4
模	20%	40%	1

　　至於上、去聲的用韻情況：

　　上聲語韻只出現1次1個韻段，而與姥合韻。麌語出現6次3個韻段，有2首與姥合韻。姥韻出現4次3個韻段，全都合韻：麌2、語1。

　　去聲御韻出現2次2個韻段，全都合韻，合韻行為是：暮2、遇。遇韻出現3次3個韻段，全都合韻，合韻行為是：暮3、御1。暮韻出現12次5個韻段，有4首合韻，合韻行為是：遇3、御2。

　　由以上統計可見，北魏詩的用韻是魚、虞、模混而不分，可以合併為一個韻轍。

四、蟹攝的用韻

表 1.4

聲調	韻目	韻數	韻段	合韻	合韻內容	備註
平	齊	11	6	3	皆1、支脂微灰2	◎
	佳	0	0	0		
	皆	3	1	1	齊1	×
	灰	3	2	2	支脂微齊2	×
	咍	2	1	0		○
上	薺	4	2	0		○
	蟹	1	1	1	駭1	×
	駭	1	1	1	蟹1	×
	賄	0	0	0		
	海	0	0	0		
去	霽	5	3	2	祭1、祭怪隊1	×
	祭	8	3	3	霽2、真1、霽怪隊1	×
	泰	2	1	0		○
	卦	0	0	0		
	怪	3	1	1	霽祭隊1	×
	隊	4	3	3	代2、霽祭怪1	×
	代	5	2	2	隊2	×

　　齊韻出現11次6個韻段，其中3首合韻，佔50%。但支脂微灰合用的2首出現在仙道詩中，若是去除，則齊韻只剩下與皆韻合用1次而已。上聲薺韻支持這一點，在入韻的2個韻段中，全都獨用。去聲霽韻合韻的2個韻段中，也都只與祭韻合用。

　　佳韻字少，未見入韻。倒是它的上聲蟹韻入韻1次，且與駭韻合用。

　　皆韻只有1韻段，而與齊韻合用。但上聲駭韻不是跟薺韻合用，而是跟蟹韻通押，這表示皆韻介於佳、齊之間，可暫時保留三者的地位。

　　灰韻出現3次2韻段，且都與「支脂微齊」合用，然而這2首都屬於仙道詩，倘若把仙道詩排除，灰韻則不入韻。所幸灰韻的去聲隊韻有2首入韻，且都與咍韻的去聲代韻合用。至於咍韻，雖然只有1韻段且獨用，但它的去聲代韻有2韻段，且都與隊韻合用，可見灰與咍關係密切，平聲並未接觸，恐怕只是入韻次數偏低之故。

　　祭韻有3個韻段，其中有2首與霽合韻。泰韻只有1首，且獨用。

　　以上，若把仙道詩排除，則呈現下面的情況：

　　平聲齊韻降至9次4個韻段，只與皆韻合用1次；皆韻維持3次1個韻段，1次與齊韻合用；灰韻不入韻；咍韻維持2次1個韻段，並未合韻。由於平聲入韻次數偏低，只好以平賅上、去，三聲合併在一起作觀察，所幸此處並未出現異調相押的情況，因而不會干擾結果。

　　以下是上、去二聲的情況：

　　上聲薺韻出現4次2個韻段，並未合韻；蟹韻只出現1次1個韻段，且與駭韻合用；駭韻也只出現1次1個韻段，也與蟹韻合用；賄韻只出現1次1個韻段，而與止韻合用。

　　去聲霽韻出現5次3個韻段，有2次合韻，對象都是祭韻；祭韻出現8次3個韻段，3首都合韻：霽2、寘1；泰韻出現2次1個韻段，自己獨用；怪韻出現3次1個韻段，也是自己獨用；隊韻出現3次2個韻段，2首都與代合韻；代韻則是5次2個韻段，2首也是跟隊合韻。

　　綜合以上平、上、去三聲的用韻情況，可以得出蟹攝各韻（表中韻目以平賅上、去）的合用及其百分比如下：

表 1.4.1

韻目＼韻目	齊	祭	泰	佳	皆	灰	咍
齊	6	2			1		
祭	50%	0					
泰			1				
佳				0	1		
皆	25%			25%	1		
灰						0	2
咍						100%	1

　　若以平賅上、去，則可推知：齊、皆基本獨用，偶爾合韻。祭、霽混用。泰韻獨用。佳、皆可以通用。灰、咍合用。如此，則可整理出蟹攝各韻的韻轍：齊、佳、皆合為一轍、泰韻自己一轍（去聲霽韻與祭韻合轍）、灰、咍合轍，合轍不代表韻基相同，只代表兩者可以通押。

五、臻攝的用韻

表 1.5

聲調	韻目	韻數	韻段	合韻	合韻內容	備註
平	真	99	23	22	諄3、文山先仙庚青侵1、元山先仙侵1、文元山先仙1、文元青1、文先仙庚清添1、	×

聲調	韻目	韻數	韻段	合韻	合韻內容	備註
					文魂先仙庚1、文魂先仙庚青侵1、魂山先侵1、冬魂先仙庚青1、魂痕山先仙1、文魂先仙侵1、欣魂先庚清青1、文元魂1、諄文元先仙1、文先仙1、諄文元魂痕山先仙庚青1、脂文欣元魂寒刪山仙清1、東諄文元魂仙庚清青登侵1、諄先仙庚青1	
	諄	8	7	7	真3、真文元先仙1、真文元魂痕山先仙庚青1、東真文元魂仙庚清青登侵1、真先仙庚青1	×
	文	26	16	15	真山先仙庚青侵1、真元山先仙1、真元青1、真先仙庚清添1、真魂先仙庚1、山先清青1、真魂先仙庚青侵嚴1、山先仙庚青侵1、真魂先仙侵1、真元魂1、真諄元先仙1、真先仙1、真諄元魂痕山先仙庚青1、脂真欣元魂寒刪山仙清1、東真諄元魂仙庚清青登侵1	×
	欣	2	2	2	真魂先庚清青1、脂真文元魂寒刪山仙清1	×
	魂	19	13	12	痕1、真文先仙庚1、真文先仙庚青侵嚴1、真山先侵1、冬真先仙庚青1、真痕山先仙1、真文先仙侵1、真欣先庚清青1、真文元1、真諄文元	×

聲調	韻目	韻數	韻段	合韻	合韻內容	備註
					痕山先仙庚青1、脂真文欣元寒刪山仙清1、東真諄文元仙庚清青登侵1	
	痕	3	3	3	魂1、真魂山先仙1、真諄文元魂山先仙庚青1	×
去	震	5	2	1	稕1	×
	稕	1	1	1	震1	×
	問	0	0	0		
	焮	0	0	0		
	恩	0	0	0		
	恨	0	0	0		
入	質	9	4	2	職葉1、質至未1	○
	術	0	0	0		
	物	1	1	1	燭德1	×
	迄	0	0	0		
	沒	1	1	1	月1	×
	麧	0	0	0		

　　真韻出現的次數相當高，多達99次23個韻段，在這23個韻段中，只有1首獨用，可見真韻沒有獨立的地位。然而大部分的真韻都出現在仙道詩中，且通諄、文、欣、元、魂、痕、刪、山、先、仙、庚、清、青、侵等收鼻音韻尾的陽聲韻，這恐怕不能表示北魏詩人的母語中，只有一種鼻音韻尾，凡收鼻的韻，包括-m、-n、-ŋ，都能合韻。假如排除掉仙道詩，那麼真韻就只跟諄韻合用3次，佔75%，真韻仍然沒有自己的獨立地位。

　　諄韻的情況一如真韻，8次7個韻段中，全都合韻，可見諄韻沒有自己的地位。其中與真、文、元、先、庚、清、青、侵等韻合用的詩

歌都出現在仙道詩，把它們刪去之後，就只剩下3首，而合韻的對象正是真韻。在正常的情況之下，真、諄二韻並不與其他鼻音韻尾合用；而在陸法言的《切韻》中，真、諄本就不分，兩者的合韻行為是可以理解的。

文韻出現26次16個韻段，其中15首合韻，1首獨用。只不過15首合韻的詩全是仙道詩，而且都跟真、諄、先、仙、庚、清、青、侵等韻通押，排除仙道詩之後，文韻只剩1個韻段且獨用。

欣韻只出現2次2個韻段，且都合韻，合韻情況一如文韻，全都是仙道詩，且與真、文、山、仙、庚、清等合用，排除這2首仙道詩之後，欣韻就不入韻。

魂韻出現19次13個韻段，高達12首合韻，合韻對象也是真、文、山、先、庚、清等韻，而這些詩都屬於仙道詩，排除之後只剩下與痕韻合用1次。而痕韻的情況相同，3首詩全都合韻，排除仙道詩之後，只剩1次與魂韻合用。

經過調整之後，平聲真韻剩下9次4個韻段，而與諄韻合用3次。諄韻4次3個韻段，而與真韻合用3次。文韻4次1個韻段，沒有合韻。欣韻不入韻。魂韻3次2個韻段，而與痕韻合韻1次。痕韻1次1個韻段，而與魂韻合用。各韻的合用及其百分比如下：

表 1.5.1

韻目＼韻目	真	諄	文	欣	魂	痕
真	1	3				
諄	100%	0				
文			1			
欣				0		
魂					1	1
痕					100%	0

　　根據上表可清楚看出，真、諄混用；文韻獨用；欣韻不詳；魂、痕混用。

　　上聲不入韻。去聲只有震、稕二韻彼此合用1次。入聲質韻只出現8次3個韻段，只與職葉合韻1次。另外，沒韻與山攝的月韻合用1次，表示兩者接近而可以通押。

六、山攝的用韻

表 1.6

聲調	韻目	韻數	韻段	合韻	合韻內容	備註
平	元	15	12	10	先仙1、仙1、真山先仙侵1、真文山先仙1、真文青1、真文魂1、真諄文先仙1、真諄文魂痕山先仙庚青1、脂真文欣魂寒刪山仙清1、東真諄文魂仙庚清青登侵1	×
	寒	6	2	1	脂真文欣元魂刪山仙清1	◎
	桓	1	1	1	阮1	×
	刪	4	2	1	脂真文欣元魂寒山仙清1	◎
	山	11	9	9	真文先仙侵青庚1、真元先仙侵1、真文元先仙1、文先清青1、文先仙庚青侵1、真魂先侵1、真魂痕先仙1、真諄文元魂痕先仙庚青1、脂真文欣元魂寒刪仙清1	×
	先	47	19	19	元仙1、仙1、真文山仙庚青侵1、真元山仙侵1、真文元山仙1、真文仙庚清添1、真	×

聲調	韻目	韻數	韻段	合韻	合韻內容	備註
					文魂仙庚1、文山清青1、真文魂仙庚青侵嚴1、文山仙庚青侵1、真魂山侵1、冬真魂仙庚青1、真魂痕山仙1、真文魂仙侵1、真欣魂庚清青1、真諄文元仙1、真文仙1、真諄文元魂痕山仙庚青1、真諄仙庚青1	
	仙	37	20	19	元先1、先1、元1、真文山先庚青侵1、真元山先侵1、真文元山先1、真文先庚清添1、真文魂先庚1、真文魂先庚青侵嚴1、文山先庚青侵1、冬真魂先庚青1、真魂痕山先1、真文魂先侵1、真諄文元先1、真文先1、真諄文元魂痕山先庚青1、脂真文欣元魂寒刪山清1、東真諄文元魂庚清青登侵1、真諄先庚青1	×
上	阮	5	3	1	桓1	○
	旱	0	0	0		
	緩	0	0	0		
	潸	0	0	0		
	產	0	0	0		
	銑	0	0	0		
	獮	4	1	0		○
去	願	1	1	1	霰線1	×
	翰	8	4	3	換3	×

聲調	韻目	韻數	韻段	合韻	合韻內容	備註
	換	11	5	3	翰3	×
	諫	0	0	0		
	襇	0	0	0		
	霰	4	2	2	願線1、線1	×
	線	8	3	2	願霰1、霰1	×
入	月	3	1	1	沒1	×
	曷	0	0	0		
	末	2	1	0		○
	黠	0	0	0		
	鎋	0	0	0		
	屑	0	0	0		
	薛	10	4	0		○

　　元韻出現15次12個韻段，有10首合韻，其中有8首是仙道詩，且都與真、文、山、先、庚、清等韻通押，排除這些仙道詩之後，元韻的合韻內容只剩下2首，佔50%，合韻行為是：仙2、先1。

　　寒韻出現6次2個韻段，只有1首合韻：脂真文欣元魂刪山仙清1。然而這首詩是仙道詩，用韻標準比較寬鬆，如果把它們排除，那麼寒韻就只有1首且獨用。

　　桓韻只出現1次1個韻段，而與阮韻合用。寒桓雖未合韻，但去聲翰換則合韻3次，這和《切韻》寒桓不分一致。

　　另外，南北朝詩歌一般異調不相押，桓韻與阮韻（元韻的上聲）相押出現在童謠，[6]可視為例外。

　　山韻出現11次9個韻段，結果9首全混，合韻對象都是真、文、元、先、仙、庚、清、青、侵等韻，主要原因還是因為這些都是仙道

6　〈西魏時童謠〉：「獷獷頭團團（桓）。河中狗子破爾苑（阮）。」（逯2232）

詩，只要是陽聲韻幾乎都可以通押。排除仙道詩之後，山韻並未入韻。

先韻出現的次數相當高，共47次19個韻段，然而19首都合韻，而且都與真、文、元、山、仙、庚、清、青等陽聲韻合用。如果排除仙道詩，先韻的合韻情況就只剩下2次，合韻行為是：仙2、元1。仙韻的情況與先韻相似，出現37次20個韻段，其中高達19首合韻，然而大都是仙道詩，排除仙道詩之後，仙韻只有3次合韻，合韻行為是：元2、先2。

先、仙二韻，南北朝詩歌常常混押，北魏詩更是元、先、仙三韻相混，不唯平聲如此，連去聲也是：願線霰混1次、霰線混1次。

由於山攝各韻的入韻次數偏低，無法有效看出韻轍的軌跡，因此只得以平、上、去三聲合在一起作進一步觀察：

表 1.6.1

韻目＼韻目	寒	桓	刪	山	元	先	仙
寒	2	3					
桓	100%	2					
刪			1				
山				0			
元					4	2	3
先					22.2%	0	4
仙					33.3%	44.5%	3

元韻的排序本在寒韻之前，然而北魏詩的用韻，元韻只跟先、仙二韻通押，因此將它移至先、仙二韻之前以作比較。根據上表，寒韻與桓韻合用；刪韻獨用；山韻不詳；元韻與仙、先通用。以上，可將

寒、桓合轍。刪韻自為一轍。元、先、仙為一轍。

七、效攝的用韻

表 1.7

聲調	韻目	韻數	韻段	合韻	合韻內容	備註
平	蕭	0	0	0		
	宵	0	0	0		
	肴	0	0	0		
	豪	4	2	0		○
上	篠	0	0	0		
	小	5	3	2	晧2	×
	巧	0	0	0		
	晧	3	2	2	小2	×
去	嘯	2	2	2	笑號1、笑1	×
	笑	8	5	4	嘯號1、效號1、號1、嘯1	×
	效	1	1	1	笑號1	×
	號	4	3	3	嘯笑1、笑效1、笑1	×

　　北魏詩歌中，平聲蕭、宵、肴都未入韻，只有豪韻出現4次2個韻段，而且都獨用，看不出四者之間的關係。

　　然而上聲小韻出現5次3個韻段，其中2首跟晧韻通押。而晧韻的情況相似，入韻3次2個韻段，2首合韻，對象都是小韻。這就表示，小、晧二韻可以混用。

　　去聲的用韻相對較多，也較能看出端倪。嘯韻出現2次2個韻段，2首都合韻，合韻行為是：笑2、號1。而笑韻出現8次5個韻段，共有4

首合韻，合韻行為是：號3、嘯2、效1。效韻只有1次1個韻段，同時與號、笑合韻。號韻出現4次3個韻段，3首全都合韻，合韻行為是：笑3、嘯1、效1。

由於平聲的入韻次數偏低，因此下表結合上、去二聲呈現。若以平賅上、去，效攝各韻的合用及其百分比如下：

表 1.7.1

韻目＼韻目	蕭	宵	肴	豪
蕭	0	2		1
宵	20%	2	1	5
肴		10%	0	1
豪	10%	50%	10%	2

嘯、笑、效、號四者的用韻，都限定在中古的效攝中，從它們的合韻情況可以判斷，北魏詩的蕭、宵、肴、豪四韻，全部混同，一如東、冬、鍾、江四韻不分，因而可以合併為一個韻轍。

八、果、假攝的用韻

表 1.8

聲調	韻目	韻數	韻段	合韻	合韻內容	備註
平	歌	9	5	2	戈2	○
	戈	2	2	2	歌2	×
	麻	26	6	0		○
上	哿	0	0	0		
	果	0	0	0		
	馬	2	1	0		○

　　歌、戈、麻三韻並未出現仙道詩，因而顯得比較單純。首先，歌韻出現9次5個韻段，只有2首合韻，而且都是與戈合韻。戈韻的情況相似，出現2次2個韻段，全都與歌合韻。《切韻》歌、戈本就不分，北魏詩這一點與《切韻》相同。

　　至於麻韻，共出現26次6個韻段，不過全都獨用，不與歌、戈同用。上聲馬韻的情況也一樣，自己獨用1次。這表示歌、戈與麻完全不相近。至於去聲，則未入韻。歌、戈、麻三韻的合用及其百分比如下：

表 1.8.1

韻目＼韻目	歌	戈	麻
歌	3	2	
戈	100%	0	
麻			6

　　根據以上用韻情況，可以將歌、戈二韻合為一個韻轍，而麻韻自己獨立為一個韻轍。

　　必須一提的是，麻韻在後世分為兩個不同的韻，麻二保持a元音，麻三則由於介音的影響，元音高化為e。根據麥耕（1999）的觀察，隋詩尚未發生這種分化；而根據本文的觀察，比隋詩更早的北魏詩亦沒有這種跡象，6首麻韻的詩，麻二獨用4首，麻二、麻三混用2首；換言之，麻三全部與麻二混用。這表示麻韻在北魏時期處於穩定的狀態。

九、宕攝的用韻

表 1.9

聲調	韻目	韻數	韻段	合韻	合韻內容	備註
平	陽	36	11	8	唐8	×
	唐	20	9	9	陽8、耕1	×
上	養	8	2	0		○
	蕩	0	0	0		
去	漾	2	2	2	宕1、藥1	×
	宕	1	1	1	漾1	×
入	藥	6	3	1	漾1	○
	鐸	6	2	0		○

　　陽韻出現36次11個韻段，其中8次合韻，只不過合韻對象都是唐韻。唐韻的情況相似，16次7個韻段中，全部都與陽韻合用。這表示陽、唐二韻關係密切，不是只有元音接近這麼簡單。此外，唐韻與梗攝的耕韻有1次合用，可視為例外。陽、唐二韻的合用及其百分比如下：

表 1.9.1

韻目＼韻目	陽	唐
陽	3	8
唐	100%	0

　　至於唐韻和耕韻相押的1次，是出現在〈賈思勰引諺論力耕〉：

　　智如禹湯（唐）。不如常耕（耕）。（逯2243）

這則諺語要說不入韻恐怕不妥，比較好的解釋是「湯」和「耕」都是收舌根鼻音韻尾，而主要元音接近，因此「不以韻害文」，哲人就音近協韻的方式說出這麼一句話。當然，亦不排除夾雜了方音在裡頭。

　　除了平聲，去聲的情況也一樣：漾韻有2首入韻，其中1首就與宕韻合用。宕韻只有1首，而與漾韻合用。

　　值得注意的是，南北朝詩歌的用韻，入聲韻與陰、陽二類基本上已不相押，但是這裡卻看到一例：

　　　　驢無彊弱（藥）。輔脊自壯（漾）。（逯2237）

　　出自〈百姓為公孫軌語〉，也是一則諺語。這麼看來，諺語的押韻形式較為活潑一些。

十、梗攝的用韻

表 1.10

聲調	韻目	韻數	韻段	合韻	合韻內容	備註
平	庚	38	22	20	清青5、真文魂先仙青侵嚴1、冬真魂先仙青1、真欣魂先清青1、東真諄文元魂仙清青登侵1 清4、真文先仙清青添1、真諄文元魂痕山先仙青1、真諄先仙青1 青1、真文山先仙青侵1、真文魂仙先1、文山先仙青侵1	×
	耕	1	1	1	唐1	×

聲調	韻目	韻數	韻段	合韻	合韻內容	備註
	清	30	16	15	庚青5、庚4、青1、真文先庚添1、文山先青1、真欣魂先庚青1、脂真欣元魂寒刪山仙1、東真諄文元魂仙庚青登侵1	×
	青	26	18	17	庚清5、庚1、清1、真文山先仙庚侵1、真文元1、文山先清1、真文魂先仙庚侵嚴1、文山先仙庚侵1、冬真先仙庚1、真欣魂先庚清1、真諄文元魂痕先仙1、東真諄文元魂仙庚清登侵1、真諄先仙庚1	×
上	梗	4	1	1	耿靜迥1	×
	耿	1	1	1	梗靜迥1	×
	靜	1	1	1	梗耿迥1	×
	迥	1	1	1	梗耿靜1	×
去	映	8	4	4	勁3、徑1	×
	諍	0	0	0		
	勁	3	3	3	映3	×
	徑	1	1	1	映1	×
入	陌	0	0	0		
	麥	0	0	0		
	昔	1	1	1	錫1	×
	錫	1	1	1	昔1	×

　　庚韻分二等和三等，然而根據北魏詩歌的用韻，庚二和庚三並沒有區別：庚二獨用4首，庚三獨用9首，庚二庚三混用9首。這就表示

兩者只是介音的不同，可以處理為洪細的區別。

　　庚韻出現38次22個韻段，其中20首合韻，然而大部分都是仙道詩，排除之後，庚韻剩下21次12個韻段，合韻只有10次，佔83.3%，表示庚韻沒有獨立地位，合韻行為是：清9、青6。合韻對象主要是清、青二韻，這情形和其他南北朝詩歌一致。

　　耕韻只有1首詩，合韻對象是唐韻，可視為例外。[7]

　　清韻出現30次16個韻段，高達15首合韻，然而排除仙道詩之後，清韻降為22次11首，仍然高達10首合韻，佔90.9%，合韻行為是：庚9、青6。清韻主要跟庚、青二韻合用。而青韻出現26次18個韻段，共有17首合韻，同樣，排除仙道詩之後，青韻出現13次8個韻段，高達7次合用，佔87.5%，合韻行為是：庚6、清6。青韻與庚、清二韻的合用相當，由此可見，庚、清、青三韻混而不分。四韻的合用及其百分比如下：

表 1.10.1

韻目＼韻目	庚	耕	清	青
庚	2		9	6
耕		0		
清	42.8%		1	6
青	28.6%		28.6%	1

　　至於其他聲調的用韻情況：

　　上聲的情形與平聲相似，唯一不同的地方是耿韻也入韻1次而與梗、靜、迴合韻。去聲則是映韻與徑、勁二韻相通，而勁、徑未合韻。入聲剛好相反，昔、錫合韻而未與陌韻相押。

7　這首詩其實就是前文提及的諺語：「智如禹湯（唐）。不如常耕（耕）。」（〈賈思勰引諺論力耕〉（逯2243））它或許反映了方音的問題，又或許只是音近的合韻。

　　倘若將四聲的押韻行為放在一起觀察，仍然可以得出庚、耕、清、青可以相通的結論，結果與平聲的情況並沒有違和。

表 1.10.2

韻目＼韻目	庚	耕	清	青
庚	2	1	13	8
耕	3.1%	0	1	1
清	40.6%	3.1%	1	8
青	25%	3.1%	25%	1

　　綜合言之，庚、耕、清、青四韻（以平賅上、去、入），混而不分，可以合併為一個大的韻轍。

十一、曾攝的用韻

表 1.11

聲調	韻目	韻數	韻段	合韻	合韻內容	備註
平	蒸	2	1	0		○
	登	1	1	1	東真諄文元魂仙庚清青侵1	×
入	職	27	3	2	質葉1、德1	×
	德	5	4	3	職1、屋覺燭1、物燭1	×

　　北魏詩歌的蒸、登二韻，各自只有1首詩入韻，但蒸韻獨用，無法看出它與登韻的關係；而登韻雖然與其他韻合用，但刪除仙道詩之後，登韻就不再入韻。由於蒸、登二韻的入韻次數非常少，因而無法有效判斷。

　　至於入聲，職韻出現27次3個韻段，1首與德韻相押，1與質葉合韻。與質葉合韻的1次，跨越臻、曾、咸三個韻攝，分別收-t、-k、-p三種塞音韻尾，只能視為例外。倒是德韻，刪除仙道詩之後只剩下2次1個韻段，而與職韻相押。以下是職、德的合用及其百分比：

表 1.11.1

韻目＼韻目	職	德
職	2	1
德	100%	3

　　根據上表，職、德二韻似乎可以合併為一個韻轍。然而由於入韻次數偏低，職、德的合轍存在一定的風險。

十二、流攝的用韻

表 1.12

聲調	韻目	韻數	韻段	合韻	合韻內容	備註
平	尤	21	7	2	侯1、虞侯1	○
	侯	3	2	2	尤1、虞尤1	×
上	有	2	1	0		○
	厚	4	2	0		○
去	宥	3	1	1	侯1	×
	候	1	1	1	宥1	×

　　尤韻出現21次7個韻段，有兩首合韻，然而虞侯的1次是仙道詩，刪去之後尤韻就只和侯韻通押。侯韻也一樣，刪去仙道詩之後剩下1

次1個韻段，而且只跟尤韻相押。由於尤、侯二韻的韻段次數不高，這裡亦將上、去二聲合併觀察。

上聲有、厚並未合用，有韻獨用1次，厚韻則獨用2次。

去聲宥韻出現3次1個韻段，只跟候韻相押。而候韻只出現1次1個韻段，也只跟宥韻相押。尤、侯二韻及其上去聲的合用和百分比如下：

表 1.12.1

韻目＼韻目	尤	侯
尤	6	2
侯	100%	2

根據上表，可將尤、侯二韻（以平賅上、去）合併為一個韻轍。由於兩者在中古韻圖中，一為細音，一為洪音，可見兩者只是介音有別而韻基相同。

十三、深、咸攝的用韻

表 1.13

聲調	韻目	韻數	韻段	合韻	合韻內容	備註
平	侵	22	10	7	真文山先仙三青1、真元山先仙1、真文魂先仙庚青嚴1、文山先仙庚青1、真魂山先1、真文魂先仙1、東真諄文元魂仙庚清青登1	×
	覃	0	0	0		

聲調	韻目	韻數	韻段	合韻	合韻內容	備註
	鹽	2	1	1	添1	×
	添	3	2	2	鹽1、真文先仙庚清1	×
	嚴	1	1	1	真文魂先仙庚青侵1	×
入	緝	7	2	2	至2	×
	合	2	1	0		○
	葉	2	2	2	質職1、怗1	×
	怗	1	1	1	葉1	×
	業	0	0	0		

　　侵韻出現22次10個韻段，其中有7首合韻，但都是仙道詩，排除之後侵韻降至11次3個韻段，而且都是獨用，這和其他南北朝詩一致，侵韻基本上有自己的獨立地位。

　　覃、談二韻並未入韻，上、去聲也是，只有覃韻入聲合韻出現2次1個韻段，而且獨用，無法進一步判斷。

　　鹽韻出現2次1個韻段，而且是與添韻同用。至於添韻，排除仙道詩之後，也只有1首與鹽韻合用。再把視角移到入聲葉、怗韻，情況相似。兩者都有合韻行為，雖然不多，或許仍然可以判斷出它們的關係。由於深、咸攝的入韻次數偏低，因此先將四聲的用韻合併觀察。以下是深、咸攝各韻的合用和百分比：

表 1.13.1

韻目＼韻目	侵	覃	鹽	添	嚴
侵	3				
覃		1			
鹽			0	2	

韻目＼韻目	侵	覃	鹽	添	嚴
添			100%	0	
嚴					0

根據上表，侵韻獨用，自己為一轍；覃韻可能獨用，亦為一轍；鹽、添二韻則混而不分，可合併為一轍；嚴韻不詳。

必須一提的是，緝韻有2次與至韻合用，第一首見於〈刺讒詩〉，第二首見於〈疾倖詩〉，作者都是陽固。以下是這兩首詩的節錄：

> 1. 番番緝緝（緝）。讒言側入（緝）。君子好讒。如或弗及（緝）。天疾讒說。汝其至（至）矣。無妄之禍。行將及（緝）矣。（逯2208）
> 2. 言既備（至）矣。事既至（至）矣。反是不思。維塵及（緝）矣。（逯2208）

由於韻腳都在大停頓處，因此必須承認緝、至合韻的事實。揆其原因，或許是高元音導致兩者可以合韻；又或許在陽固的方音中，緝、至的主要元音相近甚至相同，所以臨時合韻。

第二節　北魏詩的韻譜分析

一、通、江攝的韻轍觀察

（一）通、江攝的轍離合指數

表 2.1.1

韻目 總1138	東	冬	鍾	江
東43	24	8.8	12.7	15.1
冬3	1	0		
鍾25	12		10	19.5
江7	4		3	0
其他	2	2		

　　根據上表，東、冬、鍾、江四韻的轍離合指數都大於2，可見四韻在北魏時期混而不分，因此可以合併為一個韻轍，今稱「東轍」。其中東韻另與文、青二韻各接觸1次，但2次的指數都只有0.6，只能是例外。至於冬韻，情況比較特殊，它與真、仙二韻各自接觸1次，結果轍離合指數分別高達2.2和6.2，已經達到合轍標準，之所以會造成這種大波動，主要還是由於冬韻自身的韻次是0，因此只要有1次與其他韻接觸，指數就會超過平均概率的2倍。考慮到冬、真、仙三韻在中古韻圖分別屬於通、臻和山三個不同的韻攝，因而判定冬韻與真、仙二韻的接觸只是少數的例外。

　　至於入聲的情況：

表 2.1.2

韻目 總140	屋	燭	覺	德
屋9	4	5.2	5.2	
燭12	4	4		5.8
覺3	1		2	
德		4		

屋、燭、覺三韻的轍離合指數已經超過2倍，因而可以合轍，今稱「屋轍」。惟燭韻另有4次與德韻接觸，指數高達5.8，似乎可以合轍，其實不然，因為兩者的接觸只有2個韻段，而且出現在仙道詩，應視之為臨時的合韻。

（二）通、江攝的韻離合指數

經過概率公式的運算，通、江攝各韻的用韻數據如下：

表 2.1.3

韻目 總1138	東	冬	鍾	江
東43	24	61?	87T	101
冬3	1	0		
鍾25	12		10	106
江7	4		3	0
其他	2	2		

江韻與東、鍾二韻的韻離合指數都超過90，因而可以直接判定三者韻基本同。而東韻與鍾韻的指數落在87區間，必須做t分布假設檢驗，經過檢驗之後，確定通過。至於東韻與冬韻的指數落在61區間，也要做t分布假設檢驗；然而由於東、冬二韻的標準韻段只有1個，因此無法進行檢驗，但推測結果會是兩者混同，一如東、鍾、江三韻的情況那樣。

至於入聲的情況：

表 2.1.4

韻目＼總140	屋	燭	覺	德
屋9	4	97	61?	
燭12	4	4		113
覺3	1		2	
德		4		

　　屋韻與燭韻的韻離合指數已超過90，可以判定兩者韻基相同。惟屋、覺的指數落在61區間，必須進行t分布假設檢驗；可惜屋、覺二韻的接觸只有1個韻段，因而檢測無法展開。至於燭、德二韻的指數雖然高達113，但不能據以認定兩者韻基相同，因為從一開始就知道問題所在，而據此得出的數據自然就不可盡信了。

二、止攝的韻轍觀察

（一）止攝的轍離合指數

表 2.2.1

韻目＼總1138	支	脂	之	微
支33	28	2.2		0.8
脂32	2	12	4.4	12.4
之8		1	4	9.9
微43	1	15	3	18
其他	2	2		6

　　根據上表，支脂、脂之、之微三組韻的轍離合指數都超過2倍，已達到合轍標準，而支微的指數雖然只有0.8，但透過脂、之二韻為中介，可以將三者合轍，今稱「之轍」。然而必須指出，支韻與脂韻的接觸其實只有2次，而且都是出現在仙道詩中，如果視為例外，則支韻將自成一轍，而不與其他三韻合併。

（二）止攝的韻離合指數

表 2.2.2

韻目 總1138	支	脂	之	微
支33	28	17		
脂32	2	12	33	100
之8		1	4	79?
微43	1	15	3	18
其他	2	2		6

　　經過計算，只有脂、微二韻的韻離合指數超過90，可見兩者韻基相同。而之微的指數落壓79區間，必須做t分布假設檢驗；然而由於之、微二韻只有3個非標準韻段，因而無法有效檢驗，只能根據脂、之有別，脂、微混同的情況，推測之、微亦有別。

三、遇攝的韻轍觀察

（一）遇攝的轍離合指數

表 2.3.1

總1138 ＼韻目	魚	虞	模	尤
魚14	*8*	*12*	*9*	
虞27	4	*14*	*18.7*	*1.4*
模18	2	8	*8*	
尤		1		

根據上表，魚、虞、模三韻的轍離合指數都超過2倍，因而可以合併為一轍，今稱「魚轍」。至於虞韻與尤韻有1次接觸，兩者的轍離合指數只有1.4，未達平均概率的2倍，因而只能是偶然的例外。[8]

（二）遇攝的韻離合指數

表 2.3.2

總1138 ＼韻目	魚	虞	模
魚14	**8**	**57?**	**39**
虞27	4	**14**	**85T**
模18	2	8	**8**
其他		1	

經過計算，魚、模的韻離合指數只有39，表示兩者韻基不同。至於魚虞和虞模二組韻，指數都超過50而未達90，因而必須進行t分布假設檢驗，檢驗的結是是：虞模通過；而魚虞由於合用標準韻段只有1個，因而無法進行檢驗。不過可以推測，既然魚、模的韻基不同，

8　虞、尤二韻的接觸出現在仙道詩〈老君十六變詞〉其七：「嵎（虞）。由（尤）。愁（尤）。篌（侯）。憂（尤）。頭（侯）。遊（尤）。」（逯2252）可見是臨時的合韻。

而虞、模的韻基相同，那麼魚、虞的韻基也不相同才合理，否則就會產生矛盾。

四、蟹攝的韻轍觀察

（一）蟹攝的轍離合指數

表 2.4.1

韻目\總1138	齊	皆	灰	哈
齊15	10	15.2		
皆5	1	4		
灰6			2	
哈2				2
其他	4		4	

根據上表，齊、皆二韻的轍離合指數超過2倍，因而可以合併為一個韻轍，今稱「齊轍」。至於灰、哈二韻，由於平聲各自獨用，未能合轍，今根據去聲的情況，將兩者併入齊轍。

以下是去聲的情況：

表 2.4.2

韻目\總174	霽	祭	泰	怪	隊	代
霽6	2	6.7		4.8		
祭13	3	8			1.9	
泰2			2			
怪6	1			4	4.1	

韻目 總174	霽	祭	泰	怪	隊	代
隊7		1		1	0	*17.7*
代7					5	2
其他		1				

　　去聲各韻彼此之間的轍離合指數都達到合轍標準，只有祭、隊的指數1.9，未達門檻，可以透過怪韻為中介，而把霽、祭和隊、代合併為一轍，今稱「霽轍」。至於泰韻，由於獨用，只能另立一轍，今稱「泰轍」。

（二）蟹攝的韻離合指數

表 2.4.3

韻目 總1138	齊	皆	灰	哈
齊15	10	31		
皆5	1	4		
灰6			2	
哈2				2
其他	4		4	

　　根據上表，齊韻與皆韻的韻離合指數只有31，未達標準，因而判定兩者的韻基並不相同。

　　至於去聲的情況，經過計算，得出以下數據：

表 2.4.4

韻目\總174	霽	祭	泰	怪	隊	代
霽6	2	82T		45		
祭13	3	8				
泰2			2			
怪6	1			4	61?	
隊7		1		1	0	154
代7					5	2
其他		1				

　　只有隊、代二韻的韻離合指數超過90，可以直接判定兩者的韻基相同。而霽韻與祭韻的指數落在82區間，必須進行t分布假設檢驗，檢驗結果是通過，表示兩者韻基亦相同。

　　至於霽韻和怪韻，兩者的指數只有45，並未通過。而怪韻與隊韻的指數落在61區間，必須做t分布假設檢驗；然而怪韻與隊韻的合用只有1個韻段，因而無法進行檢驗。

五、臻攝的韻轍觀察

（一）臻攝的轍離合指數

表 2.5.1

韻目\總1138	真	諄	文	欣	元	魂	痕
真172	62	*4.1*	*2.5*	*6.6*	*2.5*	*1.5*	
諄13	8	2	*1.8*				*21.9*

韻目 總1138	真	諄	文	欣	元	魂	痕
文48	18	1	8		*1*		
欣4	4			0			
元24	9		1		4	*3*	
魂31	7				2	4	*9.2*
痕4		1				1	0
其他	64	1	20		8	17	2

根據上表，真、諄、文、欣、元五韻彼此之間的轍離合指數都大於2倍，因此可以合併為一轍，今以真韻為主體，稱之為「真轍」。至於魂、痕二韻，分別可以透過元韻、諄韻而併入真轍。

然而必須注意的是，元、魂、痕三韻與真、諄等韻的接觸都在仙道詩中，除此之外，兩組韻並未再接觸，因此不妨把元、魂、痕三韻另立一轍，今稱「元轍」。

至於入聲的情況：

表 2.5.2

韻目 總140	質	物	月	沒
質12	10			
物1		0		
月4			2	*34.8*
沒2			2	0
其他	2	1		

質韻獨用，因而自成一轍，今稱「質轍」。物韻自身的韻次是0，

只有1次與德韻接觸，這裡暫依平聲的情況，將其併入質轍。月韻與沒韻的轍離合指數超過標準，因而可以合轍，今稱「月轍」。

（二）臻攝的韻離合指數

表 2.5.3

韻目 總1138	真	諄	文	欣	元	魂	痕
真172	62	152	99	255	59F		
諄13	8	2					130
文48	18	1	8				
欣4	4			0			
元24	9		1		4	66T	
魂31	7				2	4	159
痕4		1				1	0
其他	64	1	20		8	17	2

　　經過計算，真、諄、文、欣四韻彼此之間的韻離合指數都超過90以上，已達到合併的門檻，因而可以判定四韻的韻基相同。而魂韻與痕韻的指數亦超過90，但元、魂的指數落在66區間，必須做t分布假設檢驗，結果是通過，表示三者韻基相同。[9]此外，真韻與元韻的指數雖然落在59區間，但檢驗之後並沒有通過，可見數據正常。

　　數據起波動的是諄韻與痕韻的指數，兩者只有1次接觸，指數卻高達130，主要還是痕韻自身接觸的次數為0之故。

　　至於入聲的情況，則相對單純一些：

9　必須注意的是，元韻與魂、痕二韻的接觸是在仙詩道中，倘若排除仙道詩，三者就並未接觸。

表 2.5.4

韻目 總140	質	物	月	沒
質12	10			
物1		0		
月4			2	125
沒2			2	0
其他	2	1		

　　月韻與沒韻的韻離合指數超過90，達到125，可見兩者韻基相同。

六、山攝的韻轍觀察

（一）山攝的轍離合指數

表 2.6.1

韻目 總1138	寒	刪	山	先	仙	元
寒9	8					
刪6		4	9.5			
山20		1	0	5.1	2.8	4.7
先90			8	20	2.5	1.6
仙61			3	12	18	2.3
元24			2	3	3	4
其他	1	1	6	47	25	12

　　從上表可見，寒韻獨用，自成一轍，今稱「寒轍」。其他各韻的轍離合指數都超過標準，除了先、元二韻的指數雖然未達門檻，但透過仙韻為中介，仍可合轍，今稱「仙轍」。

　　至於入聲的情況：

表 2.6.2

韻目 總140	末	薛
末2	2	
薛12		12

　　除了曷、薛二韻各自獨用外，其他都未入韻，因此無法判斷，只能各分一轍，今稱「末轍」和「薛轍」。

（二）山攝的韻離合指數

表 2.6.3

韻目 總1138	寒	刪	山	先	仙	元
寒9	8					
刪6		4	90			
山20		1	0	148	66T	98
先90			8	20	79T	
仙61			3	12	18	52T
元24			2	3	3	4
其他	1	1	6	47	25	12

　　根據上表，刪山、山先、山元這三組韻的韻離合指數達到標準的90，因而可以判定韻基相同。而山仙、先仙、仙元的指數未達90但超過50，必須進行t分布假設檢驗，檢驗的結果是三組韻都通過，表示全部韻基相同。這是否意味著北魏詩中，刪、山、先、仙、元除了可以合用，同時韻基也不分呢？關鍵恐怕還在山韻本身，因為它的自身韻次是0，光是與刪韻接觸1次就達到90的門檻。

七、效攝的韻轍觀察

（一）效攝的轍離合指數

表 2.7.1

韻目　　　　　　總1468	蕭篠嘯	宵小笑	肴巧效	豪晧號
蕭篠嘯2	*0*	*40.8*		*66.7*
宵小笑18	1	10	*81.5*	*44.5*
肴巧效1		1	0	
豪晧號11	1	6		2

　　效攝比較麻煩，因為平聲蕭、宵、豪都未入韻，不得已，只好將平、上、去三聲合併計算，期待能看出一些端倪。合併計算之後，蕭、宵、肴、豪（以平賅上去）四韻之間的轍離合指數都超過2倍，可見四者可以合併為一個韻轍，今稱「宵轍。」

（二）效攝的韻離合指數

表 2.7.2

總1468 韻目	蕭篠嘯	宵小笑	肴巧效	豪晧號
蕭篠嘯2	0	87T		54?
宵小笑18	1	10	158	102
肴巧效1		1	0	
豪晧號11	1	6		2

　　經過計算，宵肴、宵豪的韻離合指數超過90，可以認定韻基相同。而蕭宵這一組的指數落在87區間，經過t分布假設檢驗之後，結果通過，表示韻基亦相同。剩下的蕭豪這一組，指數落在54，必須進行檢驗；然而由於蕭、豪的合用只有1個韻段，因而無法檢驗。

八、果、假攝的韻轍觀察

（一）果、假攝的轍離合指數

表 2.8.1

總1138 韻目	歌	戈	麻
歌10	8	113.7	
戈2	2	0	
麻40			40

　　歌、戈二韻的轍離合指數超過2倍，因而合併為一轍，今稱「歌轍」。而麻韻獨用，未與歌、戈接觸，故另立一轍，今稱「麻轍」。

（二）果、假攝的韻離合指數

表 2.8.2

韻目\總1138	歌	戈	麻
歌10	8	110	
戈2	2	0	
麻40			40

　　經過計算，歌、戈二韻的韻離合指數超過90，可以判定兩者韻基相同。

九、宕攝的韻轍觀察

（一）宕攝的轍離合指數

表 2.9.1

韻目\總1138	陽	唐
陽59	42	*10.2*
唐32	17	14
其他		1

　　陽韻與唐韻的轍離合指數遠超過2倍，因而可以合轍，今稱「陽轍」。

　　至於入聲的情況，則有所不同：

表 2.9.2

總140 韻目	藥	鐸
藥6	6	
鐸8		8

　　藥、鐸二韻各自獨用，並未接觸，揆其原因，極有可能是兩者入韻次數偏低所致，因此不妨比照平聲韻的情況，仍然合併為一轍，今稱「鐸轍」。

（二）宕攝的韻離合指數

表 2.9.2

總1138 韻目	陽	唐
陽59	42	81T
唐32	17	14
其他		1

　　陽、唐二韻的韻離合指數落在81區間，必須進行t分布假設檢驗，檢驗的結果是通過，表示兩者韻基相同。

十、梗攝的韻轍觀察

（一）梗攝的轍離合指數

表 2.10.1

總1138 韻目	庚	耕	清	青
庚60	18		5.9	4.4
耕1		0		
清45	14		16	5.3
青43	10		9	6
其他	18	1	6	18

根據上表，庚、耕、清、青四韻之間的轍離合指數都超過2倍，因此可以合併為一個韻轍，今稱「清轍」。

至於入聲，只有昔、錫入韻：

表 2.10.2

總140 韻目	昔	錫
昔3	2	46
錫1	1	0

昔、錫二韻，彼此的轍離合指數超過標準，因而可以合併為一轍，今稱「昔轍」。

（二）梗攝的韻離合指數

表 2.10.3

總1138 韻目	庚	耕	清	青
庚60	18		91	92
耕1		0		

韻目 總1138	庚	耕	清	青
清45	14		16	**89T**
青43	10		9	6
其他	18	1	6	18

　　根據上表，清轍四韻，全部的韻離合指數都超過50，其中清、青的指數落在89區間，因而必須做t分布假設檢驗，檢驗的結果是通過，可見梗攝四韻全混，不但可以合韻，甚至韻基無異。

　　至於昔轍的情況：

表 2.10.4

韻目 總140	昔	錫
昔3	2	**100**
錫1	1	0

　　昔、錫二韻的韻離合指數超過標準的90，來到100，可見兩者也是韻基相同，結果與平聲一致。

十一、曾攝的韻轍觀察

表 2.11.1

韻目 總1138	蒸	登
蒸2	2	
登2		0
其他		2

蒸韻獨用，並未與登韻接觸。今分前者為「蒸轍」，後者為「登轍」。倒是登韻有2次與其他韻接觸，分別是真韻和文韻，只不過這2次接觸都在仙道詩，因而可以視之為少數的例外。

至於入聲的情況，則與平聲一致：

表 2.11.2

韻目　　總140	職	德
職45	40	0.4
德8	1	2
其他	4	5

職韻與德韻的轍離合指數只有0.4，並未達到標準，因而只能分為兩轍，今稱「職轍」和「德轍」。

十二、流攝的韻轍觀察

（一）流攝的轍離合指數

表 2.12.1

韻目　　總1138	尤	侯
尤30	24	37.9
侯5	5	0
其他	1	

尤韻與侯韻的轍離合指數遠超過2倍，因此可以合併為一個韻轍，今稱「尤轍」。

（二）流攝的韻離合指數

表 2.12.2

韻目 總1138	尤	侯
尤30	24	116
侯5	5	0
其他	1	

經過計算，尤轍二韻的韻離合指數是116，已超過標準的90，因而可以判定兩者韻基相同。

十三、深、咸攝的韻轍觀察

（一）深、咸攝的轍離合指數

表 2.13.1

韻目 總1138	侵	鹽	添	嚴
侵32	18			
鹽3		2	75.8	
添5		1	2	
嚴2				0
其他	14		2	2

侵韻獨用，可自成一轍，今稱「侵轍」。鹽韻與添韻接觸，轍離合指數超過標準，可以合併，今稱「鹽轍」。而嚴韻的自身韻次為0，但有2次分別與文、仙韻接觸，惟這2次接觸都出現在仙道詩，屬於少

數的例外，可暫將嚴韻獨立成轍，今稱「嚴轍」。

至於入聲的情況，亦與平聲相似：

表 2.13.2

韻目　　　 總140	緝	合	葉	怗
緝6	6			
合2		2		
葉3			0	46.3
怗1			1	0
其他			2	

緝韻自己獨用，可自成一轍，今稱「緝轍」。而葉、怗二韻的轍離合指數超過標準，可以合轍，今稱「葉轍」。

（二）深、咸攝的韻離合指數

表 2.13.3

韻目　　　 總1138	侵	鹽	添	嚴
侵32	18			
鹽3		2	62?	
添5		1	2	
嚴2				0
其他	14		2	2

鹽、添二韻的韻離合指數達到62，理應做t分布假設檢驗，然而由於鹽、添二韻的合用只有1個標準韻段，因而無法進行檢驗。

至於入聲的情況，則與平聲相同：

表 2.13.4

韻目 總140	緝	合	葉	怗
緝6	6			
合2		2		
葉3			0	200
怗1			1	0
其他			2	

　　葉、怗二韻的韻離合指數已超過標準，可以判定韻基相同。惟兩者的自身韻次都為0，因此存在一定風險。有鑑於葉、怗二韻是三、四等的關係，加上平聲韻的情況，這裡仍視兩者為韻基相同。

第三節　北魏詩的韻轍

　　根據以上北魏詩的用韻，可以整理出北魏時期的韻轍。以下按陰、陽、入三分排列，不同的韻轍以頓號隔開；未入韻者，則以○表示（四聲相承而未入韻者，則不列入）：

表 3.0

陰聲韻	陽聲韻	入聲韻
	1.東轍（東冬鍾江） ○ ○	2.屋轍（屋○燭覺）
3.支轍（支） ○ 4.真轍（真）		
5.之轍（脂之微）		

陰聲韻	陽聲韻	入聲韻
6.止轍（旨止尾） 7.至轍（至○未）		
8.魚轍（魚虞模） 9.語轍（語麌姥） 10.御轍（御遇暮）		
11.齊轍（齊○皆灰咍） 12.薺轍（薺蟹駭○○） 13.霽轍（霽祭○怪隊代）		
14.泰轍（泰）		
	15.真轍（真諄文欣魂痕）○ 16.震轍（震稕○○○○）	17.質轍（質○○○沒○）
	18.寒轍（○桓刪）○ 19.翰轍（翰換○）	20.末轍（○末○）
	21.仙轍（元山先仙） 22.獮轍（阮○○獮） 23.線轍（願○霰線）	24.薛轍（月○○薛）
25.宵轍（○○○豪） 26.小轍（○小○晧） 27.笑轍（嘯笑效號）		
28.歌轍（歌戈）○ ○		
29.麻轍（麻） 30.馬轍（馬）		

陰聲韻	陽聲韻	入聲韻
○		
	31.陽轍（陽唐） 32.養轍（養○） 33.漾轍（漾宕）	34.鐸轍（藥鐸）
	35.清轍（庚耕清青） 36.靜轍（梗耿靜迴） 37.勁轍（映○勁徑）	38.昔轍（○○昔錫）
	39.蒸轍（蒸） ○ ○	40.職轍（職）
	41.登轍（登） ○ ○	42.德轍（德）
43.尤轍（尤侯） 44.有轍（有厚） 45.宥轍（宥候）		
	46.侵轍（侵） ○ ○	47.緝轍（緝）
	○ ○ ○	48.合轍（合）
	49.鹽轍（鹽添） ○ ○	50.葉轍（葉怗）
	51.嚴轍（嚴） ○ ○	○

表 14

　　把不入韻者去除，以上總共51個韻轍，若以平賅上去，則是31個韻部。倘若以四聲分類，則是：東、支、之、魚、齊、真、寒、仙、宵、歌、麻、陽、清、蒸、登、尤、侵、鹽、嚴，共19個平聲韻轍；止、語、薺、獮、小、馬、養、靜、有，共9個上聲韻轍；寘、至、御、霽、泰、震、翰、線、笑、漾、勁、宥，共12個去聲韻轍；屋、質、末、薛、鐸、昔、職、德、緝、合、葉，共11個入聲韻轍。

　　以陰、陽、入三種不同的韻尾來分類，則是：支、之、魚、齊、宵、歌、麻、尤、泰，共9個陰聲韻部；東、真、寒、仙、陽、清、蒸、登、侵、鹽、嚴，共11個陽聲韻部；屋、質、末、薛、鐸、昔、職、德、緝、合、葉，共11個入聲韻部。

附錄：北魏詩押韻統計表

（一）北魏詩平聲韻押韻統計表

序號	韻目	韻數	韻段	合韻	合韻內容	合韻出處
1.	東[10]	30	13	9	東一：鍾江3、鍾4、冬1 東三：真諄文元魂仙庚二庚三清青登侵1	東一：鍾江1、76、108.1.7、鍾8.9、18、65、108.4.4、冬12 東三：真諄文元魂仙庚二庚三清青登侵108.4.13
2.	冬	2	2	2	東一1、真魂先仙庚二庚三青1	東一12、真魂先仙庚二庚三青108.3.3
3.	鍾	15	7	7	東一江3、東一4	東一江1、76、108.1.7、東一8.9、18、65、108.4.4
4.	江	4	3	3	東一鍾3	東一鍾1、76、108.1.7
5.	支	20	5	3	脂微齊灰2、脂1	脂微齊灰108.1.1、108.2.4、脂108.4.11
6.	脂	17	8	8	之微2、微2、支微齊灰2、支1、真1	之微3.4、108.4.15、微8.5、108.4.18、支微齊灰108.1.1、108.2.4、支108.4.11、真108.4.12
7.	之	7	5	3	脂微2、微1	脂微3.4、108.4.15、微5
8.	微	29	10	7	脂之2、之1、脂2、支脂齊灰2	脂之3.4、108.4.15、之5、脂8.5、108.4.18、支脂齊灰108.1.1、108.2.4
9.	魚	11	7	5	模1、虞3、虞模1	模2.10、虞6、69.1、87、

---

10 東韻（東一17：東三13）自身的合韻情況：東一東三混用1（1+0）；東一獨用8（0+8）；東三獨用4（3+1）。

序號	韻目	韻數	韻段	合韻	合韻內容	合韻出處
						虞模19
10.	虞	21	10	9	魚3、模3、魚模1、尤侯1	魚6、69.1、87、模8.1、18、24、魚模19、尤侯108.4.7
11.	模	12	6	5	魚1、虞3、魚虞1	魚2.10、虞8.1、18、24、魚虞19
12.	齊	11	6	3	皆1、支脂微灰2	皆9.4、支脂微灰108.1.1、108.2.4
13.	佳	0	0	0		
14.	皆	3	1	1	齊1	齊9.4
15.	灰	3	2	2	支脂微齊2	支脂微齊108.1.1、108.2.4
16.	咍	2	1	0		
17.	真	99	23	22	諄3、文山先仙庚三青侵1、元山先仙侵1、文元山先仙1、文元青1、文先仙庚二清添1、文魂先仙庚三1、文魂先仙庚二庚三青侵嚴1、魂山先侵1、冬魂先庚二庚三青1、魂痕山先仙1、文魂先仙侵1、欣魂先庚二庚三清青1、文元魂1、諄文元先仙1、文先仙1、諄文元魂痕山先仙庚二青1、脂文欣元魂寒刪山仙清1、東三諄文元魂仙庚二庚三清青登侵1、諄先仙庚二青1	諄2.7、48、56、文山先仙庚三青侵108.1.2、元山先仙侵108.1.3、文元山先仙108.1.4、文元青108.1.5、文先仙庚二清添108.1.6、文魂先仙庚三108.2.1、文魂先仙庚二庚三青侵嚴108.2.5、魂山先侵108.3.2、冬魂先庚二庚三青108.3.3、魂痕山先仙108.3.4、文魂先仙侵108.3.5、欣魂先庚二庚三清青108.3.6、文元魂108.3.7、諄文元先仙108.4.2、文先仙108.4.5、諄文元魂痕山先仙庚二青108.4.10、脂文欣元魂寒刪

序號	韻目	韻數	韻段	合韻	合韻內容	合韻出處
						山仙清108.4.12、東三諄文元魂仙庚二庚三清青登侵108.4.13、諄先仙庚二青108.4.15
18.	諄	8	7	7	真3、真文元先仙1、真文元魂痕山先仙庚二青1、東三真文元魂仙庚二庚三清青登侵1、真先仙庚二青1	真2.7、48、56、真文元先仙108.4.2、真文元魂痕山先仙庚二青108.4.10、東三真文元魂仙庚二庚三清青登侵108.4.13、真先仙庚二青108.4.15
19.	臻	0	0	0		
20.	文	26	16	15	真山先仙庚三青侵1、真元山先仙1、真元青1、真先仙庚二清添1、真魂先仙庚三1、山先清青1、真魂先仙庚二庚三青侵嚴1、山先仙庚三青侵1、真魂先仙侵1、真元魂1、真諄元先仙1、真先仙1、真諄元魂痕山先仙庚二青1、脂真欣元魂寒刪山仙清1、東三真諄元魂仙庚二庚三清青登侵1	真山先仙庚三青侵108.1.2、真元山先仙108.1.4、真元青108.1.5、真先仙庚二清添108.1.6、真魂先仙庚三108.2.1、山先清青108.2.2、真魂先仙庚二庚三青侵嚴108.2.5、山先仙庚三青侵108.3.1、真魂先仙侵108.3.5、真魂108.3.7、真諄元先仙108.4.2、真先仙108.4.5、真諄元魂痕山先仙庚二青108.4.10、脂真欣元魂寒刪山仙清108.4.12、東三真諄元魂仙庚二庚三清青登侵108.4.13
21.	欣	2	2	2	真魂先庚二庚三清青1、脂真文元魂寒刪山仙清1	真魂先庚二庚三清青108.3.6、脂真文元魂寒刪山仙清108.4.12

序號	韻目	韻數	韻段	合韻	合韻內容	合韻出處
22.	元	15	12	10	先仙1、仙1、真山先仙侵1、真文山先仙1、真文青1、真文魂1、真諄文先仙1、真諄文魂痕山先仙庚二青1、脂真文欣魂寒刪山仙清1、東三真諄文魂仙庚二庚三清青登侵1	先仙2.9、仙79、真山先仙侵108.1.3、真文山先仙108.1.4、真文青108.1.5、真文魂108.3.7、真諄文先仙108.4.2、真諄文魂痕山先仙庚二青108.4.10、脂真文欣魂寒刪山仙清108.4.12、東三真諄文魂仙庚二庚三清青登侵108.4.13
23.	魂	19	13	12	痕1、真文先仙庚三1、真文先仙庚二庚三青侵嚴1、真山先侵1、冬真先仙庚二庚三青1、真痕山先仙1、真文先仙侵1、真欣先庚二庚三清青1、真文元1、真諄文元痕山先仙庚二青1、脂真文欣元寒刪山仙清1、東三真諄文元仙庚二庚三清青登侵1	痕7、真文先仙庚三108.2.1、真文先仙庚二庚三青侵嚴108.2.5、真山先侵108.3.2、冬真先仙庚二庚三青108.3.3、真痕山先仙108.3.4、真文先仙侵108.3.5、真欣先庚二庚三清青108.3.6、真文元108.3.7、真諄文元痕山先仙庚二青108.4.10、脂真文欣元寒刪山仙清108.4.12、東三真諄文元仙庚二庚三清青登侵108.4.13
24.	痕	3	3	3	魂1、真魂山先仙1、真諄文元魂山先仙庚二青1	魂7、真魂山先仙108.3.4、真諄文元魂山先仙庚二青108.4.10
25.	寒	6	2	1	脂真文欣元魂刪山仙清1	脂真文欣元魂刪山仙清108.4.12
26.	桓	1	1	1	阮1	阮70
27.	刪	4	2	1	脂真文欣元魂寒山仙清	脂真文欣元魂寒山仙清

序號	韻目	韻數	韻段	合韻	合韻內容	合韻出處
					1	108.4.12
28.	山	11	9	9	真文先仙侵青庚三1、真元先仙侵1、真文元先仙1、文先清青1、文先仙庚三青侵1、真魂先侵1、真魂痕先仙1、真諄文元魂痕先仙庚二青1、脂真文欣元魂寒刪仙清1	真文先仙侵青庚三108.1.2、真元先仙侵108.1.3、真文元先仙108.1.4、文先清青108.2.2、文先仙庚三青侵108.3.1、真魂先侵108.3.2、真魂痕先仙108.3.4、真諄文元魂痕先仙庚二青108.4.10、脂真文欣元魂寒刪仙清108.4.12
29.	先	48	19	19	元仙1、仙1、真文山仙庚三青侵1、真元山仙侵1、真文元山仙1、真文仙庚二清添1、真文魂仙庚三1、文山清青1、真文魂仙庚二庚三青侵嚴1、文山仙庚三青侵1、真魂山侵1、冬真魂仙庚二庚三青1、真魂痕山仙1、真文魂仙侵1、真欣魂庚二庚三清青1、真諄文元仙1、真文仙1、真諄文元魂痕山仙庚二青1、真諄仙庚二青1	元仙2.9、仙9.1、真文山仙庚三青侵108.1.2、真元山仙侵108.1.3、真文元山仙108.1.4、真文仙庚二清添108.1.6、真文魂仙庚三108.2.1、文山清青108.2.2、真文魂仙庚二庚三青侵嚴108.2.5、文山仙庚三青侵108.3.1、真魂山侵108.3.2、冬真魂仙庚二庚三青108.3.3、真魂痕山仙108.3.4、真文魂仙侵108.3.5、真欣魂庚二庚三清青108.3.6、真諄文元仙108.4.2、真文仙108.4.5、真諄文元魂痕山仙庚二青108.4.10、真諄仙庚二青108.4.15
30.	仙	37	20	19	元先1、先1、元1、真	元先2.9、先9.1、元79、真

序號	韻目	韻數	韻段	合韻	合韻內容	合韻出處
					文山先庚三青侵1、真元山先庚三青侵108.1.2、真元山先侵1、真文元山先1、真文先庚二清添1、真文魂先庚三1、真文魂先庚二庚三青侵嚴1、文山先庚三青侵1、冬真魂先庚二庚三青1、真魂痕山先1、真文魂先侵1、真諄文元先1、真文先1、真諄文元魂痕山先庚二青1、脂真文欣元魂寒刪山清1、東三真諄文元魂庚二庚三清青登侵1、真諄先庚二青1	文山先庚三青侵108.1.2、真元山先侵108.1.3、真文元山先108.1.4、真文先庚二清添108.1.6、真文魂先庚三108.2.1、真文魂先庚二庚三青侵嚴108.2.5、文山先庚三青侵108.3.1、冬真魂先庚二庚三青108.3.3、真魂痕山先108.3.4、真文魂先侵108.3.5、真諄文元先108.4.2、真文先108.4.5、真諄文元魂痕山先庚二青108.4.10、脂真文欣元魂寒刪山清108.4.12、東三真諄文元魂庚二庚三清青登侵108.4.13、真諄先庚二青108.4.15
31.	蕭	0	0	0		
32.	宵	0	0	0		
33.	肴	0	0	0		
34.	豪	4	2	0		
35.	歌	9	5	2	戈2	戈40、47
36.	戈	2	2	2	歌2	歌40、47
37.	麻[11]	26	6	0		
38.	陽	36	11	8	唐8	唐14、21、27、43、78、

---

11 麻韻（麻二20：麻三6）自身的合韻情況：麻二麻三混用2（2+0）；麻二獨用4（4+0）。

序號	韻目	韻數	韻段	合韻	合韻內容	合韻出處
						96、108.2.3、108.4.3
39.	唐	20	9	9	陽8、耕1	陽14、21、27、43、78、96、108.2.3、108.4.3；耕100
40.	庚[12]	38	22	20	庚二庚三：清青3、真文魂先仙青侵嚴1、冬真魂先仙青1、真欣魂先清青1、東三真諄文元魂仙清青登侵1 庚二：清1、真文先仙清青添1、真諄文元魂痕山先仙青1、真諄先仙青1 庚三：清青2、清3、青1、真文山先仙青侵1、真文魂先仙1、文山先仙青侵1	庚二庚三：清青2.1、9.7、26、真文魂先仙青侵嚴108.2.5、冬真魂先仙青108.3.3、真欣魂先清青108.3.6、東三真諄文元魂仙清青登侵108.4.13 庚二：清42.1、真文先仙清青添108.1.6、真諄文元魂痕山先仙青108.4.10、真諄先仙青108.4.15 庚三：清青3.7、31、清5、20、35、青7、真文山先仙青侵108.1.2、真文魂先仙108.2.1、文山先仙青侵108.3.1
41.	耕	1	1	1	唐1	唐100
42.	清	30	16	15	庚二庚三青3、庚三青2、庚三3、庚二1、青1、真文先庚二添1、文山先青1、真欣魂先庚二庚三青1、真欣元魂寒刪山仙1、東三真諄文元魂仙庚二庚三青登	庚二庚三青2.1、9.7、26、庚三青3.7、31、庚三5、20、35、庚二42.1、青89、真文先仙庚二添108.1.6、文山先青108.2.2、真欣魂先庚二庚三青108.3.6、脂真欣元魂

---

12 庚韻（庚二15：庚三23）自身的合韻情況：庚二庚三混用9（2+7）；庚二獨用4（0+4）；庚三獨用9（0+9）。

序號	韻目	韻數	韻段	合韻	合韻內容	合韻出處
					侵1	寒刪山仙108.4.12、東三真諄文元魂仙庚二庚三青登侵108.4.13
43.	青	26	18	17	庚二庚三清3、庚三清2、庚三1、清1、真文山先仙庚三侵1、真文元1、文山先清1、真魂先仙庚二庚三侵嚴1、文山先仙庚三侵1、冬真魂先仙庚二庚三1、真欣魂先庚二庚三清1、真諄文元魂痕先仙1、東三真諄文元魂仙庚二庚三清登侵1、真諄先仙庚二1	庚二庚三清2.1、9.7、26、庚三清3.7、31、庚三7、清89、真文山先仙庚三侵108.1.2、真文元108.1.5、文山先清108.2.2、真文魂先仙庚二庚三侵嚴108.2.5、文山先仙庚三侵108.3.1、冬真魂先仙庚二庚三108.3.3、真欣魂先庚二庚三清108.3.6、真諄文元魂痕先仙108.4.10、東三真諄文元魂仙庚二庚三清登侵108.4.13、真諄先仙庚二108.4.15
44.	蒸	2	1	0		
45.	登	1	1	1	東三真諄文元魂仙庚二庚三清青侵1	東三真諄文元魂仙庚二庚三清青侵108.4.13
46.	尤	21	7	2	侯1、虞侯1	侯4、虞侯108.4.7
47.	侯	3	2	2	尤1、虞尤1	尤4、虞尤108.4.7
48.	幽	0	0	0		
49.	侵	22	10	7	真文山先仙庚三青1、真元山先仙1、真文魂先仙庚二庚三青嚴1、文山先仙庚三青1、真魂山先1、真文魂先仙1、東三真諄文元魂仙	真文山先仙庚三青108.1.2、真元山先仙108.1.3、真文魂先仙庚二庚三青嚴108.2.5、文山先仙庚三青108.3.1、真魂山先108.3.2、真文魂先仙

序號	韻目	韻數	韻段	合韻	合韻內容	合韻出處
					庚二庚三清青登1	108.3.5、東三真諄文元魂仙庚二庚三清青登108.4.13
50.	覃	0	0	0		
51.	談	0	0	0		
52.	鹽	2	1	1	添1	添8.6
53.	添	3	2	2	鹽1、真文先仙庚二清1	鹽8.6、真文先仙庚二清108.1.6
54.	咸	0	0	0		
55.	銜	0	0	0		
56.	嚴	1	1	1	真文魂先仙庚二庚三青侵1	真文魂先仙庚二庚三青侵108.2.5
57.	凡	0	0	0		
	總計	713	332	278		

（二）北魏歌上聲韻押韻統計表

序號	韻目	韻數	韻段	合韻	合韻內容	合韻出處
1.	董	0	0	0		
2.	腫	0	0	0		
3.	講	0	0	0		
4.	紙	0	0	0		
5.	旨	2	2	2	止2	止2.4、2.12
6.	止	36	12	3	旨2、尾1、	旨2.4、2.12、尾56
7.	尾	1	1	1	止1	止56
8.	語	5	2	2	姥1、虞姥1	姥79、虞姥108.4.9
9.	麌	10	4	3	姥2、語姥1	姥2.8、77、語姥108.4.9

序號	韻目	韻數	韻段	合韻	合韻內容	合韻出處
10.	姥	5	4	4	麌2、語1、語麌1	麌2.8、77、語79、語麌108.4.9
11.	薺	4	2	0		
12.	蟹	1	1	1	駭1	駭86
13.	駭	1	1	1	蟹1	蟹86
14.	賄	0	0	0		
15.	海	0	0	0		
16.	軫	0	0	0		
17.	準	0	0	0		
18.	吻	0	0	0		
19.	隱	0	0	0		
20.	阮	5	3	1	桓1	桓70
21.	混	0	0	0		
22.	很	0	0	0		
23.	旱	0	0	0		
24.	緩	0	0	0		
25.	潸	0	0	0		
26.	產	0	0	0		
27.	銑	0	0	0		
28.	獮	3	1	0		
29.	篠	0	0	0		
30.	小	5	3	2	晧2	晧8.10、19
31.	巧	0	0	0		
32.	晧	3	2	2	小2	小8.10、19
33.	哿	2	1	1	果1	果108.4.1
34.	果	4	1	1	哿1	哿108.4.1

序號	韻目	韻數	韻段	合韻	合韻內容	合韻出處
35.	馬[13]	2	1	0		
36.	養	8	2	0		
37.	蕩	0	0	0		
38.	梗[14]	4	1	1	梗二梗三：耿靜迥1	梗二梗三：耿靜迥44
39.	耿	1	1	1	梗二梗三靜迥1	梗二梗三靜迥44
40.	靜	1	1	1	梗二梗三耿迥1	梗二梗三耿迥44
41.	迥	1	1	1	梗二梗三耿靜1	梗二梗三耿靜44
42.	拯	0	0	0		
43.	等	0	0	0		
44.	有	2	1	0		
45.	厚	4	2	0		
46.	黝	0	0	0		
47.	寢	0	0	0		
48.	感	0	0	0		
49.	敢	0	0	0		
50.	琰	0	0	0		
51.	忝	0	0	0		
52.	豏	0	0	0		
53.	檻	0	0	0		
54.	儼	0	0	0		
55.	范	0	0	0		
總計		110	50	28		

---

13 梗韻（馬二2：馬三0）自身的合韻情況：馬二獨用1（1+0）。

14 梗韻（梗二1：梗三3）自身的合韻情況：梗二梗三混用1（0+1）。

（三）北魏詩去聲韻押韻統計表

序號	韻目	韻數	韻段	合韻	合韻內容	合韻出處
1.	送	0	0	0		
2.	宋	0	0	0		
3.	用	0	0	0		
4.	絳	0	0	0		
5.	寘	2	2	2	祭1、質未至1	祭8.12、質未至108.4.8
6.	至	9	3	3	未／緝1、緝1、未寘質1	未／緝18、緝19、未寘質108.4.8
7.	志	0	0	0		
8.	未	2	2	2	至1、寘至質1	至18、寘至質108.4.8
9.	御	2	2	2	遇暮1、暮1	遇暮8.3、暮9.3
10.	遇	3	3	3	御暮1、暮2	御暮8.3、暮8.11、19
11.	暮	12	5	4	御遇1、遇2、御1	御遇8.3、遇8.11、19、御9.3
12.	霽	5	3	2	祭1、祭怪隊1	祭3.5、祭怪隊108.4.14
13.	祭	8	3	3	霽1、寘1、霽怪隊1	霽3.5、寘8.12、霽怪隊108.4.14
14.	泰	2	1	0		
15.	卦	0	0	0		
16.	怪	3	1	1		霽祭隊108.4.14
17.	夬	0	0	0		
18.	隊	4	3	3	代2、霽祭怪1	代8.4、52、霽祭怪108.4.14
19.	代	5	2	2	隊2	隊8.4、52
20.	廢	0	0	0		
21.	震	5	2	1	稕1	稕2.6

序號	韻目	韻數	韻段	合韻	合韻內容	合韻出處
22.	稕	1	1	1	震1	震2.6
23.	問	0	0	0		
24.	焮	0	0	0		
25.	願	1	1	1	線霰1	線霰2.11
26.	慁	0	0	0		
27.	恨	0	0	0		
28.	翰	8	4	3	換3	換2.5、3.2、46
29.	換	11	5	3	翰3	翰2.5、3.2、46
30.	諫	0	0	0		
31.	襉	0	0	0		
32.	霰	4	2	2	願線1、線1	願線2.11、線34
33.	線	8	3	2	願霰1、霰1	願霰2.11、霰34
34.	嘯	2	2	2	笑號1、笑1	笑號3.6、笑41
35.	笑	8	5	4	嘯號1、號效1、號1、嘯1	嘯號3.6、號效9.6、號19、嘯41
36.	效	1	1	1	笑號1	笑號9.6
37.	號	4	3	3	嘯笑1、笑效1、笑1	嘯笑3.6、笑效9.6、笑19
38.	箇	0	0	0		
39.	過	0	0	0		
40.	禡	0	0	0		
41.	漾	2	2	2	宕1、藥1	宕25、藥83
42.	宕	1	1	1	漾1	漾25
43.	映[15]	8	4	4	映三：勁3、徑1	映三：徑2.3、勁36.1、98、108.3.3

15 映韻（映二0：映三8）自身的合韻情況：映三獨用4（0＋4）。

序號	韻目	韻數	韻段	合韻	合韻內容	合韻出處
44.	諍	0	0	0		
45.	勁	3	3	3	映三3	映三36.1、98、108.3.3
46.	徑	1	1	1	映三1	映三2.3
47.	證	0	0	0		
48.	嶝	0	0	0		
49.	宥	3	1	1	候1	候2.2
50.	候	1	1	1	宥1	宥2.2
51.	幼	0	0	0		
52.	沁	0	0	0		
53.	勘	0	0	0		
54.	闞	0	0	0		
55.	豔	0	0	0		
56.	㮇	0	0	0		
57.	陷	0	0	0		
58.	鑑	0	0	0		
59.	釅	0	0	0		
60.	梵	0	0	0		
總計		129	72	63		

（四）北魏詩入聲韻押韻統計表

序號	韻目	韻數	韻段	合韻	合韻內容	合韻出處
1.	屋[16]	6	3	2	屋一：燭1、燭覺德1	屋一：燭64、燭覺德108.4.6

---

16 屋韻（屋一6：屋三0）自身的合韻情況：屋一獨用3（1+2）。

序號	韻目	韻數	韻段	合韻	合韻內容	合韻出處
2.	沃	0	0	0		
3.	燭	9	5	3	屋一1、屋一覺德1、物德1	屋一64、屋一覺德108.4.6、物德108.4.14
4.	覺	2	1	1	屋一燭德1	屋一燭德108.4.6
5.	質	9	4	2	職葉1、真至未1	職葉15、真至未108.4.8
6.	術	0	0	0		
7.	櫛	0	0	0		
8.	物	1	1	1	燭德1	燭德108.4.14
9.	迄	0	0	0		
10.	月	3	1	1	沒1	沒54
11.	沒	1	1	1	月1	月54
12.	曷	0	0	0		
13.	末	2	1	0		
14.	黠	0	0	0		
15.	鎋	0	0	0		
16.	屑	0	0	0		
17.	薛	10	4	0		
18.	藥	6	3	1	漾1	漾83
19.	鐸	6	2	0		
20.	陌	0	0	0		
21.	麥	0	0	0		
22.	昔	1	1	1	錫1	錫5
23.	錫	1	1	1	昔1	昔5
24.	職	27	3	2	質葉1、德1	質葉15、德19
25.	德	5	4	3	職1、屋一燭覺1、燭物1	職19、屋一燭覺108.4.6、燭物108.4.14

序號	韻目	韻數	韻段	合韻	合韻內容	合韻出處
26.	緝	7	2	2	至2	至18、19
27.	合	2	1	0		
28.	盍	0	0	0		
29.	葉	2	2	2	質職1、怗1	質職15、怗27
30.	怗	1	1	1	葉1	葉27
31.	洽	0	0	0		
32.	狎	0	0	0		
33.	業	0	0	0		
34.	乏	0	0	0		
總計		101	41	24		

第七章

北齊詩韻轍研究

　　西元550年，高洋奪取東魏政權，建立北齊，史稱文宣帝。北魏經歷東、西魏的分裂與陸續滅亡，至此正式走入歷史，由北齊取代。然而北齊的國祚也不長，從550建立至577年被北周消滅，僅僅28年而已。

　　惟在這短短的28個寒暑中，卻也留下不少的詩歌，讓後人得以一窺北齊的語音特點。本章即以這時期的詩歌與部分謠諺，先進行算數統計，得出北齊詩的用韻數據；緊接著運用數理統計，分析出北齊詩的韻轍與韻。

第一節　北齊詩的用韻情況

一、通、江攝的用韻

表 1.1

聲調	韻目	韻數	韻段	合韻	合韻內容	備註
平	東	55	14	2	鍾2	○
	冬	0	0	0		
	鍾	16	7	3	東2、江1	○
	江	1	1	1	鍾1	×
去	送	0	0	0		
	宋	2	1	1	用1	×

聲調	韻目	韻數	韻段	合韻	合韻內容	備註
入	用	3	2	2	絳1、宋1	×
	絳	1	1	1	用1	×
	屋	6	3	0		○
	沃	0	0	0		
	燭	2	1	0		○
	覺	0	0	0		

　　東韻出現55次14韻段，只有2首合韻，佔14.3%，並未過半數，合韻對象都是鍾韻。東韻有自己的地位，而與鍾韻合用的2次，或許只是音近相押。上聲董韻、去聲送韻都未入韻，而入聲屋韻出現6次3韻段，都是自己獨用，不與其他韻合用。

　　冬韻並未入韻，但它的去聲宋韻出現2次1韻段，而與用韻相押。冬韻本身字少，它與用韻相押，或許正是由於介音的不同而可以混用。冬韻屬一等，鍾韻屬三等，中古圖韻把它們放置在一起，可見兩者可以合併為一韻。

　　鍾韻出現16次7韻段，其中3首合韻，佔42.9%，接近半數。合韻行為是：東2、江1。鍾韻既與東韻合用，又與江韻相押，表示它介於兩者之間，而比較接近東韻。再者，鍾韻的去聲用韻出現3次2韻段，全部合韻，合韻行為是：宋1、絳1。然而入聲燭韻只有1韻段，而且自己獨用。

　　綜合以上分析，東韻似乎有自己的地位，然而極有可能是其他韻的入韻次數偏低，而影響到整個結果。既然東、冬、鍾、江（以平貶上去入）四韻都有所合用，那麼可先保留它們混同的地位。

二、止攝的用押韻

表 1.2

聲調	韻目	韻數	韻段	合韻	合韻內容	備註
平	支	15	4	0		○
	脂	5	3	2	之1、微1	×
	之	39	16	3	脂1、微2	○
	微	50	14	3	之2、脂1	○
上	紙	0	0	0		
	旨	4	2	2	止2	×
	止	35	10	3	旨2、尾1	○
	尾	1	1	1	止1	×
去	寘	0	0	0		
	至	10	4	0		○
	志	2	1	0		○
	未	0	0	0		

　　支脂出現15次4韻段，全部獨用，這表示支韻有獨立的地位。

　　脂韻出現5次3韻段，其中2首合韻，佔66.7%，合韻行為是：之1、微1。它的上聲旨韻出現4次2韻段，結果2首都與止韻合用，可見脂韻比較接近之韻。至於去聲至韻，則入韻的4韻段全部獨用，未能提供進一步的判斷依據。

　　微韻出現50次14韻段，只有3首合韻，佔21.4%，合韻行為是：之2、脂1。微韻有自己的地位，與之、脂的相押，恐怕只是音近的合用。至於上聲尾韻入韻1韻段而與止韻合用，亦可視為音近的例外。

三、遇攝的用韻

表 1.3

聲調	韻目	韻數	韻段	合韻	合韻內容	備註
平	魚	13	4	1	虞1	○
	虞	3	2	2	模1、魚1	×
	模	11	4	1	虞1	○
上	語	3	2	1	麌1	◎
	麌	12	5	1	語1	○
	姥	2	1	0		○
去	御	6	3	1	遇1	○
	遇	5	2	2	暮1、御1	×
	暮	18	6	1	遇1	○

　　魚韻出現13次4韻段，其中1首合韻而與虞韻相押，佔25%。上聲語韻和去聲御韻，亦分別與麌韻、遇韻相押1次。可見魚韻與虞韻相混。

　　虞韻出現3次2韻段，全部合韻，合韻行為是：魚1、模1。而它的上聲麌韻只通語韻，去聲則與暮韻和御韻混用。這似乎表示，虞韻與魚、模二韻混而不分。

　　模韻出現11次4韻段，其中1首與虞韻合用，佔25%。模韻有自己的地位而與虞韻合用，兩者條件互補，模韻是一等，虞韻是三等，兩者可以合併為一韻。加上虞韻又通魚韻，似乎北齊詩歌中，魚、虞、模三韻不分，而魚、模二韻並未合韻，恐怕只是入韻次數偏低之故。

四、蟹攝的用韻

表 1.4

聲調	韻目	韻數	韻段	合韻	合韻內容	備註
平	齊	2	1	0		○
	灰	5	4	4	咍4	×
	咍	21	8	4	灰4	◎
上	薺	5	2	0		×
	賄	0	0	0		
	海	6	2	0		×
去	霽	0	0	0		
	泰	10	2	0		×
	隊	0	0	0		
	代	0	0	0		

　　齊韻出現2次1韻段，自己獨用，它的上聲薺韻出現5次2韻段，也是自己獨用，這似乎表示，齊韻有自己的地位。

　　灰韻出現5次4韻段，全部合韻，合韻對象都是咍韻。而咍韻出現21次8韻段，其中4首合韻，佔50%，合韻對象也只有灰韻。灰、咍二韻，條件互補，加上關係密切，自然可以把它們合併為一韻。

　　另外，泰韻出現10次2韻段，自己獨用，可見泰韻有自己的地位。

五、臻攝的用韻

表 1.5

聲調	韻目	韻數	韻段	合韻	合韻內容	備註
平	真	31	9	5	諄4、臻1	×
	諄	5	4	4	真4	×
	臻	1	1	1	真1	×
	文	21	5	1	欣1	○
	欣	1	1	1	文1	×
	元	3	1	1	魂1	×
	魂	1	1	1	元1	×
上	軫	1	1	1	準隱1	×
	準	1	1	1	軫隱1	×
	臻	0	0	0		
	吻	0	0	0		
	隱	2	1	1	軫準1	×
	阮	0	0	0		
	混	0	0	0		
入	質	9	5	2	櫛1、術1	○
	術	1	1	1	質1	×
	櫛	1	1	1	質1	×
	物	0	0	0		
	迄	0	0	0		
	月	4	2	0		○
	沒	0	0	0		

　　真韻出現31次9韻段，其中5首合韻，佔55.7%，合韻行為是：諄4、臻1。而諄韻出現5次4韻段，全部合韻，合韻對象都是真韻。真、諄二韻都沒有獨立的地位，兩者條件互補，真韻開口，諄韻合口，加上高度混用，因而可以合併為一韻。至於臻韻則只出現1次1韻段，而與真韻合用，臻、真二韻在南北朝詩歌中幾乎不分，因而不妨先將兩者合併。

　　文韻出現21次5韻段，其中1首合韻，佔20%，合韻對象是欣韻。而欣韻只出現1次1韻段，合韻對象正是文韻。由於文韻有獨立地位而欣韻沒有，兩者又與對方相押，條件互補，只是開合的不同，因而可以合併為一個韻。惟欣韻的上聲隱韻有1次與軫準合用，或者可以理解為音近相押，並非全然混同。

　　元韻出現3次1韻段，而與魂韻合用。魂韻只出現1次1韻段，合韻對象就是元韻。兩者正好互補，沒有衝突，因而可以合併。可惜的是，兩者的上、去、入聲，要麼不入韻，要麼自己獨用，並未再接觸。

六、山攝的用韻

表 1.6

聲調	韻目	韻數	韻段	合韻	合韻內容	備註
平	寒	16	5	3	桓2、先1	✕
	桓	8	2	2	寒2	✕
	先	32	12	9	仙8、寒1	✕
	仙	30	10	8	先8	✕
去	翰	0	0	0		
	換	0	0	0		
	霰	7	4	3	線3	✕

聲調	韻目	韻數	韻段	合韻	合韻內容	備註
	線	4	3	3	霰3	✕
入	曷	0	0	0		
	末	0	0	0		
	屑	4	4	4	薛4	✕
	薛	8	5	4	屑4	✕

　　寒韻出現16次5韻段，其中3首合韻，佔60%，合韻行為是：桓、先1。桓韻出現8次2韻段，全部合韻，而且對象都是寒韻。寒韻與桓韻都沒有自己的地位，兩者條件互補，正好可以合併為一韻。至於寒韻與先韻的1次合用，可以視為例外。

　　先韻出現32次12韻段，其中9首合韻，佔75%，合韻行為是：仙8、寒1。而仙韻出現30次10韻段，其中8首合韻，佔80%，合韻對象都是先韻。先韻與仙韻密切相押，加上條件互補，亦可合併為一韻。關於這一點，還可從去、入二聲的用韻情況得到證明：去聲霰、線二韻彼此互用3次而不及其他韻；入聲屑、薛二韻亦互用4次而不及其他。可見先、仙二韻關係密切，兩者恐怕只是洪細的不同，而非音近的例外。

七、效攝的用韻

表1.7

聲調	韻目	韻數	韻段	合韻	合韻內容	備註
平	蕭	2	2	2	豪1、宵肴1	✕
	宵	6	2	1	蕭肴1	◎
	肴	1	1	1	蕭宵1	✕
	豪	2	1	1	蕭1	✕

聲調	韻目	韻數	韻段	合韻	合韻內容	備註
上	篠	0	0	0		
	小	2	1	0		○
	巧	0	0	0		
	晧	16	6	0		○
去	嘯	0	0	0		
	笑	3	3	3	號2、效1	×
	效	1	1	1	笑1	×
	號	2	2	2	笑2	×

　　蕭韻出現2次2韻段，全部合韻，合韻行為是：宵1、肴1、豪1。宵韻出現6次2韻段，其中1首合韻，佔50%，合韻行為是：蕭1、肴1。肴韻只出現1次1韻段，而與宵、蕭合用。豪韻則出現2次1韻段，而與蕭韻合用。從以上四者的用韻情況來看，雖然蕭、宵、肴、豪的入韻次數都不高，然而四者之間全然混同應是可以肯定的。

　　關於這一點，去聲的用韻似乎可以印證：嘯韻不入韻，但笑韻與效、號二韻分別合用1、2次。

八、果、假攝的用韻

表 1.8

聲調	韻目	韻數	韻段	合韻	合韻內容	備註
平	歌	3	2	1	麻1	◎
	戈	3	1	0		○
	麻	22	7	1	歌1	○
上	哿	1	1	1	果1	×
	果	2	1	1	哿1	×

聲調	韻目	韻數	韻段	合韻	合韻內容	備註
	馬	8	3	0		○

　　歌韻出現3次2韻段，其中1首合韻，佔50%，合韻對象是麻韻。戈韻只有1首獨用，不好判斷。麻韻則出現22次7韻段，只有1首與歌合用。另外，上聲哿韻與果韻彼此合用1次，而馬韻則3首獨用，可以提供一些線索。

　　綜合以上觀察，三者入韻雖然偏低，但仍有接觸，這就表示，歌、戈、麻三韻在北齊詩中應是可以合押的。

九、宕攝的用韻

表 1.9

聲調	韻目	韻數	韻段	合韻	合韻內容	備註
平	陽	29	15	9	唐9	×
	唐	18	13	10	陽9、唐1	×
上	養	15	4	1	唐1	○
	蕩	0	0	0		
去	漾	0	0	0		
	宕	4	2	0		○
入	藥	1	1	1	鐸1	×
	鐸	1	1	1	藥1	×

　　陽韻出現29次15韻段，其中9首合韻，佔60%，合韻對象都是唐韻。而唐韻出現18次13韻段，其中10首合韻，佔76.9%，合韻對象9次是陽韻，1次是養韻。陽、唐二韻沒有自己的地位，而又與對方密切接觸，加上條件互補，可見兩者是同一個韻之下洪細的區別，理當合

併為一韻。關於這一點，入聲的用韻情況亦可證明：藥、鐸二韻彼此合用1次而不及其他韻。

必須一提的是，陽、唐二韻合併之後，唐韻與養韻的合用，就只是少數的異調相押。

十、梗攝的用韻

表 1.10

聲調	韻目	韻數	韻段	合韻	合韻內容	備註
平	庚	35	19	18	清7、清青10、青1	✕
	耕	1	1	1	勁1	✕
	清	57	26	24	庚青10、庚7、青7	✕
	青	32	18	18	庚清10、清7、庚1	✕
上	梗	2	1	0		◯
	耿	0	0	0		
	靜	0	0	0		
	迥	0	0	0		
去	映	8	5	4	勁2、徑1、勁徑1	✕
	諍	0	0	0		
	勁	7	4	4	耕1、映2、映徑1	✕
	徑	2	2	2	映1、映勁1	✕
入	陌	5	3	1	昔1	◯
	麥	0	0	0		
	昔	6	4	2	錫1、陌1	◎
	錫	1	1	1	昔1	✕

庚韻出現35次19韻段，高達18首合韻，佔94.7%，合韻行為是：清17、青11。清韻出現57次26韻段，高達24首合韻，佔92.3%，合韻行為是：庚17、青17。而青韻出現32次18韻段，全部合韻，合韻行為是：清17、庚11。庚、清、青三者都沒有自己的獨立地位，加上關係密切、高度接觸，顯然混而不分。

耕韻只出現1次1韻段，而與勁韻合用。南北朝詩歌，耕、清不分，勁韻是清韻的上聲，如果北齊詩耕、清亦不分的話，那麼這裡就只是異調相押。

上聲只有梗韻自己獨用1次，看不出它與其他韻的關係。但是去聲的用韻就可以一窺端倪：映韻的合韻行為是：勁3、徑2；勁韻的合韻行為是：映3、徑1、耕1；徑韻的合韻行為是：映2、勁1。映、勁、徑三韻彼此之間都有接觸，可見三者全然混同。入聲的用韻情況也一致，陌、昔、錫三韻彼此合用1次而不及其他韻。

十一、曾攝的用韻

表 1.11

聲調	韻目	韻數	韻段	合韻	合韻內容	備註
平	蒸	10	3	0		○
	登	0	0	0		
入	職	18	6	1	德1	○
	德	5	3	1	職1	○

蒸韻出現10次3韻段，全部獨用。而登韻並未入韻，無法判斷它的主體地位。所幸兩者的入聲職、德都有入韻：職韻出現18次6韻段，其中1首與德合用。而德韻出現5次3韻段，其中1首合韻，對象正是職韻。既然職、德二韻彼此可以合用，而且條件互補，那麼不妨將

兩者合併為一韻。

十二、流攝的用韻

表 1.12

聲調	韻目	韻數	韻段	合韻	合韻內容	備註
平	尤	27	7	4	侯4	✕
	侯	4	4	4	尤4	✕
上	有	8	4	2	厚2	◎
	厚	5	3	2	有2	✕
去	宥	4	2	1	候1	◎
	候	2	1	1	宥1	✕

　　尤韻出現27次7韻段，其中4首合韻，佔57.1%，合韻對象都是侯韻。而侯韻出現4次4韻段，全部合韻，對象正是尤韻。既然尤韻與侯韻都沒有獨立的地位，加上兩者條件互補，一為細音，一為洪音，那麼自然可以將兩者合併為一韻。至於幽韻則並未入韻，無法得知它的地位。

　　關於尤、侯合併這一點，上、入二聲亦可證明。上聲有韻與厚韻互相合用2次而不及其他；入聲宥韻和候韻彼此合用1次亦不及其他（去聲則都未入韻）。可見尤、侯二韻合併在一起完全沒有問題。

十三、深、咸攝的用韻

表 1.13

聲調	韻目	韻數	韻段	合韻	合韻內容	備註
平	侵	14	4	0		○
	添	3	1	0		○
入	緝	0	0	0		
	怗	3	1	0		○

　　侵韻出現14次4韻段，完全獨用。添韻出現3次1韻段，也是獨用，它的入聲怗韻亦自己獨用1次。由於侵、添二韻都獨用，如此一來，只能維持兩者的獨立地位。

第二節　北齊詩的韻譜分析

一、通、江攝的韻轍觀察

（一）通、江攝的轍離合指數

表 2.1.1

韻目 總954	東	鍾	江
東84	82	*1.1*	
鍾21	2	18	*45.4*
江1		1	0

　　根據上表，鍾韻與江韻的轍離合指數超過2倍，可以合轍，但與東韻的指數未達標準，不能合轍，今稱前者為「鍾轍」，後者為「東

轍」。[1]

至於入聲的情況，基本上與平聲相似：

表 2.1.2

韻目 總86	屋	燭
屋6	6	
燭2		2

屋韻與燭韻並未接觸，可以分為兩轍，今稱「屋轍」和「燭轍」。

（二）通、江攝的韻離合指數

經過概率公式的運算，通、江攝各韻的用韻數據如下：

表 2.1.3

韻目 總954	東	鍾	江
東954	82		
鍾21	2	18	110
江1		1	0

鍾韻與江韻的韻離合指數超過90，已達標準，可判定兩者韻基相同。惟江韻自身的韻次為0，且與鍾韻的接觸只有1次，恐怕存在著一定的風險。

---

1 冬韻未入韻，但去聲宋韻與用韻接觸，轍離合指數高達25，因而將冬韻併入鍾轍。

二、止攝的韻轍觀察

（一）止攝的轍離合指數

表 2.2.1

韻目 總954	支	脂	之	微
支22	22			
脂7		4	*5.7*	*1.9*
之48		2	44	*0.5*
微73		1	2	70

　　根據上表，支韻獨用，不與其他韻合用，因而獨立一轍，今稱「支轍」。而脂之的轍離合指數超過2，因而可以獨立成轍，今稱「之轍」。惟微韻與脂、之二韻的指數都低於標準，只能另立一轍，今稱「微轍」。

（二）止攝的韻離合指數

表 2.2.2

韻目 總954	支	脂	之	微
支22	22			
脂7		4	33	
之48		2	44	
微73		1	2	70

　　經過計算，脂、之二韻的韻離合指數只有33，未達到50的門檻，表示兩者的韻基並不相同。

三、遇攝的韻轍觀察

（一）遇攝的轍離合指數

表 2.3.1

韻目　　總954	魚	虞	模
魚19	18	*12.5*	
虞4	1	2	*15.9*
模15		1	14

　　根據上表，魚、虞二韻的轍離合指數高於2倍，可以合併為一轍；而虞、模二韻的指數亦高於2倍，亦可合併為一轍。今將三者合併，稱之為「魚轍」。

（二）遇攝的韻離合指數

表 2.3.2

韻目　　總954	魚	虞	模
魚19	18	30	
虞4	1	2	31
模15		1	14

　　經過計算，魚虞、虞模兩組韻的韻離合指數分別只有30和31，都未達到門檻，因而只能判定三者韻基不相同。會出現這樣的結果，揆其原因，恐怕是虞韻入韻次數偏低之故。

四、蟹攝的韻轍觀察

（一）蟹攝的轍離合指數

表 2.4.1

韻目 總954	齊	灰	咍
齊4	4		
灰8		0	31.8
咍30		8	22

　　齊韻獨用，只能自己一轍，今稱「齊轍」。灰、咍二韻彼此之間的轍離合指數超過2倍，因而可以合併一轍，今稱「咍轍」。

　　至於去聲的情況：

表 2.4.2

韻目 總126	霽	祭	泰	隊	代
霽0	0				
祭0		0			
泰16			16		
隊0				0	
代0					0

　　目前只有祭韻獨用，因而只能自己一轍，今稱「祭轍」。

（二）蟹攝的韻離合指數

表 2.4.3

總954＼韻目	齊	灰	咍
齊4	4		
灰8		0	123
咍30		8	22

　　經過計算，灰、咍二韻的韻離合指數超過90，因而判定兩者韻基相同。

五、臻攝的韻轍觀察

（一）臻攝的轍離合指數

表 2.5.1

總954＼韻目	真	諄	臻	文	欣	元	魂
真47	38	20.3	20.3				
諄7	7	0					
臻2	2		0				
文32				30	29.8		
欣2				2	0		
元5						4	190.6
魂1						1	0

　　根據上表，臻攝各韻的接觸可以分為三組：真、諄、臻三韻的轍

離合指數都大於2倍甚多，因此合併為一轍，今稱「真轍」。文韻與欣韻接觸，指數亦遠超過2倍，因而合轍，今稱「文轍」。而元韻與魂韻合轍，今稱「元轍」。

　　至於入聲的情況，則與平聲相似：

表 2.5.2

韻目 總86	質	術	櫛	月
質10	8	8.5	8.5	
術1	1	0		
櫛1	1		0	
月4				4

　　質、術、櫛三韻的轍離合指數都是8.5，因而可以合轍，今稱「質轍」。月韻自己獨用，只能自己一轍，今稱「月轍」。

（二）臻攝的韻離合指數

表 2.5.3

韻目 總954	真	諄	臻	文	欣	元	魂
真47	38	117	119				
諄7	7	0					
臻2	2		0				
文32				30	103		
欣2				2	0		
元5						4	100
魂1						1	0

　　經過計算，真轍、文轍與元轍各自的韻離合指數都超過90，因而判定這三轍下面的韻全部混同，也就是韻基無異。

　　至於入聲的情況：

表 2.5.4

韻目 總86	質	術	櫛	月
質10	**8**	**110**	**110**	
術1	1	**0**		
櫛1	1		**0**	
月4				**4**

　　質轍三韻的韻離合指數都超過90，因而直接判定三者韻基相同。雖然三韻的入韻次數偏低，存在一定風險，所幸結果與平聲一致，因此可以採信。

六、山攝的韻轍觀察

（一）山攝的轍離合指數

表 2.6.1

韻目 總954	寒	桓	先	仙
寒25	**14**	*27.2*	*0.8*	
桓14	10	**4**		
先48	1		**20**	*10.9*
仙49			27	**22**

　　山攝各韻的接觸可以分為二組：寒、桓二韻為一組，兩者之間的

轍離合指數超過標準，因而可以合轍，今稱「寒轍」。先、仙二韻為一組，兩者的指數亦超過標準，自然也可以合轍，今稱「仙轍」。

至於入聲的情況：

表 2.6.2

韻目 總86	屑	薛
屑4	0	8.5
薛10	4	6

只有屑、薛二韻入韻，兩者的轍離合指數超過2倍，因而可以合轍，今稱「薛轍」。

（二）山攝的韻離合指數

表 2.6.3

韻目 總954	寒	桓	先	仙
寒25	14	111		
桓14	10	4		
先48	1		20	111
仙49			27	22

經過計算，寒桓、先仙的韻離合指數都是111，已超過標準的90，因而可以判定寒、桓二韻韻基相同；先、仙二韻韻基無別。

至於入聲的情況：

表 2.6.4

總86 韻目	屑	薛
屑4	0	130
薛10	4	6

　　結果與平聲韻一致：屑、薛二韻的指數高達130，顯示兩者韻基無別。

七、效攝的韻轍觀察

（一）效攝的轍離合指數

表 2.7.1

總954 韻目	蕭	宵	肴	豪
蕭3	0	35.3		317.7
宵9	1	6	105.9	
肴2		2	0	
豪2	2			0

　　根據上表，效攝各韻之間的轍離合指數都超過2倍以上，因而可以合併為一個韻轍，今稱「宵轍」。

（二）效攝的韻離合指數

表 2.7.2

韻目 總954	蕭	宵	肴	豪
蕭3	0	61?		166
宵9	1	6	122	
肴2		2	0	
豪2	2			0

除了蕭、宵二韻外，其他各韻的韻離合指數都超過90，因而可以直接判定蕭豪、宵肴韻基相同。至於蕭宵的指數落在61區間，必須進行t分布假設檢驗，然而由於兩者的合用只有1個韻段，因而無法進行檢驗。雖然如此，仍然可以推測蕭、宵二韻的韻基並沒有區別。

八、果、假攝的韻轍觀察

（一）果、假攝的轍離合指數

表 2.8.1

韻目 總954	歌	戈	麻
歌3	2		10.3
戈4		4	
麻31	1		30

北齊詩中的果攝用韻比較特別，歌、戈二韻並沒有合用，反而是

歌、麻有了1次接觸，[2]由於歌韻的入韻次數偏低，不妨將平、上二聲（去聲未入韻）合併計算，以便進一步觀察：

表 2.8.2

韻目　　　　總1342	歌哿	戈果	麻馬
歌哿4	2	47.9	4.7
戈果7	1	6	
麻馬41	1		40

這時歌、戈有了接觸，歌、戈、麻三韻的指數都達到標準。今將三者合轍，稱為「歌轍」。

（二）果、假攝的韻離合指數

表 2.8.3

韻目　　　　總954	歌	戈	麻
歌3	2		35
戈4		4	
麻31	1		30

經過計算，歌、麻的韻離合指數只有35，未達標準，可見兩者韻基並不相同。即使以平、上二聲合併計算，結是也一樣：

2　歌、麻合韻出現在褚士達的〈徐鐵臼怨歌〉：「桃李花（麻二）。嚴霜落奈何（歌）。桃李子（止）。嚴霜早落已（止）」（逯2322）此處合韻應無疑。

表 2.8.3

韻目 總1342	歌哿	戈果	麻馬
歌哿4	2	39	27
戈果7	1	6	
麻馬41	1		40

　　歌、麻（以平賅上）韻基有別，可以理解，然而歌、戈韻基不同，恐怕只是入韻次數太少而引起的波動。

九、宕攝的韻轍觀察

（一）宕攝的轍離合指數

表 2.9.1

韻目 總954	陽	唐
陽33	22	*13.8*
唐23	11	12

　　根據上表，陽韻與唐韻的轍離合指數遠大於2倍，因而可以合併為一轍，今稱「陽轍」。

　　至於入聲的分合，則與平聲無異：

表 2.9.2

總86 ＼ 韻目	藥	鐸
藥1	0	85
鐸1	1	0

　　如同陽、唐二韻的情況，藥、鐸二韻的轍離合指數也高於2，甚至達到85，今將兩者合併為一轍，稱之為「鐸轍」。

（二）宕攝的韻離合指數

表 2.9.3

總954 ＼ 韻目	陽	唐
陽33	22	79T
唐23	11	12

　　經過計算，陽、唐二韻的韻離合指數落在79區間，必須進行t分布假設檢驗，檢驗的結果是通過，表示兩者韻基相同。

　　至於入聲的分合，則如下表所示：

表 2.9.4

總86 ＼ 韻目	藥	鐸
藥1	0	100
鐸1	1	0

　　藥、鐸二韻的韻離合指數達到100，不必另做t分布假設檢驗，即可判定兩者韻基相同，這一點與陽、唐韻的情況一致。

十、梗攝的韻轍觀察

（一）梗攝的轍離合指數

表 2.10.1

韻目 總954	庚	清	青
庚52	12	6.5	3.3
清88	31	36	4.6
青50	9	21	20

根據上表，庚、清、青三韻的轍離合指數都超過2倍，因此可以合併為一轍，今稱「清轍」。

至於相承的入聲韻，彼此的轍離合指數如下：

表 2.10.2

韻目 總86	陌	昔	錫
陌5	4	2.8	
昔6	1	4	14.2
錫1		1	0

陌、昔、錫三韻的情況和庚、清、青一致，彼此之間的轍離合指數都超過2倍，已經達到合轍的門檻，因此將三者合轍，今稱「昔轍」。

（二）梗攝的韻離合指數

表 2.10.3

韻目 總954	庚	清	青
庚52	12	119	71T
清88	31	36	92
青50	9	21	20

　　經過計算，庚清、清青這兩組韻的韻離合指數超過90，可以判定韻基相同。而庚青的指數落在71區間，必須進行t分布假設檢驗。檢驗的結果是通過，可見清轍的所有韻都擁有相同的韻基。

　　至於入聲的情況，卻與平聲不同：

表 2.10.4

韻目 總86	陌	昔	錫
陌5	4	36	
昔6	1	4	116
錫1		1	0

　　陌、昔的韻離合指數並未達到標準，似乎兩者的韻基不同。但昔、錫的指數達到116，可以判定韻基相同。有鑑於平聲庚、清二韻韻基相同，入聲陌、昔二韻可能是由於入韻次數過少的關係，導致兩者的指數無法呈現常態結果。

十一、曾攝的韻轍觀察

表 2.11.1

韻目 總954	蒸	登
蒸14	14	
登0		0

　　由於登韻並未入韻，因而無法判斷它與蒸韻的關係。這裡只能直接將蒸韻獨立成轍，今稱「蒸轍」。

　　至於入聲的情況：

表 2.11.1

韻目 總86	職	德
職24	22	1.2
德6	2	4

　　職韻與德韻的轍離合指數只有1.2，未達標準，只能分為兩轍，今稱「職轍」和「德轍」。

十二、流攝的韻轍觀察

（一）流攝的轍離合指數

表 2.12.1

總954 ╲ 韻目	尤	侯
尤43	38	22.2
侯5	5	0

　　根據上表，尤、侯二韻彼此之間的轍離合指數已超過2倍，因此可將二者合轍，今稱「尤轍」。

（二）流攝的韻離合指數

表 2.12.2

總954 ╲ 韻目	尤	侯
尤43	38	109
侯5	5	0

　　經過計算，尤轍二韻的韻離合指數達到109，不需要進行t分布假設檢驗即可判定二韻韻基相同。

十三、深、咸攝的韻轍觀察

表 2.13

總954 ╲ 韻目	侵	添
侵20	20	
添4		4

北齊詩中，只有侵韻和添韻入韻，且各自獨用，未與其他韻合用，因而只能分為兩轍，今稱「侵轍」和「添轍」。

第三節　北齊詩的韻轍

根據以上北齊詩的用韻，本文初步整理出北齊的韻轍如下：

表 3.0

陰聲韻	陽聲韻	入聲韻
	1.東轍（東） ○ ○	2.屋轍（屋）
	3.鍾轍（○鍾江） ○ 4.用轍（宋用絳）	5.燭轍（○燭○）
6.支轍（支） ○ ○		
7.之轍（脂之） 8.止轍（旨止） 9.志轍（至志）		
10.微轍（微） 11.尾轍（尾） ○		
12.魚轍（魚虞模） 13.語轍（語麌姥） 14.御轍（御遇暮）		
15.齊轍（齊） 16.薺韻（薺）		

陰聲韻	陽聲韻	入聲韻
○		
17.泰轍（泰）		
18.哈轍（灰哈） 19.海轍（○海） ○		
	20.真轍（真諄臻） 21.軫轍（軫準○） ○	22.質轍（質術櫛）
	23.文轍（文欣） 24.隱轍（○隱） ○	○
	25.元轍（元魂） ○ ○	26.月轍（月○）
	27.寒轍（寒桓） ○ ○	○
	28.仙轍（先仙） ○ 29.線轍（霰線）	30.薛轍（屑薛）
31.宵轍（蕭宵肴豪） 32.小轍（○小○晧） 33.笑轍（○笑效號）		
34.歌轍（歌戈麻） 35.哿轍（哿果馬） ○		
	36.陽轍（陽唐） 37.養轍（養○） 38.漾轍（漾宕）	39.鐸轍（藥鐸）

陰聲韻	陽聲韻	入聲韻
	40.清轍（庚耕清青） 41.梗轍（梗○○○） 42.勁轍（映○勁徑）	43.昔轍（陌○昔錫）
	44.蒸轍（蒸） ○ ○	45.職轍（職）
	○ ○ ○	46.德轍（德）
47.尤轍（尤侯） 48.有轍（有厚） 49.宥轍（宥候）		
	50.侵轍（侵） ○ ○	○
	51.添轍（添） ○ ○	52.怗轍（怗）

　　把不入韻者去除之後，以上總共52個韻轍，若以平賅上去，則是32個韻部。今以四聲分類，可得出：東、鍾、支、之、微、魚、齊、咍、真、文、元、寒、仙、宵、歌、陽、清、蒸、尤、侵、添，共21個平聲韻轍；止、尾、語、薺、海、軫、隱、小、哿、養、梗、有，共12個上聲韻轍；用、志、御、泰、線、笑、漾、勁、宥，共9個去聲韻轍；屋、燭、質、月、薛、鐸、昔、職、德、怗，共10個入聲韻轍。

　　若以陰、陽、入三種不同的韻尾分類，則是：支、之、微、魚、齊、咍、宵、歌、尤、泰，共10個陰聲韻部；東、鍾、真、文、元、

寒、仙、陽、清、蒸、侵、添，共12個陽聲韻部；屋、燭、質、月、
薛、鐸、昔、職、德、怗，共10個入聲韻部。

附錄：北齊詩押韻統計表

（一）北齊詩平聲韻押韻統計表

序號	韻目	韻數	韻段	合韻	合韻內容	合韻出處
1.	東[3]	55	14	2	東一：鍾2	東一：鍾78、86
2.	冬	0	0	0		
3.	鍾	16	7	3	東一2、江1	東一78、86、江108.7
4.	江	1	1	1	鍾1	鍾108.7
5.	支	15	4	0		
6.	脂	5	3	2	之1、微1	之5、微64
7.	之	39	16	3	脂1、微2	脂5、微22、106
8.	微	50	14	3	之2、脂1	之22、106、脂64
9.	魚	13	4	1	虞1	虞115
10.	虞	3	2	2	模1、魚1	模42、魚115
11.	模	11	4	1	虞1	虞42
12.	齊	2	1	0		
13.	佳	0	0	0		
14.	皆	0	0	0		
15.	灰	5	4	4	咍4	咍19、56、58、79
16.	咍	21	8	4	灰4	灰19、56、58、79
17.	真	31	9	5	諄4、臻1	諄14、44、112.5、112.9.1、臻108.1
18.	諄	5	4	4	真4	真14、44、112.5、112.9.1

3　東韻（東一24；東三31）自身的合韻情況：東一東三混用7（7+0）；東一獨用3（1+2）；東三獨用4。

序號	韻目	韻數	韻段	合韻	合韻內容	合韻出處
19.	臻	1	1	1	真1	真108.1
20.	文	21	5	1	欣1	欣112.9.7
21.	欣	1	1	1	文1	文112.9.7
22.	元	3	1	1	魂1	魂60
23.	魂	1	1	1	元1	元60
24.	痕	0	0	0		
25.	寒	16	5	3	桓2、先1	桓18、111.17、先91.1
26.	桓	8	2	2	寒2	寒18、111.17
27.	刪	0	0	0		
28.	山	0	0	0		
29.	先	32	12	9	仙8、寒1	仙7、27、57、72、110.4、110.9、111.7、112.1、寒91.1
30.	仙	30	10	8	先8	先7、27、57、72、110.4、110.9、111.7、112.1
31.	蕭	2	2	2	豪1、宵肴1	豪108.4、宵肴113.3
32.	宵	6	2	1	蕭肴1	蕭肴113.3
33.	肴	1	1	1	蕭宵1	蕭宵113.3
34.	豪	2	1	1	蕭1	蕭108.4
35.	歌	3	2	1	麻二1	麻二117
36.	戈	3	1	0		
37.	麻[4]	22	7	1	麻二：歌1	麻二：歌117
38.	陽	29	15	9	唐9	唐31、80、98、108.13、110.1、110.2、111.8、112.9.2、112.9.8
39.	唐	18	13	10	陽9、養1	陽31、80、98、108.13、110.1、

4　麻韻（麻二14：麻三8）自身的合韻情況：麻二麻三混用5（5+0）；麻二獨用2（1+1）。

序號	韻目	韻數	韻段	合韻	合韻內容	合韻出處
						110.2、111.8、112.9.2、112.9.8、養111.15
40.	庚[5]	35	19	18	庚二庚三：清2、清青4 庚二：清1、清青2 庚三：清青4、清4、青1	庚二庚三：清53、75、清青73.2、110.10、112.3、113.4 庚二：清63、清青108.9、111.11 庚三：清青33、34、108.10、111.13、清39、48、110.7、112.10、青112.8.1
41.	耕	1	1	1	勁1	勁83
42.	清	57	26	24	庚三青5、庚三4、青7、庚二1、庚二庚三青3、庚二庚三2、庚三青2	庚三青33、34、112.3、108.10、111.13、庚三39、48、110.7、112.10、青55、103、110.2、110.3、111.3、112.2、112.8.3、庚二63、庚二庚三青73.2、110.10、113.4、庚二庚三53、75、庚二青108.9、111.11
43.	青	32	18	18	庚三清5、清7、庚二庚三清3、庚二清2、庚三1	庚三清33、34、112.3、108.10、111.13、清55、103、110.2、110.3、111.3、112.2、112.8.3、庚二庚三清73.2、110.10、113.4、庚二清108.9、111.11、庚三112.8.1
44.	蒸	10	3	0		
45.	登	0	0	0		
46.	尤	27	7	4	侯4	侯30、52、65、76
47.	侯	4	4	4	尤4	尤30、52、65、76

---

5 庚韻（庚二11：庚三24）自身的合韻情況：庚二庚三混用6（1+5）；庚二獨用3（0+3）；庚三獨用10（0+10）。

序號	韻目	韻數	韻段	合韻	合韻內容	合韻出處
48.	幽	0	0	0		
49.	侵	14	4	0		
50.	覃	0	0	0		
51.	談	0	0	0		
52.	鹽	0	0	0		
53.	添	3	1	0		
54.	咸	0	0	0		
55.	銜	0	0	0		
56.	嚴	0	0	0		
57.	凡	0	0	0		
總計		654	260	157		

（二）北齊詩上聲韻押韻統計表

序號	韻目	韻數	韻段	合韻	合韻內容	合韻出處
1.	董	0	0	0		
2.	腫	0	0	0		
3.	講	0	0	0		
4.	紙	0	0	0		
5.	旨	4	2	2	止2	止4、73.1
6.	止	35	10	3	旨2、尾1	旨4、73.1、尾88
7.	尾	1	1	1	止1	止88
8.	語	3	2	1	麌1	麌91.2
9.	麌	12	5	1	語1	語91.2
10.	姥	2	1	0		

序號	韻目	韻數	韻段	合韻	合韻內容	合韻出處
11.	薺	5	2	0		
12.	蟹	0	0	0		
13.	駭	0	0	0		
14.	賄	0	0	0		
15.	海	6	2	0		
16.	軫	1	1	1	準隱1	準隱61
17.	準	1	1	1	軫隱1	軫隱61
18.	吻	0	0	0		
19.	隱	2	1	1	軫準1	軫準61
20.	阮	0	0	0		
21.	混	0	0	0		
22.	很	0	0	0		
23.	旱	0	0	0		
24.	緩	0	0	0		
25.	潸	0	0	0		
26.	產	0	0	0		
27.	銑	0	0	0		
28.	獮	0	0	0		
29.	篠	0	0	0		
30.	小	2	1	0		
31.	巧	0	0	0		
32.	晧	16	6	0		
33.	哿	1	1	1	果1	果9.1
34.	果	2	1	1	哿1	哿9.1

序號	韻目	韻數	韻段	合韻	合韻內容	合韻出處
35.	馬[6]	8	3	0		
36.	養	15	4	1	唐1	唐111.15
37.	蕩	0	0	0		
38.	梗[7]	2	1	0		
39.	耿	0	0	0		
40.	靜	0	0	0		
41.	迥	0	0	0		
42.	拯	0	0	0		
43.	等	0	0	0		
44.	有	8	4	2	厚2	厚82、112.9.9
45.	厚	5	3	2	有2	有82、112.9.9
46.	黝	0	0	0		
47.	寢	0	0	0		
48.	感	0	0	0		
49.	敢	0	0	0		
50.	琰	0	0	0		
51.	忝	0	0	0		
52.	豏	0	0	0		
53.	檻	0	0	0		
54.	儼	0	0	0		
55.	范	0	0	0		
總計		131	52	18		

6　馬韻（馬二3：馬三5）自身的合韻情況：馬二馬三混用1（1+0）；馬三獨用2（2+0）。

7　梗韻（梗二0：梗三2）自身的合韻情況：梗三獨用1（1+0）。

（三）北齊詩去聲韻押韻統計表

序號	韻目	韻數	韻段	合韻	合韻內容	合韻出處
1.	送	0	0	0		
2.	宋	2	1	1	用1	用111.14
3.	用	3	2	2	絳1、宋1	絳111.6、宋111.14
4.	絳	1	1	1	用1	用111.6
5.	寘	0	0	0		
6.	至	10	4	0		
7.	志	2	1	0		
8.	未	0	0	0		
9.	御	6	3	1	遇1	遇87
10.	遇	5	2	2	暮1、御1	暮65、御87
11.	暮	18	6	1	遇1	遇65
12.	霽	0	0	0		
13.	祭	0	0	0		
14.	泰	10	2	0		
15.	卦	0	0	0		
16.	怪	0	0	0		
17.	夬	0	0	0		
18.	隊	0	0	0		
19.	代	0	0	0		
20.	廢	0	0	0		
21.	震	0	0	0		
22.	稕	0	0	0		
23.	問	0	0	0		
24.	焮	0	0	0		

序號	韻目	韻數	韻段	合韻	合韻內容	合韻出處
25.	願	0	0	0		
26.	慁	0	0	0		
27.	恨	0	0	0		
28.	翰	0	0	0		
29.	換	0	0	0		
30.	諫	0	0	0		
31.	襉	0	0	0		
32.	霰	7	4	3	線3	線 108.2 、 110.2 、 112.9.6
33.	線	4	3	3	霰3	霰 108.2 、 110.2 、 112.9.6
34.	嘯	0	0	0		
35.	笑	3	3	3	號2、效1	號 108.5 、 108.12 、 效 108.13
36.	效	1	1	1	笑1	笑108.13
37.	號	2	2	2	笑2	笑108.5、108.12
38.	箇	0	0	0		
39.	過	0	0	0		
40.	禡	0	0	0		
41.	漾	4	2	0		
42.	宕	0	0	0		
43.	映[8]	8	5	4	映三：勁2、徑1、勁徑1	映三： 勁 109.5 、 110.3、徑110.11、勁徑 113.4
44.	諍	0	0	0		

8　映韻（映二0：映三8）自身的合韻情況：映三獨用5（1+4）。

序號	韻目	韻數	韻段	合韻	合韻內容	合韻出處
45.	勁	7	4	4	耕1、映三2、映三徑1	耕83、映三109.5、110.3、映三徑113.4
46.	徑	2	2	2	映三1、映三勁1	映三110.11、映三勁113.4
47.	證	0	0	0		
48.	嶝	0	0	0		
49.	宥	4	2	1	候1	候111.9
50.	候	2	1	1	宥1	宥111.9
51.	幼	0	0	0		
52.	沁	0	0	0		
53.	勘	0	0	0		
54.	闞	0	0	0		
55.	豔	0	0	0		
56.	㮇	0	0	0		
57.	陷	0	0	0		
58.	鑑	0	0	0		
59.	釅	0	0	0		
60.	梵	0	0	0		
總計		101	51	32		

（四）北齊詩入聲韻押韻統計表

序號	韻目	韻數	韻段	合韻	合韻內容	合韻出處
1.	屋[9]	6	3	0		

---

9 屋韻（屋一2：屋三4）自身的合韻情況：屋一獨用1（1+0）；屋三獨用2（2+0）。

序號	韻目	韻數	韻段	合韻	合韻內容	合韻出處
2.	沃	0	0	0		
3.	燭	2	1	0		
4.	覺	0	0	0		
5.	質	9	5	2	櫛1、術1	櫛112.9.1、術112.9.9
6.	術	1	1	1	質1	質112.9.9
7.	櫛	1	1	1	質1	質112.9.1
8.	物	0	0	0		
9.	迄	0	0	0		
10.	月	4	2	0		
11.	沒	0	0	0		
12.	曷	0	0	0		
13.	末	0	0	0		
14.	黠	0	0	0		
15.	鎋	0	0	0		
16.	屑	4	4	4	薛4	薛 108.8 、 111.6 、 112.4、112.6
17.	薛	8	5	4	屑4	屑 108.8 、 111.6 、 112.4、112.6
18.	藥	1	1	1	鐸1	鐸92
19.	鐸	1	1	1	藥1	藥92
20.	陌[10]	5	3	1	陌二：昔1	陌二：昔114
21.	麥	0	0	0		
22.	昔	6	4	2	錫1、陌二1	錫112.8.1、陌二114
23.	錫	1	1	1	昔1	昔112.8.1

10 陌韻（陌二5：陌三0）自身的合韻情況：陌二獨用3（2+1）。

序號	韻目	韻數	韻段	合韻	合韻內容	合韻出處
24.	職	18	6	1	德1	德3
25.	德	5	3	1	職1	職3
26.	緝	0	0	0		
27.	合	0	0	0		
28.	盍	0	0	0		
29.	葉	0	0	0		
30.	怗	3	1	0		
31.	洽	0	0	0		
32.	狎	0	0	0		
33.	業	0	0	0		
34.	乏	0	0	0		
總計		75	42	20		

第八章
北周詩韻轍研究

第一節　北周詩的用韻情況

　　西元557年，宇文護逼迫西魏恭帝拓跋廓禪位，隨後弒君，並扶植宇文覺即帝位，正式建立北周，定都長安。宇文覺之父宇文泰，是漢化鮮卑人，其祖上原為鮮卑宇文部，世居代郡武川鎮（今內蒙古自治區武川），因此北周時期所留下來的詩歌，其音系或許可以優先考慮以長安為標準的讀書音，其次才是詩人的方言和個人習慣。

一、通、江攝的用韻

表 1.1

聲調	韻目	韻數	韻段	合韻	合韻內容	備註
平	東	127	27	4	鍾1、鍾江1、江1、鍾1	○
	冬	1	1	1	鍾1	×
	鍾	47	15	4	冬1、東1、東陽1、東1	○
	江	4	3	2	陽1、東1	×
入	屋	8	2	1	庚清青1	◎
	沃	0	0	0		
	燭	5	1	0		○
	覺	8	1	1	樂鐸1	×

　　北周詩歌的東韻字出現相當多，共127次27韻段，其中只有4首合韻，合韻的情況是：鍾3、江2。合韻1首表示1次合韻行為，與東韻合韻最高的鍾韻也只有3次，這表示東韻有自己的獨立地位，因而甚少與其他韻合用。合韻對象主要是鍾，其次是江。入聲屋韻則並未與燭、覺合用。

　　冬韻字少，只有1次1韻段，合韻對象是鍾韻。冬、鍾韻在中古韻圖互補，北周詩的冬韻雖然只有1首，但仍然可以推斷它和鍾韻的關係。鍾韻出現47次15韻段，其中4首合韻，合韻行為是：東3、冬1、陽1。鍾韻雖然與東韻合用3次，但其中1次與陽韻合用，可視為音近的押韻。入聲燭韻只出現5次1韻段，而且自己獨用。

　　江韻字雖不多，但北周詩還是出現4次3韻段，其中2首合韻，合韻行為是：陽1、東1。入聲覺韻則有8次1韻段通藥鐸。這樣的合韻行為顯示，江韻既接近東，又接近陽，極有可能介於兩者之間。

二、止攝的用韻

表 1.2

聲調	韻目	韻數	韻段	合韻	合韻內容	備註
平	支	72	11	0		○
	脂	23	14	13	微5、之6、之微1、微1	×
	之	27	9	7	脂6、脂微1	×
	微	107	22	7	脂6、脂之1	○
上	紙	0	0	0		
	旨	1	1	1	止薺蟹1	×
	止	14	3	1	旨薺蟹1	○
	尾	0	0	0		

聲調	韻目	韻數	韻段	合韻	合韻內容	備註
去	寘	0	0	0		
	至	10	4	3	未3	×
	志	0	0	0		
	未	4	3	3	至3	×

　　支韻出現72次11韻段，11首完全獨用，合韻行為是0，這表示支韻是一個獨立的韻。脂韻出現23次14韻段，其中13首合韻，合韻行為是：微7、之7。合韻對象不是之韻就是微韻，而且都高達7次，可見脂韻沒有自己的獨立地位。若從去聲來看，至韻出現的10次4韻段，有3首與未韻相押，而未韻出現的4次3韻段，則全部都與至韻相押，這或許表示，脂韻比較接近微韻。

三、遇攝的用韻

表 1.3

聲調	韻目	韻數	韻段	合韻	合韻內容	備註
平	魚	93	23	2	虞模1、模歌戈1	○
	虞	37	12	11	模8、魚模1、尤侯1、尤1	×
	模	32	11	10	虞8、魚虞1、魚歌戈1	×
上	語	6	3	2	麌2	×
	麌	19	7	5	姥3、語2	×
	姥	8	4	3	麌3	×
去	御	2	1	1	遇暮1	×
	遇	1	1	1	御暮1	×
	暮	10	4	1	御遇1	○

魚韻的入韻次數相當高，共出現93次23韻段，然而只有2首合韻，合韻行為是：模2、虞1、歌1、戈1。這樣的合韻行為說明，北周詩的魚韻是一個獨立的韻，它與虞模、歌戈只是接近而非混同。其中與歌戈的合用出現在仙道詩，排除之後，用韻比較寬鬆的魚韻就只跟虞模合韻。從上、去二聲亦可得知：上聲語韻只通麌2次，去聲御韻只通遇暮1次，可見魚韻比較接近虞、模二韻。

虞韻出現37次12韻段，其中高達11首合韻，只是與尤侯的合韻出現在仙道詩，可先予以排除，這樣，虞韻的合韻行為是：模9、魚1。模韻次數最高，共9次，魚韻只1次。以上可見，虞韻是個獨立的韻，與尤、魚的合韻只是接近而非韻同。至於與模韻的關係，則可處理為洪細的不同。

模韻出現32次11韻段，其中高達10首合韻，合韻行為是：虞9、魚2、歌1、戈1。模韻與虞韻相押的次數高達9首，其次才是魚韻的2次，可見虞、模二韻，關係相當密切。

四、蟹攝的用韻

表 1.4

聲調	韻目	韻數	韻段	合韻	合韻內容	備註
平	齊	50	11	0		○
	佳	2	1	0		○
	皆	15	4	1	咍1	○
	灰	43	24	24	咍23、咍葉1	×
	咍	84	29	25	灰23、皆1、灰葉1	×
上	薺	2	1	1	旨止蟹1	×
	蟹	1	1	1	旨止薺1	×

聲調	韻目	韻數	韻段	合韻	合韻內容	備註
	駭	0	0	0		
	賄	0	0	0		
	海	4	1	0		○
去	霽	2	1	1	祭1	×
	祭	2	1	1	霽1	×
	泰	5	2	0		○
	卦	0	0	0		
	怪	0	0	0		
	隊	0	0	0		
	代	0	0	0		

　　齊韻出現50次11韻段，全部獨用，這表示齊韻是一個獨立的韻。上聲薺韻與旨止蟹合韻1次，考慮到那是仙道詩，先予以排除。至於它的去聲霽韻可以跟祭韻相押，似乎透露了一些線索。

　　佳韻字少，南北朝詩歌不常入韻，北周詩則出現2次1韻段，但並未合韻，看不出它的音韻地位。

　　皆韻出現15次4韻段，只有1首與哈韻合用，也不容易看出它的音韻地位。

　　灰韻出現43次24韻段，結果24首全部合韻，合韻行為是：哈24、葉1。灰韻與哈韻完全合韻，兩者一開一合，可以視為開合口的不同。至於與葉合韻的1次，可以視作例外。

　　哈韻的情況與灰韻相似，出現的84次29韻段中，高達25首合韻，合韻行為是：灰24、皆1、葉1。與灰韻不一樣的是，多了1次與皆韻合用，這自然也可視為例外。

　　至於去聲泰韻，出現5次2韻段，全都獨用，表示有自己的音韻地位。

五、臻攝的用韻

表 1.5

聲調	韻目	韻數	韻段	合韻	合韻內容	備註
平	真	121	32	22	諄欣1、諄15、諄文1、諄魂痕1、先仙1、仙1、文魂痕仙陽1、文侵1	×
	諄	26	18	18	真欣1、真15、真文1、真魂痕1	×
	臻	0	0	0		
	文	75	23	5	真諄1、欣仙清1、魂1、真魂痕仙陽1、真侵1	○
	欣	2	2	2	真諄1、文仙清1	×
	元	67	25	25	魂17、魂痕7、魂仙1	×
	魂	69	31	29	元17、元痕7、元仙1、真諄痕1、東鍾1、文1、真文仙痕陽1	×
	痕	11	9	9	元魂7、真諄魂1、真文魂仙陽1	×
上	軫	0	0	0		
	準	0	0	0		
	臻	0	0	0		
	吻	0	0	0		
	隱	0	0	0		
	阮	5	3	2	獮1、混1	×
	混	2	1	1	阮1	×
	很	0	0	0		

聲調	韻目	韻數	韻段	合韻	合韻內容	備註
去	震	0	0	0		
	稕	0	0	0		
	櫬	0	0	0		
	問	0	0	0		
	焮	0	0	0		
	願	7	1	1	慁線1	✕
	慁	1	1	1	願線1	✕
	恨	0	0	0		
入	質	7	2	1	櫛1	◎
	術	0	0	0		
	櫛	1	1	1	質1	✕
	物	0	0	0		
	迄	0	0	0		
	月	0	0	0		
	沒	0	0	0		
	麧	0	0	0		

　　真韻很常入韻，共出現121次32韻段，其中22合韻，合韻行為相當複雜，可以通諄文欣魂痕先仙陽侵等收鼻音韻尾的字，揆其原因，主要是這些詩歌，大部分屬於仙道詩，仙道詩的押韻條件較為寬鬆，尤其是在收鼻韻的陽聲韻中特別明顯。由於這些仙道詩會干擾結果，因此先將它們排除，排除仙道詩之後，真韻的合韻行為是：諄16、欣1。真韻不再與一堆陽聲韻合用，而《切韻》本就真、諄不分，因此真韻與諄韻的合韻行為，可視為洪細的關係。至於諄韻的結果，跟真韻一樣，出現的26次18韻段中，全都合韻，合韻行為是：真16、欣1。

　　臻韻並未入韻，但它的入聲櫛韻出現1次1韻段，而與質韻同用。由於臻韻（及其上去入聲）字少，且不常入韻，因而不容易判斷它的音韻地位。

　　元韻出現75次23韻段，只有5首合韻，合韻行為通真諄欣云痕仙陽侵等，由於合韻的都是仙道詩，排除之後，文韻只有自己獨用，並未合韻，可見文韻是一個獨立的韻。

　　欣韻字少，只出現2次2韻段，都與其他韻合用，排除仙道詩之後，欣韻的合韻行為是：真1、諄1。北周詩的欣韻可以跟真、諄二韻合用。

　　元韻出現67次25韻段，結果全都合韻，合韻行為是：魂25、痕7、仙1。元韻主要通魂、痕。而魂韻出現69次31韻段，高達29首合韻，排除仙道詩之後，魂韻的合韻行為是：元25、痕7、仙1。至於痕韻，出現11次9韻段，9首全部合韻，排除仙道詩之後，合韻行為是：元7、魂7。由以上合韻行為來看，元、魂、痕三韻互通，三者條件剛好互補，元韻只有細音，魂韻只有洪音合口，痕韻只有洪音開口，所以可將三者合併，它們只是介音的不同。元、魂、痕三韻的上聲、去聲也入韻，從中也可看出三者不分的一些端倪。

六、山攝的用韻

表 1.6

聲調	韻目	韻數	韻段	合韻	合韻內容	備註
平	寒	60	17	14	桓9、刪2、仙1、桓刪山1、諫1	×
	桓	21	10	10	寒9、寒刪山1	×
	刪	18	9	3	寒2、寒桓山1	○

聲調	韻目	韻數	韻段	合韻	合韻內容	備註
	山	4	3	2	濟1、寒桓刪1	×
	先	74	26	20	仙19、真仙1	×
	仙	73	27	25	先19、寒1、魂元1、真先1、真1、文欣清1、真文魂痕陽1	×
上	旱	0	0	0		
	緩	5	1	0		○
	濟	1	1	1	山1	×
	產	0	0	0		
	銑	0	0	0		
	獮	8	3	1	阮1	○
去	翰	1	1	1	換1	×
	換	3	1	1	翰1	×
	諫	1	1	1	寒1	×
	襇	0	0	0		
	霰	5	3	1	線1	○
	線	4	2	2	恩願1、霰1	×
入	曷	0	0	0		
	末	0	0	0		
	黠	0	0	0		
	鎋	0	0	0		
	屑	0	0	0		
	薛	11	4	0		○

　　寒韻出現60次17韻段，其中14首合韻，排除仙道詩之後，合韻行為是：桓10、刪2、山1、仙1。寒韻主要跟桓韻相通，它們的去聲翰韻和換韻也支持這一點。而桓韻出現21次10首，結果10首全部合韻，排

除仙道詩之後，合韻行為是：寒10、刪1、山1。《切韻》本不分寒、桓，因此不妨把寒桓合併，認為是開合口的不同，韻的結構則無異。

　　刪韻出現18次9韻段，其中3首合韻，合韻行為是：寒3、桓1、山1。刪韻似乎與寒韻甚至桓、山韻完全相混，惟合韻次數偏低，不容易判斷，尤其它的上、去、入聲，都未能有效提供佐證。上聲潸韻與山韻雖合用1次，惟此詩是王褒的〈關山篇〉，它可能是一首殘詩：

　　從軍出隴阪（潸）。驅馬度關山（山）。關山恆掩藹〔泰〕。高
　　峰白雲外（泰）。遙望秦川水。千里長如帶（泰）。好勇自秦中
　　〔東〕。意氣多豪雄（東）。少年便習戰。十四已從戎（東）。
　　遼水深難渡。榆關斷未通（東）。（逯2329）

倘若與王訓的〈度關山〉相比，似乎缺了前兩句和後十六句：

　　邊庭多警急。羽檄未曾閒（山）。從軍出隴坂。驅馬度關山
　　（山）。關山恆晻靄〔泰〕。高峯白雲外（泰）。遙望秦川水。
　　千里長如帶（泰）。好勇自秦中〔東〕。意氣本豪雄（東）。少
　　年便習戰。十四已從戎（東）。昔年經上郡。今歲出雲中
　　（東）。遼水深難渡。榆關斷未通（東）。折衝淩絕域〔職〕。
　　流蓬警未息（職）。胡風朝夜起。平沙不相識（職）。兵法貴先
　　聲〔清〕。軍中自有程（清）。逗遛皆贖罪。先登盡一城
　　（清）。都護疲詔吏。將軍擅發兵（庚）。平盧疑縱火。飛鴟畏
　　犯營（清）。輕重一為虜。金刀何用盟（庚）。誰知出塞外。獨
　　有漢飛名（清）。（逯1717）

　　至於原作者是誰？則有待進一步考證。這裡只指出，〈關山篇〉前兩句是上聲韻與平聲韻相押，顯得非常不自然；而〈度關山〉則是

四句，第二句與第四句入韻，緊接著轉韻，換成泰韻，並且首句入韻，之後每次轉韻都是首句入韻，沒有例外。由此可見，〈關山篇〉是殘詩的可能性相當高。

至於山韻本身，只出現4次3韻段，其中2首合韻，合韻行為是：寒1、桓1、刪1、濟1。排除前面說過的濟韻之後，山韻同時和寒桓刪合韻1次，由於次數太少，因而暫時保留它的地位。

先韻出現74次26韻段，共有20首合韻，排除仙道詩之後，合韻對象都是仙韻，共19次，可見先、仙二韻，關係密切。而仙韻出現73次27韻段，高達25首合韻，排除仙道詩之後，仙韻的合韻行為是：先19、寒1、魂1、元1。毫無疑問，先、仙相混，考慮到先韻在四等，仙韻在三等，根據李榮（1956）的研究，四等細音恐怕是後起的，既然如此，可把兩者處理為洪細的關係，而四等屬細音是後起的結果。而先與寒、魂、元三韻只是音近的例外。

七、效攝的用韻

表 1.7

聲調	韻目	韻數	韻段	合韻	合韻內容	備註
平	蕭	8	5	5	宵5	✕
	宵	22	6	5	蕭5	✕
	肴	22	3	0		◯
	豪	23	4	0		◯
上	篠	2	1	1	小1	✕
	小	4	1	1	篠1	✕
	巧	0	0	0		
	晧	0	0	0		

蕭韻出現8次5韻段，5首全都合韻，合韻行為比較單純，都是與宵韻混用。宵韻出現22次6韻段，其中5首合韻，合韻的對象都是蕭韻。兩者的上聲篠韻和小韻也都以對方為合韻對象。

至於肴韻和豪韻，兩者都自己獨用，完全沒有合韻行為，可見肴韻和豪韻具有自己的主體地位。

八、果、假攝的用韻

表 1.8

聲調	韻目	韻數	韻段	合韻	合韻內容	備註
平	歌	56	20	16	戈13、戈麻1、魚模戈1、戈麻1	×
	戈	26	16	16	歌13、歌麻2、魚模歌1	×
	麻	45	12	2	歌戈2	○
上	哿	1	1	1	果馬1	×
	果	2	1	1	哿馬1	×
	馬	4	2	1	哿果1	×
去	箇	0	0	0		
	過	0	0	0		
	禡	4	1	0		○

歌韻出現56次20韻段，共有16首合韻，合韻行為是：戈16、麻2、魚1、模1。歌與戈合用的次數遠高於其他，這表示兩者關係相當密切。同樣，戈韻出現26次16韻段，全部都合韻，合韻行為是：歌16、麻2、魚1、模1。戈韻的押韻情況和歌韻完全相同。

至於麻韻，出現45次12韻段，只有2首合韻，合韻行為是：歌2、戈2。麻韻雖然與歌、戈合用，但次數不高，只能視為音近的例外。

　　歌、戈、麻的上聲與去聲，入韻次數不多，因而只能以平聲作判準。

九、宕攝的用韻

表 1.9

聲調	韻目	韻數	韻段	合韻	合韻內容	備註
平	陽	118	32	23	唐19、江1、庚1、東鍾1、真文魂痕仙1	×
	唐	36	19	19	陽19	×
上	養	2	1	0		○
	蕩	0	0	0		
去	漾	8	2	1	宕1	◎
	宕	1	1	1	漾1	×
入	藥	3	1	1	覺鐸1	×
	鐸	19	1	1	藥鐸1	×

　　陽韻入韻的次數相當高，共118次32首，其中23首合韻，排除仙道詩之後，合韻行為是：唐19、江1。唐韻則出現36次19韻段，結果19首全都與陽韻合用。由於陽韻是細音，唐韻是洪音，兩者應是洪細的不同，可處理為同一個韻。至於與陽韻相押的江韻，由於次數不高，因此只能視為音近的合韻。

　　上聲養、蕩未有合韻行為。去聲漾、宕和入聲藥、鐸，都有合用1次，一如平聲陽、唐，主要合韻對象都是彼此，可見陽、唐韻本就是一個韻，因洪細不同而分開。

十、梗攝的用韻

表 1.10

聲調	韻目	韻數	韻段	合韻	合韻內容	備註
平	庚	99	38	36	清27、青1、清青7、屋清青1、陽1	✕
	耕	0	0	0		
	清	103	39	38	庚27、庚青7、青2、庚青屋1、文欣仙1	✕
	青	38	14	11	庚清7、清2、庚1、庚清屋1	✕
去	映	8	4	3	勁3	✕
	諍	0	0	0		
	勁	4	3	3	映3	✕
	徑	0	0	0		
入	陌	5	2	2	昔2	✕
	麥	1	1	1	昔錫1	✕
	昔	8	4	4	錫1、陌2、麥錫1	✕
	錫	2	2	2	昔1、麥昔1	✕

　　庚韻出現的次數相當高，共99次38韻段，高達36首合韻，排除屬於仙道詩的「陽1」後，合韻行為是：清35、青9、屋1。庚韻與清韻的合用次數相當高，這兩個韻恐怕在當時已混而不分。至於屋韻，出現在庾信的〈商調曲〉四之三：

　　禮樂既正。神人所以和（戈）。玉帛有序。志欲靜干戈（戈）。
　　各分符瑞。俱誓裂山河（歌）。今日相樂。對酒且當歌（歌）。

道德以喻。聽撞鐘之聲（清）。神姦不若。觀鑄鼎之形（青）。
鄷宮既朝。諸侯於是穆（屋）。岐陽或狩。淮夷自此平（庚）。
若涉大川。言憑於舟楫（葉）。如和鼎實。有寄於鹽梅（灰）。
君臣一體。可以靜氛埃（咍）。得人則治。何世無奇才（咍）。
　（逯2428）

　　當中的「穆」、「葉」是入聲字，分別與庚清青、灰咍合韻，顯得
不自然。或許可以考慮，這首詩是九個字一句，那麼「穆」、「葉」二
字就可以不是韻腳，否則這兩個字在大停頓處，只好把它們視為例外
的合韻。

　　清韻出現的次數比庚韻更高，共103次39韻段，而且高達38首合
韻，只有1首獨用。排除「欣文仙1」的仙道詩之後，清韻的合韻行為
是：庚35、青10。清韻與庚韻相混，而與青韻呢？清韻是三等，而青
韻是四等，兩者是洪細的不同，可以合併為一個韻。

　　至於青韻，出現38次14韻段，共有11首合韻，合韻行為是：清
10、庚9。青韻的合韻對象不是清就是庚，兩者數量相當。

　　現在回過來看庚、清、青三者的合韻，由於青韻的字較少，因而
庚、清合韻的次數才遠高於庚、青或清、青，然則庚、清、青三韻關
係密切是可以肯定的。而且去、入聲的相通亦可證明三者的密切關
係。假若清、青是洪細的關係，那麼清青與庚又是什麼關係呢？或許
是音近所以押韻，但也有可能是當時的雅言根本就混而不分。

　　耕韻字少，平、上、去三聲都不入韻，雖有入聲麥韻合韻1次，
而且是與昔錫合韻，這或許反映耕韻在當時亦與庚、清、青三韻混
同，只是次數太少，無法明顯看出它們的關係。

十一、曾攝的用韻

表 1.11

聲調	韻目	韻數	韻段	合韻	合韻內容	備註
平	蒸	3	1	0		○
	登	6	1	0		○
入	職	0	0	0		
	德	2	1	0		○

　　蒸韻出現的次數不多，只有3次1韻段，沒有合韻。登韻也一樣，只有6次1韻段，也沒有合韻。入聲的情況相似，因此完全看不出蒸、登的關係，只好暫時保留它們的地位。

十二、流攝的用韻

表 1.12

聲調	韻目	韻數	韻段	合韻	合韻內容	備註
平	尤	52	16	14	侯12、虞侯1、虞1	×
	侯	24	14	14	尤12、幽1、虞尤1	×
	幽	1	1	1	侯1	×
上	有	6	2	1	厚1	◎
	厚	1	1	1	有1	×
	黝	0	0	0		

　　尤韻出現52次16韻段，高達14首合韻，排除仙道詩之後，尤韻只與侯韻合用，這說明尤、侯關係密切。尤韻是細音，侯韻是洪音，兩

者可以處理為介音的不同，而韻則是一樣的。上聲有韻和厚韻也支持這一點。

至於幽韻，由於字少，幾乎不入韻，這裡也只出現1次1韻段，而與侯韻合用，似乎北周詩中，尤、侯、幽三者混而不分。但幽韻入韻次數少，不好判斷。

十三、深、咸攝的用韻

表 1.13

聲調	韻目	韻數	韻段	合韻	合韻內容	備註
平	侵	109	26	1	真文1	○
	覃	4	2	0		○
	鹽	0	0	0		
去	沁	0	0	0		
	勘	3	1	0		○
	豔	0	0	0		
入	緝	2	1	0		○
	合	0	0	0		
	葉	1	1	1	灰咍1	×

侵韻出現的次數相當高，共109次26韻段，但只有1首合韻，而且是仙道詩，排除之後，侵韻完全獨用，這是南北朝時期的特點，侵韻基本上不與其他韻同用，它的主體地位非常明顯。入聲緝韻也支持這一點。

覃韻也甚少入韻，這裡出現4次2韻段，而且完全獨用；它的上聲勘韻則出現3次1韻段，也是自己獨用，這表示覃韻還是有自己的獨立地位，因而不與其他韻同用。

至於葉韻與灰咍韻的1次合韻，那是例外，詳細原因有待進一步考證。

第二節　北周詩的韻譜分析

一、通、江攝的韻轍觀察

（一）通、江攝的轍離合指數

表 2.1.1

韻目 總3470	東	冬	鍾	江	陽
東202	196		0.5	4.3	0.2
冬1		0	32.1		
鍾108	3	1	104		
江4	1			2	4.6
陽	2			1	

根據上表，東韻與江韻的轍離合指數超過標準，因而兩者可以合轍，今稱「東轍」。而冬韻與鍾韻的指數亦超過標準，可以合轍，今稱「冬轍」。值得注意的是，東、江二韻分別與陽韻有2、1次接觸，雖然東陽韻的指數只有0.2，在預料之中，但江陽的指數卻超過標準，來到4.6。考慮到江、陽只有1次接觸，暫不將江韻與陽韻合併，可是江、陽的合韻的情況值得注意，尤其是陳詩亦有這一現象，或許反映了江韻逐漸從東、鍾變演至陽、唐的一個過渡階段。

至於入聲的情況：

表 2.1.2

韻目 總130	屋	燭	覺	藥	鐸
屋12	12				
燭8		8			
覺14			6	*1.5*	*1.8*
藥			1		
鐸			7		

　　屋韻與燭韻各自獨用，今稱「屋轍」與「燭轍」。倒是覺韻與藥、鐸二韻分別有1次和7次接觸，不過它們之間的轍離合指數分別只有1.5和1.8，兩者都未達到標準，因而不能合轍。從這裡也可以得到平聲江、陽不應合轍的支持。

（二）通、江攝的韻離合指數

表 2.1.3

韻目 總3470	東	冬	鍾	江	陽
東202	196			26	
冬1		0	102		
鍾108	3	1	104		
江4	1			2	33
陽	2			1	

　　經過計算，東、江的韻離合指數只有26，未達50，因而判定兩者的韻基並不相同。而冬、鍾二韻的指數超過90，可以判定兩者韻基相同。至於江、陽二韻的指數只有33，明顯韻基有異。

至於入聲的情況，由於屋、燭、覺三韻並沒有接觸，平聲的韻離合指數又低於50，因而判定三者韻基不同。

二、止攝的韻轍觀察

（一）止攝的轍離合指數

表 2.2.1

韻目　總3470	支	脂	之	微
支120	120			
脂36		14	*24.1*	*7.1*
之40		10	28	*1.1*
微162			12	2	148

根據上表，支韻獨用，可以獨立一轍，今稱「支轍」。脂、之二韻的轍離合指數已超過2倍，可以合併為一轍，今稱「之轍」。而微韻雖然與之韻的指數未達到標準，但透過脂韻為中介，得以併入之轍。

（二）止攝的韻離合指數

表 2.2.2

韻目　總3470	支	脂	之	微
支120	120			
脂36		14	**63T**	**43**
之40		10	28	
微162			12	2	148

　　經過計算，脂、之二韻之間的韻離合指數未達到90，但落在63區間，必須進行t分布假設檢驗，檢驗的結果是通過，可見脂、之二韻韻基相同。而脂微的指數只有43，未達標準，因而只能判定韻基有別。

三、遇攝的韻轍觀察

（一）遇攝的轍離合指數

表 2.3.1

韻目 總3470	魚	虞	模
魚143	136	*1.3*	*1.4*
虞56	3	32	*20.6*
模54	3	18	32
其他	1	3	1

　　根據上表，魚韻與虞、模二韻的轍離合指數分別只有1.3和1.4，都未達到標準，因而自己一轍，今稱「魚轍」。而虞模的指數高達20.6，遠超過理論上的平均概率，自然可以合轍，今稱「虞轍」。

（二）遇攝的韻離合指數

表 2.3.1

韻目 總3470	魚	虞	模
魚143	136		
虞56	3	32	71T
模54	3	18	32
其他	1	3	1

　　經過計算，魚、模二韻的韻離合指數未超過90，但落在71區間，必須進行t分布假設檢驗，檢驗出來的結果是通過，因而可以判定兩者的韻基相同。

四、蟹攝的韻轍觀察

（一）蟹攝的轍離合指數

表 2.4.1

韻目 總3470	齊	佳	皆	灰	哈
齊80	80				
佳2		2			
皆24			22		2.2
灰67				22	18.1
哈129			2	45	82

　　根據上表，齊韻與佳韻各自獨用，只能分為二轍，今稱「齊轍」和「佳轍」。而皆、灰、哈三韻之間的轍離合指數都超過2倍，因此可

以合併為一轍，今稱「咍轍」。

　　至於去聲的情況：

表 2.4.2

韻目＼總128	霽	祭	泰
霽3	0	*42.3*	
祭3	3	0	
泰6			6

　　霽韻與祭韻的轍離合指數超過標準，可以合併為一轍，今稱「霽轍」。而泰韻自己獨用，因而另立一轍，今稱「泰轍」。

（二）蟹攝的韻離合指數

表 2.4.3

韻目＼總3470	齊	佳	皆	灰	咍
齊80	80				
佳2		2			
皆24			22		13
灰67				22	102
咍129			2	45	82

　　經過計算，灰、咍二韻的韻離合指數達到102，因而可以判定兩者的韻基沒有區別。而皆韻與咍韻的指數只有13，可見兩者的韻基並不相同。

　　至於去聲的情況：

表 2.4.4

韻目 總128	霽	祭	泰
霽3	0	**166**	
祭3	3	0	
泰6			6

　　經過計算，霽韻與祭韻的韻離合指數超過標準，來到166，可見兩者韻基相同。

五、臻攝的韻轍觀察

（一）臻攝的轍離合指數

表 2.5.1

韻目 總3470	真	諄	文	欣	元	魂	痕
真185	130	15	0.3	9.4			1.1
諄50	40	8	0.6			0.6	
文111	2	1	102			0.5	
欣4	2			0			
元107					34	18.3	11.4
魂117		1	2		66	38	12.2
痕17	1				6	7	2
仙	7		4	2		2	1
其他	3				1	1	

　　根據上表，真、諄、欣三韻的轍離合指數都大於2倍，因此可以合併為一轍，今稱「真轍」。文韻雖與真、諄二韻接觸，但指數未達到2，只能另立一轍，今稱「文轍」。

　　至於元、魂、痕三韻，彼此之間的指數都超過2，因而可以合併為一轍，今稱「元轍」。雖然魂、痕二韻亦與真、諄、文等韻接觸，但指數並未達到標準，只能是少數的例外。

　　此外，真轍各韻另與仙韻等接觸，但指數都未達到標準，這一點將在山攝的用韻中再作討論。

　　至於入聲的情況：

表 2.5.2

韻目 總130	質	櫛
質10	8	*12.9*
櫛2	2	0

　　質韻與櫛韻的轍離合指數已超過2，可以合併為一轍，今稱「質轍」。

（二）臻攝的韻離合指數

表 2.5.3

韻目 總3470	真	諄	文	欣	元	魂	痕
真185	130	109		71?			
諄50	40	8					
文111	2	1	102				
欣4	2			0			

總3470　韻目	真	諄	文	欣	元	魂	痕
元107					34	129	104
魂117		1	2		66	38	116
痕17	1				6	7	2

　　經過計算，真、諄二韻彼此之間的韻離合指數達到109，可以判定兩者的韻基相同。而真、欣二韻的指數落在71區間，必須進行t分布假設檢驗；然而由於真、欣二韻的合用只有1個韻段，因而無法進行檢驗。

　　至於元轍三韻，經過統計，也是全部都達到90以上，因此不必做假設檢驗，即可判定三者的韻基並沒有區別。

　　至於入聲的情況：

表 2.5.4

總130　韻目	質	櫛
質10	8	110
櫛2	2	0

　　質、櫛二韻經過計算，韻離合指數達到110，因而可以判定兩者韻基相同。

六、山攝的韻轍觀察

（一）山攝的轍離合指數

表 2.6.1

韻目 總3470	寒	桓	刪	山	先	仙
寒98	*64*	*26.6*	*6.2*	*11.8*		*0.6*
桓36	27	*8*	*4.2*			
刪23	4	1	*18*			
山3	1			*2*		
先115					*58*	*14.3*
仙114	2				54	*42*
其他					3	16

　　在山攝各韻中，可以分出兩個韻轍。首先，寒、桓、刪、山四韻
的轍離合指數都超過2，這幾個韻可以合併為一轍，今稱「寒轍」。剩
下的先、仙二韻，彼此的指數亦超過2，兩者可以合轍，今稱「仙
轍」。寒、仙二韻雖有接觸，但指數只有0.6，未達到門檻，無法進一
步合轍。

　　倘若將先、仙二韻與臻攝各韻放在一起比較，則呈現如下數據：

表 2.6.2

韻目 總3470	先	仙	真	文	欣	元	魂	痕
先	*58*	*14.3*	*0.2*			*0.3*	*0.3*	
仙	54	*42*	*1.2*	*1.1*	*7.6*		*0.5*	*1.8*
真	1	7	*130*	*0.3*	*9.4*			*1.1*
文		4	2	*102*			*0.5*	
欣		1	2	*0*				
元	1					*34*	*18.3*	*11.4*

韻目 總3470	先	仙	真	文	欣	元	魂	痕
魂	1	2		2		66	38	*12.2*
痕		1	1			6	7	2

　　先、仙二韻雖與真轍各韻接觸，但除了欣韻，指數都沒有超過2，可見只能是少數的例外。仙、欣二韻的接觸只有1次，而指數高達7.6，主要還是由於欣韻自身韻次是0所引起的波動。

　　至於入聲的情況，目前只有薛韻入韻，因此無從判斷。

（二）山攝的韻離合指數

表 2.6.3

韻目 總3470	寒	桓	刪	山	先	仙
寒98	64	108	28	50?		
桓36	27	8	14			
刪23	4	1	18			
山3	1			2		
先115					58	103
仙114	2				54	42

　　經過計算，寒轍寒、桓二韻的韻離合指數超過90，表示兩者韻基相同。刪韻與寒、桓二韻的指數都未達標準，可見刪韻的韻基與寒、桓並不相同。山韻和寒韻的指數剛好50，必須做t分布假設檢驗來判斷；然而由於寒、山二韻的合用只有1個韻段，因而無法進行檢驗。仙轍中的先、仙二韻，兩者之間的指數超過90，可以不必做檢驗即可判定韻基相同。

　　至於仙轍仙韻與真轍欣韻的韻離合指數則如下表所示：

表 2.6.4

韻目 總3470	先	仙	真	文	欣	元	魂	痕
先	58	103						
仙	54	42			68?			
真	1	7	130		71?			
文		4	2	102				
欣		1	2		0			
元	1					34	129	104
魂	1	2		2		66	38	116
痕		1	1			6	7	2

　　仙、欣二韻的韻離合指數沒有超過90，但落在68區間，必須進行
t分布假設檢驗來判斷；然而欣韻與仙韻的合用只有1個韻段，因此無
法檢驗。考慮到仙、欣中古不同韻攝，且欣韻入韻次數偏低，或許把
兩者視為韻基不同，一如仙韻與其他真轍的韻那樣會比較合理。

七、效攝的韻轍觀察

（一）效攝的轍離合指數

表 2.7.1

韻目 總3470	蕭	宵	肴	豪
蕭17	2	*92.8*		
宵33	15	18		
肴38			38	
豪38				38

效攝中的四韻，蕭韻只與宵韻接觸，兩者的轍離合指數高達92.8，明顯可以合併為一個韻轍，今稱「宵轍」。而肴、豪二韻都獨用，未與其他韻合用，因而各自另立一轍，今稱「肴轍」和「豪轍」。

（二）效攝的韻離合指數

表 2.7.2

韻目 總3470	蕭	宵	肴	豪
蕭17	2	**131**		
宵33	15	18		
肴38			38	
豪38				38

經過計算，蕭、宵二韻的韻離合指數超過90，來到131，因此直接判定兩者韻基相同。

八、果、假攝的韻轍觀察

（一）果、假攝的轍離合指數

表 2.8.1

韻目　　　　　總3470	歌	戈	麻
歌85	54	27.2	2.4
戈39	26	10	2.6
麻68	4	2	62

　　根據上表，果攝三韻全部相混，歌、戈、麻三韻彼此之間的轍離合指數都超過2，說明三者完全可以合併，今稱「歌轍」。

（二）果、假攝的韻離合指數

表 2.8.2

韻目　　　　　總3470	歌	戈	麻
歌85	54	103	12
戈39	26	10	11
麻68	4	2	62

　　經過計算，歌、戈二韻的韻離合指數達到103，可見兩者韻基相同。而麻韻與歌、戈二韻的指數分別只有12和11，都未達到低標50，可見麻韻與歌、戈二韻的韻基並不相同。

九、宕攝的韻轍觀察

（一）宕攝的轍離合指數

表 2.9.1

總3470 韻目	陽	唐	庚
陽190	142	*11.3*	*0.5*
唐63	39	24	
庚	4		
其他	5		

　　陽韻與唐韻轍離合指數遠大於2倍，高達11.3，因而可以合轍，今以陽韻為主體，稱為「陽轍」。至於陽韻與庚韻的4次接觸，指數只有0.5，並未達到合轍的門檻。其他則是：東2、江1、真1、仙1，除了江韻，指數都未達到標準。江韻的指數雖然超過標準，但其實是韻次偏低所引起的波動，理由上文已交代。

　　至於入聲的分合：

表 2.9.2

總130 韻目	藥	鐸
藥6	2	*1.8*
鐸36	3	26
覺	1	7

　　令人意外的是，藥、鐸二韻的轍離合指數並未達到標準，也就是低於2，揆其原因，或許是藥韻入韻次數偏低的關係。今比照平聲的

情況，仍將藥、鐸二韻合為一轍，稱為「鐸轍」。

　　至於藥、鐸二韻另與覺韻的接觸，上文已交代，尤其鐸、覺的接觸雖然高達7次，但都未達到合轍標準。

（二）宕攝的韻離合指數

表 2.9.3

韻目 總3470	陽	唐
陽190	142	85T
唐63	39	24

　　經過計算，陽、唐二韻的韻離合指數落在85區間，必須進行t分布假設檢驗，檢驗結果是通過，可以判定陽、唐二韻的韻基相同。

十、梗攝的韻轍觀察

（一）梗攝的轍離合指數

表 2.10.1

韻目 總3470	庚	清	青
庚161	70	10.2	2.9
清167	79	74	4.6
青59	8	13	38
其他	4	1	

　　根據上表，庚、清、青三韻彼此之間的轍離合指數都超過2倍，因此可以合併為一個韻轍，今以清韻為主體，稱為「清轍」。

至於入聲的情況：

表 2.10.2

韻目＼總130	陌	麥	昔	錫
陌7	4		4.6	
麥2		0	10.8	
昔12	3	2	4	10.8
錫3			3	0

陌、麥、昔、錫四韻的轍離合指數亦超過2倍，已經達到合轍的標準，因此可以將四者合併為一轍，今稱「昔轍」。

（二）梗攝的韻離合指數

表 2.10.3

韻目＼總3470	庚	清	青
庚161	70	104	32
清167	79	74	48
青59	8	13	38

經過計算，庚、清二韻的韻離合指數超過90，可以判定韻基相同。然而青韻與庚、清二韻的指數分別只有32和48，並未達到標準，這似乎表示在北周時期的北方地區，青韻與庚、清二韻其實有別。

至於入聲的情況：

表 2.10.4

韻目＼總130	陌	麥	昔	錫
陌7	4		87T	
麥2		0	189	
昔12	3	2	4	175
錫3			3	0

　　陌韻與昔韻的韻離合指數來到87，未達90低標，因而必須進行t分布假設檢驗，檢驗的結果是通過，表示兩者韻基相同。而麥昔、昔錫這兩組韻的指數都超過90甚多，可以直接判定兩者韻基相同。換言之，梗攝入聲四韻全部韻基相同，混而不分，這與平聲的情況有所出入。

十一、曾攝的韻轍觀察

表 2.11.1

韻目＼總3470	蒸	登
蒸4	4	
登10		10

　　蒸韻與登韻各自獨用，並未接觸，因而只能分為兩轍，今稱「蒸轍」和「登轍」。

　　至於入聲的情況：

表 2.11.2

韻目 總130	職	德
職0	0	
德2		2

由於職韻並未入韻，因而無法得知職、德二韻之間的關係。

十二、流攝的韻轍觀察

表 2.12.1

韻目 總3470	尤	侯	幽
尤78	48	31.1	
侯40	28	10	86.7
幽1		1	0
虞	2	1	

上表顯示，尤、侯、幽三韻的轍離合指數都超過2倍，因此可以合轍為一轍，今稱「尤轍」。

（一）流攝的韻離合指數

表 2.12.2

韻目 總3470	尤	侯	幽
尤78	48	108	
侯40	28	10	341
幽1		1	0

　　經過計算，尤、侯、幽三韻之間的韻離合指數都超過90，因而可以判定三者韻基相同。

十三、深、咸攝的韻轍觀察

（一）深、咸攝的轍離合指數

表 2.13.1

韻目 總3470	侵	覃
侵167	166	
談4		4
真	1	

　　侵韻與覃韻各自獨用，因而只能分為兩轍，今稱「侵轍」和「覃轍」。

第三節　北周詩歌的韻轍

　　根據以上統計分析，可以整理出北周詩的韻轍如下：

表 3.0

陰聲韻	陽聲韻	入聲韻
	1.東轍（東江） ○ ○	2.屋轍（屋覺）
	3.鍾轍（冬鍾） ○ ○	4.燭轍（○燭）
5.支轍（支） ○ ○		
6.之轍（脂之微） 7.止轍（旨止○） 8.至轍（至○未）		
9.魚轍（魚） 10.語轍（語） 11.御轍（御）		
12.虞轍（虞模） 13.麌轍（麌姥） 14.遇轍（遇暮）		
15.齊轍（齊） 16.薺轍（薺） 17.霽轍（霽祭）		
18.泰轍（泰）		
19.佳轍（佳） 20.蟹轍（蟹） ○		
21.咍轍（皆灰咍） 22.海轍（○○海）		

○		
	23.真轍（真諄○欣） ○ ○	24.質轍（質○櫛○）
	25.文轍（文） ○ ○	○
	26.元轍（元魂痕） 27.阮轍（阮混○） 28.願轍（願慁○）	○
	29.寒轍（寒桓刪山） 30.緩轍（○緩潸○） 31.翰轍（翰換諫○）	○
	32.仙轍（先仙） 33.獮轍（○獮） 34.線轍（霰線）	35.薛轍（○薛）
36.宵轍（蕭宵） 37.小轍（篠小） ○		
38.肴轍（肴） ○ ○		
39.豪轍（豪） ○ ○		
40.歌轍（歌戈） 41.哿轍（哿果） ○		
42.麻轍（麻） 43.馬轍（馬）		

44.禡轍（禡）		
	45.陽轍（陽唐） 46.養轍（養○） 47.漾轍（漾宕）	48.鐸轍（藥鐸）
	49.清轍（庚○清青） ○ 50.勁轍（映○勁○）	51.昔轍（陌麥昔錫）
	52.蒸轍（蒸） ○ ○	○
	53.登轍（登） ○ ○	54.德轍（德）
55.尤轍（尤侯幽） 56.有轍（有厚○） ○		
	57.侵轍（侵） ○ ○	58.緝轍（緝）
	59.覃轍（覃） ○ 60.勘轍（勘）	○
	○ ○ ○	61.葉轍（葉）

根據上表，北周詩的韻轍共有61個，若以平賅上去，則得出36個韻部。以四聲分類，則是：東、鍾、支、之、魚、虞、齊、佳、咍、真、文、元、寒、仙、宵、肴、豪、歌、麻、陽、清、蒸、登、尤、侵、覃，共26個平聲韻轍；旨、語、麌、薺、蟹、海、阮、緩、獮、

小、哿、馬、養、有，共14個上聲韻轍；至、御、遇、霽、泰、願、翰、線、禡、漾、勁、勘，共12個去聲韻轍；屋、燭、質、薛、鐸、昔、德、緝、葉，共9個入聲韻轍。

以陰、陽、入三種不同的韻尾分類，則是：支、之、魚、虞、齊、佳、咍、宵、肴、豪、歌、麻、尤、泰，共14個陰聲韻部；東、鍾、真、文、元、寒、仙、陽、清、蒸、登、侵、覃，共13個陽聲韻部；屋、燭、質、薛、鐸、昔、德、緝、葉，共9個入聲韻部。

附錄：北周詩押韻統計表

（一）北周詩平聲韻押韻統計表

序號	韻目	韻數	韻段	合韻	合韻內容	合韻出處
1.	東[1]	127	27	4	東一東三：鍾1、鍾江1 東一：江1 東三：鍾1	東一東三：鍾165、鍾陽269.10 東一：江249 東三：鍾273.1
2.	冬	1	1	1	鍾1	鍾42.1
3.	鍾	47	15	4	冬1、東一東三1、東一東三陽1、東三1	冬42.1、東一東三165、東一東三陽269.10、東三273.1
4.	江	4	3	2	陽1、東一1	陽244.1、東一249
5.	支	72	11	0		
6.	脂	23	14	13	微6、之6、之微1	微32、92、108、111.21、256.6、256.8、之38、49、86.1、97、104、197、之微87
7.	之	27	9	7	脂6、脂微1	脂38、49、86.1、97、104、197、脂微87
8.	微	107	22	7	脂6、脂之1	脂32、92、108、111.21、256.6、256.8、脂之87
9.	魚	93	23	2	虞模1、模歌戈1	虞模265、模歌戈275.1
10.	虞	37	12	11	模8、魚模1、尤侯1、	模23、32、111.16、

1　東韻（東一52：東三75）自身的合韻情況：東一東三混用23（21+2）；東一獨用1（0+1）；東三獨用3（2+1）。

序號	韻目	韻數	韻段	合韻	合韻內容	合韻出處
					尤1	119、137、161、187.16、258.1.3、魚模265、尤侯269.1、尤270.5
11.	模	32	11	10	虞8、魚虞1、魚歌戈1	虞23、32、111.16、119、137、161、187.16、258.1.3、魚虞265、魚歌戈275.1
12.	齊	50	11	0		
13.	佳	2	1	0		
14.	皆	15	4	1	咍1	咍258.3.1
15.	灰	43	24	24	咍23、咍葉1	咍5、8、71.1、83、102、107、111.27、113、135、140、141、155、156、174、177、187.2、187.18、187.25、213、221、253.1、253.9、258.5.5、咍葉258.3.3
16.	咍	84	29	25	灰23、皆1、灰葉1	灰5、8、71.1、83、102、107、111.27、113、135、140、141、155、156、174、177、187.2、187.18、187.25、213、221、253.1、253.9、258.5.5、皆258.3.1、灰葉258.3.3
17.	真	121	32	22	諄欣1、諄15、諄文1、諄魂痕1、先仙1、	諄欣18.2、諄35、37、47、71.5、84、149、

序號	韻目	韻數	韻段	合韻	合韻內容	合韻出處
					仙1、文魂痕仙陽1、文侵1	187.4、187.20、188、253.3、253.4、255.4、256.10、258.1.4、258.6.3、諄文263、諄魂痕267、先仙269.4、仙270.3、文魂痕仙陽274.1、文侵274.2
18.	諄	26	18	18	真欣1、真15、真文1、真魂痕1	真欣18.2、真35、37、47、71.5、84、149、187.4、187.20、188、253.3、253.4、255.4、256.10、258.1.4、258.6.3、真文263、真魂痕267
19.	臻	0	0	0		
20.	文	75	23	5	真諄1、欣仙清1、魂1、真魂痕仙陽1、真侵1	真諄263、欣仙清271、魂273.2、真魂痕仙陽274.1、真侵274.2
21.	欣	2	2	2	真諄1、文仙清1	真諄18.2、文仙清271
22.	元	67	25	25	魂17、魂痕7、魂仙1	魂7、19、91、93、111.12、111.25、134、206、253.7、255.8、256.1、256.3、256.5、256.7、258.3.4、258.5.6、258.6.5、魂痕44、71.7、76、106、111.6、136、187.5、魂仙253.8
23.	魂	68	30	28	元17、元痕7、元仙	元7、19、91、93、

序號	韻目	韻數	韻段	合韻	合韻內容	合韻出處
					1、真諄痕1、文1、真文仙痕陽1	111.12、111.25、134、206、253.7、255.8、256.1、256.3、256.5、256.7、258.3.4、258.5.6、258.6.5、元痕44、71.7、76、106、111.6、136、187.5、元仙253.8、真諄痕267、文273.2、真文仙痕陽274.1
24.	痕	11	9	9	元魂7、真諄魂1、真文魂仙陽1	元魂44、71.7、76、106、111.6、136、187.5、真諄魂267、真文魂仙陽274.1
25.	寒	60	17	14	桓9、刪2、仙1、桓刪山1、諫1	桓36、88、111.4、111.20、111.22、157.1、255.6、255.11、264、刪74、253.10、仙170、桓刪山241、諫270.4
26.	桓	21	10	10	寒9、寒刪山1	寒36、88、111.4、111.20、111.22、157.1、255.6、255.11、264、寒刪山241
27.	刪	18	9	3	寒2、寒桓山1	寒74、253.10、寒桓山241
28.	山	4	3	2	潸1、寒桓刪1	潸17、寒桓刪241
29.	先	74	26	20	仙19、真仙1	仙71.4、73、76、109、111.2、129、150、157.2、159、187.3、187.7、187.13、203.1、

序號	韻目	韻數	韻段	合韻	合韻內容	合韻出處
						239.2、253.1、253.9、255.10、255.11、258.2.2、真仙269.4
30.	仙	73	27	25	先19、寒1、魂元1、真先1、真1、文欣清1、真文魂痕陽1	先71.4、73、76、109、111.2、129、150、157.2、159、187.3、187.7、187.13、203.1、239.2、253.1、253.9、255.10、255.11、258.2.2、寒170、魂元253.8、真先269.4、真270.3、文欣清271、真文魂痕陽274.1
31.	蕭	8	5	5	宵5	宵31、116、187.1、187.11、269.8
32.	宵	22	6	5	蕭5	蕭31、116、187.1、187.11、269.8
33.	肴	22	3	0		
34.	豪	23	4	0		
35.	歌	56	20	16	戈13、戈麻二1、魚模戈1、戈麻二麻三1	戈20、30、48、111.7、111.8、118、153、162、187.15、242.2、258.1.1、258.2.1、258.3.3、戈麻二269.5、魚模戈275.1、戈麻二麻三275.2
36.	戈	26	16	16	歌13、歌麻二1、魚模歌1、歌麻二麻三1	歌20、30、48、111.7、111.8、118、153、162、187.15、242.2、

序號	韻目	韻數	韻段	合韻	合韻內容	合韻出處
						258.1.1、258.2.1、258.3.3、歌麻二269.5、魚模歌275.1、歌麻二麻三275.2
37.	麻[2]	45	12	2	麻二麻三：歌戈1 麻二：歌戈1	麻二麻三：歌戈275.2 麻二：歌戈269.5
38.	陽	118	32	23	唐19、江1、庚三1、東一東三鍾1、真文魂痕仙1	唐9、15、34、45、67、70、94、121、124、142、144、147、171、187.10、187.17、254.3、255.12、256.2、256.4、江244.1、庚三269.6、東一東三鍾269.10、真文魂痕仙274.1
39.	唐	36	19	19	陽19	陽9、15、34、45、67、70、94、121、124、142、144、147、171、187.10、187.17、254.3、255.12、256.2、256.4
40.	庚[3]	99	38	36	庚二庚三：清13、青1、清青4 庚二：清3、清青1 庚三：清青2、清11、清青屋三1、陽1	庚二庚三：清25、31、51、68、95、100、105、110、111.9、117、169、255.5、259.1、青258.1.2、清青258.3.1、258.4.1、258.5.3、268

2　麻韻（麻二30：麻三15）自身的合韻情況：麻二麻三混用10（9+1）；麻二獨用2（1+1）。

3　庚韻（庚二33：庚三66）自身的合韻情況：庚二庚三混用20（2+18）；庚二獨用4（0+4）；庚三獨用14（0+14）。

序號	韻目	韻數	韻段	合韻	合韻內容	合韻出處
						庚二：清61、244.2、258.5.5、清青270.1庚三：清青65、270.2、清69、71.3、111.11、118、172、193、200、209、253.6、256.11、258.3.4、清青屋三258.3.3、陽269.6
41.	耕	0	0	0		
42.	清	103	39	38	庚二庚三13、庚二3、庚三青2、庚三11、青2、庚二庚三青4、庚三青屋三1、庚二青1、文欣仙1	庚二庚三25、31、51、68、95、100、105、110、111.9、117、169、255.5、259.1、庚二61、244.2、258.5.5、庚三青65、270.2、庚三69、71.3、111.11、118、172、193、200、209、253.6、256.11、258.3.4、青253.12、269.9、庚二庚三青258.3.1、258.4.1、258.5.3、268、屋三庚三青258.3.3、庚二青270.1、文欣仙271
43.	青	38	14	11	庚三清2、清2、庚二庚三1、庚二庚三清4、屋三庚三清1、庚二清1	庚三清65、270.2、清253.12、269.9、庚二庚三258.1.2、庚二庚三清258.3.1、258.4.1、258.5.3、268、屋三庚三清258.3.3、庚二清270.1
44.	蒸	3	1	0		

序號	韻目	韻數	韻段	合韻	合韻內容	合韻出處
45.	登	6	1	0		
46.	尤	52	16	14	侯12、虞侯1、虞1	侯28、29、33、40、78、111.3、111.18、176、187.6、187.24、195、236、虞侯269.1、虞270.5
47.	侯	24	14	14	尤12、幽1、虞尤1	尤28、29、33、40、78、111.3、111.18、176、187.6、187.24、195、236、幽250、虞尤269.1
48.	幽	1	1	1	侯1	侯250
49.	侵	109	26	1	真文1	真文274.2
50.	覃	4	2	0		
51.	談	0	0	0		
52.	鹽	0	0	0		
53.	添	0	0	0		
54.	咸	0	0	0		
55.	銜	0	0	0		
56.	嚴	0	0	0		
57.	凡	0	0	0		
總計		2179	717	495		

（二）北周歌上聲韻押韻統計表

序號	韻目	韻數	韻段	合韻	合韻內容	合韻出處
1.	董	0	0	0		
2.	腫	0	0	0		

序號	韻目	韻數	韻段	合韻	合韻內容	合韻出處
3.	講	0	0	0		
4.	紙	0	0	0		
5.	旨	1	1	1	止薺蟹1	止薺蟹272
6.	止	14	3	1	旨薺蟹1	旨薺蟹272
7.	尾	0	0	0		
8.	語	6	3	2	麌2	麌249、258.6.2
9.	麌	19	7	5	姥3、語2	姥 66 、 253.8 、 256.1 、 語 249 、 258.6.2
10.	姥	8	4	3	麌3	麌 66 、 253.8 、 256.1
11.	薺	2	1	1	旨止蟹1	旨止蟹272
12.	蟹	1	1	1	旨止薺1	旨止薺272
13.	駭	0	0	0		
14.	賄	0	0	0		
15.	海	4	1	0		
16.	軫	0	0	0		
17.	準	0	0	0		
18.	吻	0	0	0		
19.	隱	0	0	0		
20.	阮	5	3	2	獮1、混1	獮164、混257.1
21.	混	2	1	1	阮1	阮257.1
22.	很	0	0	0		
23.	旱	0	0	0		
24.	緩	5	1	0		
25.	潸	1	1	1	山1	山17

序號	韻目	韻數	韻段	合韻	合韻內容	合韻出處
26.	產	0	0	0		
27.	銑	0	0	0		
28.	獮	8	3	1	阮1	阮164
29.	篠	2	1	1	小1	小111.19
30.	小	4	1	1	篠1	篠111.19
31.	巧	0	0	0		
32.	晧	0	0	0		
33.	哿	1	1	1	果馬二1	果馬二270.6
34.	果	2	1	1	哿馬二1	哿馬二270.6
35.	馬[4]	4	2	1	馬二：哿果1	馬二：哿果270.6
36.	養	2	1	0		
37.	蕩	0	0	0		
38.	梗	0	0	0		
39.	耿	0	0	0		
40.	靜	0	0	0		
41.	迥	0	0	0		
42.	拯	0	0	0		
43.	等	0	0	0		
44.	有	6	2	1	厚1	厚258.5.5
45.	厚	1	1	1	有1	有258.5.5
46.	黝	0	0	0		
47.	寢	0	0	0		
48.	感	0	0	0		
49.	敢	0	0	0		

4　馬韻（馬二4：馬三0）自身的合韻情況：馬二獨用2（1+1）。

序號	韻目	韻數	韻段	合韻	合韻內容	合韻出處
50.	琰	0	0	0		
51.	忝	0	0	0		
52.	豏	0	0	0		
53.	檻	0	0	0		
54.	儼	0	0	0		
55.	范	0	0	0		
總計		98	40	26		

（三）北周歌去聲韻押韻統計表

序號	韻目	韻數	韻段	合韻	合韻內容	合韻出處
1.	送	0	0	0		
2.	宋	0	0	0		
3.	用	0	0	0		
4.	絳	0	0	0		
5.	寘	0	0	0		
6.	至	10	4	3	未3	未254.4、256.1、258.5.4
7.	志	0	0	0		
8.	未	4	3	3	至3	至254.4、256.1、258.5.4
9.	御	2	1	1	遇暮1	遇暮258.3.2
10.	遇	1	1	1	御暮1	御暮258.3.2
11.	暮	10	4	1	御遇1	御遇258.3.2
12.	霽	2	1	1	祭1	祭254.1

序號	韻目	韻數	韻段	合韻	合韻內容	合韻出處
13.	祭	2	1	1	霽1	霽254.1
14.	泰	5	2	0		
15.	卦	0	0	0		
16.	怪	0	0	0		
17.	夬	0	0	0		
18.	隊	0	0	0		
19.	代	0	0	0		
20.	廢	0	0	0		
21.	震	0	0	0		
22.	稕	0	0	0		
23.	問	0	0	0		
24.	焮	0	0	0		
25.	願	7	1	1	慁線1	慁線138
26.	慁	1	1	1	願線1	願線138
27.	恨	0	0	0		
28.	翰	1	1	1	換1	換258.6.1
29.	換	3	1	1	翰1	翰258.6.1
30.	諫	1	1	1	寒1	寒270.4
31.	襉	0	0	0		
32.	霰	5	3	1	線1	線186
33.	線	4	2	2	願慁1、霰1	願慁138、霰186
34.	嘯	0	0	0		
35.	笑	0	0	0		
36.	效	0	0	0		
37.	號	0	0	0		

序號	韻目	韻數	韻段	合韻	合韻內容	合韻出處
38.	箇	0	0	0		
39.	過	0	0	0		
40.	禡[5]	4	1	0		
41.	漾	8	2	1	宕1	宕258.1.5
42.	宕	1	1	1	漾1	漾258.1.5
43.	映[6]	8	4	3	映二映三：勁1 映三：勁2	映二映三：勁257.2 映三：勁255.9、256.9
44.	靜	0	0	0		
45.	勁	4	3	3	映三2、映二映三1	映三255.9、256.9、映二映三257.2
46.	徑	0	0	0		
47.	證	0	0	0		
48.	嶝	0	0	0		
49.	宥	0	0	0		
50.	候	0	0	0		
51.	幼	0	0	0		
52.	沁	0	0	0		
53.	勘	3	1	0		
54.	闞	0	0	0		
55.	豔	0	0	0		
56.	㮇	0	0	0		

---

5 禡韻（禡二4：禡三0）自身的合韻情況：禡二獨用1（1+0）。

6 映韻（映二1：映三7）自身的合韻情況：映二映三混用1（0+1）；映三獨用3（1+2）。

序號	韻目	韻數	韻段	合韻	合韻內容	合韻出處
57.	陷	0	0	0		
58.	鑑	0	0	0		
59.	釅	0	0	0		
60.	梵	0	0	0		
總計		86	39	27		

（四）北周歌入聲韻押韻統計表

序號	韻目	韻數	韻段	合韻	合韻內容	合韻出處
1.	屋[7]	8	2	1	屋三：庚三清青1	屋三：庚三清青258.3.3
2.	沃	0	0	0		
3.	燭	5	1	0		
4.	覺	8	1	1	藥鐸1	藥鐸112
5.	質	7	2	1	櫛1	櫛253.3
6.	術	0	0	0		
7.	櫛	1	1	1	質1	質253.3
8.	物	0	0	0		
9.	迄	0	0	0		
10.	月	0	0	0		
11.	沒	0	0	0		
12.	曷	0	0	0		
13.	末	0	0	0		

---

7 屋韻（屋一4：屋三4）自身的合韻情況：屋一屋三混用1（1+0）；屋三獨用1（0+1）。

序號	韻目	韻數	韻段	合韻	合韻內容	合韻出處
14.	黠	0	0	0		
15.	鎋	0	0	0		
16.	屑	0	0	0		
17.	薛	11	4	0		
18.	藥	3	1	1	覺鐸1	覺鐸112
19.	鐸	19	1	1	藥覺1	藥覺112
20.	陌[8]	5	2	2	陌二：昔2	陌二：昔253.5、254.2
21.	麥	1	1	1	昔錫1	昔錫258.6.4
22.	昔	8	4	4	錫1、陌二2、麥錫1	錫251、陌二253.5、254.2、麥錫258.6.4
23.	錫	2	2	2	昔1、麥昔1	昔251、麥昔258.6.4
24.	職	0	0	0		
25.	德	2	1	0		
26.	緝	2	1	0		
27.	合	0	0	0		
28.	盍	0	0	0		
29.	葉	1	1	1	灰咍1	灰咍258.3.3
30.	怗	0	0	0		
31.	洽	0	0	0		
32.	狎	0	0	0		
33.	業	0	0	0		

8　陌韻（陌二5：陌三0）自身的合韻情況：陌二獨用2（0+2）。

序號	韻目	韻數	韻段	合韻	合韻內容	合韻出處
34.	乏	0	0	0		
總計		83	25	16		

第九章

結 論

第一節　南北朝詩歌的用韻數據

　　本文統計了南北朝詩歌的韻腳，主要是韻數、韻段和合韻。以下是各朝代的數據：

表 1.1

朝代		聲調	韻數	韻段	合韻
南朝	宋（420-479）	平	3332	1248	969
		上	559	209	123
		去	482	202	143
		入	742	262	185
	齊（479-502）	平	1413	548	335
		上	295	104	54
		去	356	139	95
		入	395	135	70
	梁（502-557）	平	8621	2820	1786
		上	1008	331	173
		去	1140	427	312
		入	1551	519	287
	陳（557-589）	平	2550	887	624
		上	166	59	29

朝代		聲調	韻數	韻段	合韻
		去	115	51	26
		入	160	66	44
北朝	北魏（439-557）	平	713	332	278
		上	110	50	28
		去	129	72	63
		入	101	41	24
	北齊（550-577）	平	654	260	157
		上	131	52	18
		去	101	51	32
		入	75	42	20
	北周（557-581）	平	2179	717	495
		上	98	40	26
		去	86	39	27
		入	83	25	16

　　各朝代的用韻，都是以平聲為最，其次則不一，宋、齊、梁是入聲、陳、北齊、北周是上聲，而北魏是去聲。若以合韻來觀察，各朝代同樣是平聲為最，其次稍有不同，宋、陳是入聲，齊、梁、北魏、北齊、北周是去聲，上聲居末。這一現象或反映出，上聲的區別性特徵比較明顯，因而影響了合韻的次數。

　　如果合併計算，則可得出以下數據：

　　宋詩總韻數5115、韻段1921、合韻1420；齊詩總韻數2459、韻段926、合韻554；梁詩總韻數12320、韻段4097、合韻2558；陳詩總韻數2991、韻段1063、合韻723；北魏詩總韻數952、韻段495、合韻393；北齊詩總韻數961、韻段405、合韻228；北周詩總韻數2446、韻段821、合韻564。加總之後，南北朝詩歌的總韻數是27244、總韻段

是9728、總合韻是6440。

其中韻數方面，平聲總共入韻19462次，佔71.5%；上聲2367次，佔8.7%；去聲2409次，佔8.8%；入聲3006次，佔11%：

表 1.2

排序	聲調	韻數	百分比
一	平	19462	71.5
二	入	3006	11
三	去	2409	8.8
四	上	2367	8.7

平聲韻的使用率最高，入聲次之，去聲又次之，上聲最低。平聲字數最多，《切韻》、《廣韻》甚至分兩卷處理，[1]因此用韻居冠，完全可以理解。入聲除了調類不同，[2]韻尾也有異，因而居次。上、去二聲旗鼓相當，而去聲稍佔上風，或許反映出屬於降調的去聲在發音時，聲帶由緊張變鬆弛，所以比較佔優勢一些。最後必須一提的是，由於平聲所佔比例高達71.5%，因此進行韻轍觀察與分析時，以平賅上去自然有一定的道理。

經過進一步的觀察，南北朝詩歌的用韻情況讓我們看到：不同聲

---

1 《唐寫本王仁昫刊謬補缺切韻》的平聲雖分二卷，但韻目序數相互銜接，不自為起迄，足證平聲分卷，只因字數特多而已，與近代音之平分陰、陽二聲不同。

2 推測調值也不同。倘若調值與其他聲調相同，當初編韻書時就可能被合併在一起，如同陽聲韻的情況。元刻本《玉篇》神珙序引唐·釋處忠《元和韻譜》：「平聲者哀而安，上聲者厲而舉，去聲者清而遠，入聲者直而促。」明·釋真空「玉鑰匙歌訣」（收錄《康熙字典》）進一步描述：「平聲平道莫低昂，上聲高呼猛烈強，去聲分明哀遠道，入聲短促急收藏。」平聲是高平調，上聲是高升調，去聲是高降調，入聲調值不明，可能是中入調。粵方言廣州話的入聲一分為三：上入、中入、下入。上入與中入屬中古的清聲母，下入屬中古的濁聲母。推測中古入聲的調值如果與其他聲調有別的話，最有可能的是中入調。

調就是不同的韻，異調相押的情況相對而言屬於少數。同樣，陰聲韻、陽聲韻和入聲韻的用韻情況相似，三者涇渭分明，甚少合韻。

緊接著本文使用概率統計法，得出宋詩66韻轍、齊詩60韻轍、梁詩68韻轍、陳詩59韻轍、北魏詩51韻轍、北齊詩52韻轍、北周詩61韻轍。若以平賅上去，則是：宋詩33韻部、齊詩33韻部、梁詩35韻部、陳詩34韻部、北魏詩31韻部、北齊詩32韻部、北周詩36韻部。

以韻尾分部，則是：陰聲75部（宋詩8、齊詩10、梁詩10、陳詩13、北魏詩9、北齊詩10、北周詩14）、陽聲83部（宋詩13、齊詩11、梁詩13、陳詩11、北魏詩11、北齊詩12、北周詩13）、入聲75部（宋詩12、齊詩12、梁詩12、陳詩10、北魏詩11、北齊詩10、北周詩9）。

第二節　南北朝詩歌韻轍的特點

得出以上各項數據之後，接下來要觀察的是南北朝詩歌韻轍的特點。從韻轍的角度來看，就是哪些韻與哪些韻可以合用，哪些韻與哪些韻不能混押。以下將各朝代詩歌按照韻尾排列，從韻轍的角度作進一步的比較分析：

【說明】

一、表格中的韻目代表的是韻轍，它是比韻還要大的類。例如宋詩的之轍，它包含了《切韻》時代的之、微兩韻。

二、韻轍按照陰、陽、入三分排列，各朝代則以時代先後排列；當中的分合代表的是各朝代詩歌用韻的習慣，而非韻母呈現直線式的發展。

表 2.0

朝代　韻部	南朝				北朝		
	宋詩	齊詩	梁詩	陳詩	北魏詩	北齊詩	北周詩
陰聲	支	支	支	支	支	支	支
	之	之	之	之	之	之	之
		微				微	
	魚	魚	魚	魚	魚	魚	魚
							虞
	齊	齊	齊	齊	齊	齊	齊
				佳		○	佳
				皆		○	咍
				咍		咍	
	宵	宵	宵	宵	宵	宵	宵
			○	○			肴
			豪	豪			豪
	歌	歌	歌	歌	歌	歌	歌
	麻	麻	麻	麻	麻		麻
	尤	尤	尤	尤	尤	尤	尤
	泰	泰	泰	泰	泰	泰	泰
陽聲	東	東	東	東	東	東	東
			鍾	鍾		鍾	鍾
	真	真	真	真	真	真	真
				文		文	文
	元	元	元	元	（併入 仙）	元	元
	寒	寒	仙	寒	寒	寒	寒

朝代／韻部	南朝				北朝		
	宋詩	齊詩	梁詩	陳詩	北魏詩	北齊詩	北周詩
	仙	仙		仙	仙	仙	仙
	陽	陽	陽	陽	陽	陽	陽
	清	清	清	清	清	清	清
	蒸	蒸	蒸	蒸	蒸	蒸	蒸
	○	○	登	○	登	○	登
	侵	侵	侵	侵	侵	侵	侵
	覃	覃	覃	○	○	○	覃
	談	○	談	○	○	○	○
	鹽	○	鹽	○	鹽	○	○
	○	○		○		添	○
	○	○	○	○	嚴	○	○
	凡	凡	○	○	○	○	○
入聲	屋	屋 燭	屋 燭	屋 燭	屋	屋 燭	屋 燭
	質	質	質	質	質	質	質
	月	月	月	月	（併入薛）	月	○
	曷	曷	薛	○	末	○	○
	薛	薛		薛	薛	薛	薛
	鐸	鐸	鐸	鐸	鐸	鐸	鐸
	昔	昔	昔	昔	昔	昔	昔
	職	職	職	職	職	職	○
	德	德	德	德	德	德	德
	緝	緝	緝	○	緝	○	緝

朝代 / 韻部	南朝				北朝		
	宋詩	齊詩	梁詩	陳詩	北魏詩	北齊詩	北周詩
	合	合	合	合	合	○	○
	葉	○	葉	○	葉	○	葉
		○		○		怗	○

根據上表，可以歸納出一些特點：

首先是陰聲韻方面：

一、宋詩和北魏詩的脂、之、微三韻都可以合用；而齊詩和北齊詩的微韻都不與之韻同用。

二、各朝代都是魚、虞、模混用，只有北周詩是魚與虞、模二韻分用。

三、陳詩和北周詩齊、佳、咍三韻分用，其他朝代都是可以合用。

四、宋詩、齊詩和北魏詩、北齊詩都是蕭、宵、肴、豪可以混押，而梁詩、陳詩和北周詩宵、豪分用。

五、宋詩和北齊詩的歌、麻可以合用，其他朝代都是分用。估計北齊詩的歌、麻分用只是由於入韻次數偏低的關係。

其次是陽聲韻方面：

一、梁、陳詩和北齊、北周詩東、鍾分用，其他朝代全部混押。

二、陳詩和北齊、北周詩真、文分用，其他朝代可以混押。

三、梁詩的寒、桓等韻可以跟先、仙二韻合併為一個韻轍，其他都分兩轍。

四、排除仙道詩之後，北魏詩的元韻可以併入仙韻。尉遲治平（2002:41）曾說：「元韻雖然在山攝，但是《切韻》系韻書的韻次，元韻都在臻攝文殷和魂痕之間，從隋和初唐的詩文用韻以及五家韻書的分韻來看，元韻也是跟臻攝關係密切」[3]，然而南北朝詩歌並非如

---

3 原作「元韻也也是跟臻攝關係密切」，衍一「也」字，今正。

此，透過數理統計可以得知，元、魂、痕三韻可以合轍，但不入真轍、寒轍或仙轍，只有北魏詩可以併入仙轍。

五、蒸、登二韻截然分用，可見兩者是不同的韻，到了中古韻圖才被放置在一起，成為洪、細的關係。

最後是入聲韻方面：

一、梁、陳詩和北齊、北周詩屋、燭分用，其他朝代全部混押。

二、排除仙道詩之後，北魏詩的月韻可以併入薛韻，一如陽聲韻的情況。

三、職、德是兩個不同的韻，兩者到了中古韻圖才被放置在一起，成為洪、細的關係。

四、齊詩的屋、燭二韻完全沒有接觸，只能分為兩個韻轍，這一點與陽聲韻東、鍾合轍不同。

綜合以上觀察，南北朝詩歌用韻，北魏詩比較接近宋詩；北周詩比較接近陳詩（尤其是江韻通陽韻這一點）；而北齊詩介於齊、梁詩之間，有時接近齊詩，有時則接近梁詩。王力（1936:4-6）將南北朝詩歌用韻分為三個時期，若以朝代來劃分，則是宋、北魏為一期，齊、梁、北齊為一期，陳、北周為一期。並認為：「時代對於用韻的影響大，而地域對於用韻的影響小。」本文的研究，基本上與王力相近。

第三節　南北朝詩歌韻的特點

以上只是各朝代用韻的情況，反映出來的是文人用韻的習慣，同時不排除個人的語感和方音問題。接下來要從「韻」（韻基）的角度作進一步的觀察，以期突破傳統研究的局限：

【說明】

一、表格中的韻目代表的是「韻」（基韻），不同的韻目放在一起，表示彼此的韻基無別。例如梁詩的「脂之」，表示梁代脂、之不分，兩者韻基相同。

二、有些韻目加上圈圈，例如「⊗」，表示該韻的韻離合指數落在50（含）以上90以下的區間，但由於韻段次數不足或無效，因而無法進行t分布假設檢驗，只能暫時列入其中。

表 3.0

朝代 韻部	南朝				北朝		
	宋詩	齊詩	梁詩	陳詩	北魏詩	北齊詩	北周詩
陰聲	支	支	支	支	支	支	支
	脂	脂	脂之	脂之	脂微	脂	脂之
	之	之			之	之	
	微	微	微	微		微	微
	魚	魚	魚	魚	魚	魚	魚
	虞模	虞模	虞模	虞模	虞模	虞模[4]	虞模
	齊祭皆	齊⊗	齊	齊	齊祭	齊	齊祭
			祭	祭			
				佳			佳
	灰咍	⊗灰咍	⊗灰咍	皆	皆	○	皆
				灰咍		⊗灰咍	灰咍
	蕭宵肴豪	蕭宵	蕭宵	蕭宵	蕭宵肴豪	蕭宵肴豪	蕭宵
							肴

4　虞、模二韻的韻離合指數低於50，本應分韻，然而考慮到虞韻入韻次數偏低，自身接觸只有2次，這裡憑經驗將它與模韻合併。

	南朝				北朝		
朝代／韻部	宋詩	齊詩	梁詩	陳詩	北魏詩	北齊詩	北周詩
			豪	豪			豪
	歌戈麻	歌戈 麻	歌戈 麻	歌戈 麻	歌戈 麻	歌戈[5] 麻	歌戈 麻
	尤侯	尤侯	尤侯幽	尤幽 侯	尤侯	尤侯	尤侯幽
	泰	泰	泰	泰	泰	泰	泰
陽聲	東冬鍾江	東 鍾 ○	東 鍾 江	東 鍾 （江）	東（冬）鍾江	東 鍾江	東 冬鍾 江
	真諄臻	真諄臻	真諄臻 欣	真諄臻	真諄文 欣	真諄臻	真諄（臻）
	文欣	文欣	文	文		文欣	文
	元魂痕	元魂	元魂痕	元魂痕	元魂痕	元魂	元魂痕
	寒桓刪	寒桓 ○	寒桓 刪	寒桓 刪	寒 刪	寒桓 ○	寒桓 刪⑪
	山先仙	山先仙	山先仙	⑪先仙	⑪先仙	先仙	先仙
	陽唐	陽唐	陽唐	陽唐	陽唐	陽唐	陽唐
	庚耕清 青	庚耕清 青	庚（耕）清 青	庚耕清 青	庚（耕）清 青	庚清青	庚清 青
	蒸	蒸	蒸	蒸	蒸	蒸	蒸
	○	○	登	○	登	○	登
	侵	侵	侵	侵	侵	侵	侵

5 戈韻不入韻，透過上聲的合併計算才得以跟歌韻合轍，但韻離合指數並未超過50，這裡亦憑經驗將它與歌韻合併。

朝代＼韻部	南朝				北朝		
	宋詩	齊詩	梁詩	陳詩	北魏詩	北齊詩	北周詩
	覃	覃	覃（銜）	○	○	○	覃
	談	○	談	○	○	○	○
	鹽	○	鹽添	（鹽）（銜）	鹽添	添	○
	○	○	○	○	（嚴）	○	○
	凡	凡	○	○	○	○	○
入聲	屋	屋	屋	屋	屋燭（覺）	屋	屋
	沃燭覺	燭	燭	燭		燭	燭
	質術櫛	質術櫛	質術櫛物	質（術）櫛	質（物）	質術櫛	質櫛
	月沒	月沒	月沒	月（沒）	月沒	月	○
	曷末	曷末	曷末	○	末	○	○
	（月）屑薛	（月）屑薛	黠 屑薛	屑薛	薛	屑薛	薛
	藥鐸	藥鐸	覺藥鐸	藥鐸	（藥）（鐸）	藥鐸	（藥）鐸
	陌麥昔錫	陌（麥）昔錫	陌（麥）昔 錫	陌昔錫	昔錫	陌 昔錫	陌麥昔錫
	職	職	職	職	職	職	○
	德	德	德	德	德	德	德
	緝	緝	緝	○	緝	緝	緝
	合	合	合	合	合	○	○
	葉怗（洽）	○	葉怗 洽	○	葉怗	怗	葉

上表反映的是各朝代「韻」的離合，仔細觀察，有幾個特點值得注意：

　　首先是陰聲韻方面：

　　一、劉宋支、脂、之三分，與《切韻》時期一致，可見陸法言當初分韻，實在有一定的根據。北魏則脂、微不分，不過到了北齊之後，則與劉宋一致。到了梁代和北周，脂與之開始相混。

　　二、魚、虞、模三韻，所有朝代都是魚韻獨立，而虞、模不分，因此可以判定，魚韻擁有不同的韻基，而虞、模二韻只是洪細的不同。

　　三、劉宋時期，齊、祭、皆不分，灰、咍無別，到了梁代，不但齊、祭分離，連皆也獨立為韻。北魏齊、祭不分，灰、咍無別，惟皆韻歸入齊、祭而非灰、咍，而且北周也如此。至於中間的北齊，由於祭、皆並未入韻，因而無從得知。

　　四、佳韻只出現在陳詩和北周詩，而且獨用，不與皆混用。

　　五、蕭、宵、肴、豪四韻，劉宋和北魏、北齊都是全混，直到梁代以後才分離，而且只能分出三組韻：蕭宵、肴、豪。據此，可以判定蕭、宵二韻是洪細關係。

　　六、歌、戈、麻三韻，除了劉宋以外，都能分出歌戈和麻韻，換言之，麻韻的韻基由始至終，都與歌、戈二韻不同。而歌、戈二韻完全相混，可以判定兩者只是開合關係，韻基則無別。

　　七、除了陳代，尤、侯二韻在各朝代都是混而不分，表示兩者韻基相同，直到陳代才分離出來，推測主元音開始有了些微的差異，因而陸法言才把尤、侯分為二韻。至於幽韻，只要出現，必與尤、侯合韻，龔煌城（1997:209）把尤、幽的關係處理為重紐，認為兩者在《切韻》以前是介音的不同，這一點相當合理。

　　八、泰韻的表現前後一致，各朝代都是獨用，未與其他韻合用，可見韻基與其他韻完全不同。

　　其次是陽聲韻方面：

　　一、東、冬、鍾、江四韻，劉宋和北魏都相混，南齊和北齊開始分出，最終也只能分出三種韻基：東、冬鍾、江。陸法言把冬、鍾分

韻，恐怕是根據音節的洪細而分。

　　二、南北朝時期，真、諄、臻是一種韻基，文、欣是另一種韻基，只有北魏混而不分。另外，梁代稍有不同，欣韻歸入真諄臻而非文，揆其原因，可能是欣韻字少而引發的波動。

　　三、元、魂、痕三韻完全相混，沒有例外，可見三者韻基相同。由於三者條件互補：元韻是細音，魂韻是合口洪音，而痕韻是開口洪音，可據此合併處理。

　　四、除了劉宋寒、桓、刪無異外，其他朝代都是寒桓與刪韻有別。

　　五、南北朝時期，山、刪是兩個不同的韻，兩者幾乎不混。不一樣的是，刪韻幾乎獨用，而山韻往往與先、仙混用。

　　六、陽、唐二韻的情況相當整齊，各朝代都是混而不分，明顯與陸法言的分韻有所出入；這一現象只能理解為洪細的區別，不應處理為主要元音的不同。

　　七、庚、耕、清、青四韻，各朝代都是混而不分，只有梁、北周能區分：庚耕清一組，青韻自己一組。龔煌城（1997:201）曾指出，「《韻鏡》把庚韻與清韻放在同一個韻圖上，形成類似重紐的關係。這是韻圖的音位解釋反映較早時期的音韻狀態最好的證明。」既然庚韻字部分來自上古耕部，中古又與清韻形成重紐，那麼在南北朝詩歌中，它與耕、清二韻相混就不難理解了。至於梁、北周的青韻，或許是受到方音的影響，而未能與庚、耕、清韻合併。[6]

　　八、蒸、登二韻，到了中古形成洪細的格局，然而根據數理統計，南北朝時期的蒸韻與登韻是兩個完全不同的韻。何大安（1981:229, 231, 234）把蒸、登二韻的韻基都構擬為əŋ（蒸jəŋ、jiəŋ，登(w)əŋ），明顯宥於中古韻圖的格局；而王力（1985:114-115）

6　青韻（以平賅上去入）未能與庚、耕、清合併的其中一個原因，或許是彼此之間的接觸次數剛好不足，以致於未能被判定韻基相同，畢竟詩人用韻，隨心所欲，並未預設立場。

把蒸、登二韻的韻基構擬為əŋ、ɐŋ（蒸ʲəŋ，登ɐŋ、uɐŋ）就比較合理。

九、重韻在當時似乎有別，例如佳皆、刪山、覃談等，南北朝詩歌都是分開押韻。

最後是入聲韻方面：

一、屋、沃、燭、覺四韻，只有北魏相混，劉宋和其他朝代都能區分，這一點與陽聲韻的情況稍有不同。此外，由於沃、覺入韻次數不高，因而都無法有效判斷它們與屋、燭的關係。

二、質、術、櫛完全不分，可見三者韻基相同，這一點與陽聲韻的情況相似。不一樣的是，物韻並不獨立，而與質、術、櫛相混；揆其原因，可能是物韻入韻次數偏低之故，這與梁代欣韻歸入真、諄、臻的現象無疑一致。

三、月、沒的情況與元、魂一致，都是完全混用，沒有例外。

四、黠韻除了梁代獨用，與刪韻的情況無異外，其他朝代都未能有效看出，只因黠韻入韻次數偏低，北朝詩甚至並未入韻。

五、屑、薛二韻的情況一如先、仙二韻，都是混而不分，故而可以判定為洪細的區別。

六、藥、鐸二韻，所有朝代都是混而不分，這一點與陽聲韻的情況相似。惟梁代藥、鐸另與覺韻相混，但未能進行t分布假設檢驗，因而無法判斷三者是否韻基相同。

七、陌、麥、昔、錫四韻，王力（1936:57）早年分為陌、錫兩類，但到了《漢語語音史》（1985:115）合為錫一類，並把韻基構擬為ek。何大安（1981:230, 232, 235）也只合成一類，韻基的擬音也是ek。惟透過數理統計，卻可以得出不一樣的結果：各朝代都是混而不分，唯獨梁代分出兩類：陌麥昔一類，錫韻自己一類，這一點基本上與陽聲韻一致。北齊則稍異，昔、錫不分，而與陌韻有別，可能是入韻次數偏低所致。至於這種差異，是否表示元音不同？或是受到方言

影響？則有待進一步研究。

八、職、德二韻，所有朝代都有區別，這一點與陽聲韻的情況完全一致。

九、葉、怗二韻只要入韻，都是混而不分，可處理為洪細的區別。至於洽韻，由於入韻次數偏低，不好判斷。

綜合言之，有些韻從一開始就與其他韻不同，例如：支、魚、泰、蒸、登、侵、覃、職、德、緝、合等，這些韻擁有獨立的韻基。有些韻則一開始就與其他韻相混，例如：虞模、灰咍、蕭宵、歌戈、真諄臻、元魂痕、寒桓、先仙、陽唐、庚耕清、鹽添、質術櫛、月沒、曷末、屑薛、藥鐸、陌麥、葉怗等，這些韻的音韻條件大都互補，可以理解為開合洪細的關係。有些韻則明顯發生了語音的變化，例如：脂之微、齊祭皆、肴豪、歌戈麻、尤侯、東冬鍾江、文欣、刪山、屋燭覺、昔錫等，這些韻與其他韻前後處於分合的狀態，原因或許是自身的歷時音變，或許是方言因素的干擾，也可能兩者同時發生。

參考文獻

一　古籍

〔漢〕許慎：《說文解字》，清同治十二年陳昌治刻本，北京：中華書局，1963 年。

〔梁〕顏之推：《顏氏家訓》，北京：中華書局，1985 年。

〔唐〕陸德明：《經典釋文》（上、下），臺北：學海出版社，1988 年。

〔唐〕歐陽詢等：《藝文類聚》（上、下），上海：上海古籍古版社，1999 年。

〔唐〕徐堅等：《初學記》（上、下），北京：中華書局，2004 年。

〔唐〕王仁昫：《唐寫本王仁昫刊謬補缺切韻》，臺北：廣文書局，1964 年初版，1986 年再版。

〔宋〕陳彭年、丘雍：《新校宋本廣韻》，張氏重刊澤存堂藏版，臺北：洪葉文化事業有限公司，2004 年。

〔宋〕郭茂倩編：《樂府詩集》（全四冊），北京：中華書局，1979。

〔宋〕李昉等編：《文苑英華》（全六冊），北京：中華書局，2003。

〔清〕段玉裁：《說文解字注》，經韻樓藏版，臺北：洪葉文化事業有限公司，1999 年。

二　近人專著

丁邦新（1975）：《魏晉音韻研究》（中央研究院歷史語言研究所專刊之六十五），臺北：中央研究歷史語言研究所。

丁福保編（1959）：《全漢三國晉南北朝詩》，北京：中華書局。

于安瀾（1936）：《漢魏六朝韻譜》，河南：河南大學出版社。

王　力（1957）：《漢語史稿》，北京：中華書局，2001 年。

王　力（1985）：《漢語語音史》，北京：中國社會科學出版社，1998
年。

丘彥遂（2002）：《喻四的上古來源、聲值及其演變》，中山大學中文
系（所）碩士論文。

朱曉農（1989）：《北宋中原韻轍考——一項數理統計研究》，北京：
語文出版社；後收錄《音韻研究》，北京：商務印書館，
2006 年，頁 188-300。

何大安（1981）：《南北朝韻部演變研究》，臺灣大學中文所博士論
文。

李　玉（1994）：《秦漢簡牘帛書音韻研究》，北京：當代中國出版社。

李　榮（1956）：《切韻音系》，臺北：鼎文書局，1972 年。

李　榮（1982）：《音韵存稿》，北京：商務印書館，2014 年。

周祖謨（1996）：《魏晉南北朝韻部之演變》，臺北：東大圖書公司。

林炯陽（1971）：《魏晉詩韻考》，國立臺灣師範大學國文研究所碩士
論文。

邵榮芬（1982）：《切韻研究》，北京：中國社會科學出版社。

胥　淳（2007）：《南北朝詩歌用韻研究》，廣西師範大學中文系碩士
論文。

高本漢（1940）：《修訂漢文典》，上海：上海辭書出版社，1997 年。

張光宇（1990）：《切韻與方言》，臺北：台灣商務印書館。

張建坤（2008）：《齊梁陳隋押韻材料的數理分析》，哈爾濱：黑龍江
大學出版社。

張衛國（2002）：《漢語研究基本數理統計方法》，北京：中國書籍出
版社。

陳新雄（2004）：《廣韻研究》，臺北：臺灣學生書局。

陸志韋（1947）：《古音說略》，《燕京學報》專號之二十；後收錄《陸志韋語言學著作集》（一），北京：中華書局，1985 年。

逯欽立（1961）：《先秦漢魏晉南北朝詩》第三、四冊，北京：中華書局，2017 年。

黃典誠（1994）：《切韻綜合研究》，廈門：廈門大學出版社。

董同龢（1968）：《漢語音韻學》，臺北：文史哲出版社。

鄭張尚芳（2003）：《上古音系》，上海：上海教育出版社。

戴軍平（2003）：《魏晉押韻材料的數理分析》，廣州中山大學中文系碩士論文。

魏鴻鈞（2015）：《周秦至隋詩歌韻類研究》，臺北市立大學中國語文學系博士論文。

羅常培、周祖謨（1958）：《漢魏晉南北朝韻部演變研究・第一分冊》，北京：中華書局，2007 年。

〔瑞典〕高本漢（Karlgren, B.）（1926）：《中國音韻學研究》，趙元任、羅常培、李方桂譯；北京：商務印書館，1995 年北京 1 版 1 刷。

三　期刊學報論文

丁治民（1998）：〈沈約詩文用韻概況〉，《鎮江師專學報》（社會科學版）2 期，頁 91-94。

王　力（1936）：〈南北朝詩人用韻考〉，《清華學報》11 卷 3 期；後收錄《王力語言學論文集》，北京：商務印書館，2000 年，頁 1-58。

王為民、張楚（2006）：〈再說「韻」和「韻部」〉，《古漢語研究》3 期（72 期），頁 21-26。

王開揚（1994）：〈談談「韻書」和「韻部」的定義〉，《古漢語研究》
　　　1 期（總 22 期），頁 82-84。

王開揚（2004）：〈從術語學論「韻」和「韻部」的定義〉，《古漢語研
　　　究》2 期（總 63 期），頁 25-32。

朱曉農（2005）：〈元音大轉移和元音高化鏈移〉，《民族語文》1 期，
　　　頁 1-6。

何大安（1994）：〈語言史研究中的層次問題〉，《漢學研究》18 卷特
　　　刊，2000 年，頁 261-271。

李存智（2004）：〈合韻與音韻層次〉，《語言暨語言學》專刊外編之
　　　四，《漢藏語研究：龔煌城先生七秩壽慶論文集》，臺北：中
　　　央研究院語言學研究所，頁 663-694。

李存智（2009）：〈音韻層次與韻部分合——以之脂支分合及相關音韻
　　　現象為例〉，《臺大中文學報》31 期，頁 47-102。

李書嫻（2009）：〈試論韻文研究中的韻離合公式和 t 檢驗法〉，《語言
　　　研究》29 卷 3 期，頁 46-51。

李書嫻、麥耘（2008）：〈證『《詩經》押韻』〉，《中國語文》4 期，頁
　　　371-384。

李義活（2000）：〈庾信詩之用韻研究〉，《古籍整理研究學刊》3 期，
　　　頁 49-55。

周祖謨（1948a 稿）：〈魏晉宋時期詩文韻部的演變〉，《周祖謨語言學
　　　論文集》，北京：商務印書館，2001 年，頁 147-176。

周祖謨（1948b 稿）：〈齊梁陳隋時期詩文韻部研究〉，《周祖謨語言學
　　　論文集》，北京：商務印書館，2001 年，頁 177-197。

周祖謨（1966）：〈《切韻》的性質和它的音系基礎〉，《問學集》（上
　　　冊），北京：中華書局，頁 434-482。

邵榮芬（1961）：〈《切韻》音系的性質和它在漢語語音史上的地位〉，
　　　《邵榮芬語言學論文集》，北京：商務印書館，頁 185-106。

尉遲治平（2002）：〈論中古的四等韻〉，《語言研究》4 期，頁 39-
　　　47。

張建坤（2007）：〈北魏墓志銘用韻研究〉，《廣東廣播電視大學學報》
　　　16 卷 4 期（總 64 期），頁 83-89。

張建坤（2008a）：〈北朝後期詩文用韻研究〉，《阜陽師範學院學報》
　　　（社會科學版）3 期（總 123 期），頁 23-27。

張建坤（2008b）：〈梁代詩文陽聲韻入聲韻用韻數理分析〉，《廣東廣
　　　播電視大學學報》17 卷 3 期（總 69 期），頁 59-64。

陳寅恪（1949）：〈從史實論切韻〉，《嶺南學報》9 卷 2 期，頁 1-18。

麥　耘（1999）：〈隋代押韻材料的數理分析〉，《語言研究》2 期（總
　　　37 期），頁 112-128。

麥　耘（2002）：〈用卡方計算分析隋代押韻材料〉，《語言文字學論
　　　壇》（第 1 輯），北京：中國社會科學出版社，頁 1-4。

楊亦鳴、王為民（2002）：〈說「韻」和「韻部」〉，《中國語文》3 期
　　　（總 288 期），頁 243-245。

魏慧斌、李紅（2005）：〈宋詞陽聲韻的數理統計分析〉，《語言研究》
　　　1 期，頁 82-88。

魏鴻鈞（2015）：〈《楚辭》屈宋用韻的數理統計分析──兼論「上古
　　　楚方音特色」之可信度〉，《東吳中文學報》30 期，頁 1-
　　　44。

魏鴻鈞（2016）：〈兩漢詩人用韻的數理統計分析〉，《語言研究》36
　　　卷 2 期，頁 16-43。

龔煌城（1997）：〈從漢藏語的比較看重紐問題〉，《聲韻論叢》6 輯，
　　　臺北：臺灣學生書局，頁 195-243。

文學研究叢書・古典詩學叢刊 0804021

南北朝詩歌韻轍研究（上）

作　　者　丘彥遂

責任編輯　廖宜家、陳胤慧

發 行 人　林慶彰

總 經 理　梁錦興

總 編 輯　張晏瑞

編 輯 所　萬卷樓圖書股份有限公司

　　　　　臺北市羅斯福路二段 41 號 6 樓之 3

　　　　　電話 (02)23216565

　　　　　傳真 (02)23218698

發　　行　萬卷樓圖書股份有限公司

　　　　　臺北市羅斯福路二段 41 號 6 樓之 3

　　　　　電話 (02)23216565

　　　　　傳真 (02)23218698

　　　　　電郵 SERVICE@WANJUAN.COM.TW

香港經銷　香港聯合書刊物流有限公司

　　　　　電話 (852)21502100

　　　　　傳真 (852)23560735

ISBN 978-986-478-341-0

2020 年 7 月初版二刷

2020 年 1 月初版

定價：新臺幣 1400 元

（上、下冊不分售）

如何購買本書：

1. 劃撥購書，請透過以下郵政劃撥帳號：

　　帳號：15624015

　　戶名：萬卷樓圖書股份有限公司

2. 轉帳購書，請透過以下帳戶

　　合作金庫銀行 古亭分行

　　戶名：萬卷樓圖書股份有限公司

　　帳號：0877717092596

3. 網路購書，請透過萬卷樓網站

　　網址 WWW.WANJUAN.COM.TW

大量購書，請直接聯繫我們，將有專人為您服務。客服：(02)23216565 分機 610

如有缺頁、破損或裝訂錯誤，請寄回更換

國家圖書館出版品預行編目資料

南北朝詩歌韻轍研究 / 丘彥遂著. -- 初版. -- 臺北市 ：萬卷樓，2020.01

　　面 ；　公分. -- (文學研究叢書. 古典詩學叢刊 ; 0804021)

ISBN 978-986-478-341-0(平裝)

1.詩歌 2.詩評 3.南北朝文學

820.9103　　　　　　　　　　109001163